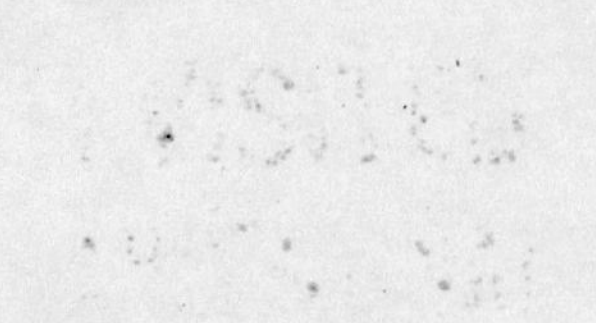

LILIANA HEKER

Cuentos

punto de lectura

Beazley 3860, (1437) Ciudad de Buenos Aires

ISBN: 950-1106-70-X
Hecho el depósito que indica la ley 11.723

Impreso en la Argentina. *Printed in Argentina*
Primera edición: julio de 2004

Diseño de colección: Ignacio Ballesteros
Diseño de cubierta: BYZ diseño
Ilustración de cubierta: Ana Tarsia, *Esperando la palabra*, 1975.
Lápiz color
Foto de contratapa: Nicolás De Cesare

Heker, Liliana
Cuentos. – 1ª ed.– Buenos Aires: Suma de Letras Argentina, 2004.
520 p.; 18 x 11 cm.

ISBN Nº 950-1106-70-X

1. Narrativa Argentina I. Título
CDD A863

Impreso por Encuadernación Aráoz S.R.L., Av. San Martín
1265, (1704) Ramos Mejía, República Argentina

LILIANA HEKER

Cuentos

Índice

Las peras del mal

La crueldad de la vida

A Ernesto Imas

Prólogo

Escribí mi primer cuento sólo por amor propio. Un viernes a la noche, un desconocido de los que caían a las reuniones de *El grillo de papel* en el Café de los Angelitos leyó de prepo un texto mío y, sin que yo le hubiese pedido opinión, me dijo: "Sí, está bien, pero no es un cuento: en los cuentos la gente fuma, tiene tos, usa sombrero". Quedé fulminada: la adolescencia me venía otorgando un aura de protección en las reuniones del *Grillo* y, además, yo nunca había pretendido que ese texto fuera un cuento. Supe que mi único método para no quedar maltrecha era demostrarme a mí misma que, si quería, podía escribir un cuento, de lo que se desprendería que el hombre había hablado de puro comedido. Fue así que al día siguiente, sin más recurso que mi determinación, me senté ante una Royal prestada por el novio de mi hermana y, apenas inquieta por lo que vendría después, anoté "A veces me da una risa". Aún ignoraba que no hay tos ni sombrero que valgan si se desconoce la cualidad de ciertos sucesos de hablar por sí mismos, y que el secreto reside menos en encontrar esos sucesos que en dar con el modo de volverlos elocuentes. También ignoraba que la ficción no es una continuidad en el camino de la escritura: es un salto, y que por aquel desconocido del Café de los Angelitos —después supe que le decían El Gorrión y que estaba un poco loco; no sé siquiera si vive pero igual le doy las gracias— yo estaba dando ese salto que, en buena medida, marcó mi vida. Recuerdo el placer de estar hablando por primera vez desde una voz que no era la mía y el vértigo de teclear como suponía que teclean los escritores. También recuerdo el desconcierto cuando, de golpe, me detuve y pensé: ¿Y ahora cómo sigo? Leí la última frase que había escrito y ahí ocurrió algo en lo que hoy puedo vislumbrar cierto futuro literario: me di cuenta de que ése, y ningún otro, era el final. Nunca volví a toparme de ese modo con un final; suelo buscarlos —o saberlos— antes de sentarme a escribir. Tampoco volví a escribir otra ficción con ese grado de inocencia, o de ignorancia. Y nunca, desde entonces, dejé de convivir con el proyecto de uno o de varios cuentos.

Luego de ése, que se llamó "Los juegos", escrito y publicado cuando yo tenía diecisiete años,[1] vino un período de cuatro años en el que escribí más cuentos que en ninguna otra etapa de mi vida. Algunos no tenían salvación y fueron descartados para siempre; otros esperan una reescritura o han sido rehechos años después. Once fueron corregidos hasta donde yo podía corregir en ese tiempo e integraron mi primer libro, *Los que vieron la zarza*, publicado en julio de 1966.

1 *El grillo de papel*, Nº 4, junio-julio de 1960.

En la versión de *Los que vieron la zarza* que se publica en este volumen omití uno de los cuentos, "Dios", porque no me convence. De alguna manera, hablo de ese Dios en *La crueldad de la vida* y es probable que vuelva sobre Él. De los otros cuentos del libro, sólo "Retrato de un genio" permanece sin ninguna modificación. "Ahora" fue reescrito en 1972 para un volumen que publicó el Centro Editor; sólo conservó intactos el conflicto del protagonista, algunos de sus razonamientos y los párrafos finales. Los demás cuentos tuvieron sólo enmiendas menores. No es fácil corregir textos compuestos tanto tiempo atrás sin traicionar a la que entonces los escribió. Sospecho que hoy encararía de otro modo "Trayectoria de un ángel" y "Casi un melodrama", pero tal vez serían otros cuentos. A "Los juegos" le restituí el título con que fue publicado en *El grillo de papel.* En el libro original figura como "Los panes dorados": por ese tiempo yo había empezado algo que —sospechaba— iba a ser una novela y se llamaría *Los juegos.* Muchos años después la novela se llamó *Zona de clivaje*; no hay motivo, entonces, para no volver al primer nombre del cuento, menos azaroso que el que lo reemplazó; fuera de esta restitución, no le cambié nada, no porque me conforme su escritura: porque no sé cómo entrar en ella sin desbaratarla. "Las monedas e Irene", el último en ser escrito de los cuentos de mi primer libro, es un desprendimiento prematuro de esa novela que estaba empezando.

Algo de *Los que vieron la zarza* que cambié para este volumen es el orden de los cuentos. Ahora me molestaba, sobre todo, que estuviera separado en partes, cosa que me parecía extraordinaria cuando publiqué el libro por primera vez. Respecto del cuento que le da título, como ya lo expliqué una vez[2], lo escribí a los veinte años y, en mi historia personal, significó un mojón o variación cuántica: mientras lo estaba escribiendo, tenía el pálpito de que me había metido en una empresa por encima de mis posibilidades. Y tuve un sueño: en el sueño yo debía boxear con Raúl Parini, un excelente actor de esa época que me doblaba en tamaño. Estábamos en el Luna Park, a punto de subir al ring; yo usaba unos pantaloncitos negros de satén, muy ortodoxos, y una púdica musculosa. Mis amigos de *El Escarabajo de Oro* —Abelardo Castillo, Vicente Battista, Raúl Escari— me instruían acerca de la mejor manera de aplicar un *cross* de derecha o un *uppercut*. Yo pensaba: "Me alientan, quieren que gane, pero ¿a ninguno de estos hijos de puta se le cruzará por la cabeza que Parini me va a matar?". En el sueño yo sabía que, por amor propio, lo mismo iba a subir al ring e iba a pelear. A ese sueño le debo el apellido del protagonista del cuento y también, tal vez, la manifestación de algo que sería (o ya estaba siendo) recurrente en mi narrativa.

Mi segundo libro, *Un resplandor que se apagó en el mundo*, publicado en noviembre de 1977, no iba a llamarse así y debió estar constituido por única *nouvelle*: *Don Juan de la Casa Blanca*. Empecé a escribir esa *nouvelle* en noviembre de 1975 y su escritura atravesó el golpe militar, prosiguió en

2 Prólogo a *Los bordes de lo real*.

medio del horror y, junto con *El Ornitorrinco*[3], constituyó para mí el mejor modo de aferrarme a la vida, o a lo que hasta entonces había sido *mi* vida: dentro de las paredes de mi pieza, buscando con una pasión que no había conocido hasta ese momento las palabras exactas para contar el mundo opresivo de mis dos personajes, yo era libre. En noviembre del 76 le llevé a Enrique Pezzoni, en Sudamericana, la versión casi definitiva. Lo leyó y me dijo que publicaría el libro, sólo que, por un criterio editorial, tenía que agregarle algunos cuentos; según ese criterio, la gente no gastaba dinero en libros cortos. Yo no quería saber nada con eso; Mi *Don Juan* había sido concebido para estar solo; no podía colgarle unos textos porque sí. Fue Castillo quien vio cierta conexión entre *Don Juan...* y "Georgina Requeni o la elegida" y me sugirió que escribiera otro cuento vinculándolos. Yo había terminado "Georgina Requeni..." unos años atrás, después de un trabajo arduo y accidentado; lo entendía como uno de los cuentos que mejor representaban mi mundo narrativo. Pero conexión con *Don Juan de la Casa Blanca* no le veía por ningún lado. Sin muchas ganas, empecé a inventar una trama que relacionara los dos textos; la trama era posible pero yo no sentía la más mínima necesidad de trabajar en ella. Así andaba, casi resignada a que *Don Juan...* no se publicase, cuando la luna se metió en la historia, le dio un sentido a la nueva trama

3 El primer número de esa revista literaria, que fundamos con Abelardo Castillo y Sylvia Iparraguirre, salió en noviembre de 1977.

y lo amalgamó todo. Entonces sí vi el cuento, y vi el libro, completos. Escribí "Un resplandor que se apagó en el mundo" casi de un tirón y con un estado de alegría que no me abandonó hasta el final; ahí estaba, además, el título del libro. Las tres partes que lo forman pueden ser leídas como historias independientes, pero también admiten, para el que quiera verla, una cuarta historia que se arma entre las tres.

Los cuentos de *Las peras del mal*, publicado en febrero de 1982, fueron escritos entre 1967 y 1981. El que da título al libro lo hice a pedido en 1968. A comienzos de ese año vino a verme Alberto Manguel —un desconocido para mí, que con los años iba a ser el excepcional traductor de mis cuentos al inglés y un amigo entrañable—. Me contó que iban a fundar una editorial —Galerna— y que la iniciarían con una antología: *Variaciones sobre un tema de Durero*. Me tentó con los antologados: Borges, los hermanos Grimm, Ambroce Bierce, Haroldo Conti, Oski, Juan José Hernández; también me tentó con el nombre del cuadro de Durero: *El caballero, la muerte y el diablo.* Yo había leído el *Fausto* de Marlowe y el de Goethe, había sido marcada para siempre por el *Doktor Faustus*, de Thomas Mann, y hasta conocía al doctor Urba, ese avatar cordobés del diablo que ya me había deslumbrado en los primeros borradores de *Crónica de un iniciado*, de Castillo. Qué diablo personal podía aportar a esa serie espléndida. De ese interrogante, y de cierta concepción de la vida, salió la idea del cuento. Por esa época escribí también una versión lastimosa de "Georgina Requeni...", varios cuentos que todavía esperan una escritura aceptable, "Un secreto para vos" y "La llave", que, según sentí en esa época, marcaba otro salto en mi escritura. La prosa y la estructura de "De lo real" corresponden a 1981, el conflicto y la locura del personaje vienen, intactos, de cuando escribí la primera versión, a los dieciocho años. Supongo que lo ocurrido con ese cuento no constituye del todo un hecho aislado. En el texto de contratapa de *Las peras del mal* escribí: "No es mi locura la que creció (a los cuatro años ya sabía convivir amablemente con el desorden); el que parece haber crecido es mi lenguaje. Poco a poco voy familiarizándome con las palabras, aprendo a gobernarlas (o a desbarrancarme por ellas), a disponerlas de modo que no sólo el orden aparente, también ciertos desarreglos empiecen a resultarme posibilidades narrables de lo real".

Pasaron casi veinte años y dos novelas hasta que volví a publicar un libro de cuentos. Tal vez fue necesario que perdiera cierta confianza en mi escritura que, según parece desprenderse de la cita anterior, yo había adquirido en el momento de publicar *Las peras del mal*: la confianza no es buena para hacer literatura. Varios de los cuentos de *La crueldad de la vida* vienen de una búsqueda larga y a veces trabada. Dos cuentos que salieron fácil debo agradecérselos a Guillermo Saavedra: "Contestador", que no pretendió ser un cuento sino una especie de nota-relato que él me pidió para el diario Clarín, y "La música de los domingos", cuya escritura me propuso con el argumento irresistible de que yo no podía faltar en una antología de cuentos sobre fútbol. Le debo otro cuento de escritura fluida,

"La noche del cometa", a Sylvia Iparraguirre: ella me había pedido un texto de humor para una antología y yo, que cargo en mi memoria un registro de "situaciones con las que alguna vez voy a escribir un cuento", acudí a una en la que, me acordaba, Ernesto y yo y varios amigos reímos hasta perder el aliento. La voz del narrador me sopló de entrada en la oreja y empecé a escribir compulsivamente, cosa que pocas veces me ocurre. Lo curioso es que, a medida que avanzaba, iba notando que lo predominante no era el humor sino otra cosa que debía estar ahí, en suspenso, y en la que yo no había pensado hasta que me senté a escribir. Debo la idea de "Antes de la boda" a un cuento de Raúl Escari. Durante años traté infructuosamente de darle forma: los primeros intentos, escritos a máquina en hojas amarillas, son apenas legibles; una versión posterior, también a máquina, está en el reverso de un listado de computadora de los que yo usaba cuando era programadora en la Caja de Industria y Comercio.[4] En el 2001, ya con fecha para entregar el libro, seguía sin dar con la escritura definitiva. Debo al *Word* haberla encontrado. El cuento tenía muchos diálogos breves. Cada vez que yo escribía dos diálogos seguidos, el *Word*, de *motu proprio*, ponía una sangría y un guión en los renglones siguientes. Yo estaba al borde de la locura: tardaba una eternidad, cada vez, en enmendar la diligencia del *Word*. Y perdía totalmente el ritmo. A punto de tirar la computadora por el balcón, decidí empezar todo otra vez, de corrido y a

4 De donde me echaron por subversiva en 1976.

lo que salga. A la media página me di cuenta de que ahí estaba el tono que había buscado y, por fin, pude terminar el cuento. También en la composición de "Maniobras contra el sueño", de *Una mañana para ser feliz* y de *La única vez* se verificaron ciertas dificultades (en realidad, cada uno de mis cuentos carga con su singular historia de escritura; de algún modo, el conjunto de todas ellas urde una versión de mi propia historia). En cuanto a "La crueldad de la vida", busqué durante años ese texto, que unas veces concebí como cuento y otras como novela, y que terminó a caballo entre los dos géneros. Como me pasa cuando estoy componiendo una novela, anotaba fragmentos, comienzos fallidos y escenas sin destino, pero no podía dar con la estructura que las contuviese. Encontré su forma definitiva en 2001; la escritura de ese texto, que quiero de una manera especial, me salvó en un año catastrófico. Sin necesidad de hilar muy fino puede advertirse que se vincula con "Retrato de un genio", con "Berkeley..." y, sobre todo, con "Los primeros principios o arte poética".

Puede que este volumen, que abarca casi toda mi historia literaria, permita el descubrimiento de otros recorridos, de algunas recurrencias, de ciertos cambios en mi escritura o en mis temas. O que simplemente le depare a alguien un encuentro personal y azaroso con cuentos aislados, desprovistos de mí y del contexto. De mí puedo decir que me sorprende un poco estar armando este libro. Y que la tarea no me disgusta.

Liliana Heker

Los que vieron la zarza

A Abelardo Castillo

Retrato de un genio

A mi hermana Sussy

Si una consigue no pensar mientras golpea exactamente cien veces la pared con la ventana, el tiempo pasa rápido, muy rápido, y puede ser que cuando menos se lo espere Lucía se despierte y adiós problemas. Así como está Mariana, acostada en la cama, hay que mantener el brazo muy estirado hacia arriba para alcanzar el marco de la ventana, pero no se lo debe soltar por nada del mundo a pesar de que es cansador mover el brazo así, contando siete ocho nueve, y, al mismo tiempo, haciendo fuerza para no pensar en nada. Esto último es muy importante: porque si una pasa todo el tiempo deseando que se despierte Lucía y vigila cada uno de sus movimientos para ver si al fin abre los ojos, Lucía no se despierta nunca; en cambio si olvidamos por completo que ya no se puede soportar un segundo más sin otra compañía que una hermana dormida es muy posible que la hermana nos sorprenda en algún momento preguntando qué hora es o algo por el estilo. Es una ley insondable y por más que una se propone alterarla y, por ejemplo, pasa ratos completamente ajenos a la voz de la maestra para no perderse el instante preciso en que sonará la campana, basta que una se distraiga un segundo, uno de esos segundos que ni se sabe cómo ocurren, para que justo entonces suene. Por eso lo mejor es inventar un juego que permita dejar de pensar ya que la otra alternativa —despertar a Lucía— es desde todo punto de vista irrealizable. Se ha visto de sobra que el mundo no es tan sensato como una necesita. ¿Qué es lo más lógico cuando una quiere que Lucía ya esté despierta? Lo más lógico es que una vaya y la despierte, total el gran inconveniente que tiene dormir es que una se da cuenta de lo hermoso que es eso sólo en el tiempo en que no está dormida, por lo cual da lo mismo que una despabile a la gente ahora o dentro de mil años. Pero la vida nunca es así. Lucía no se quedará lo más contenta. No. Habrá que explicarle por qué se la ha despertado y eso es arruinarlo todo. Una no puede hacerle entender a su furiosa hermana mayor que la había despertado para que pudieran divertirse juntas; se sabe que una persona enojada jamás entiende que en el mundo sea posible la diversión, de ahí que, para ella, una estará mintiendo. Yo no estoy mintiendo, Lucía, le dirá una. Y ella dirá: sí que mentís; lo que pasa es que tenés miedo de estar sola. ¡No!, dirá una, pero ella no lo creerá, proseguirá calumniando y nada resultará divertido; por lo tanto: ¿quién va a dar testimonio de que Mariana no ha mentido? La vida ha de ser triste y no se entenderá para qué se la despertó a Lucía si al menos antes se estaba tranquila y una, sola, sabe jugar lo más bien. Siempre lo mismo: cuando Lucía no está con una parece que, juntas, lo pasan a las mil maravillas; pero después, todas las veces sucede alguna cosa, algo que no se debió decir o hacer pero que ya está hecho y Lucía de mal humor y la vida es un pozo negro. Hay que cuidar, pues, todos los detalles para que los acontecimientos no fracasen: no se la debe despertar a Lucía y lo mejor, si se quiere que alguna vez dé señales de vida, es no seguir dando vueltas sobre el asunto. Cien golpes contra la pared, con la ventana, no pensando sino en los números que para seguir pensando en Lucía no hace falta tener el brazo levantado, sosteniendo el marco y haciendo top top cuando de nada vale tanto top top si hemos perdido la cuenta y es necesario empezar otra vez, eso por estúpida: si se hubiera estado contando todo este tiempo ya se andaría como por ochenta. Sin embargo resulta imposible dar por contados esos ochenta; lo que sí, ochenta contando mal vienen a ser como treinta contando bien. Eso. De treinta hasta cien con la ventana contra la pared. O de uno hasta setenta.

No; eso jamás.

Los dos tienen setenta.

Pero no es lo mismo: eso es aminorar el sacrificio; es no llegar nunca a la meta. Se es tramposo y cobarde.

¡Qué viva! Entonces una empieza desde cualquier número, dice setenta y seis, por ejemplo, setenta y seis setenta y siete setenta y ocho, va hasta cien, y llega a la meta lo mismo.

No, porque ¿quién establece que una se merecía esos setenta y seis?

Claro; una puede estar segura de que merece treinta porque le duele el brazo de tanto tenerlo para arriba y, además, entretanto ha sufrido mucho por no poder dejar de pensar pero, considerando que si en todo este tiempo se hubiera seguido contando se estarían mereciendo ochenta, entonces, de ninguna manera, cuando se han hecho las cosas mal y una no ha cumplido con el sacrificio estipulado, pueden merecerse setenta y seis. Hay que empezar desde treinta y no pensar en nada. En nada, en nada, Dios mío se ha olvidado aquello. Qué qué, es preciso no recordar qué, es preciso es preciso pero ahora que ya se sabe que hay algo que fue olvidado la cabeza se va caminando para allá para el-pen-sa-mien-to-que-no hay-que-pen-sar y es necesario hacer algo para que no llegue pronto ayventana cincoseis siete no es eso sí por favor no importa el orden ahora ay feboasomayasusrayos iluminanelhistóricoconvento traslosmurosordoruido ruido. Ruido. No. Sí, ruido. En la cama de Lucía. Lucía se ha movido. No pienses en eso, maldita. No pienses, no pienses que el pensamiento anda por allá. Es que se me va la cabeza, se me va, se me va. Todo está perdido. Lo que no había que recordar es que queremos que Lucía se despierte. Estamos nuevamente en el principio. No gran Dios; en el principio no: Lucía se ha movido, y ésa es una buena señal porque si la gente, cuando duerme, está como muerta (respirando, claro, pero eso es lo de menos), esto significa que en el momento en que se mueve, en ese exacto segundo, puesto que no está muerta, está despierta; sólo que el segundo pasa tan rápido que es muy probable que, distraídas, las personas ni reparen en que se habían despertado, y, al concluir el movimiento, vuelvan a dormir. La clave del despertar definitivo reside en que suceda algo que llame la atención mientras transcurre el movimiento. Pero esta vez, por más que a una la ventana se le escapa con fuerza contra la pared, se da un violento suspiro, se tose y, al querer agarrar el cepillo que estaba sobre la mesita, éste se va al suelo con estrépito, Lucía no se da por aludida. ¿Y si no se despierta nunca? Al fin, dejar de dormir es una casualidad como cualquier otra: un ruido, justo cuando una se mueve, pero, ¿cuánto ruido? Recién con el ruido no había pasado nada y en cambio otras veces la gente se despierta sin ruido. Eso no es cierto: hay ruidos que no se escuchan pero igual están. Ahora una puede decir que sólo existen los golpes contra la pared y que, si se deja de golpear, no hay nada; pero si se hace un esfuerzo se escucha el tic tac del reloj, y si se presta mucha atención se oye el tic tac del reloj pulsera de Lucía, y la calle, y más lejos todavía. Y el ruido general. Porque hay un ruido general que son todos los ruidos juntos y que se escucha bien cuando una se tapa y se destapa los oídos bua bua bua. Algunas veces basta con el ruido general y otras hace falta un ruido muy grande. Pero, ¿grande hasta dónde? He aquí el problema. ¿Existe acaso el ruido más grande de todos, ése que si una lo escucha no puede dejar de despertarse? Porque si no existe, ¿qué seguridad tenemos de que Lucía no ha de seguir durmiendo toda la vida, y la gente piense que está muerta, y la vayan a enterrar? ¡Quién sabe a cuántos habrán enterrado así!; pero a la gente ni se le ocurre pensar en estas cosas y vaya a saber si es una ventaja estar sabiéndolo siempre todo; así se vive preocupada por asuntos que, para colmo, resulta imposible explicarle a los otros y una ¡pobrecita!, tan chica como es, tiene que soportarlo sola. Cómo harán los demás para no darse cuenta, en este momento, de que no sólo Lucía puede no despertarse en el resto de su vida sino que, perfectamente, a papá y a mamá puede haberles ocurrido un accidente espantoso y una se ha quedado sola sobre la tierra, desamparada y harapienta, pidiendo limosna por estas calles de Dios. ¡Oh, qué triste, Señor! ¡Qué triste es esta vida de pordiosera! Una limosnita, caballero, ¿no ve que me muero de frío? No, qué va a ver; cómo se nota que él tiene un sobretodo y un hogar alegre y abrigado con una cariñosa familia. ¡Qué egoísmo el de los mortales! Otra noche acá, en el quicio de esta puerta, helándome la sangre. ¿Por qué lloras de ese modo, pequeña niñita? Lloro porque estoy solita, y justo ahora, seguro que a Lucía se le va a ocurrir despertarse porque estas desgracias siempre han de pasarnos, basta que una llore un poco para que la muy idiota esté preguntando por qué llorás, pero no te da vergüenza tan grande y tan sonsa, ¿de qué tenés miedo? No es miedo, dice una; yo no sé por qué lloraba, te lo juro. Una siempre sabe por qué llora dice ella, la sabia. Pero yo no sé, dice una. Entonces estás loca, dice ella; únicamente los locos no saben por qué lloran. Dejáme tranquila, por favor, ruega una; ya se me va a pasar; si vos no me preguntás nada yo me voy a calmar enseguidita y vamos a hacer como que yo no había llorado nunca, ¿querés?; ¡por favor, Lucía!, ¿qué te cuesta? Pero Lucía nunca entiende de favores. Maldita Lucía. No se sabe para qué, al fin y al cabo, una tiene tantas ganas de que se despierte. Siempre es así: una anda queriendo que sucedan cosas pero después suceden y eso es terrible porque ya pasó y no era para tanto. Lo lindo, pues, no es que las cosas pasen sino querer que pasen. Ah, sí, cualquier día. Lo que se quiere ahora no es querer que Lucía se despierte sino que Lucía se despierte. Entonces, ¿cuál es la verdad? Santo Cielo ¡qué complicado! Es una desgracia pensar tanto. Así Lucía jamás se va a despertar. Es preciso dar cien golpes contra la pared. Pero, ¿acaso los números no se piensan? Claro que se piensan, si no saldrían todos salteados dosochocuatro pero se piensan muy poquito y además no se piensa en Lucía. Como contar ovejas que también se piensan pero no en Lucía. Eso, sin embargo, tiene sus inconvenientes: las veces que, para dormir, se ha tratado de contar ovejas, algunas se retrasaban y otras se apuraban, así que se producía un amontonamiento y se perdía la cuenta; además siempre hubo alguna que, al saltar, se cayó, de modo que fue necesario esperar a que se levantase y se corrió el riesgo de que no se levantara nunca; y estaban esas otras que saltaron como en cámara lenta, cada vez más lenta y eso no era contar ovejas sino contar una sola oveja; y contar una sola oveja es lo mismo que mirar una oveja, una oveja que está por saltar pero nunca salta, cosa que pone los nervios de punta por lo que una trata de pensar en otra cosa pero no puede porque la oveja no desaparece más y hay que quedarse largo tiempo esperando que se le ocurra saltar. ¡Maldita oveja! Lo que faltaba. ¿Es que las ovejas se le aparecerán a una hasta cuando no quiere contarlas? ¿Es que tendremos que seguir mirando a esta estúpida oveja? ¡Te vas! ¡Te vas, maldita! Un dos tres cuatro cinco, ¿qué habrá qué hacer para que desaparezca? Olvidar. Contar. Un dos tres cuatro cinco seis Dios mío, cómo la odio; por eso es mejor la ventana, que no es como los pensamientos que se mueven solos, sino que la mueve una misma por más que Lucía se lo pasa protestando todas las mañanas que el ruido no la deja dormir, pues ya se ha visto de qué modo no la deja dormir cuando desde hace dos horas se está dale toptop y la otra durmiendo como una santa. ¿Como una santa? ¿Quién ha visto nunca una santa durmiendo? Es raro: hay cosas que una ha dicho siempre y un buen día se pone a pensar por qué diablos las dice. O palabras. Palabras que, de pronto, suenan como por primera vez. Mariana. Mariana Barkán. Yo. Mariana de María, como francesa de Francia. Un país que se llama María.

—¿Nacionalidad?

—Argentina.

—¿Nacionalidad?

—Mariana.

María Ana. Ana María. Ya es otra cosa. Mariana y Mariano. También es otra cosa. Mariano Balcarce, el esposo de Merceditas; las palabras se ven: si Mariana soy yo, Mariana es como yo. Las personas no deberían tener nombres iguales; José de San Martín en cambio no tiene problemas porque es uno solo. Lucía. ¿Qué Lucía? Lucía un vestido de encaje. ¿Qué Lucía? Lucía Barkán, mi hermana mayor. Si una no la conoce y le dicen Lucía Barkán no piensa en nada y sin embargo es tan inteligente y todo lo demás que tiene.

Hay que conocer a la gente y puede ser que todos sean muy inteligentes cuando uno los trata de cerca. No, no, a veces dicen estupideces. ¿Y una?; ¿acaso una no dice estupideces también? Sí, y a veces no habla nada y a lo mejor los otros la están tomando a una por estúpida. Y una a los otros, y así todo. Nunca se sabe cómo es, de verdad, la gente. ¿La gente es lo que piensa o lo que dice? Si es lo que piensa la más inteligente soy yo. Pero, ¿quién lo sabe?

Yo.

Eso no tiene ninguna importancia. ¿Qué piensan los otros? ¿Piensan los otros? A lo mejor no. ¿Cómo se sabrá si el pensamiento no es algo que le pasa solamente a una, y cuando los otros hablan de pensar se están refiriendo a otra cosa? Cada uno a una cosa distinta. Es difícil de concebir eso de vivir sin pensar. Algo así como estar durmiendo siempre. ¡Puf! Sí, puf pero qué lindo sería dormirse un ratito, ahora, si se pudiera intentarlo. Como si alguien en el mundo pudiera intentar una cosa así. "Apoyá la cabeza en la almohada y dormite, tontita", dice mamá cuando una le explica que no ha podido dormir en toda la noche. "Pero, mamá", dice una, "cuando yo pongo la cabeza en la almohada se me empiezan a ocurrir cosas". "Y qué cosas se te tienen que ocurrir, Mariana", dice mamá; "¿acaso no estás contenta? ¿tenés miedo de algo?". "No, mamá", dice una; "no tengo miedo; no son cosas malas: lo que pasa es que a mí me gusta pensar". "Hay que pensar de día", dice mamá, "la noche se hizo para dormir". Pero sucede que de día está la escuela, y la gente, y los deberes, y no hay mucho tiempo; además, una se puede haber pasado todo el día pensando y, a la noche, igual se le siguen ocurriendo cosas porque el pensamiento no se termina nunca. Entonces no hay por qué querer que Lucía se despierte: una prueba comenzar sus pensamientos ahora, y seguir y seguir y seguir y seguir. Hasta la muerte. Ay, no. Borremos esta idea. Hagamos algo, urgente, para que Lucía se despierte. Una promesa. Eso siempre da resultado, como el otro día con el chocolate. "Quiero chocolate", había dicho y dicho Lucía. "Si hacés un verso que trate de eso antes que papá llegue", le dijo Mariana a las ocho y media, justo a la hora en que tiene que venir papá, "si hacés el verso antes de que llegue, seguro que trae chocolate". "Ahí viene mi papá rubio...", dijo Lucía y fue terrible porque si justo entonces aparecía todo estaba irremisiblemente perdido. "Ahí viene mi papá rubio...", y tuvieron las dos los nervios de punta.

Ahí viene mi papá rubio
con su regalo marrón;
el regalo es chocolate
y mi papá es un amor.

¡Qué maravilla! Nunca nadie pudo haberlo hecho mejor, aunque no es muy comprensible el modo en que se mide la hermosura de los versos, así como de los cuadros y de las músicas. Parece que hay cosas en que tiene que estar todo el mundo de acuerdo porque si no una es una burra, pero ¿quién es el que decreta? "Son obras de arte", dice Lucía cuando una le pregunta, pero, ¿cómo ha de saber una cuándo está ante una obra de arte? "Hijita", dice Lucía, "no hay más que verlo", pero de cualquier modo las dos están de acuerdo en que el verso del chocolate, sea o no una obra de arte, es muy hermoso y las dos lo dicen a gritos cuando llega papá quien no trae chocolate pero en cambio pregunta por qué tanto grito. "Porque queremos chocolate", gritan las dos, y papá la manda a Mariana a que vaya al almacén ¡de noche! a comprar una barra. El problema reside en si el sacrificio dio o no resultado.

—¿Comieron el chocolate?

—Sí.

—¿Fue papá el que trajo la solución?

—Sí.

—¿Se hubiera logrado lo mismo sin el poema?

Seguramente no porque no habría habido tanto alboroto y nadie hubiera podido enterarse que ésas eran unas ganas especiales de comer chocolate ya que, después de todo, una siempre anda con ganas de comer chocolate y ésa no es razón para que su padre la mande —en plena noche— a buscarlo.

Entonces el sacrificio ha dado resultado.

Hay, pues, que inventar un verso. Si Lucía se despierta, alegría he de tener, si Lucía se despierta, alegría he de tener, si Lucía se despierta, alegría he de tener.

Si Lucía se despierta
alegría he de tener
y con ella muy contenta
enseguida me pondré.

Feísimo. Ah, se lo supo distinguir sola esta vez. Bien; por ese camino, seguramente, se ha de descubrir el arte. Pero, Santo Cielo, ahora que lo piensa, es muy posible que llegue el castigo de Dios por haber cambiado el sacrificio, y que Lucía no se despierte jamás en la vida. Esto es espantoso. Hay que empezar otra vez, rápido. Pero es probable que el castigo ya no se pueda evitar porque lo hecho hecho está y el hecho es que se ha cambiado el sacrificio. Perdón, Dios mío. Estoy dispuesta a todo para lavar mi pecado. Contar hasta cien y si me detengo o me equivoco que me ocurran cinco desgracias este mes. Unodostrescuatrocincoseis-sieteochonopensarnada diezoncenadaidiotatrece o catorce ay, no importa, sí importa, eran catorce sí, me lo dice el corazón y ahora diecisiete pero ya nunca, dieciocho, nunca ya nunca sabremos nuestra suerte, y a lo mejor ya está todo perdido, veintiuno, veintidós, qué sé yo, cuarenta mil, esto es espantoso.

—Si no dejás de golpear la ventana te tiro con algo —dice Lucía.

—¿Qué ventana?

—¿Cómo qué ventana? —dice Lucía—. ¿Te creés que soy estúpida yo?

—¿Vos? —dice Mariana.

—¿Qué? —dice Lucía.

—Qué sé yo.

De todos modos, razona Mariana, desde la otra cama no se puede ver el brazo en alto porque lo tapa el escritorio. Lo conveniente en esos casos es no largar con brusquedad la ventana, lo que traería dos consecuencias nefastas: primero, se notaría el movimiento; segundo, se oiría el estruendo que, con toda seguridad, haría la ventana al chocar contra la pared. Lo que debe hacerse es ir moviendo el brazo poco a poco, para que apenas se note el cambio de posición, y, al cabo de unos diez minutos durante los cuales se ha conversado amigablemente con Lucía, una vez que se ha conseguido dejar la ventana contra la pared, bajar con suavidad el brazo.

—¿Y entonces —dice Lucía —me querés decir qué estás haciendo con el brazo levantado?

—Si yo no tengo el brazo levantado —dice Mariana mientras suelta la ventana, baja el brazo y oye un formidable ruido de ventana contra pared.

—¡Ah! —dice Lucía—; eso que suena son margaritas.

—Si las margaritas no suenan —dice Mariana.

—¡Ya mí qué cuernos me importan las margaritas! —dice Lucía.

—¿Y para qué dijiste? —dice Mariana—, ¿ves cómo sos?

Pero ya son inútiles las palabras: Lucía está de mal humor. Ahora se levantará y se encerrará en el baño como siempre que quiere estar sola, y se quedará horas allí. Pero mejor es no llamarla así se quede adentro toda la eternidad. Porque si se la llama ella va a empezar conque una la ha despertado, y si una es miedosa o qué. Y se pondrá de peor humor. Y si Lucía está así nunca en la vida se le podrá decir que a una le gusta que estén juntas puesto que de ese modo se divierten tanto. ¡Qué va a entender esa perra de diversiones! Y sin embargo, Dios mío, lo bien que se pueden divertir ellas dos.

Si Lucía saliera pronto del baño ya se vería. Lo mejor, ahora, será tratar de leer algo, y concentrarse, y concentrarse, y concentrarse, así, cuando menos se lo espera, Lucía sale del baño, y está de buen humor, y todo comienza a andar bien.

Yokasta

Cuándo pasará la noche. Mañana me va a parecer tan idiota esto. Con luz. Un sol como el de hoy y él va a venir a despertarme como todos los días. Igual a cualquier chico del mundo, ¿o yo no saltaba? ¿O no saltan todos de la cama apenas abren los ojos? Se vienen corriendo los muy voraces, no vaya a ser que mamá se levante justo ahora y nos perdamos lo más divertido del día. *Como cualquiera*, sólo en la oscuridad se puede creer algo tan. Solo de noche y a mí me puede dar asco imaginármelo dando saltos sobre mi vientre y cantando hico caballito vamos a Belén que mañana es fiesta y pasado también, un ratito más, mamá. Como si los otros no pidieran un ratito más mamá, y una qué va a tener el coraje de echarlos con esos ojitos que lo están esperando todo de una. *No, ya basta, Daniel; es muy tarde*. Ya basta porque esta noche a mamá le dio por sentirse inmunda, se le ha metido en la cabeza que ya nunca va a poder besarte como antes, y arroparte en la cama, y dejar que te trepes a sus rodillas en cualquier momento: desde hoy está mal exigirle a mamá que te atienda sólo a vos y no hable más que con vos, que te cuente historias y te muerda la nariz y te haga cosquillas para que te rías como loco. Los dos. Nos reímos los dos, el muy ladino: lo hace a propósito (así les dije hoy), esas caritas, vieron: para que no le saque los ojos de encima. Y que yo hacía todo lo posible, eso también les dije, todo lo posible para que no esté todo el día pendiente de mí, pero es inútil. Ellos se reían; sabés, yo los comprendo: es gracioso verte todo el día encima mío, vigilando cada uno de mis gestos. Ni hablarles a ellos podía, te enojabas como si fueras. Shh. Querías tenerme toda para vos y a ellos les divertía, claro. Decían tu pequeño edipito y hasta a mí me daba risa. *El pequeño edipito, repetía yo, no me van a creer, hasta se enfurece porque me acuesto con el padre; es terrible.* Pero no era terrible, Daniel; nada de lo que sucede bajo los árboles del jardín en un hermoso día de sol con amigos que pasan una tarde de descanso, es terrible; si hasta queda lindo que seas como sos, cuando hay sol: podemos pasarnos la tarde hablando de eso sin que se nos cruce una idea sombría. Por supuesto, mi cielo, si está bien quererla a mamá y que nos guste estar con ella: es joven, es linda, adivina nuestras palabras y nos sabe tener en brazos y hacer reír mejor que nadie en el mundo. Y es tonta, muy tonta por sentirse una porquería esta noche, por haber pensado que ya no volverá a hacerte una caricia, ni dejará que te trepes en sus brazos; te va a poner en un colegio y cuanto menos te vea mejor. Mentira, Daniel; es la noche, sabés; lo transforma todo, hasta lo más limpio; hasta que yo te quiera como te quiero se vuelve repugnante. Pero mañana va a ser como siempre, ya vas a ver cuando vengas, hico caballito vamos a Belén, a jugar como todos los días.

¿Viste hoy?: te dejé saltar todo el tiempo en mi falda y ni me preocupó (hasta me divertía) que ellos estuvieran tan maravillados. Pero este chico, Nora, decían; no te deja ni a sol ni a sombra. Yo trataba de decir pero se dan cuenta qué cosa, y vos me tapabas los labios con los dedos; no quiero que hables, decías, mi pequeño tirano; entonces yo les explicaba: Ya lo ven: es mi pequeño tirano. Ellos movían la cabeza, risueños, y no decían nada. Hago todo lo posible, les juro, insistía yo, pero no hay caso, y te empujaba despacio, vamos, Daniel, tesoro mío, tratando de bajarte. Pero era tan en broma como todo lo demás; como llamarte edipito bajo los árboles del jardín, cuando la tragedia es de otra historia y las palabras son sólo palabras divertidas. Todo ocupando su sitio, aun el decirte: Pero bajáte Daniel, no ves que mamá tiene que hacer otra cosa; andá a jugar con Graciela, querido. Hasta lo que tenía que venir después hubiera estado en su sitio. Porque al final, sabés, al final yo misma te hubiera llevado, te juro; en algún momento ponía voz de enojada y te decía bueno, Daniel, se acabó, y te llevaba en brazos adonde estaba Graciela. Gracielita, decía yo, acá te dejo a este bandido para que me lo cuides. Y ella, que antes jugaba sola lo más tranquila, ahora debía preocuparse por vos, hacer fuerza para retenerte porque el caballero, claro, quiere venirse conmigo, pero al fin, gracias a Dios, mi nene loco se quedaba quieto y yo podía volver a la reposera y hablar en paz con mis amigos. Y todos nos reímos un poco de esta situación porque lo estamos pasando magníficamente esta tarde. Menos vos, mi pobre Daniel: mientras conversamos te espío: no me sacás los ojos de encima; este demonio, digo yo, ¿te creés que se va a quedar tranquilo con Graciela?; si no me quita los ojos de encima. Y por supuesto, al rato, aunque Graciela trata de retenerte, vos conseguís soltarte y venir corriendo. Duró poco el descanso, digo yo, con un suspiro. Ya te trepaste a mis brazos y ahí te quedás, es inútil volver a bajarte. Estarás conmigo, cada vez más quieto, hasta que te caigas de sueño y yo tenga que subir al dormitorio con vos en brazos, medio dormido, y arroparte en la cama. Buenas noches Daniel. Buenas noches mamá.

No hay buenas noches para mamá, Daniel. Nunca más buenas noches. Nunca ya besarte y morderte la nariz y contarte historias y esperar que sea mañana para que te trepes sobre mí y cantes hico caballito. Es inútil esperar el día: hay cosas que no se borran ni de día ni de noche. Y hoy, quizá sólo un segundo, antes de que yo te llevara adonde estaba Graciela y todo empezara a ser como debió, Graciela, mocosa diabólica, estuvo parada lejos de nosotros y yo la miré y pensé eso: mocosa diabólica. Eso, Daniel, toda la vergüenza que se siente al pensar una cosa así, la humillación de saber que empezaba a odiarla (porque ella, ahora, sin que yo hubiera iniciado el ritual, te estaba haciendo muecas desde lejos), eso no se borra con luz. Vos también la estabas mirando: sus ojos perversos y maravillosos, las mechas negras que le caían por cualquier lado, la nariz respingada, las piernas desnudas hasta sitios prohibidos. Te gustó,

Daniel. Dios mío, por qué pensé semejante atrocidad, cómo se me ocurrió descubrir que. *Lo está provocando*. Así, con esas palabras, con esa brutalidad lo pensé: me desafía. Te disputábamos, Daniel. Y ella estaba tan lejos, tan libre y desnuda; sola y envidiable diciéndote yo muestro las piernas hasta donde se me antoja, te como a besos y, si querés, nos revolcamos los dos sobre el pasto, ahí, delante de todo el mundo, total yo soy una nena y hasta se me pueden ver las bombachas sin que la gente piense porquerías: ellos dirán qué lindo, cómo juegan, dichosa edad en la que uno. Y vos me tirás del pelo, te me enredás entre las piernas, y te levanto en vilo, y nos caemos rodando, total yo tengo nueve años. Estaba tan invulnerable, tan con ventaja sacándote la lengua desde lejos y diciéndote con los ojos: vení, Daniel. Le sonreíste. Los otros todavía estaban diciendo cualquier día te viola, Nora, pero yo vi cómo le sonreías. Supe que de algún modo secreto, inalcanzable para mí, ustedes se estaban entendiendo: vos conocías la manera de decirle que bueno, si ella aceptaba que fueras su tirano, y ella la de contestarte que sí, que sos tan hermoso con tu pelo rubio, tus ojos como de agua y tu impúdico modo de ser mimoso. Entonces allá voy, Graciela. Somos semejantes y nos amamos.

Te fuiste, Daniel. Te deslizaste de pronto de mis brazos sin siquiera mirarme; como si hubieras estado trepado en algo así como un cerco y ves pasar a Sebastián entre el ligustro y te bajás del cerco y vas a buscarlo. Qué sencillo resulta todo cuando no se sabe de traiciones, no es cierto, Daniel. Uno está en brazos de mamá, que es lo mejor del mundo, quiere pasarse la vida así, acurrucado, dejándose mimar; uno moriría si alguien quisiera arrancarlo de allí. Entonces aparece Graciela que tiene ojos de diablesa y saca la lengua hasta el mentón y se revuelca en el pasto, que es lo más hermoso del mundo y uno quiere pasarse toda la vida así, rodando sobre los tréboles mojados jamás nadie podrá impedir que juguemos juntos, que yo le tire del pelo hasta hacerla gritar, que venga corriendo desde lejos para que ella me haga volar por los aires, que me ría como de sus muecas que nadie como ella sabe hacer. Nunca conseguirán arrancarme de su lado; es inútil que mires todo el tiempo, mamá; es inútil que no puedas despegar tus ojos de mí y a duras penas logres disimular ante tus amigos aunque les sonrías cuando dicen: te traicionó, Nora. Contestás sí, todos los hombres son iguales, y lo pronunciás con voz de estar diciendo algo muy gracioso. Pero no los mirás siquiera: seguís esperando mis ojos, una sola mirada mía que te diga que todo sigue igual, que te quedes tranquila, que igual te quiero a vos más que a nadie. Y si no. Si a lo mejor la quiero más a Graciela que puede levantar las piernas. Y vos no podés. Puede dar alaridos como Tarzán. Y vos no podés. Puede embadurnarse la cara con naranja. Y vos no podés. Puede matarse de risa de todos ustedes que están ahí sentados como estúpidos. Y vos no podés. Así que no sirve de nada que sonrías cada vez que te parece que voy a dar vuelta la cabeza; y que pongas caras que te parecen cómicas. No me divierten esas muecas: ni siquiera las veo. No te veo aunque vuelvas a pasar a mi lado. Ya pasaste tres veces. Y me tocaste: yo sentí cómo me tocaste pero no me di vuelta. Y sé que hacés ruidos para que te escuche y cantás la canción de Hormigón Armado porque es la que más me gusta. Ya no me gusta más, para que sepas; Gracielita sabe mucho más lindas, Gracielita linda, nadie me va a arrancar de tu lado aunque sea de noche y haya que acostarse. Va a venir, hoy antes que todos los días, con más mimos, con más promesas. Pero no quiero y no quiero. Hay que resistir hasta el último momento; hay que gritar y patalear cuando mamá te quiere sostener en brazos. Sí, querés, Daniel, cómo no vas a querer que mamá te acueste. Ya es de noche, ¿no ves? Tenés que acordarte que nos queremos tanto, Daniel. Que yo soy lo mejor del mundo para vos. No podés subir las escaleras chillando y pataleando de este modo. ¿No te das cuenta? ¿No te diste cuenta de que me estabas traicionando, mi pequeño monstruo que no entiende de traiciones? ¿No sabías que mamá sí entiende y le duele el corazón y no pudo soportar que esta noche te durmieras llorando por Graciela? Odiándome porque te arranqué de su lado. Yo no quería hacerte daño, mi nene querido, mi bebote chiquitito y malo. ¿No es cierto que no?

Sonreías después, cuando volví para verte dormir.

Debés soñar cosas tan lindas ahora. Sólo mamá no duerme. Sólo yo no duermo, sabés, y tengo miedo por los besos que te di por las caricias que te hice, por el modo terrible en que jugamos los dos en la cama hasta que quedaste agotado y contento y te dormiste; pensando en mí, ahora estoy segura. Es inútil que me repita mil veces que siempre te beso igual, y te acaricio siempre, y siempre jugamos los dos porque es necesario que el pequeño Daniel esté contento. Es inútil decirse que ahora el pequeño Daniel está contento y tiene hermosos sueños. Que no sabe nada de la piel inmunda de su miserable mamá. Es inútil repetirse que es la noche la que lo vuelve todo tan horrible, que mañana va a ser distinto. Que vas a venir corriendo a despertarme y será hermoso como todos los días. Hico caballito, saltando sobre mi vientre, hico caballito vamos a Belén, que mañana es fiesta y pasado también. Como todos los días.

Casi un melodrama

—Una hermosa familia —dijo Miguel. Los fue mirando a todos, sentados a la mesa; la última fue Edith—. Bueno, ya nos tenés a los cinco reunidos. ¿Estás contenta ahora?

—No.

Fue como un disparo. Los tres chicos dejaron un momento de comer y Miguel pensó que se había equivocado: la pelea de la noche anterior aún no había concluido: parece que no bastaba con que hoy hubiese bajado juiciosamente a almorzar. Se encogió de hombros.

—¿Y? ¿Cómo va el Tránsfuga Invisible? —preguntó con exagerado optimismo.

—Mirá —dijo Marcelo, el menor de los chicos—, ya vamos dando con la pista. Si me sale bien una investigación, doy el golpe el sábado, yo solo.

—¿Y al Tránsfuga qué le hacen? ¿Lo linchan?

—¿Estás loco, papá? Lo fusilamos. ¡Bum! ¡Bum! ¡Bum!

—Vas a tirarte esa sopa encima —dijo Edith.

—¡Bum! ¡Bum! Te maté a vos también, mamá; ya no podés hablarme.

—Callate, Marcelo —dijo Edith—. No estoy para bromas hoy. Callate y tomá la sopa.

Miguel la miró de reojo.

—Sí, che, vamos a tomar la sopa —dijo con aplicación, y comió una cucharada—. Después me seguís contando lo del Tránsfuga.

Marcelo también empezó a comer. Su hermano Federico le dio una patada por debajo de la mesa. En realidad, habría querido dársela a su padre: eso de que hoy hubiera bajado a almorzar constituía para él una alta traición. A Federico comer le repugnaba; por eso la noche anterior, en lo mejor del escándalo, había decidido ser él también escritor y no bajar a comer nunca, nunca. Pero hoy el pavo de su padre le venía a hacer eso de aparecer al primer grito. Marcelo le devolvió la patada.

—Oia, oia —canturreó Susana, la mayor—, hay dos que se están pateando.

—Ya lo sé —dijo Edith, con sequedad.

Susana la miró con cierto encono. "Hoy no debería estar enojada", pensó; "ayer a la cena sí, y anteayer al fin y al cabo también porque papá no estuvo en casa, pero hoy está aquí y tan maravilloso que es y entonces, ¿para qué tiene que andar ella con esa cara y arruinarlo todo? Justo ahora que todos deberíamos estar contentos". E imprevistamente se rió, porque sí.

A Miguel le divirtió la risa boba de su hija; buscó los ojos de Edith para compartir con ella un fenómeno que desde hacía tiempo los tenía un poco admirados: tener una hija de trece años. Pero Edith no lo miraba: de pie, inexpresivamente, apilaba los platos. Un minuto después se iba hacia la cocina.

—¡Bien! —gritó Miguel parándose de golpe; tiró con violencia la servilleta—. ¡Ya se ha visto que lo único que te importa es no dejarme en paz!

—Sí —dijo Edith, antes de cerrar la puerta de la cocina.

Los chicos apretaron los ojos cuando oyeron el portazo y pensaron que hoy otra vez habría pelea.

—Y ahora, ¿qué diablos hice? —dijo Miguel diez minutos más tarde. Acababa de entrar en la cocina.

—Nada —dijo Edith de espaldas—. Absolutamente nada. Hoy cumpliste con todos los requisitos de padre de familia.

—¿Y entonces?

Edith se dio vuelta con lentitud. Lo miraba casi divertida.

—Sos increíble —dijo.

Miguel caminó hasta la ventana, dio dos puñetazos contenidos en el vidrio, y volvió.

—Escuchame, Edith.

—¿Sí?

—Nada. O el mundo está loco, o yo soy realmente un pelotudo.

—No sé de qué hablás.

—¿No? Yo tampoco sé, te lo juro. Ni de qué hablo, ni qué pienso, ni qué carajo sigo haciendo acá. Es... no sé, es un poco raro, ¿no te parece?, que me hagas bajar, y me hagas perder todo el día, y me amargues la comida para venir a decirme que soy increíble.

—Yo no te hice bajar, Miguel. En eso estás equivocado.

Miguel salió dando un portazo. No lo había hecho bajar, era lo único que le quedaba por escuchar hoy. No lo había hecho bajar: simplemente había llorado anoche, y había gritado que estaba cansada de esta vida, cansada de ser la mujer de un inútil y que si ella se había casado para eso, para vivir siempre sola hasta que al fin viene Semana Santa, papá se queda en casa, qué alegría, oh, oh, oh. Oh: no hay alegría, tesoros míos; porque felizmente papá ha vuelto a recordar la idea aquella; la que desde hace tres meses le viene dando vueltas por la cabeza y que hasta ahora jamás pudo escribir porque hay que ir al empleo, entendés, Edith, sólo por eso, porque hay que matarse trabajando para vivir, para que ustedes cuatro vivan, querida; matarse hasta que ya no te quedan ganas de nada. O hasta que vienen tres días libres, Miguel, y entonces te instalás tac tac tacatac detrás de tu puerta. Catorce años escuchando tac tac tacatac detrás de una puerta, los feriados. Los feriados que estás, claro, porque de pronto no estás, de pronto no hay más idea, no hay más tacatac, al canasto de papeles tanto tacatac y a sufrir fuera de casa, a compartir tus penas por los cafés con tus hermosos amigos desdichados y con tus lindas locas que te comprenden, oh, sí, ellas sí te comprenden, y te sueñan gran escritor. Gran escritor, tac tac tacatac, porque no llevan catorce años escuchando tac tac tacatac para nada. Tac tac tacatac. Tacatac tacatac. Tacatac.

Y Edith dijo tacatac, sí, pero no le había pedido que baje. No. Ella sólo dijo tacatac y movió la cabeza hacia arriba y hacia abajo y golpeó tacatac con los nudillos sobre la cómoda y dio gritos que mantuvieron despiertos y con el corazón en la boca a los chicos y no paró hasta que él se aferró a ella, primero con ganas de matarla, sí, pero después llorando, perdón Edith, es tan difícil y yo te quiero tanto, tanto; a todos ustedes los quiero tanto. Grandísimo imbécil. "Perdón, Edith". Y ya no pude escribir anoche. Ni esta mañana. Y me fui a la pieza de arriba cómo no, pero no escribí, maldito sea. Porque había que tener cuidado hoy y acudir en cuanto Edith llamara a comer, y si Edith no llamaba (porque ella, hoy, podía estar resentida y no llamar), acudir lo mismo. No distraerse, pues. Escuchar, oh Maestro de las Letras, escuchar todos los ruidos desde tu pieza de arriba; vigilar si Edith entra o sale de la cocina, oír, Gran Genio, que Susana canta y ha olvidado comprar el azúcar y rompe un vaso; estar atento ¡cuidado!, para saber, caramba, para saber ¡oh Gloria de Nuestra Literatura!, que Marcelo se escapó otra vez a la calle y que Federico, personalmente, no piensa comer. Atender, atender ahora, Envidia de los Inmortales, ahora mejor que nunca, atender, porque desde abajo está llegando ruido de platos. Uno, dos, tres, cuatro, cinco. ¿Cinco? ¿Puso cinco o me parece a mí? Corroborar que es olor a sopa de verduras eso que se cuela por las rendijas. Marcelo llega, Federico llora, Susana canta. Ruido de sillas. ¿Llamará? ¿No llamará? ¡A comer! Llamó. Y yo voy a bajar rápido, y la Semana Santa estará acabándose, y las grandes ideas han de volver al escritorio. Hasta otro franco. Otro franco en que Edith dirá "inútil", y yo bajaré a comer, como hoy, y volveré a subir como hoy, y volveré a.

Bajó en tres saltos las escaleras y entró en el dormitorio.

—Esto no puede seguir —le dijo a Edith.

—Bueno —dijo Edith—, ¿qué estuviste pensando ahora? ¿Qué gran idea se te ocurrió allá arriba?

—Ninguna gran idea, ¿entendés? Aquí no se te pueden ocurrir grandes ideas. Aquí, y a un domingo por semana para las grandes ideas, aquí, y después de reventar doce horas al día, no se te puede ocurrir una sola idea.

—Dejá el empleo, Miguel.

—Ah, sí; para tener, por lo menos, quince días hasta encontrar otro. Maravilloso, francamente maravilloso. Y durante los quince días oír que voy a matar de hambre a tus hijos con mi maldita...

—Yo nunca te dije eso.

—Y después reventar más que antes para pagar las deudas. Ah, sí, así voy a escribir grandes obras: *La Comedia Humana* voy a escribir.

—Bueno, ¿entonces qué querés? ¿Irte?

—Hablás fácil vos, ¿eh?

—Sí —dijo Edith.

—Pero no. No es eso, no. No quiero irme, entendelo. No puedo irme, y vos lo sabés bien.

—Yo no sé nada, Miguel.

—Nada, claro, vos no sabés nada. Está bien. Pero no; no quiero irme; no quiero tanto como irme. Quiero tranquilidad, entendeme. Que por lo menos me dejes en paz con esta miseria de tiempo que me queda libre. Que no me digas nada.

—¿Dejarte en paz yo, en esta casa? Pero, ¿qué me estás pidiendo, Miguel? ¿Que te deje en paz yo, alguna vez que te tengo? No. Miguel, no. Yo no sé hacer eso. Te juro que no.

—¿Pero entonces qué querés? —gritó Miguel.

—¿Yo? —dijo Edith—. Yo no quiero nada.

Miguel se fue a la mañana siguiente.

—¿Para siempre, mamá? —preguntó Marcelo, dos días más tarde. Su hermana lo pellizcó, indignada.

—Sí —dijo Edith—. Para siempre.

—¡No, mamá! —dijo Susana—. ¿Cómo vamos a vivir sin papá?

—Vamos a vivir, Susana. Hay que vivir.

Susana miró a su madre con una mezcla de rencor y suficiencia.

—Yo no —dijo—; yo no voy a poder.

Después, súbitamente, pareció comprender algo. Habló con voz baja, adulta.

—Vos tampoco vas a poder.

Se acercó a Edith y le tocó un brazo.

—Mamá —dijo—, yo te oí llorar esta noche.

—Yo también lloré —dijo Federico, orgulloso.

—Callate, estúpido —dijo Susana—. Qué te vas a dar cuenta vos lo terrible que es todo esto.

—¿No me doy cuenta? —dijo Federico—. Pobre de vos que no me doy cuenta. Nos vamos a quedar en la miseria, ¿no es cierto, mamá, que nos vamos a quedar en la miseria?

—¡Fenómeno! —dijo Marcelo—. Yo salgo a pedir limosna; ¿querés, mami?

Edith se rió. De pronto, daba la impresión de haberse puesto muy joven: resplandecía.

—¡Uy! —dijo—. Sí esta vida es un lío, ¿saben? Un tremendo lío. Pero nada de miseria, ¿eh, Federico? Escuchame. Escúchenme, chicos. Papá es un gran hombre. Él quiere algo, algo grande, y renuncia a todo lo demás por eso. Así se vive, ¿entienden? A todo se renuncia, y ni siquiera se tiene miedo a lo que nosotros podamos pensar. Por eso es un gran hombre. Se decidió y adiós. Es terrible, ¿no?, pero es tan lindo, chicos, tan lindo. Vivir así, Dios mío, pisando fuerte y dale que va. Él allá y nosotros aquí. Y firmes, ¿eh?, firmes para no defraudarlo a papá. Porque qué feo, ¿no es cierto, Marcelo? qué feo sería tener un papá cobarde. Aunque esté aquí, en casa, con nosotros. Susanita, ¿por qué llorás? No hay que llorar, bobos. Hay que ser como él; hay que ser fuertes, caramba; ¿a qué vienen esas caras? Federico, Susana, chicos, ¿qué pasa? Pero, ¿qué tontería es ésta, Dios mío? ¡Qué tontería!

Se quedó en silencio. "Nunca me había pasado algo así delante de ellos", pensó. "Qué disparate. Voy a tener que cuidarme en adelante".

—No hagan caso de nada —dijo con rabia.

Y entró en el dormitorio.

Susana vino unos minutos después. Se acercó a su madre y le acarició el pelo.

—No te preocupes, mamá —dijo—. Papito va a volver. Yo lo conozco bien y sé que no puede hacernos eso. Va a volver.

Volvió, una semana después; sin avisar y a mediodía. Estaban todos sentados a la mesa, frente a los platos de sopa: Marcelo, parodiando cada gesto de Susana; Federico, taciturno, esforzándose inútilmente en tragar; y Edith, hablándole a Federico, recordándole la neumonía del año pasado y evocando, una vez más, a la mujer jorobada y enana que vende chupetines en la plaza y que quedó así por no tomar la sopa. Miguel tocó el timbre y, antes de que nadie alcanzara a pararse, movió el picaporte: estaba abierto y entró. Se quedó mirándolos, algo cohibido, desconcertado, como si nunca antes hubiera pensado que los iba a encontrar a todos.

Susana y Federico y Marcelo dejaron de comer. El primero en hablar fue Marcelo.

—¡Volviste, viejo! —gritó.

Y lo gritó tan contento que Susana y Federico empezaron a reírse. A Miguel eso le dio mucha risa, y se rió ahí parado hasta que los ojos se le llenaron de lágrimas de tanto reírse. Susana se levantó de un salto para abrazarlo y cuando le vio los ojos húmedos empezó a llorar. "De la risa" dijo, mientras reía a carcajadas y lo mojaba a Miguel con lágrimas y moco. Y Marcelo daba vueltas alrededor de su padre y gritaba "yo sabía que ibas a venir, yo sabía, yo sabía", y se mataba de risa mientras paraba los golpes de Federico quien, como no encontraba el gesto preciso para expresar su emoción, le pegaba a Marcelo, y después a Susana, y después a su padre y, de nervios, reía. "¡Qué hermosos son, Dios mío!", pensó Edith. Y además pensó, pero como si ya lo hubiese escrito alguien, pensó: "Ahora Edith también va a reírse, y se va a acercar a su marido, y se van a abrazar, y vendrán la reconciliación y la paz.

Dijo:

—Como final es ridículo, Miguel; vos lo sabés muy bien.

Miguel se estaba riendo todavía. La miró maravillado, como quien pregunta: "¿Te volviste loca, mi amor?".

—Pero si vine a traer la plata —dijo, alegre.

—Sí —dijo Edith—; no supongo otra cosa; pero podías haber elegido una hora algo menos, no sé, menos... familiar —le dio un matiz ambiguamente cómplice a la palabra—. De cualquier modo viniste de gusto. No la quiero.

—¿Qué? —dijo Miguel.

—Que no la quiero, ya te dije. No la necesitamos.

—Harías bien en no ser ridícula, Edith —dijo Miguel—; el aire de heroína no te sienta.

—Seguramente —dijo Edith—; pero no encuentro otro tono para decir que te vayas.

A Miguel, la cólera le achicó los ojos.

—Sos imbécil, Edith —dijo—; ridícula e imbécil, y yo ahora podría hacer algo que te haría arrepentir. Pero estoy pensando en ellos, ¿entendés? en los chicos y no tenés derecho a...

—Me parece bien —dijo Edith—; pero al menos podrías tener la generosidad de no decirlo delante de ellos.

Hizo una pausa.

—Váyanse de acá —ordenó—. Los tres.

Los chicos salieron. Edith dijo:

—Estás jugando sucio, Miguel.

—¿Jugando sucio? —dijo Miguel—. Yo diría que estoy pagándole a mi podrida conciencia.

—Vos sí —dijo Edith.

Miguel no la escuchó. Siguió diciendo:

—O te crees que es muy fácil escribir así.

—¿Fácil? —repitió Edith.

—Así; vos lo sabés bien. Porque hay que trabajar doce horas lo mismo ¡eh!; porque, claro, una familia come lo mismo aunque uno no esté. Y bien, ahora vas a estar conforme: yo no escribí ni una línea, cierto, pero ustedes van a comer.

—Cuánta conciencia, Miguel —dijo Edith.

Miguel se encogió de hombros, asintiendo, burlón, como quien ya ha aprendido a aceptar un destino desgraciado.

—Sí —dijo—; y por eso estoy aquí. Y con la plata.

—Pero no la necesitamos.

—No, ¿eh? —dijo Miguel; casi lo gritó.

—No —dijo Edith—. Ya te dije que nos arreglamos.

—La traje, Edith. La traje. Acá está. Tomala.

—No. Miguel, llevátela.

—¡Tomala, te digo!

—No, Miguel; la vas a necesitar. Llevátela. Igual dentro de poco no vas a poder ganar esa plata.

—Quién te dijo eso.

—Yo. Yo te lo digo —dijo ella—. No hay mucho tiempo, Miguel. La vida, siempre lo dijiste, la vida es otra cosa, ¿entendés bien?, otra cosa.

—No; vos estás loca. No puedo, Edith. No puedo.

—Podés, Miguel. Andate ahora y no vuelvas más a casa.

Edith sintió, a través de las paredes, el odio de sus tres hijos. "No importa", se dijo; "que se las aguanten. Que cada cual aguante su destino, qué se han creído. Y el que no pueda, que reviente".

—Está bien, Edith —dijo Miguel.

Y se fue.

Ahora

Tal vez sería mejor que me fuera por un rato, acá voy a acabar por ponerme nervioso. Mamá y Adelaida no hacen más que llorar en la pieza donde duerme Juan Luis (como si esto pudiera hacerle algún bien a mi hermano) y a papá da pena verlo; recién me asomé al living y sigue parado frente a la ventana, vigilando la esquina. Sc le va a notar en la cara cuando doble la ambulancia.

Es curioso que haya escrito *ambulancia*: en el mismo instante en que lo escribía me los figuré llegando en auto. Sería peor en auto, no sé por qué. Sí, sé por qué. No puedo borrarme la idea de que Juan Luis va a gritar como gritaba Blanche en *Un Tranvía Llamado Deseo*. Y a Blanche la vinieron a buscar en auto.

Le dije a papá que pensaba salir a dar una vuelta pero no pareció gustarle mucho la idea. Es natural: Juan Luis puede despertarse en cualquier momento y si anda como anoche papá no va a poder manejarlo solo (con mamá y Adelaida ya se sabe que no se puede contar). Me pregunto hasta cuándo va a durar esta pesadilla. Pero no, no hay que dejarse ganar por la angustia. Habrá que intentar una nueva vida ahora que se lo llevan a Juan Luis, casi nos estábamos transformando en maniáticos nosotros también. Me parece que hiciera siglos que no siento el sol sobre la piel.

Mudarnos, eso será lo primero. Hace un rato traté de hacérselo entender a Adelaida, pero me miró un poco horrorizada. Nuestra infancia, la comprendo: cuesta desprenderse de los lugares. Las siestas en esta pieza, los domingos, cuando esta pieza era el comedor diario: ella, Aleta y la Reina Ginebra; yo, el Mago Merlín; Juan Luis, el Príncipe Valiente. La grieta de allá me servía para templar la Espada Cantora. Y en verano corríamos bajo el sol hasta que nos dolía la cabeza. Pero es eso justamente lo que hay que evitar: el sentimentalismo. Acá todo está como contaminado de Juan Luis. Lleno de su recuerdo, quiero decir. Si seguimos en esta casa nunca podremos reponernos. Cada mañana, cuando mamá riegue las azaleas, va a decir lo que dice siempre: "Pensar que este cantero me lo hizo hacer Juan Luis cuando vendió su primer cuadro, pobre hijo". Y si alguno señala las telarañas en la pileta del patio Adelaida va a contar: "En esta pileta, Sebastián lo quiso bañar a Juan Luis cuando Juan Luis tenía tres años". Y la va a mirar a mamá, y las dos se van a poner a llorar. Ayer mismo, a la tarde, mamá estaba buscando no sé qué radiografía y encontró la foto que le sacaron cuando ganó el concurso de dibujo. "¿Te acordás?", dijo; "qué lindo era; apareció en el escenario y todos aplaudieron. ¿Te acordás lo orgullosa que estaba yo?". Apretó la foto contra su corazón. "¿Cuántos años tenía?", dijo; "¿diez?". "No, once", dijo Adelaida; "¿no te acordás que Sebastián estrenaba los largos ese día?". Mamá suspiró y adiviné que estaba llorando. "Qué felices hubiéramos podido ser", dijo. Después oyó un ruido y miró hacia la puerta. Cuando vio que yo la estaba observando se secó rápido los ojos con el dorso de la mano, no le gusta que la vean llorar. Me senté a su lado para tranquilizarla pero ella empezó a acariciarme la cabeza como una tonta y a murmurar hijito querido. Está muy nerviosa, pobre mamá, y al fin consiguió que yo también me pusiera nervioso. O no sé; tal vez el haber vivido tanto tiempo en tensión. El contacto de la mano tiene que haber actuado como catalizador. Me sentí como otra vez —no debía tener más de cuatro años porque Juan Luis todavía dormía en la cuna, en el dormitorio con mamá y papá—, yo acababa de soñar (o me estaba imaginando) perros. Nada más que eso. Una pavorosa cantidad de perros negros y peludos, perros feos, en montón, arrancándose las orejas a dentelladas. No me animaba a gritar por temor a que, en la otra pieza, se despertara mi hermanito. Recuerdo que esa noche escuché, por primera vez, los latidos de mi corazón. Estaba por llevarme las manos a los oídos y entonces la oí. *¿Te pasa algo, hijito?*, oí sobre mi cabeza. Ella me acariciaba la frente y se sentó en mi cama. Y fue como si toda la paz del mundo se sentara en mi cama, con ella.

Bien, supongo que este tipo de vivencias quedan fijadas en el subconsciente; basta el estímulo adecuado para que afloren. De cualquier modo fue una picardía, aflojar justo cuando más hacía falta mantener la calma. Apenas abrí los ojos y le vi la cara a mamá me arrepentí de la agachada. No hay nada que hacerle, por algún lado siempre se explota. Pienso que habríamos terminado por neurotizarnos si papá no cortaba por lo sano.

Papá entró, justo cuando lo nombraba. Mejor dicho, asomó la cabeza por la puerta, me vio escribiendo, y volvió a salir sin decir una palabra. Es increíble hasta qué punto la gente, en una situación límite, puede perder la conciencia de sus propios actos; papá debe pensar que esto que ha hecho es lo más normal del mundo. Pero no debo burlarme de él, al fin y al cabo le tocó la peor parte en este asunto. Llamar a la clínica no debe haber sido nada fácil. Yo mismo, no sé si me hubiera animado. La forma en que lo hizo, sobre todo: confieso que me maravilló su sangre fría. *Anoche intentó matar al hermano*, lo oí perfectamente. No sé, supongo que era la manera más directa de dar a entender la gravedad del caso pero igual sonaba feroz. Juro que me electricé en la cama.

No; la peor parte aún no ha ocurrido. Habrá que hablar con los médicos, quiero decir. Querrán saber cuándo le notamos los primeros síntomas, cómo fue su relación conmigo, qué lo pudo haber llevado a hacer lo que hizo. Y bien, ¿por qué voy a tener que ser justamente yo el que dé las explicaciones? Por dos razones. Primero: porque tengo que evitarles a papá y a mamá (y también a Adelaida) la violencia de hablar de esto. Segundo: porque no veo que puedan aportar gran cosa, han simulado durante tanto tiempo que todo lo que Juan Luis hacía era normal. Un modo de la neurosis, naturalmente. O un modo de la salvación. (Sabían, sin embargo. Recuerdo un incidente más que significativo. Estábamos los cinco cenando. En la radio, acababa de terminar un programa musical. El locutor, ahora, estaba leyendo *El Horla*. Por la parte en que se empieza a notar cuál es la enfermedad que padece el protagonista Adelaida se levantó y apagó la radio. Un gesto silencioso pero cargado de sentido. Yo esperé que papá o mamá hicieran algo, dijeran alguna cosa que correspondiese a un padre o una madre cuya hija acaba de interrumpir, sin consultarlos, la transmisión de un cuento que todos estaban escuchando. Nada de eso. El silencio que siguió fue tan denso que, durante unos segundos, yo temí que Juan Luis se levantara y le tirara a alguien la radio por la cabeza.)

Pero ni de chico era normal. Brillante sí, pero no normal. Es eso lo que me preocupa, acabo de darme cuenta. Cómo se lo explico a los médicos, eso. Me preguntarán: ¿Y por qué nunca dijo nada sobre esas miradas? Les diré: No siempre me miraba así, doctor, yo creía que era porque me tenía rabia. Me preguntarán: ¿Por qué nunca avisó que gritaba de noche? Les diré: Éramos chicos, doctor, usted sabe cómo son esas cosas: tenía miedo que le pegaran (ahí mamá va a saltar con que ella nunca le levantó la mano a ninguno de sus hijos; no, tengo que poner mucho cuidado en no decir eso, así me evito complicaciones). Van a preguntar: ¿Y cómo los otros no notaron nada? Ése será el punto más difícil de explicar. Podré decir: Usted sabe cómo se comportan los padres en general con el hijo menor, y más uno como Juan Luis, un chico aparentemente perfecto, doctor, de ésos que se llevan el premio a fin de año. O si no: Usted es psiquiatra, doctor; no le tengo que explicar justamente a usted hasta qué punto se puede defender una familia burguesa contra lo anormal. No, no podré decirlo. No voy a tener valor para destruirle a mamá la imagen que guarda. Por otra parte, mejor que ni nombre la infancia, no sea cosa que me hagan responsable de la enfermedad de Juan Luis. Ya se sabe cómo son los psiquiatras: a todo le dan un significado. Diré lo que todos piensan: que la primera manifestación se produjo en lo de Baldi. Eso, nadie me lo podrá desmentir porque aquella vez fuimos los cinco.

Estábamos en el jardín, eso lo recuerdo perfectamente porque yo advertí los reflejos colorados en la cara de la señora de Baldi (que la hacían parecer todavía más gorda de lo que en realidad es) y pensé que el crepúsculo es una hora particularmente irritante. Se estaba hablando de algo así como un médico homeópata. A mí, ya se sabe que me enfurecen estas conversaciones sin ton ni son, de modo que hice lo que suelo hacer en estos casos: no escuchar. Es sencillo: una simple cuestión de perspectiva. Quiero decir que si uno toma conciencia de que desde un duodécimo piso se abarca un radio mucho mayor que desde el nivel del mar, está en condiciones de comprender que es posible achicar el radio de percepción hasta la zona contenida dentro de nuestra propia piel. Sólo que esta vez, cuando volví de mi aislamiento, tuve la impresión (al principio no fue más que una impresión, algo que se percibía en el aire más que otra cosa) de que la gente del jardín se sentía molesta. Miré a mi alrededor pero ahora me doy cuenta de que ya antes de mirar yo sabía lo que estaba ocurriendo. Era la voz de Juan Luis, y posiblemente había sido eso lo que me sacó de mi ensimismamiento. No; no era el mero hecho de que hablara sino la manera en que lo hacía. Sin interrupción, y con una voz estridente que erizaba la piel. Noté que algunos me miraban, como suplicando. Mamá y papá no; Adelaida tampoco: lo contemplaban a Juan Luis como si nada raro estuviera ocurriendo. Actitud que no fue la última vez que tuve oportunidad de observar y a la que yo contribuí piadosamente (cada vez que Juan Luis llevaba a cabo alguna de sus rarezas yo contaba algo o hacía algún movimiento llamativo, cosa de llevar la atención hacia mí). La misma tarde del jardín inicié este ritual cariñoso aunque (debo confesarlo) totalmente ineficaz en cuanto a sus últimas consecuencias. Lo primero que hice fue tirar una jarra con sangría de modo que el alboroto obligara a Juan Luis a callarse. Después me las arreglé para centrar la atención. Hablé de mecánica, de espiritismo, de todas esas pavadas que suelen fascinar a la gente. Estoy seguro de que esa vez conseguí neutralizar a mi hermano.

Pero no quiero que se le dé a mi comportamiento más importancia de la que en realidad tiene. El mal ya se había manifestado y aunque tratábamos de no hablar del asunto nuestra conducta cambió. Cada día, cuando se aproximaba la hora del regreso de Juan Luis, empezábamos a hablar a gritos, a indignarnos por cualquier nimiedad, a dar golpes sin sentido. Mamá, como era de esperar, fue la más afectada. Desarrolló una especie de defensa histérica: cada vez que se encontraba con un ser humano comenzaba a hablar de Juan Luis: que sus cuadros, que su novia, que lo lindo que era. En fin, no quiero aparecer como hipersensible pero muchas veces llegué a pensar que invitaba gente nada más que para hablarles de mi hermano. No creo que lo haya hecho conscientemente (imposible atribuirle a mamá una actitud maquiavélica), pero no hay duda de que invitaba gente nada más que para hablarles de mi hermano. Yo me daba cuenta de lo ridículo que esto debía resultar a nuestros invitados pero no podía hacer nada. Al principio sí, trataba de atemperar, como podía, sus ditirambos, pero esto parecía ponerla aún más nerviosa, de modo que al fin opté por el más absoluto mutismo cuando venían visitas. (Felizmente ahora se les ha acabado la manía de las visitas.)

Sin embargo no podía quedarme con los brazos cruzados. No sólo por mi familia (cada día estaban más apesadumbrados) sino por algo peor: María Laura. No sé, muchas veces me he preguntado qué cosa rara es el amor. Desde un punto de vista lógico no hay ninguna razón para que una muchacha como María Laura (la corporización misma de la alegría de vivir) se sienta atraída por un enfermo. Y sin embargo ahí estaba ella, sin notar nada, viviendo en el mejor de los mundos.

Nomás intenté sugerirle algo me di cuenta de que nunca la convencería de la verdad. Por lo tanto tomé la mejor resolución (al menos al principio pensé que era la mejor): ir a ver al padre de María

Laura. Ojalá nunca lo hubiera hecho. El hombre me recibió muy bien, incluso me escuchó con atención y prometió hacer todo lo que yo le pedía, pero después no sé, no sé qué pudo ocurrirle. María Laura tal vez: nunca me quiso esa chica. Lo cierto es que el hombre no sólo permitió que Juan Luis siguiera saliendo con su hija sino que cometió algo más descabellado: le mencionó a Juan Luis mi visita. No; no son ideas mías. Ya sé que parece un disparate que una persona seria ponga en manos de un insano un arma tan peligrosa, pero fue así. Esa misma noche, apenas Juan Luis llegó, supe qué había ocurrido. Por su manera de mirarme lo supe. Como si quisiera apoderarse de mi voluntad. Estuvo un largo rato así, observándome, y al fin sacudió la cabeza. Ignoro qué quería significar con ese gesto pero me corrió un sudor frío. Sentí que nunca más en mi vida tendría un minuto de paz. ¿Que exageraba? De ninguna manera. A partir de ese día comenzó a perseguirme. Sus miradas, sobre todo. Yo no podía dar un solo paso sin sentir sus ojos clavándose en algún lugar de mi cuerpo. Y sus palabras, casi tan insoportables como sus miradas. Cada vez que se refería a mí era para humillarme. Nada ostensible, nada que hiciera pensar a los demás: Juan Luis es un miserable. Ofensas sutiles, en clave. Esto me hizo sospechar un plan: él hacía *justamente* aquellas cosas que a mí me irritaban. Lo que se proponía entonces era hacerme perder el control, conseguir que toda la atención de la casa recayera sobre mí. *Quería despistarlos a mi costa.*

La otra tarde mi sospecha se confirmó.

Juan Luis había insistido durante mucho tiempo en hacer mi retrato; al principio no quise prestarme a sus propósitos pero al fin Adelaida me convenció; por otra parte, también a mí me interesaba saber qué perseguía con todo esto. Hasta que vi el cuadro terminado y comprendí. No; nada que tuviera que ver con el retrato en sí; era un buen retrato. Demasiado ocre tal vez. Pero hubo algo que me llamó poderosamente la atención: una mancha *injustificadamente amarilla* entre el pómulo y la sien derecha. ¿Qué significaba esto? Al principio no lo comprendí muy bien, pero apenas levanté los ojos mis sospechas se confirmaron: Juan Luis se estaba riendo. Apenas podía creer lo que ocurría. "Mi hermano", pensé, "mi hermano capaz de un cinismo semejante". Me enceguecí. Iba a golpearlo pero todo lo que hice fue romper el retrato en mil pedazos. Me acuerdo que pensé: qué cosas no llegará a hacer un maniático capaz de trabajar durante dos semanas para hacerle un daño a su hermano. Qué no será capaz de hacer ahora que su juego ha quedado al descubierto.

A partir de ese día traté de ocultarme de su presencia, pero eso lo exasperó. Me perseguía; vigilaba cada uno de mis movimientos. Yo tomaba todas las medidas necesarias para asegurarme de que no me estaba observando (en estas condiciones, hasta respirar se le hace dificultoso a uno) pero supongo que él encontró la manera de controlarme aunque yo no me diera cuenta. Lo cierto es que cada vez que yo intentaba algún trabajo importante, la voz de Juan Luis llegaba de los sitios más inesperados y yo tenía que huir.

No me importaba tanto por mí; era por los míos. Hace varios días que mamá tiene los ojos hinchados de tanto llorar, y a Adelaida le salió una especie de salpullido que la hace parecer feísima. Tal vez sea mejor para ellos que todo haya terminado como terminó. No sé. Tengo una sensación extraña, sin embargo no tendría que estar sorprendido. Era previsible lo que él iba a hacer. No tuve más que verle la sonrisa a la hora de cenar; su obsequiosidad al ofrecerme la pechuga del pollo, para comprender que estaba en el comienzo de otra de sus crisis. Y que esta vez llegaría a las últimas consecuencias.

Pero no fue en la mesa cuando lo comprobé, fue a medianoche, mientras seguía meditando en la cama. ¿Cómo lo supe? No sé. Algo parecido al instinto animal, supongo: las ratas abandonando el barco que va a hundirse. Lo cierto es que estaba reconstruyendo lo que había sucedido en los últimos días, y lo que Juan Luis dijo en la mesa, y de pronto comprendí que tenía planeado matarme esa misma noche. Confieso que al principio el terror me paralizó pero algo dentro de mí me ordenó que peleara por mi vida. Me levanté y, descalzo para no hacer ruido, fui hasta el dormitorio de Juan Luis. No se movió pero adiviné que no dormía.

Una idea me sobrecogió: *qué hago si me ataca* (Juan Luis siempre tuvo más fuerza que yo). Aunque me repugnaba la idea de usar un arma contra mi hermano, me di cuenta de que estaba en juego mi posibilidad de sobrevivir. Fui a la baulera y busqué el hacha. Después, un poco más tranquilo, volví a su dormitorio. Desde la puerta observé el rectángulo blanco de su cama; no se notaba ningún movimiento pero a esa altura ya no podía engañarme. Me acerqué lentamente y él, corroborando mis sospechas, se sentó en la cama.

No sé hasta dónde podía haber llegado si no hubiera visto mi hacha. Así y todo se abalanzó sobre mí. Recordé que una persona en su estado nunca abandona el plan que se trazó. Me defendí como pude hasta que llegaron papá y Adelaida, que consiguieron liberarme.

Debo haberme desmayado después. Esta mañana, cuando me desperté, apenas recordaba el incidente. Estaba tratando de pensar por qué me dolía tanto la muñeca cuando a través de la puerta oí la voz de papá en el teléfono. "Lo antes posible", oí, "anoche intentó matar al hermano". Al principio me corrió como un frío por la espalda. Pero es mejor así. Ya no puedo vivir escondiéndome. Es terrible no sentir el sol sobre la piel. Quiero ser feliz.

Dios mío, creo que me dormí. Oigo su voz afuera. Tal vez ya lo han venido a buscar. Creo que tengo miedo.

Papá no está en la ventana. Lo llamé y me gritó que ya venía, que me quedara tranquilo. Tengo que hablar con él. Tengo que explicarle. Tuve un sueño. No, no es eso. Es algo que siento, que se está por cometer una injusticia, eso. Que él creció a nuestro lado, ¿o es que ellos ya no se acuerdan? Le gustaban las mañanas de sol y el Príncipe Valiente. Y quizás hoy, aunque nosotros pensamos que todo cambió bruscamente para él, aún existe dentro de su alma una región hermosa y nublada que nadie ha conocido todavía. Que nadie va a conocer ya. Oigo las voces afuera. Se lo van a llevar. Lo van a rodear de muros por los que nunca podrá entrar el sol.

Los juegos

A veces me da una risa. Porque ellos no se pueden imaginar las cosas y entonces tratar de explicar todo: se ve que no pueden vivir sin explicar. Cada tanto yo pienso que les tendría que contar la verdad, ya estoy lista, parece que voy a empezar, pero entonces ellos dicen: ¿Por qué no jugás con la muñeca?, ¿es que ya no te gusta más? Y a mí claro que me gusta. Y cómo jugamos, si ellos supieran. Ayer nos perdimos en el bosque, uno que está cerca de la casa en que a veces se nos da por vivir; yo tenía unas trenzas largas y negras, iba descalza porque se me habían perdido los zapatos y estaba muerta de miedo. Pero en secreto sabía que después íbamos a encontrar una casita con labradores y con chicos llenos de aventuras y con panes calientes y olorosos. Y quería tener más miedo así después me sentía más aliviada.

Pero no pude llorar en los brazos de la mujer ni reírme con los hijos ni llenarme la boca con pan dorado porque vino mamá y me dijo: ¿Por qué estás siempre sin hacer nada? Entonces yo saqué la muñeca de la caja y me puse a darle la mamadera.

Y mamá me dijo: ¿Viste cómo te podés entretener cuando querés?

A la tarde me llevó a la casa de Silvia para que juegue con ella y no esté tan sola. A Silvia le gusta jugar a las visitas: dice las cosas que dicen las mamás cuando van de visita; las señoras grandes la miran, se ríen y dicen qué pícara. A Silvia le gustaría ser grande para decir todas esas cosas en serio y me dijo que yo era una tonta porque nunca me había pintado los labios y que mi vestido era viejo y feo y que su papá le va a comprar una bicicleta porque es más rico que el mío. Y a mí me subió una cosa grande y rara que se me quedó en la garganta y empecé a llorar fuerte como cuando me aprieto un dedo en la puerta. Entonces mamá me llevó a casa y me dijo que yo era una llorona y que no sabía jugar como las demás nenas y que tengo que contestarle a Silvia cuando me hace rabiar porque si no todos se van a reír de mí. Y yo me puse a llorar más fuerte y ya no pude parar.

Pero a la noche, cuando estaba en la cama, le contesté a Silvia: le dije todas las cosas que se me habían apretado en la garganta y que por eso no le pude decir antes. Me hubieran oído entonces. Le dije que si no me pintaba los labios no era porque le tuviera miedo a nadie, era que no me gustaba porque es pegajoso y tiene feo olor. Y que yo tenía vestidos mil veces más lindos que ése y me los ponía todos juntos si quería porque yo puedo hacer lo que me da la gana y nadie me va a decir nada pero a mí que me importaba ponérmelos: total para ir a su casa. Y que a mí me van a comprar un caballo que corra más rápido que un tren cuando cumpla siete años.

Entonces ella me quiso decir algo pero yo no la dejé y le dije que además la tonta era ella que todavía leía nada más que cuentos de hadas mientras que yo ya leí un montón de libros largos y de muchas páginas. Ella se moría de rabia pero yo le dije que era una estúpida porque decía que los chicos son unos brutos que no saben jugar y eso era mentira porque juegan mucho mejor que nosotras y si a ella no le gustaba era porque era de manteca. Silvia quiso tirarme del pelo pero entonces yo la agarré y le pegué tan fuerte que se tuvo que escapar corriendo. Y se puso a llorar. Lloraba tan fuerte que al final vinieron todas las señoras grandes a ver. Todas. Y se enteraron de que yo le había pegado a Silvia porque había sido mala conmigo. Y mamá me dijo: No hay que pegar a las nenas: es muy feo. Y Silvia seguía llora que te llora.

Y todo pasó tan en serio que cuando terminó yo estaba llorando en la cama. Pero no lloraba porque estaba triste. Lloraba como si yo fuera Silvia y me diese mucha rabia que una chica a la que creía tonta me hubiera hecho pasar tanta vergüenza delante de todo el mundo.

Los que viven lejos

En Colonia Vela, si se sigue la dirección que tomó Cristina Bonfanti el 1° de marzo, es raro encontrar a alguien: el puesto de policía, el almacén y la casa de los Mosquera quedan para el lado opuesto, yendo hacia las vías; pero las otras casas, le dijeron, están más lejos y para allá. Cristina pensó que aquella era una hermosa mañana y que, al fin y al cabo, todo resultaría sencillo. *La maestra rural ha salido a dar su paseo matinal*; la frase le había sonado tan alegre que casi se imaginó con un vestido hasta los tobillos que sólo permitía ver un diminuto par de botines negros y, en la cabeza, una capellina con siemprevivas.

Chicos había, lo dijo el vigilante; y el señor Mosquera también.

—Chicos hay, señorita —dijo—; lo que pasa es que a estos animales les importa bien poco la instrucción de los hijos. Si se descuida no hay más de dos que le sepan leer el cartel —y el señor Mosquera extendió su dedo grueso y autoritario hacia el cartel donde, desde hacía siete días, era posible leer que el lunes 2 de marzo comenzaban las clases.

—Le colocamos un cartelito, sabe —había dicho el secretario del Consejo—; pero ni va a hacer falta: ya se ha ido a todos los hogares.

La frase que dijo después: "Tiene que haber más de quince alumnos, claro, si no se cierra la escuela", no fue un problema hasta que transcurrió casi una semana sin que se hubiera inscrito más que Isabel Mosquera. Isabel, eso sí, entraba todas las mañanas con sus trencitas estrechas y su cara de torta a preguntar si ya se había anotado alguno nuevo. Mi papá se lo dice a todos los que ve, así que van a venir señorita, no se preocupe; y se quedaba ahí, tocándolo todo, persiguiéndola por las dos habitaciones, señalando un banco: aquí me voy a sentar yo y usted me va a querer a mí más que a nadie, no es cierto señorita; cuando vengan los otros ya se va a dar cuenta: ni zapatos traen y dicen porquerías. Yo no me junto con ellos. ¿Para qué quiere abrir ese armario, señorita?

—Necesito algunas cosas, Isabel.

—¿Son las cosas de la escuela, señorita? ¿La ayudo? ¿Me regala un cuaderno, señorita?

—No, querida, es mi ropero. Decile a tu papá que cualquier cosa le aviso.

—¿Y puedo ver lo que tiene adentro, señorita? Me gusta la blusa azul que llevaba ayer. ¿Puedo probármela, señorita?

—No, Isabel, no. Gracias querida. Si viene alguien voy a avisarles. Hasta luego.

—¿No le gusta que me quede con usted, señorita? ¿No me va a querer a mí más que a nadie?

—Sí, sí, por supuesto.

—Entonces, ¿puedo ser la monitora?

—Bueno, bueno. Hasta luego, Isabel.

—Hasta luego, señorita.

Volvió a la tarde con el señor Mosquera. Va a haber que hacer algo, señorita, dijo el hombre. Sí, por supuesto, señor Mosquera; si estuviera en mis manos... Está en sus manos, m'hijita; puede que a usted le hagan caso: al fin y al cabo es la maestra. Vaya a las casas y hablelés, no la van a comer; y metalés lo del asunto de la instrucción a ver si los ablanda. Eso sí; no se me vaya más allá del Estanque Grande: no es lugar para mujer sola. Pero de este lado de acá va a pescar bastantes.

Justo quince. Ni uno menos. Todos enfilados la mañana del 2 de marzo en el patio de la escuela. Después, a la tarde, cuando le presentó el registro al Inspector del Consejo, la señorita Cristina se divirtió en grande: como si estuviera haciendo trampa.

—Bueno, bueno —dijo el Inspector—, parece que andamos justo en el límite.

—Mire lo que son las casualidades —dijo la señorita Cristina. Pero no dijo que la tarde anterior, cuando salía de la casa de los Boyero (una casa inquietante, pensó después, con todos esos pájaros y la vieja jorobada... Pero una casa ¿no?; con gente que come y duerme y ríe ¿no?), en el mismo momento en que descubría el Estanque Grande, hizo un recuento de los alumnos que ya tenía: nueve, sin incluir al más crecido. Que anda en el maíz, había dicho el viejo, y mire si le va a meter en la cabeza lo de la escuela.

—Trece años no es tanto, señor —había dicho

la señorita Cristina—; el chico puede aprender a leer; es una criatura todavía.

—¿Criatura? —el viejo la miró de arriba abajo con sus ojitos maliciosos—. Ya anda en edad de montarla, mocita.

La señorita Cristina habría querido dar una respuesta altiva, pero eran las once y veinticinco y, fuera de una docena de huevos, un pato muerto y un pollo muerto, todo lo que había conseguido eran cinco alumnos.

—Volveré más tarde —dijo—: cuando esté el chico.

Pero aun contándolo, pensó mientras dejaba atrás la casa de los Boyero, *siguen faltando cinco*.

Cruzó el Estanque Grande.

Después, cuando el tiempo continuó transcurriendo, esa zona volvió a ser el territorio de los que viven lejos, y ella no lograba recordarla con nitidez. Sólo veía una tierra confusa e intrincada donde, quizá, la gente vivía de algún modo inconfesable y mejor no pensar en eso. Como si el mundo estuviera cortado en dos por el Estanque Grande y nosotros, los de este lado, los del lado de la escuela y el puesto de policía y las propiedades de los Mosquera y las vías y la casa de Graciana Franta y el rancho de Francisco Viancaba y el molino, no tuviésemos por qué pensar en eso. Con el tiempo ya ni pareció cierto que aquella vez Cristina Bonfanti había cruzado el Estanque Grande y pisó lo de allá; y que tuvo que atravesar bastante hasta toparse con Rafael Sívori, el segundo de los entrerrianitos, quien se quedó mirándola azorado, dele abrir la boca y volverla a cerrar, mientras ella también lo contemplaba como boba sin decir esta boca es mía.

Al fin habló.

—¿Hay alguna casa por acá? —dijo.

Que fue en el mismo instante en que Rafael se había decidido a largar aquello que lo tenía ahí, emocionado y mudo, frente a la señorita Cristina Bonfanti.

—Usted es la maestra —dijo.

A partir de ahí todo estuvo bien. Los entrerrianos resultaron ser cinco, y todos ¡bendito sea Dios! todos en edad escolar. La madre de los entrerrianitos fue cariñosa y ella también sabía leer, sabe señorita, y qué lindo que está eso; y sí que los iba a mandar a todos, o que otra cosa iba a querer ella para sus hijos, sabe señorita, y sírvase otro mate.

Se camina de otro modo con catorce alumnos seguros. Cuando entró en el rancho del viejo seguía siendo fuerte.

Fabio Santana tenía ojos burlones y chiquitos, igual que el viejo; él también de una sola larga mirada la recorrió entera. Se detuvo morbosamente en el pecho y en las piernas. Dijo:

—Bueno; si la señorita ordena aprenderemos a leer.

Y fue así que la tarde del 2 de marzo, después de un cuarto de hora de revisar papeles, el Inspector, sin darse cuenta, estaba repitiendo la frase que un rato antes había dicho la señorita Bonfanti.

—Mire lo que son las casualidades.

Antes de irse agregó:

—Va a tener que enlazarlos. A ver si se le escapa alguno y tenemos que clausurar la escuela.

Los primeros días, sin embargo, la señorita Cristina no pensó en eso. Es cierto que los entrerrianos faltaban mucho y, al fin, las dos chicas y el mayor dejaron de venir, pero quién va a andar reparando en estas cosas cuando el día no alcanza con todo lo que hay que hacer.

—Y encima se le ocurre meterse con los bulbos —refunfuñaba la vieja Felicidad, la casera. Imposible de concebir, razonaba, que alguien sea tan desquiciado como para enseñarles trabajo de quinta y jardinería justamente a éstos, que andan en la tierra desde que nacieron.

—Mire, Felicidad —decía la señorita Cristina—, no es cosa mía: lo pide el reglamento, qué se le va a hacer. En cualquier momento viene una inspección y yo qué hago.

—Por mí. Si está loca arregleselás. La cría se le va a reír en la cara.

Pero no se reían. Había que verlos: fascinados porque la señorita Cristina ha hecho un hoyo en la tierra, y ha metido una semilla en el hoyo, y ha cubierto con tierra la semilla, y ha vertido agua sobre la tierra. Silenciosos y emocionados aguardan el último acto del ritual: cuando la señorita Cristina, arrebolada por el trabajo, alza los ojos y pregunta:

—¿Entendieron?

—Sí, señorita —contesta el respetuoso cortejo; aunque ninguno de sus integrantes llegará a saber en su vida qué es lo que debió entender.

—A ver, Rosaura, ¿cómo se siembra el zapallito?

Rosaura no ha vacilado en abrir la boca; y se ha quedado así, maravillada.

—Mirá que te va a entrar un sapo por la garganta —le ha dicho Jacinto Boyero.

Todos se rieron. E Isabel Mosquera aprovechó la coyuntura para agitar la mano.

—Yo lo sé, señorita —dijo—; yo lo sé.

—Bueno, Isabel —dijo la señorita Cristina—; explicale al resto de tus compañeros cómo se siembra el zapallito.

Isabel se separó del grupo hasta ponerse al lado de la señorita Cristina y allí, frente a todos sus compañeros, aspiró ampliamente y explicó.

—Muy bien, Isabel —dijo la señorita Cristina—; has estudiado.

De atrás, alguien silbó.

—¿Quién silba de ese modo? —dijo la señorita Cristina. Aunque de sobra sabía cuál era el único capaz de emitir aquel sonido largo, provocador, malévolo. Lo había escuchado muchas veces cuando cruzaba las piernas, cuando se agachaba, cuando en un arranque de ternura acariciaba a alguno de los otros. Soñaba con ese silbido. Lo sentía a solas, en su pieza, cuando se quitaba el vestido y muchas veces, mientras trataba de dormirse, el silbido venía nítido, cercano, a través de la ventana abierta. Se levanta y cierra la ventana. Afuera, alguien ríe.

—¿Quién silba? —repitió.

—¿Acaso no sabe quién le anda silbando por la vida? —dijo Fabio Santana.

—No vuelvas a hacerlo —dijo la señorita Cristina.

—Es que usted se me retoba, mi prenda —dijo Fabio Santana—. ¿Para qué le hace creer a éstos que lo que hace la boluda se llama estudiar?

No se sabía si el apodo de Isabel Mosquera lo había inventado Fabio o quién, pero, por supuesto, él era el único que se atrevía a llamarla así delante de la maestra.

—¡No seas insolente!

—Y si no, ¿qué? ¿Me vas a poner en penitencia?

—¡A jugar, chicos! ¡A jugar! Ya es hora del recreo.

Entró en pieza, como siempre que le pasaba algo con el muchacho.

—Ya la tenemos a la llorona —dijo la vieja Felicidad unos minutos después—, moqueando como recién parido. Mientras, afuera se están matando.

—¿Afuera? —dijo la señorita Cristina—. ¿Qué pasa afuera?

—La Rosaura, que la tiene entre ojos a la hija del almacenero. Le está haciendo pasar una buena.

Rosaura, las rodillas sobre el estómago de Isabel Mosquera, tiraba de las trenzas de la otra.

—¿Qué pasa ahí? —dijo la señorita Cristina.

Se separaron; Isabel, entre sollozos, trató de explicar algo. Rosaura dijo:

—Ella no sabe nada de zapallitos —y pateaba el suelo—. Ella en su vida plantó un zapallito.

—Yo estudié, señorita —dijo Isabel Mosquera—; le juro que estudié. ¿Qué culpa tengo si en mi casa no hay zapallitos?

—Sí —dijo la señorita Cristina—. ¿Qué culpa tiene?

Hubo un silencio reflexivo. Durante un segundo, todos sintieron compasión por Isabel Mosquera. Isabel volvió a sollozar.

—Castiguelá, señorita —dijo—; me hizo doler.

—Te vas a quedar después de hora, Rosaura —dijo la señorita Cristina.

—Ahora, señorita —dijo Isabel—, yo quiero ver cómo la castiga. Es mala, muy mala, señorita. Y mi papá sabe cosas sobre ella. Cosas terribles. Yo escuché.

—Silencio, Isabel. Silencio, chicos. A clase.

A la hora de la salida también salió Rosaura.

—¿Adónde vas? —dijo la señorita Cristina.

—A casa, señorita —dijo—. ¿Adónde quiere que vaya?

—¿No te acordás lo que dije, Rosaura? —dijo la señorita Cristina.

—No, señorita —dijo Rosaura.

—Dije que te quedaras después de hora.

—Ah.

Cara de india. Ladina y mentirosa. Imposible quererla. Había algo en sus ojos, como en los ojos de Fabio, que intimidaba. Como si tuvieran cosas que enseñarle a una. *Pobrecita*, se esforzó en pensar la señorita Cristina; es una criatura, *pobrecita*. Le acarició el pelo.

—Contame, Rosaura —dijo—; contame por qué hiciste eso.

—Nunca, señorita; nunca se lo voy a contar. Aunque me caiga muerta.

—Vamos, no exagerés; no ha de ser para tanto. Vení, sentate. Vos sabés que la maestra es como la segunda madre. Vas a ver que después te sentís aliviada.

—¿Y me jura por la Virgen que pase lo que pase nunca en la vida va a contar una sola palabra?

—Te lo juro.

Rosaura revisó cada uno de los rincones, miró debajo de todos los bancos, y cerró la puerta.

—Ella me quiere asesinar, señorita —dijo.

—Rosaura, ¿cómo podés decir algo tan monstruoso? ¿No tenés temor de Dios?

—¿Y ella, señorita? ¿Por qué no le pregunta a ella si no tiene temor de Dios? ¿O es que no me cree, señorita?

—Pero Rosaura, ¿cómo voy a creer semejante cosa de la pobre Isabel, que es incapaz de matar una mosca?

—Ya va a ver, señorita. Ya va a ver las señales.

Cuando la señorita Cristina la detuvo ya había algo de sangre en las muñecas de Rosaura.

—¿Por qué hiciste eso, Rosaura?

—Para que usted me crea, señorita.

—Ibas a mentirme.

—Ahora sí, señorita. Pero antes nunca, jamás en la vida le he mentido. Ella me quiere asesinar porque yo soy la dueña de todo esto y a mí me robaron de la cama cuando yo era muy chica. El padre de Isabel me robó, y mató a mi mamá y a mi papá, y me tiraron de cabeza en el rancho de ahora, y todas mis pulseras, y todos mis vestidos fueron para Isabel. Y si algún día hay un vigilante que quiera escucharme se lo voy a contar todo y a Isabel la van a meter presa. ¿Me cree ahora, señorita? ¿No es cierto que me cree?

—Yo te quiero mucho, Rosaura; y quiero que nunca más vuelvas a tener miedo cuando estés conmigo. Si te pasa algo vení a contármelo. Y tratá de ser feliz, por el amor de Dios.

Y la señorita Cristina le dio un vaso de leche y pan con mermelada. Y Rosaura habló de los pollitos que nacían por su casa. Uno verde nació una vez, dijo. Y pió como el pollo verde. Y la señorita Cristina rió. Y Rosaura también rió. Y terminó todos los panes. Y vació el frasco de mermelada. Y cuando se fue, le quedaron unos lindos bigotes blancos.

(Santiago Juan es el más inteligente y Graciana Franta la más hacendosa pero Francisco Viancaba pone en todo mucho empeño y aplicación y eso, ha dicho la señorita Cristina, eso ¡vaya si tiene valor!; Ángela María Contouris está de acuerdo en todo salvo en que Graciana Franta sea la más hacendosa: muestra su labor a la clase y repite que quién se atreverá a decir que ella no es más hacendosa que Graciana Franta; la señorita Cristina dice que tu labor es muy linda Ángela María y que está bien poner empeño y aplicación para mejorar siempre pero que está mal sentir envidia de una compañera. Lo que más les gusta a todos es cantar, pero Octavio Sívori, que es muy correcto, explica a quien quiera oírlo que él, personalmente, prefiere las cuentas y el dictado. A Fabio Santana no lo quiere nadie porque es más grande que los demás, en clase se lo pasa silbando, y le hace burla a la señorita Cristina que es tan buena. Isabel Mosquera tiene una caja con 24 pinturitas que vuelve loco al grado pero hay que ser muy educado si uno quiere que ella preste alguna: ya le faltan cinco e Isabel ha dicho que si siguen robando un buen día se aparece el padre con la policía y hace meter preso al culpable. Los recreos son complicados porque los niños le levantan la pollera a las niñas; Ángela María Contouris dice que Francisco Viancaba le ha tocado el culo; la seño-

rita Cristina explica que eso no se dice Ángela María pero a ella se lo han tocado lo mismo. Vicente Moruzzi y Graciana Franta traen huevos frescos para la señorita Cristina pero una vez Santiago Juan viene con un pavo y les mata el punto a todos. Francisco Viancaba y Vicente Moruzzi tienen piojos y un día la señorita Cristina los hace quedar después de la escuela y les lava la cabeza con querosén: les da un rico almuerzo y, de postre, flan de chocolate. Quién fuera piojoso, comenta Santiago Juan. Una mañana se cae un pedazo del techo y entre Santiago Juan, Fabio Santana y Rafael Sívori lo arreglan lo más bien. La señorita Cristina cuelga cuatro láminas: una con el General San Martín cruzando los Andes, otra con la Casa de Tucumán, otra con dos niños en un prado juntando flores para mamá, y otra con los siete enanitos que son de un cuento que la señorita les contó. Una vez cuelgan un dibujo muy hermoso que ha hecho Rafael Sívori y otra, un enorme cartón con aplicaciones en papel glacé, que ha hecho Graciana Franta. La escuela es linda y alegre.)

Fue el Inspector del Consejo quien trajo a la señorita Cristina a la realidad; notó que no sólo tres de los entrerrianitos: también los dos Boyero habían desaparecido.

—Pero hace apenas siete días, señor Inspector —dijo la señorita Cristina Bonfanti—; pudo haberles pasado algo.

—No digo otra cosa, señorita Bonfanti —dijo el señor Inspector—; pero trate de regularizar esto; mire que, ya de antes, estaba justo en el límite.

—Supongo que eso no será motivo —dijo la señorita Cristina Bonfanti— para que, ya en mayo y con casi quince chicos a medio aprender, nos cierren la escuela, señor Inspector.

—El reglamento es el reglamento, señorita Bonfanti —dijo el señor Inspector—. Pero no se preocupe; siga nomás que ya vamos a volver por acá.

La notificación llegó una semana después: comunicaba que el día 22 de mayo una comisión del Consejo pasaría a constatar si el número de inscriptos acordaba con lo estipulado; de no ser así, esa comisión, lamentándolo mucho, procedería a clausurar el establecimiento de enseñanza primaria en Colonia Vela, durante el año en curso. Francisco Viancaba dijo que sí, que él sabía por qué dejaron de venir los Boyero.

—Les quemaron el rancho —dijo Francisco Viancaba—; porque eran brujos.

—¿Brujos? —dijo la señorita Cristina—; ¿cómo brujos?

Francisco Viancaba se encogió de hombros. Uno no contesta algo como eso. Brujos, simplemente, y todo el mundo lo sabía. Y a nadie le sorprendió que al fin cayeran las autoridades y prendieran fuego a todo. Fue grandioso, a la noche: terrible y grandioso a la vez. Él se había bajado de la cama y había ido a mirar. Vio sombras que se movían despavoridas. Y oyó gritos: como maldiciones rajando la oscuridad. Después llamó:

—¡Jacinto!

Las dos sombras se acercaron corriendo, agarradas de la mano. Aurora lloraba pero Jacinto tenía los dientes apretados y lo miró fijo. Mucho tiempo (le pareció a Francisco) estuvieron así, mirándose. Después, desde la quemazón, alguien llamó. Francisco fue viéndolos mientras se alejaban, hasta que se volvieron dos bultos más, borrándose entre las llamaradas.

—No —dijo—. Qué sé yo para dónde habrán ido.

Entonces no hay más que diez, pensó la señorita Cristina. Y esa noche lloró.

Sentada en el suelo, entre recortes azules y blancos de papel crepé. Y bien que le había dicho a Ángela María que no cortara tan angostos los flecos. Perdida en el centro del campo, apenas iluminada por la luz temblona de una lámpara a querosén, muy enojada con Ángela María Contouris que no ha cortado suficientemente anchos los flecos de una cinta patria que nunca, ningún esplendoroso 25 de mayo con versos y discursos y un insólito, desparejo, violento himno nacional, iban a festejar. Siempre hacen las cosas al revés: una les dice ancho y ellos entienden angosto; una les dice azul, blanco y azul, y ellos se acercan, contentísimos, a mostrar blanco, azul y blanco. Una se enoja con ellos porque son tan pavos y tal vez, a la noche, cuando deberían caer rendidos por haber pasado cinco horas dándole a la azada, o bombeando, o limpiando la cocina, o arrimando leña, ellos se afligen por ser tan pavos y, en puntas de pie, tanteando en la oscuridad, buscan un trapo azul y un trapo blanco a ver si de una vez por todas les sale bien; y en una de ésas ni siquiera consiguen un trapo azul y piensan anaranjado es lo mismo y esa noche se van a la cama sonrientes, acariciando con orgullo un trapo blanco, anaranjado y blanco.

Oyó golpes en la puerta. *Ya está aquí otra vez, qué diablos se propone; qué tiene que ver él con los versos a French y Beruti, y las pinturitas de Isabel Mosquera, y las cuentas de restar.* Pero no era Fabio Santana. Una chica, afuera, gritaba hasta enronquecer, abramé señorita, usted me dijo que viniera, abramé, señorita.

Rosaura, completamente desnuda, entró en el aula.

"Me persiguen", dijo; "¿Vio que yo le dije?; vinieron a mi cama para matarme y tuve que escapar".

—Tapemé, señorita.

Detrás llegaron el señor Mosquera y el vigilante. "Degenerada", gritó el señor Mosquera; "así te quería agarrar, degenerada". Y el enorme señor Mosquera se abalanzó sobre la pequeñísima Rosaura Cardales de ocho años, quien, temblando de miedo dentro de una colcha marrón, sólo atinaba a cubrirse más y más. Cubrirse hasta el rostro.

Al tiempo se fue sabiendo todo. Cómo la madre de Rosaura, por veinte pesos la vez, se la entregaba al empleado del almacén. Y cómo el indignado señor Mosquera no cejó hasta descubrirla así, desnuda en la cama del hombre, la carne misma del pecado, mirelá usted, mire si no hay que encerrarlas. Y como la señorita Cristina lloró y el vigilante transó y la madre de Rosaura explicó. Que igual va ir a parar a eso la desdichada así que, digamé señor Mosquera, dónde está lo malo de que ahora le adelante unos pesos a su madre. Y el señor Mosquera se hizo cargo.

Esa noche Rosaura durmió en la cama de la señorita Cristina, quien no pudo pegar los ojos. Y para qué, Rosaura. Para qué estar mirándote y conmoverse mirándote, tan serena durmiendo, tan igual a cualquier chico del universo durmiendo. Para qué imaginar que mañana, cuando te despiertes, vamos a conversar vos y yo, te voy a dar pan con dulce, y voy a pedirte que seas feliz. Para qué mañana vamos a ensayar versos, y Ángela María va a poner empeño y aplicación en cortar anchos los flecos, y lo voy a retar a Vicente Moruzzi por su gran manchón de tinta, y cuando ustedes no me vean le voy a lavar las orejas a Francisco Viancaba, y le voy a indicar a Graciana Franta que si faltan dos para la resta le pida diez al de al lado, y les voy a contar la hermosa historia del Patito Feo. Para qué si ustedes no son más que diez, diez pobres diablos perdidos en la anchurosa tierra; para qué si dentro de cuatro días se hará justicia y ya nadie recordará que las orejas hay que tenerlas limpias, y si da trece hay que poner el tres y llevarse uno para el de al lado, y oíd mortales el grito sagrado, y nunca se escribe ene antes de la pe, y es muy feo, Rosaura, muy feo a los ojos del Señor, que una niña de ocho años se acueste desnuda en la cama de un hombre. Para qué, Rosaura, si Jacinto y Aurora Boyero andan errantes por algún camino y ni siquiera habían aprendido a hacer derechos los palotes. Para qué si dentro de unos años igual vas a parar en esto desdichada. Para qué si la otra margen del Estanque Grande no es lugar para mujer sola de modo que lo lamentamos mucho pero los otros, los del lado de allá, no se pudieron enterar que del lado de acá hace casi tres meses que se inició el año lectivo y tampoco se van a enterar de que los alumnos eran sólo diez y no valió la pena mantener una escuela para tan poca cosa. Para qué cortar cintas azules y blancas. ¿Me querés decir, Rosaura?

—Pero usted prometió, señorita —dijo Graciana al día siguiente.

—Cierto, pero ya tenemos suficientes cintas por este año.

—Pero al menos voy a poder acabar esta escarapela, ¿no es cierto señorita? —dijo Vicente.

—No, Vicente; no la vas a acabar. He cerrado con llave el armario. Ya perdimos demasiado tiempo con estas cintas.

Y faltó un día para la llegada de la comisión. Un 21 de mayo agobiante, gris, opaco. Allí estuvieron todos: Ángela María Contouris, y Rosaura Cardales, y Francisco Viancaba, y Rafael Sívori, e Isabel Mosquera, y Graciana Franta, y Octavio Sívori, y Fabio Santana, y Vicente Moruzzi, y Santiago Juan. Y aunque Ángela María lo ignoraba, era muy posible que, a partir de ese momento, diera lo mismo el modo en que estaban cortados los flecos.

A las diez y cuarto de la mañana, para alegría de todos los alumnos, se oyeron los primeros truenos. Media hora más tarde, Colonia Vela no era más que el agua. La lluvia no paró hasta las siete y cuarto así que ese día nadie pudo irse antes de la escuela. Hasta Isabel Mosquera, a quien vinieron a buscar con paraguas, capa y botitas, decidió quedarse. Lo que sucedió en esas ocho horas en que permanecieron todos reunidos bajo el techo del colegio no es sencillo de explicar. ¿Qué pasa cuando adentro está oscuro y hay que encender las luces mientras afuera el mundo sigue negro, y el viento sopla, y la lluvia cae? ¿Qué pasa con doce personas, así perdidas en el universo?

Si doce personas tienen hambre y frío encienden un buen fuego, y tratan de estar próximos, y buscan por todos lados, y trepan uno a los hombros del otro hasta dar con algo para comer. Y Rosaura, que sabe hacer los mejores buñuelos de la región, pide la harina que le alcanza Graciana; y Francisco Viancaba prende la hornalla, e Isabel Mosquera descubre la yerba, y Santiago Juan pone la pava en la hornalla, y la vieja Felicidad muestra un frasco con dulce de higos que tenía escondido, y la señorita Cristina pone azúcar en las tazas, y Ángela María vierte la leche, y Octavio Sívori corta el pan. Si doce personas se miran a los ojos y sonríen, no es raro que Rafael Sívori pierda la timidez y recite un largo, larguísimo poema de gauchos y todo sin equivocarse. Si once personas han escuchado, mudas y con lágrimas en los ojos, recitar a Rafael, ya no asombra que después canten: todos juntos, con la señorita Cristina como directora de coro y la vieja Felicidad atrás, inventando palabras asombrosas. Si doce personas han cantado juntas, reído juntas, comido juntas mientras afuera la tempestad barre con todo, la casa empieza a pertenecer a todos los hombres del mundo. Ése es el día en que se puede abrir el ropero de la señorita Cristina y revolver las cosas magníficas que guarda; el día en que Isabel Mosquera encuentra la blusa azul y comenta: "Usted no se imagina cómo me gusta esa blusa, señorita". Y seguro que la señorita Cristina le pedirá que se la pruebe, y que otra va a encontrar un chal, y alguno un sombrero, y alguien una inolvidable pollera con volados. Serán graciosos así: grotescos y alborozados, inventando gestos para sus disfraces, riéndose. Y cuando la gente ríe tanto que al final le duele el estómago y tiene que despatarrarse sobre la cama y, además, Isabel Mosquera lleva puesta su blusa azul, nadie debe extrañarse en el instante en que Isabel descubra que Rosaura tiene los mismos ojos de una actriz que ella vio una vez en una película, tan hermosos que a la noche soñó con ellos y ya nunca los pudo olvidar. Entonces lo dice:

—Rosaura —dice—, vos tenés los ojos más lindos del grado.

Y después que cuenta la película Rosaura le regala sus dos pasas de uva porque total a ella no le gustan. Y Francisco Viancaba narra la historia de su bisabuelo. Y Vicente Moruzzi, que es un reconocido actor, hace reír a todo el mundo imitando a un loco que mucho tiempo antes andaba por Colonia Vela diciéndole a la gente que él es el Redentor y que viene a salvarlos porque ellos, los miserables de esta tierra miserable y sola, son el pueblo elegido y de ellos será el reino de los cielos. Y Octavio Sívori baila un malambo. Y como faltan cuatro días para el de la Patria, Ángela María recordará los adornos. Entonces se abrirán las puertas del armario y se sacarán todos los moños y todas las cintas y todas las escarapelas y todas las banderas. La gente recortará, pegará, coserá, dará martillazos en las paredes, pintará, colgará primorosos flecos.

Nadie puede destruir esta escuela. La señorita Cristina lo ha decidido: ha entrado en su dormitorio y busca su mejor papel de carta.

—Esta carta es para tu mamá —le dice a Rafael Sívori. Y, parada ante la clase, explica que mañana, 22 de mayo, vendrá la inspección para clausurar nuestra escuela. Pero no lo vamos a permitir, chicos.

En el aula hay un tumulto. Un rato después todos han comprendido muy bien lo que hay que hacer. Rafael Sívori entregará el papel a su madre, quien, impresionada por la carta autoritaria y al mismo tiempo cariñosa de la señorita Cristina donde se enuncia con elocuencia que la obligación de toda madre argentina es enviar a sus hijos en edad escolar a la escuela, enviará a los tres que faltan. En cuanto a Jacinto y Aurora, chicos, diremos que tienen el sarampión pero ya están mejorando, gracias a Dios, y pronto los tendremos entre nosotros.

Fabio Santana silbó.

—¿Qué te pasa, Fabio Santana?

—¿Se puede saber para qué arma tanto lío?

—A vos no te interesa todo esto, ¿eh? ¿Qué hacés aquí, me querés decir?

—La miro, mi prenda.

—Para eso no se viene a este lugar, ¿entendés? ¿Por qué no te vas?

—Para que seamos quince, mocita; así te sacás tu gusto.

Había dejado de llover. *Me va a hacer una porquería*, pensó la señorita Cristina. Pero fue sólo un instante. Había que despedir a los chicos. Porque, cuando ha llovido, y la gente rió junta, y comió, y vivió, y lloró junta, las despedidas tienen algo de patético, algo de andén solitario y frío donde se sabe, en el fondo del corazón, que el adiós es doloroso, inevitable, para toda la vida.

El 22 de mayo la escuela resplandecía entre tanto sol y tantas cintas celestes y blancas. La carta que trajo Rafael Sívori decía: *La señorita es muy buena a mí me hubiera gustado tanto que todos vayan a la escuela y sepan leer y sabe señorita esas cosas que tiene una que yo pienso que con los años si dios quiere y la virgen los voy a mandar a todos si dios quiere pero ahora ando muy jodida de las piernas y la necesito a la leonor y a la alicia para las cosas de la casa y al alfonso para que me traiga unos pesos pero hubiera sido lindo mandarlos a todos sabe señorita si no fuera que yo ando medio jodida y los necesito a los tres. Andrea Sívori.*

—Chicos —dijo la señorita Cristina—, ¿se acuerdan qué día es hoy?

Isabel se acordaba.

—22 de mayo —dijo.

—Sí, Isabel —dijo la señorita Cristina—, hoy es 22 de mayo. Hoy va a venir una inspección. Recuerden que tienen que ser muy educados.

—¿Colgamos las otras escarapelas, señorita? —dijo Ángela María.

—No —dijo la señorita Cristina—, no colgamos más escarapelas. Ya no habrá fiesta, chicos. Muy ordenaditos, despegaremos todos los papeles.

Ángela María iba a llorar. Santiago Juan iba a patear un banco. El que dio la voz fue Francisco Viancaba.

—Allá —dijo—: En el carretón grande.

Todos salieron a la puerta. Desde lejos no se distinguió bien cuántos venían.

—Unos diez —dijo Vicente Moruzzi.

Fabio Santana, parado adelante, llevaba las riendas. Eran siete. Un carretón destartalado los traía derecho para la escuela. Los diez de acá sacaron pañuelos y saludaron. Los siete del carro respondieron.

—Son del otro lado del Estanque —dijo Fabio Santana cuando los bajó—; los demás días los va a traer un viejo de por allá.

Isabel Mosquera, la monitora del colegio de Colonia Vela, trajo el registro. Santiago Juan repartió los cuadernos. Francisco Viancaba entró dos sillas del dormitorio de la señorita Cristina.

—Éstas, por ahora —dijo—. Mañana nos ponemos con los muchachos y hacemos dos más como las otras.

Vicente Moruzzi le levantó la pollera a la más grande de las chicas. Isabel Mosquera comentó que esos dos de allá seguro tienen piojos y ella no pensaba juntarse con ésos. Ángela María mostró las banderas:

—Son para la fiesta del 25 —dijo—. Ésta es la escuela más adornada del mundo.

Octavio Sívori extendió su cuaderno a cada uno de los siete nuevos y a cada uno de los siete le hizo notar que él no sólo sabía escribir sino que hasta escribía con tinta.

—A que vos no sabés —dijo en cada oportunidad.

Y Graciana Franta les fue diciendo a los siete que no se preocupen, que ella hace mucho tampoco sabía pero la señorita Cristina es muy buena y les enseña a todos. Santiago Juan le indicó a Eustaquio Fernández dónde quedaba el excusado.

—Esperate —dijo la señorita Cristina—. Esperate, que tu nombre es el único que falta.

—Eustaquio Fernández —dijo el chico.

La señorita Cristina escribió en el registro: Eustaquio Fernández. Los contó. Diecisiete. Después iba a levantar los ojos y mirarlo al muchacho. Entonces iba a saber Fabio Santana cómo la señorita Cristina sabe mirar lindo cuando quiere: con ternura; como allá, hace mucho, en los bailes del pueblo.

En el aula, hablando a gritos, mostrándose los cuadernos, tirándose del pelo, riéndose, había dieciséis mocosos alborotadores.

La señorita Cristina se quedó un momento contemplándolos y después fue hasta la puerta. Lejos, en el campo, se iba yendo el carretón. No para el lado del almacén; no para las vías. Para el otro lado. La señorita Cristina no supo por qué. Pero le pareció que Fabio Santana, parado tan solo en mitad del carro, debía estar silbando.

Las amigas

Era necesario ser muy fuerte para tragarse la pena sin llorar al ver cómo Laura arreglaba los útiles, se paraba, y se iba para siempre del querido banco donde tan felices habían sido ellas dos, que se reían de las mismas cosas, tenían juegos secretos que ningún otro conoció jamás, y a cada momento encontraban algo divertido para contarse. *Veremos si de este modo se les acaban las ganas de conversar*, había dicho la maestra y en una de ésas pensó que ellas llorarían o algo así, pero Analía no iba a darle el gusto, qué se creía, a ella la maestra no la asustaba con tanto grito y ojalá a Laura tampoco, así la amargada esa reventaba de rabia. *Ésta es la única manera de que aprendan*, había dicho y seguramente creía que a dos amigas se las separa porque se las cambia de banco (como si supiese esta amargada lo que era la amistad) pero no vio de qué forma se habían mirado ella y Laura antes de separarse: *No le vamos a dar el gusto*, supo Analía que se habían dicho con esos ojos, y no hicieron falta las palabras porque ellas siempre se habían comprendido así, con sólo mirarse, y cuando Analía volvió a fijarse bien, por las dudas, claro que Laura tampoco lloraba.

Por el pasillo avanzó Teresa Sotelo con su valija cargada y su cara de boba. Justo ésa. La maestra la había elegido a propósito. A las dos las habían elegido porque María Inés Barreiro, la nueva compañera de Laura, por más que se quería hacer la viva tampoco era de las que les gustaban a ellas dos: con toda saña las había elegido, para que no tuvieran con quién reírse como si ellas estuvieran para risas en esos momentos.

—Uy qué feo —fue lo primero que dijo Teresa Sotelo cuando se sentó—; de aquí atrás no se ve bien el pizarrón.

Por Analía, si no estaba viendo nada mejor, y que no viniese a preguntarle a cada rato lo que estaba escrito porque ni soñaba contestarle.

—Oíste lo que me dijo la maestra, ¿no? Así que ya sabés.

Ésta era la última vez que le dirigía la palabra aunque tuviera que pasarse la vida sin abrir la boca. Total ya se iba a desquitar con Laura en el recreo y ¡las cosas que iban a decirse! Ojalá que Laura no estuviera demasiado triste pero no: ni una lágrima tenía por suerte. También, aunque se le saltase el corazón no era ninguna sonsa para darle el gusto a esa pérfida. *Dádiva*, dijo esa pérfida; que se debía hacer una oración con el sustantivo dádiva y no era la primera vez que se le ocurría una palabra así, que una después no sabe dónde ponerlas. Laura sí; Laura era capaz de hacer las mejores oraciones del grado y todo el mundo lo sabía; poéticas, las llamaba la maestra.

—¿Valija se escribe con ve corta? —dijo Teresa Sotelo.

—No sé ni me importa. Además no puedo hablar.

La muy idiota no la dejaba concentrarse y así nunca en la vida le iba a salir la frase. Si al menos se le ocurriesen ideas como antes, cuando estaba Laura, que además si a Analía le daba la gana le hacía oraciones enteras... Pero ¡ay Dios! toda la clase estaba al tanto y Analía ya se veía venir ¡ay Dios! ya se veía venir lo que estaba pasando: la estúpida de María Inés Barreiro que le hablaba en el oído a la pobre Laura como si una no se diera cuenta de lo que le estaba pidiendo; qué ocurrencia también, querer que le hiciera la oración justamente a ella que no era su amiga ni nada. Pobre Laura, a ella tampoco la dejaban tranquila y no podía hacer más que andar todo el tiempo diciéndole a esa cargosa que la dejara en paz; que no la estorbase, ¿o María Inés Barreiro se había pensado que una le hace las oraciones a todo el mundo? Lo que Laura debía hacer era darle un buen grito a María Inés Barreiro y se acabó. Pero era tan buena esa tonta que nunca la iban a dejar tranquila y al fin nadie podría hacer su oración.

Analía vio por el costado que Teresa Sotelo había escrito valija con ve corta y pensó que hacer una oración no es tan complicado y si no sale muy hermosa no importa, pero cuando la maestra fue llamando y las chicas leyeron exquisitas dádivas o dádivas que ofrendaron o depositaron extraordinarias dádivas supo que si la llamaban a ella se moría ahí mismo.

—María Inés Barreiro —dijo la maestra.

—Las maravillosas dádivas de los pastorcillos hicieron sonreír dulcemente al principito enfermo —leyó María Inés Barreiro.

—Muy bien —dijo la maestra—; te felicito.

Y lo dijo a propósito para destrozarles el alma a Laura y a ella, ya que en el mundo no había nadie capaz de creer que María Inés Barreiro en su vida pudiera hacer nada tan bello. Analía no podía entender cómo Laura no había conseguido explicarle a esa maldita que no la pensaba ayudar, porque una ayuda solamente a las amigas y ella ¡cualquier día iba a ser su amiga! En el recreo ellas dos ya le iban a enseñar a esa aprovechadora a sacar las cosas por la fuerza, pero mientras tanto todo era tan terrible y vaya a saber si Laura iba a tener valor para soportarlo. A Analía se le hizo un nudo en la garganta pero Laura tampoco lloraba por más que debía tener unas ganas, pobre Laura. Si al menos hubiese mirado para donde estaba Analía ella habría podido consolarla porque entre las dos se entendían lo más bien con una mirada. Un solo segundo, Dios mío, un solo segundo que se diera vuelta. No; justo ahora se le tenía que ocurrir estar atenta *a orillas del Paraná*, sólo esta maestra podía pasar tan de golpe a la clase de historia y la pobre Laura se debía estar aburriendo de un modo ahora que no les quedaba más remedio que tragarse sin comentarios todo lo que estaba diciendo la maestra. Antes, cuando no podían concentrarse, era lo mejor porque se pasaban cartas con dibujos y señales que nadie en el mundo habría descifrado jamás, pero ahora ¿qué?: nada más que Teresa Sotelo escuchando a la maestra con cara de boba una expedición llena de azares. ¡Cómo se debía estar aburriendo Laura! Ahora estaba escribiendo, ¡Dios nos asista! Cómo no se le había ocurrido. La maravillosa Laura le estaba por mandar una carta. Analía también sacó una hoja para contestarle con toda urgencia pero he aquí que la muy miserable, la perversa, la infame de María Inés Barreiro le había quitado el mensaje a Laura y ahora lo estaba leyendo, ¿cómo Laura no se lo impedía?, ¿cómo no le hacía nada? Bah, por Analía que lo leyera, total por lo que iba entender.

—Ante la sorpresa del Directorio —dijo la maestra—, Belgrano había debose-desos-des-desobedecido...

Analía la miró a Laura porque era muy cómico y ellas se reían como locas en estos casos y nomás Laura se diera vuelta (porque cada una sabía muy bien cuándo tenía que buscar los ojos de la otra) nomás Laura se diera vuelta se iban a reír como antes o se creía esa amargada que porque a una la separen de su amiga no tiene ojos lo mismo.

¿Qué era lo asombroso entonces?: ¿que esta vez Laura no se diera vuelta? No, eso no, ya que bien podía, por la tristeza, no haberse dado cuenta de nada. Lo asombroso, lo que helaba la sangre en las venas y estrujaba el corazón, era que Laura, en ese estado, tuviera el coraje de reírse.

Porque se estaba riendo. Y María Inés Barreiro también. Se miraban las dos y se mataban de la risa y una al principio podía pensar que era la tentación del momento pero el momento había pasado y ellas no paraban más; ¿estaban locas esas dos? Justo hoy; ¿qué querían? ¿que la maestra armara todo el lío otra vez? Como si nunca hubieran oído que alguien se equivocara.

Analía se enderezó en el banco, total, por lo que le importaba; una venía al colegio para aprender y no para divertirse; el gobierno de Buenos Aires, con toda urgencia, había mandado un correo con rumbo a la región del Alto Paraná y Laura le estaba diciendo algo a María Inés en el oído. Vaya a saber qué. Ni en clase sabían comportarse como era debido, pero no importaba: ya iban a sufrir las consecuencias; Analía iba a permanecer bien atenta para saber contestar cuando la maestra preguntase; el ejército había emprendido viaje hacia el norte sin tener, todavía, la menor comunicación con el gobierno de Buenos Aires que, asombrado por la conducta de Belgrano, trataba de detener la situación; ellas dos se rieron y no se sabía bien de qué diablos se podían estar riendo pero se vio que no eran capaces de tomar nada en serio, ni que la historia de Belgrano fuese un chiste. Era esa charlatana de Laura, siempre la misma. Que viniera nomás en el recreo a decirle a Analía que jugasen juntas, que le pidiera a la maestra y con lágrimas en los ojos le rogara que las pusiese otra vez en el mismo banco: ya iban a ver cómo Analía le contestaba a la maestra que no, que con Laura al lado no podía atender, señorita; que Laura siempre se estaba riendo de cualquier cosa. Con cualquiera.

La expedición avanzó hacia Corrientes. Ya estaba: charlando otra vez, secreteándose todo el tiempo, siempre andaban con algo para contarse esas dos; ni a Belgrano respetaban esas desvergonzadas, nuestro valiente y dulce Belgrano, el creador de la bandera de la Patria, y se podía estar segura que ellas dos ni se habían puesto a pensarlo, ¡qué lo iban a pensar! Bah, podían hacer lo que quisieran, por lo que le importaba. Se creían muy graciosas como si ellas dos hubieran sido las únicas en el mundo que se daban cuenta de las cosas. ¿Y una no se daba cuenta, acaso? Cualquiera se daba cuenta. Muy gracioso, ja, ja, muy gracioso, que la maestra ponía la regla como si fuera a matar a alguien. Cualquiera se daba cuenta pero no por eso iba a andar riéndose todo el día. Todas nos damos cuenta. ¿O vos acaso no te das cuenta?

—¿Qué? —dijo Teresa Sotelo.

—De cómo pone la regla la maestra —dijo Analía—; decime, ¿vos no te diste cuenta acaso?

—¿Qué? —dijo Teresa Sotelo—. ¡Ah!

—Parece que fuera a matar a alguien, ¿no? —dijo Analía—. Decime si no es un plato.

—Ah. Sí —dijo Teresa Sotelo.

—¡Dios santo! Mirá si se le ocurre asesinar al pizarrón. Ay, señorita, que el pizarrón es buenito. Esto no es un ejemplo para sus alumnas, señorita. Mirala, mirala si no parece un espadachín. Pero mirala. Que la mirés te digo. ¿No te da risa? Reíte, pavota. ¿No ves que es cómico?

Trayectoria de un ángel

> *La belleza es la maravilla de las maravillas. Sólo los superficiales no juzgan por las apariencias. El verdadero misterio del mundo es lo visible, no lo invisible.*
>
> OSCAR WILDE

No sé si está bien que hable de Adriana. ¿Acaso yo puedo recordarla como ellos dicen que la recuerdan? Adolescente con cara de estampa y ojos alarmados que en un balcón concurrido, mirando largamente la noche húmeda y sin luna, de pronto se abraza a sí misma como si algo la sobrecogiera o como si buscara ¿protección? O en medio de un relato emotivo aferra accidentalmente una mano de hombre para soltarla de inmediato, encendida por la turbación. No me extraña que en aquel tiempo varios de ellos —según entreví en sus palabras— hayan creído descubrir el verdadero, el único amor de su vida. Nada más grato a nuestro intelecto que ese estado culposo de amar a una muchacha por su aura de inocencia y, al mismo tiempo, imaginarla revolcándose con nosotros.

No pude averiguar cuál fue el primero y tampoco importa demasiado. Alguno, porque se sentiría medio poeta o estaba borracho, se habrá atrevido a acostarse con ella antes que los otros. El instante supremo, claro: la caída del ángel. Y Adriana debía saberlo; siempre actuó como si secretamente supiera esas cosas. No me cuesta nada imaginarla en los brazos de cualquier tipo, deshaciéndose de aturdimiento y maravilla como si recién empezara a percatarse de que ciertas escenas de que hablan los libros pueden eventualmente darse en una calle oscura o en un living. Parecía que uno acababa de desflorarla. Porque era obsceno pensarla con otro. ¿Cuántos? Qué me importa ahora eso. Cualquier día uno de ellos habrá advertido que ya no era la Inmaculada, que ahora tenía pasado. ¿Qué pasado? No. En Adriana las cosas no tenían un origen concreto. De pronto *era* con un pasado.

Aunque, pensándolo bien, los años no la cambiaron mucho. Cuando la conocí seguía acurrucándose como un gato en los sillones y si le contaban algo abría enormes los ojos. Tenía la costumbre de acariciarse un hombro. Distraídamente.

No, claro que el casamiento no le cuadraba. Pero no hay que olvidar que la mía es una situación —digamos— singular. Casarse conmigo debió significar para ella otra manera de causar admiración. No sé, tampoco quiero ser cruel, ¿cómo puedo saber yo lo que pasaba por esa cabeza? Le habrán dicho lo previsible: un biofísico brillante (¿o dirían tal vez promisorio?), fijate vos qué desgracia. Y ella abriría ojos de incredulidad, y hasta un poco humedecidos, porque qué injusto, ¿verdad?, qué injusto que a alguien como él le queden sólo dos años de vida.

No me cabe la menor duda: eran de ese tipo las conversaciones generadas a mi alrededor. Pero en ese tiempo no pensaba mucho en eso. Hasta hace un año todavía era capaz de trabajar desenfrenadamente y de pasarme noches enteras sin dormir sabiendo que el plazo que resta, que restaba para hacer algo que valiera la pena, algo que dejara al menos un rastro mío en este planeta, era demasiado corto. Las ironías del destino, no. Pero Adriana sólo debió saber lo que le contaron. Un lindo melodrama.

Conocerla fue una sacudida. En la reunión donde la vi por primera vez, la gente —sin duda incómoda por mi presencia— parecía sentirse obligada a ser memorable; se esmeraban en descubrir, como al descuido, lo absurdo de la existencia. Adriana me miraba con cierta complicidad temerosa como quien comprende mi irritación y querría decirme algo reparador pero no se anima a abrir la boca. Lo cierto es que al cabo de un rato la conversación de esos imbéciles me agredía más por ella que por mí; a veces le sonreía como pidiéndole disculpas. En cierto momento ella también me sonrió. Entonces me acerqué y dije junto a su oreja:

—Este tipo es un pelotudo.

Ella se rió y fue como si algo se disolviera; a mí se me ocurrió que pensaba qué suerte, es mentira lo del hombre de la bolsa. Es mentira lo de la muerte.

—Me aburro —dijo.

—Vayámonos de aquí.

Afuera, bajo una media luna de tarjeta festiva, tuvo gestos hermosos. Después supe que todo lo que hacía era así: hermoso. Atrapó una hoja seca en el aire. Me la dio.

—Tenés que guardarla para toda la vida —dijo.

Era increíble.

Después de tres meses de vernos todos los días nada había cambiado: teníamos que odiar las estatuas, preocuparnos porque la luna tenía aureola, comprar horóscopos. Nuestros amigos, en cambio, ya debían estar unos capítulos más adelante. Esto es siniestro, habrán dicho. Y se habrán preguntado, con cierto interés malsano, en qué iba a terminar todo esto.

Hace poco supe que en aquella época se la vio a Adriana llorar sin motivo; y que un día, en una especie de reunión, cuando uno de ellos le explicó que todo esto era un disparate porque él se va a morir y vos sos joven (algo así le tiene que haber dicho), y que no se podía vivir sólo de ilusiones, ella dijo, para aquella corte incondicional que seguía deslumbrándose con cada uno de sus gestos dijo que lo que ocurriera después no tenía sentido. Dos años o lo que nos quede para compartir.

—Me voy a casar con él —dijo.

Pero de esta determinación, ya lo dije, y del revuelo que causó, me enteré mucho después. Una tarde decidí yo mismo que había llegado el momento de hablarle. Confieso que no fue fácil: al principio le dije frases ambiguas, todo esto tiene que terminar, vos sabés. Esa clase de cosas. Contaba con eso, con que a pesar de tanta hoja al viento y tanto paseo bajo la luna, ella sabía. Pero no, me miraba desconcertada, o como un poco traicionada, al borde de las lágrimas.

—Estoy enfermo, Adriana —dije al fin—. Tenés que entender esto.

No, no entendía. Lloraba sobre mi pecho, y decía que siempre se le daba por imaginar cosas que después no eran. Yo no la quería, yo razonaba igual que los otros: dos años, entonces no puede ser. Pero sí puede ser, dijo, porque a mí no me importa el tiempo, te quiero a vos, vivir con vos lo que sea, ser felices ahora, sabés, y qué importa lo que pase mañana.

No habló más: lloraba. Entonces dije lo que nunca me imaginé diciendo. Que ella era la única criatura digna de ser amada que yo había conocido en mi vida; mi muchacha irrepetible, eso dije, y que por eso, porque todo habría debido ser hermoso, debíamos terminarlo ahora.

—Como un cuento —dije estúpidamente.

Ella se rió entre las lágrimas y dijo que yo era un gran mentiroso. Por eso te quiero, dijo, porque sos un gran mentiroso. Y que ni yo mismo creía *todas esas cosas*. ¿Acaso ella no se me veía en los ojos que yo también pensaba por qué, por qué no vivir el tiempo que nos queda? Lo único que importa, dijo.

Yo todavía hablé. Creo que fue la única vez que conseguí hacerlo con cierta claridad. Explicarle que lo abominable no era el tiempo, era otra cosa. Un cuerpo que se desintegra, ¿entendés?, que se va pudriendo de a poco dejándote, eso sí, tiempo para andar por las calles y ser cortés con la gente y pensar, grandísima yegua, pensar que te estás terminando, que te mirás una mano, digamos, y la mano se te deshace sin que puedas hacer nada. Morirse, Adriana, estar muriéndome mientras hablo con vos, ¿entendés eso? No; Adriana no parecía entender: ni siquiera daba la impresión de escucharme. Como si se hubiera quedado suspendida de mis palabras anteriores, iluminada por esas palabras. Dijo que entonces, si era verdad que yo la amaba, ¿qué podía impedir que fuéramos a vivir juntos? Nada en el mundo. Y quizá dijo también: yo voy a cuidarte, mi amor. No sé. A esta altura no podría asegurar que no.

Tuve miedo. No es sencillo traerla un día a tu casa y decir: bueno, he aquí a mi compañera. Ella no era compañera de nadie y yo lo sabía.

Sin embargo todo siguió igual cuando vino a vivir conmigo. Ella abría cajones, descubría maravillas en un armario, se recostaba en las alfombras, como una leona amodorrada. Los objetos, cuando ella los nombraba, parecían venir de un mundo enrarecido donde nada podía ser brutal. Si la encontraba revisando fotos viejas la llamaba *mi niña anticuada*, si se paraba frente a mí, tiesa y cómicamente seria, le decía que era un pingüino. Aprendí a decir cosas así, divertidas, estúpidas, sólo para oírla reír. Tenía una risa rara, no sé, confusa, como de adolescente que se ha turbado porque, detrás de las palabras, ha adivinado una idea maliciosa. Eso. Había que seducirla a cada momento, como a una adolescente. En la cama también. Engañarla un poco para acostarse con ella. Un indicio de que ya no me sentía el Burlador de Sevilla la habría herido. La hubiese matado a ella.

Nunca tomé los medicamentos en su presencia. No es que cometiera la ridiculez de esconderlos y seguramente los vio (se la pasaba *descubriendo cosas*) pero no me llamó la atención su silencio al respecto. El resto de la gente, cuando no encontraba nada apropiado que decir acerca de mi cara de muerto, también evitaba el tema; pero su evasiva era tan ostensible que se creaba una situación incómoda. Lo de Adriana, en cambio, no era ostensible; sencillamente parecía no notar nada. Uno podía jurar que se había olvidado del asunto por completo.

Una mañana, a principios de abril, me levanté peor que siempre; se me notaba el cadáver en la cara. Durante unos minutos estuve palmoteándome ante el espejo pero no hubo caso, así que bajé a desayunar, sin despertar a Adriana. Cuando volví al dormitorio no había mejorado. Me quedé un rato parado junto a la cama como un imbécil, sin saber qué hacer. Por fin escribí: *Amor mío: hablabas en sueños esta mañana; dijiste cosas tan lindas que no me atreví a despertarte. Si sos buena te lo voy a contar. Te dejo un beso al lado del reloj.* Apenas salí me di cuenta de que no le había advertido a Felisa de que no alarmara a Adriana. Iba a volver para decírselo pero, no sé, es difícil dar con la palabra exacta, ¿digamos alegría? Me sentí alegre sabiendo que inevitablemente esa mañana Felisa y Adriana tendrían que hablar de mi enfermedad y que mi mujer andaría preocupada, sobresaltándose tal vez con cada llamado de teléfono, o contando los minutos que faltaban para mi regreso.

A mediodía Adriana vino corriendo a recibirme; me preguntó insistentemente qué había dicho en sueños. *No me contás porque dije cosas horribles*, dijo por fin.

Yo me había sentido mal toda la mañana y estaba con un humor de perros.

—No seas sonsa —dije—; nunca decís nada horrible.

Adriana no dijo nada pero anduvo sombría. En la mesa apenas comió y, de vez en cuando, me dirigía una mirada de reproche.

—Hablaste no sé qué de un conejo —concedí al fin.

Levantó los ojos admiradísima.

—¡Un conejo!

—Sí. Parece que estabas en un bosque y había conejos.

—Qué disparate —parecía iluminada—. ¿Y qué más?

—Bueno, parece que vos le decías al conejo ese que viniera a patinar con vos.

—No me digas que yo estaba patinando —dijo.

—Sí, señora, aunque no se lo crea, estabas patinando.

—¿En el bosque? —dijo.

—En el mismo bosque.

Adriana resplandecía. Qué más, preguntaba. Le conté que, al parecer, el conejo se había ido nomás a patinar con ella, por eso se reían mucho y casi se llevan un árbol por delante. Y que entonces me fui a trabajar y que toda la mañana, cuando me acordaba, me reía solo.

La tarde del primer ataque Adriana no estaba en casa. Por fortuna conseguí darle a Felisa las indicaciones más urgentes y ella se las arregló bastante bien, así que cuando llegó Adriana ya estaba calmado.

—Terrible, señora —oí que decía Felisa—, un buen rato se estuvo agitando por las convulsiones, vomitaba. Creí que no se iba a salvar.

Adriana tardó en subir. Abrió la puerta sigilosamente y se fue desplazando por el cuarto en puntas de pie, desparramando sus cosas. Evitaba mirarme. Sin duda daba por supuesto que en esos momentos, para mantener su bella armonía universal, yo debía estar durmiendo. Cuando estuvo cerca dije:

—Hola.

Se quedó rígida. Por fin, con un murmullo, como si aún temiera despertar a alguien, dijo: *Creí que dormías*. Se sentó en la cama y me besó; después se quedó quieta, mirándome interrogante, como si esperara que yo le dijese qué se debe hacer en estos casos. Le acaricié el pelo y ella se acurrucó a mi lado y ahora estaba desvistiéndose. Como si dejar la ropa de calle porque acababa de llegar y desnudarse pegada a un hombre fueran un mismo proceso que continúa. Fue la única vez que se acostó conmigo de ese modo.

Desde ese día nunca volví a estar bien: enflaquecía diariamente y cualquier movimiento me fatigaba. Más de una vez, de manera intempestiva, debí abandonar lo que estaba haciendo. Adriana trataba de no advertir mis torpezas; se mostraba absorta por alguna tarea, por algún objeto, o sencillamente se iba de la pieza.

Cuando le comuniqué que en adelante ya no podría trabajar fuera de casa, se alegró mucho; dijo que iba a ser maravilloso tenerme todo el día a su lado, que eso sería muy bueno para mí. Muy bueno para mí; únicamente un idiota puede decirme una frase como ésa. Me pregunté si tendría algo en la cabeza. Me lo pregunto ahora. Días y noches atando cabos, tratando de descubrir una señal, un dato que ilumine su mecanismo interno. Hermoso fin para biofísico promisorio, es para reírse. Noches y días queriendo saber qué pensaba, qué entendió de todo lo que estaba sucediendo. Y no lo sé. Nunca voy a saberlo. Su forma de vivir, quizá. Nada más que eso.

En casa me llenó de mimos. De pronto estaba lejos, gritándome desde el fondo una idea estupenda que se le había ocurrido; de pronto la tenía a mis espaldas: *un genio*, me dijo una vez, *soy un genio de ultratumba que ha venido a raptarte; prepara tus bártulos, hombrecito, ha llegado tu hora*.

Nuestros amigos venían seguido a visitarnos; a mí me irritaba tanta gente, así que permanecía en el dormitorio. Adriana entraba muchas veces a contarme lo que sucedía abajo, las cosas que habían dicho; narraba de un modo exaltado, como si no le fuera a alcanzar el tiempo. Si pasaba la tarde afuera también: regresaba encendida y cubierta de paquetes y hablaba tanto que yo apenas la podía aguantar. En aquel período no me dieron ataques fuertes; cuando venían me encerraba en el baño y, en general, salvo en el caso de necesitar algo, no le avisaba a Adriana; pero si le pedía alguna cosa ella me la alcanzaba con la ansiedad de siempre y, esas veces, cuando yo tardaba en salir, ella daba golpecitos en la puerta y preguntaba si ya pasó. Y cuando yo salía me estaba esperando y me rodeaba el cuello con los brazos.

El primer ataque en serio empezó como los otros.

Creo que vomité y me caí. Del resto no recuerdo nada. Cuando reaccioné estaba en la cama con ropa limpia; a mi lado, el médico y Felisa.

El médico dijo:

—Su señora está abajo, preparando unas gotas.

Cinco minutos más tarde entró Adriana con cierto aire de embrujada; en una bandeja traía un vaso con el líquido y dos cafés. Le preguntó al médico si iba a tomar algo fuerte; me acarició la frente.

Y fue después, cuando bajó para acompañar al médico, que me sentí desesperado. En el vestíbulo (lo vi con desagradable claridad) se estaba desarrollando una escena melosa, antigua como los libros: el médico, confiándole la despiadada verdad a la esposa del paciente. ¿Qué verdad? No lo sé. Es tan poco lo que se puede agregar sobre mí. Todo lo fui sabiendo; una a una fui descartando posibilidades. Eso tranquiliza. Uno sabe que se está apagando, que el tiempo lo corrompe sin contemplaciones, pero le queda el respetable privilegio de que no habrá una sola punzada, un solo vómito que lo asalte desprevenido, como a cualquier otro animal. Aun así, estuve seguro de que, para Adriana, habría de existir una verdad tremenda para ser ocultada. Porque así estaba escrito. Y estaba escrito también que ella, dentro de unos minutos, entrara con la expresión ambigua de quien puede que esté ocultando algo, y con voz dulcísima me dijera está bien querido, te vas a quedar en la cama como un nene juicioso y en unos días todo habrá pasado. Pero querido, claro que el médico no dijo nada más; ah, sí, ahora vamos a inventar una historia terrible para que el señor se quede conforme. Sé bueno tratá de dormirte ahora. Y supe que si me descuidaba un solo segundo más ni mi destrucción ni mi muerte podrían pertenecerme reales.

Creo que estaba como loco cuando me senté en la cama y le grité a Felisa que trajera al médico. La pobre, al salir, vacilaba. Demasiado tarde, de cualquier forma. Oí cerrarse la puerta.

Adriana subió en un segundo.

—¿Qué pasa? —dijo.

—Adriana —dije—, vení para acá. No quiero payasadas ahora. Ya conozco las ternezas que dice una esposa enamorada y estoica cuando acaba de hablar con el médico. Ya sé cómo sella sus labios, con qué sublime devoción sella sus labios la esposa de un cadáver. Me importa un carajo, entendés. Un carajo. Para este cadáver, jovencita, no hay novedades; sólo necesito, si sabés por ejemplo que se me reventó la aorta o que cada cuatro días voy a vomitar veintiocho gramos de sangre, que me digas exactamente esto: se te reventó la aorta, amor mío, o cada cuatro días vas a vomitar veintiocho gramos de sangre. Aunque te repugne. Aunque te mate la violencia. Después me olvido de todo; después hacés arrumacos y llenás mi enfermedad de moños. Pero ahora necesito saber lo mío. Qué diablos dijo.

Adriana me miró con los ojos llenos de lágrimas, me acarició la frente, y dijo que todo estaba bien; después más tranquilos, íbamos a hablar todo lo que yo quisiera.

—Sé bueno —dijo—; tratá de dormirte ahora.

Se convirtió en su frase.

Mientras seguí en la cama oí una y otra vez que con voz velada, de quien trata de apaciguar a un chico, me rogaba que durmiese. Y estaba bien eso;

era mejor que verla todo el tiempo deslizándose de acá para allá, o arrebujándose como un gato en los sillones, o mirando distraídamente por la ventana. Qué otra cosa iba a hacer mi pobre muchacha entre cuatro paredes y con un moribundo en la cama. De repetirlos durante horas, hasta los movimientos más exquisitos se vuelven ridículos. Yo cerraba los ojos y me quedaba inmóvil. Después de unos minutos Adriana salía, silenciosa, sin mirarme. Desde mi cama, sus pasos veloces alejándose apenas podían escucharse.

Alguna vez se asomaba pero al verme quieto volvía a cerrar la puerta. Regresaba sólo al oír ruido de voces en mi pieza (Felisa, que había subido a traerme la comida, o remedios). Entonces se sentaba a mi lado, me hacía caricias, acomodaba mis cobijas, y me contaba las cosas de abajo. Cuando me notaba fatigado preguntaba si quería dormir. Después oscurecía el cuarto, me daba un beso, y se iba.

Pasaron casi dos meses hasta que el médico habló de que me levantase. No me sentía con fuerzas pero a partir de aquel día Adriana habló de la voluntad, de que no debía seguir haciéndome el mimoso. Ella no se resignaba, dijo, a tenerme en cama y estar terriblemente sola todo el día. Era hora de que volviéramos a ser tan felices como antes, juntos.

Durante cuatro días no pude avanzar del borde de la cama; me quedaba unos minutos sentado y, de tanto en tanto, pedía que me ayudaran a intentarlo nuevamente. Al fin me acostaban. El quinto día conseguí dar unas vueltas por la pieza y quedarme en un sillón. Adriana estaba contenta: me alcanzó almohadones, dio vueltas a mi alrededor, y finalmente se sentó a mis pies, con la cabeza sobre mis rodillas. Y dijo que era así, justo así, como ella se había imaginado a los inmóviles caballeros de los libros. Y ahora se me ocurre que hasta pudo haberlo pensado con esas palabras: "inmóviles caballeros de los libros", y no se le cruzó el vocablo "inválidos". Eso es lo que nunca podré averiguar. Y dijo también que yo le debía contar historias para que todo fuera perfecto. Yo miraba el pelo tan rubio de Adriana y le contaba cuestiones viejas. Cuando anocheció, ella pareció quedarse dormida y a mí se me ocurrió que todo volvería a estar bien con mi maravillosa pequeña Adriana embelleciéndolo todo a su alrededor.

Levantarse en forma definitiva es otra cosa: mi aspecto es deplorable y la ropa me queda demasiado holgada; además sé que me muevo con enervante dificultad. Los primeros días, para hacerle el gusto a Adriana, me vestía con ropa corriente, pero no resultó: nunca se sabe cuántas veces se estará obligado a regresar a la cama. A Adriana la desasosegaba no hallar la forma de que compartiéramos nuestras vidas. Una tarde preguntó con toda naturalidad si no me iba a vestir nunca más. La miré asombrado; le dije si ella aún no había notado que yo no estaba lo que se dice muy bien de salud.

Me rodeó el cuello.

—Claro, querido —dijo—; justamente. Me parece que para esto sería mejor que te quedases en la cama.

—Viviendo así no te sentís muy cómoda, ¿eh? —dije.

—Ay, amor mío —dijo—, sos divertido como una criatura; ahora vamos a andar preocupándonos por mí. Lo que me importa es cómo te sentís vos. No puedo soportar que te pasees de este modo por la casa. Fijate qué tontería que andes así, tan débil y sin saber qué hacer, cuando podrías estar en la cama lo más tranquilo y sin hacerte problemas por nada.

—Gracias, Adrianita —dije—. Te juro que mientras viva, ¿entendés bien?, mientras viva voy a seguir paseándome así, con pijama, o en pelotas si se me ocurre, por toda la casa.

Mucho más tarde, muy pausada, muy suave, Adriana dijo que si ella no estuviera todo el día encima mío, si saliera de vez en cuando, yo no me pondría tan nervioso. Pero el día que empezó la segunda crisis Adriana estaba en casa porque Felisa había tenido que salir.

Estábamos sentados en la biblioteca. Leíamos. Súbitamente un dolor punzante, como una llaga que me recorría el cuerpo, me subió desde la boca del estómago a la garganta; estaba bañado en sudor y temblaba. Adriana, sin levantar la vista del libro, dijo:

—Dios mío, está lloviendo y yo dejé la ventana del dormitorio abierta.

Se levantó de un salto y se fue corriendo. El dolor me hacía doblarme; al fin me paré a medias pero caí hacia adelante. Los pasos de Adriana, recorriendo la casa, eran levísimos: como un aleteo. Yo, en el suelo, me retorcía apretándome el estómago. Inútil; nada podía calmar ese dolor. Di gritos desarticulados; de fiera. Vomité algo amarillo, y después sangre; al fin, el líquido salió forzado, y yo, agitado por las convulsiones, apenas podía respirar. Quise volver al sillón pero, a cada intento, una punzada me hacía caer. Por la puerta entreabierta vi la sombra de Adriana; pasó lejos, silenciosa. Grité. Más de lo que me permitía mi cuerpo deshecho. Se tienen que oír, pensé; desde todos los rincones de la casa se están oyendo. ¿O hasta el fondo de la casa no llegan estos gritos? Adriana, pues, tenía que estar en el fondo de la casa.

Todo lo que hice después no tiene relación con lo humano. Una masa inmunda, sin conciencia, arrastrándose por los cuartos, degradándose para siempre, aullando puta, grandísima puta, me vas a matar ahora, dentro de unos minutos vas a acabarme, pero antes tendrás que pagar. Por tus instantes perfectos vos también te vas a ensuciar, Adriana maravillosa. Fueron aullidos a veces, y a veces nada.

Adriana estaba en el fondo, envuelta en sábanas que se agitaban por la tormenta; arrebatada, en puntas de pie, tratando de alcanzar los broches; dio un grito largo, agudo, cuando me vio. Blanca entre los remolinos blancos. Con los pies en punta y los brazos en alto. Cayó suavemente, desvanecida.

Pero no se iba a salvar; esta vez no. Me arrastré hacia donde estaba y la sacudí: que despertase para siempre, para siempre mezclándose con mi carne repulsiva La toqué con mis manos, con mi ropa, con mi cuerpo: la apreté contra mí. Esta vez no se iría a zafar Adriana. Esta vez, no.

Había abierto los ojos, sus grandes ojos transparentes. No forcejeó para soltarse. Permaneció inmóvil como si de pronto aprendiera a jugar su último e irrepetible juego: no existir. No se movió, no existió mientras yo seguía gritando que ahora todo había terminado, estamos solos, vos y yo, y no me vas a dejar morir así, Adriana. Quiero estar limpio como un hombre y vos me vas a llevar a mi pieza, vas a limpiarme, vas a curarme sin llamar a nadie porque no necesito a nadie salvo a vos en esta casa. Tu enfermo para vos sola, muchacha inmaculada, perdida para siempre, hoy, sucia y aborrecible.

No existía: fueron sólo dos manos finísimas que me arrastraban por la casa; sus rodillas, sus muslos empujándome; lágrimas calientes, algún gemido, en mi espalda.

No existió después: un manojo revuelto, manchado, que yo contemplaba; yo blanquísimo desde mi cama blanca, mientras ella siguió allí, inmóvil, un temblor leve de vez en cuando. Un puñado sucio mi Adriana. Mi maravillosa y única Adriana.

Dije: Adriana.

La voz sonó rara, como si viniese de otro sitio.

—Adriana —dije—, ya es tarde. Te quiero hecha un ángel. Porque vos sos un ángel. No hay otra cosa. Perdoname.

Volvió un rato después, envuelta en su camisón celeste. Entró en la cama muy suavemente, para que yo pudiera olvidarme de su piel y, poco a poco, como un chico, se fue quedando dormida.

A la mañana siguiente había sol en la pieza. Todo era una invención. Ella durmiendo a mi lado, los ruidos que venían de la calle, el sol. Me pareció mentira que Adriana fuera a abrir los ojos, y fuera a moverse, y fuera a vivir conmigo.

Siete días así. Los dos hablando, queriéndonos, jugando a quién recuerda la primera palabra dicha alguna vez, y saber que, un día, uno de nosotros dos ya no podría ocultar el miedo.

Dormía. Era tan hermosa. La cara serena, medio velada por el pelo rubio; livianísima en la cama. Adriana como siempre. Una adolescente de niebla para muchachos enamorados. Un subterfugio para la nostalgia.

No fui yo, quizá. No sé fraguar lo perfecto. Fue Adriana; aquel último juego; el único que podía inventar entonces. Estaba acurrucada: ni un dios la habría pensado así. Apoyé las manos lentamente. No se movió; no hizo ningún gesto. Jugó a que yo apretara los dedos y se dejó matar, despacio, sin cambiar de expresión.

Las monedas e Irene

Aquí, Alfredo, debería contar la historia de nosotros dos; decir por ejemplo que en las estaciones de trenes siempre tomamos café con leche y medialunas, nos ponemos un poco tristes, y terminamos hablando de viajes lúgubres a través de un campo gris. O que una tarde hicimos llorar a un vendedor de muebles de Lavalle y después nos sentíamos como dioses. Algo, un fragmento de nuestra hermosa vida. Porque es cierto que la vida, los días en que una está alegre (no las noches como ésta, en las que se aprende que es mentira eso de que, un buen día, Irene va a abandonar su despreciable vidita en borrador y será invulnerable), la vida puede parecer hermosa. Y a lo mejor mañana mismo me parece hermosa y cuento La Maravillosa y Única Historia de Nosotros Dos. Pero hoy no. Hoy sé que hay cosas que ya no se pasan en limpio. Por eso necesito acordarme de Isabelita.

Ella estaba en casa desde hacía casi un año cuando pasó lo de las monedas. Después de eso y hasta que la echaron, uno o dos años más tarde, seguimos divirtiéndonos juntas y yo seguí siendo (como me dijo un día) *la mejor de esta casa*. No éramos precisamente amigas. Yo tenía once años y ella trece pero no era por eso. Nunca, vos lo sabés. Nunca puede haber algo parecido a la amistad cuando una come con su familia en el comedor de la casa y la otra, sola, en la cocina. Esto, una no quiere verlo. *Yo*. Yo no quería verlo porque en ese tiempo, ves, yo era como ahora. Cuando algo no se ajustaba a mi-armónico-universo me las ingeniaba para soslayarlo y seguía viviendo lo más pancha. Pero igual eso estaba allí y a veces me provocaba algo parecido a la culpa. Una tarde peleamos, no sé si fue antes o después de lo de las monedas. Por una cosa trivial, ya ni me acuerdo por qué; sólo conservo, nítida, la imagen de nosotras dos en la puerta de la cocina forcejeando encarnizadamente para sacarle a la otra un objeto. Se me ocurre un objeto estúpido: un lápiz, un abanico, una cajita. Era lindo pelearse así, con toda el alma. O al principio fue lindo. Porque después se me cruzó, impostergable, *no-querida*, la idea de que sea como fuere, aunque yo llevara las de perder —porque cuando lo pensé yo llevaba las de perder—, con sólo dejarme estar sin soltar el objeto, Isabelita nunca podría ganarme. Porque Irene, olvidándose de que dos chicas están peleando con toda el alma para conseguir algo, puede ordenarle fríamente a Isabelita que le entregue eso que tiene en la mano. Entonces Isabelita ha de obedecer. Y aunque las dos sabíamos —o yo, al menos, sabía— que nunca iba a ser capaz de utilizar ese recurso (quiero decir: de utilizarlo con todas sus palabras), el recurso estaba allí, tácito, agazapado, y hubo un momento, cuando yo llevaba las de perder, en el que comprendí que no hacía falta preocuparse. El resto (cómo sucedió el resto) ni importa. Sólo recuerdo esa impresión y mi vergüenza, después, cuando me iba con la cajita.

Pero cosas como ésta son las que trataba de no ver. Había algo que me fascinaba en nuestra relación, algo que, misteriosamente, residía justo en eso: en que nos llevábamos dos años y en que ella era la sirvienta de la casa. Yo le enseñaba cosas, o mejor: la deslumbraba con cosas. Me gustaba nombrarle a los dioses del Olimpo, contarle las intrigas de la corte del Rey Sol, recitarle poemas; una tarde, me acuerdo, le recité entero el Monólogo de Segismundo y al mismo tiempo que decía trágicamente: *apurar cielos pretendo ya que me tratáis así*, pensaba qué extraordinario le debía resultar a ella verme, tan petisa, declamando un verso así de sonoro e insondable. Pero lo que me gustaba más que ninguna otra cosa era que yo era buena con ella. No caritativa: buena. Normalmente simpática. Como si ella fuese otra más en la casa y una pudiera, normalmente, reírse con ella de palabras que ha dicho mamá o de pequeñas trampas que se han cometido a escondidas y que sólo Isabelita e Irene conocen. Ella salía los domingos, y yo le prestaba mi anillo con el aguamarina. Y hubo veces en que nos quedábamos horas enteras, yo preguntando y ella contando cosas de allá, de Santiago del Estero, y de familias inmensas que siempre tienen once hijos y tres padres y un tío borracho y piso de tierra y lejos, para mucha gente, una sola bomba de agua. Eso era la pobreza y era lindo, a la hora de la siesta o después de la leche, cuando empezaba a oscurecer, estar sentadas las dos sobre la cama de Isabelita, comiendo bizcochos y recordando el tiempo en que éramos pobres.

Lo de las monedas pasó en el medio y no fue un mojón ni nada por el estilo: antes, y después, hubo muchos versos, y muchos parientes con hambre, y muchos trabajos de Hércules. La plata estaba sobre el aparador; formaba dos pilas grandes, prolijas. Casi dos pesos, conté más tarde. ¿Te fijaste que es difícil cuando uno ve plata, sobre todo algo tan inofensivo como monedas, reprimir un gesto incivilizado, gracioso un segundo más tarde, cuando ya pasó? El impulso de acercar la mano a las monedas y llevárselas. Debe ser que todos llevamos un ladrón adentro. O yo llevo un ladrón adentro. ¿Viste?, siempre hablo de *todos* cuando hago alguna porquería y es para las otras cosas, para los-gestos-inolvidables, que me siento algo así como la elegida de la creación. Bueno, pero debo tener un ladrón, del mismo modo que contengo una adolescente mentirosa y una niñita egoísta y mezquina a quien no le importa nada el mal de sus semejantes. Y una mujer farsante. Sólo que, como tengo una idea bastante correcta sobre lo bello y lo sublime, invierto el gesto exactamente ciento ochenta grados y *soy perfecta*. Pero antes, o detrás, existe siempre el proceso pecador. Y a veces no hay más que eso.

No fue robar, no. Yo me llevé los dos pesos porque me tentó verlos y después, cuando volviera de la calle (esa tarde tenía que ir a varias partes, así que iba a pasar mucho tiempo en la calle), iba a decir que los saqué de ahí, del aparador, porque me dieron ganas de tomar chocolate con churros. Aunque a lo mejor ni hacía falta decirlo porque dos pesos en monedas no son una cosa importante y una casa es una casa.

Fue una hermosa tarde. Tener que ir a un lado y a otro me ponía contenta porque eso significaba no tener hora fija para el regreso y andar por las calles, que es hermoso cuando la ciudad está gris y la gente pasa apurada, echando humo por la boca, rabiosa por el frío mientras una qué va a estar rabiosa. Contenta está, vagabunda y helada, imaginando vaya a saber cuál país de cuál novela de Louisa May Alcott donde en invierno nieva y a la gente se le enrojece la nariz mientras una salta vallas, corre por los caminitos blancos y al fin entra a la posada a tomar una reconfortante taza de chocolate caliente y ve, a través del vidrio empañado, cómo la gente sigue afanándose con su frío y sus narices rojas.

Yo era buena en esos momentos, ves, buena y alegre. Estoy segura de que cualquier cosa que intentara en esa lechería habría sido confesable, y hasta bella. Y a lo mejor es eso lo que debía contarte. Decirte cómo la niñita Irene de once años, quien muchos años después escucharía que vos mismo, Alfredo, empecinado hacedor de una Irene menos mezquina que yo, habías inventado otro final para esta historia (un final mucho más hermoso, que, aunque te lo prometí no me atrevo a narrar acá por temor de que alguien crea que fue ése el verdadero y yo tenga algo más de qué avergonzarme), decirte cómo Irene les otorga grandes sombreros a los transeúntes y es capaz de imaginarse el cielo adentro de una taza de chocolate. Y que vos te rías. Como vas a reírte, seguramente, otro día en que yo crea que la vida es hermosa y te cuente un lindo episodio con nieve y lecherías. Pero hoy no. Hoy sé que mi historia tiene otro tiempo. Crepuscular. Con Irene que regresa a casa. Cantando regresa. Y entra así: cantando.

Algo sucede. Es una cuestión minúscula, pasajera, pero que impedirá que el anochecer transcurra en paz. Irene, que ahora sueña con una campiña blanca y abetos y un hogar de leños que la espera detrás de una ventana iluminada, no podrá enterarse a tiempo de que papá y mamá están disgustados porque esto no se hace, no hay derecho cuando uno fue tan bueno con Isabel, a que ella pague de esta manera: después, vaya uno a confiar en estas negritas. Irene, que no ha de oír estas palabras porque ahora está haciendo sonar la campanilla de la casita, de haberlas escuchado habría dicho: *¿Qué? ¿Los dos pesos que estaban sobre el aparador? Pero no, si ésos me los llevé para tomar la leche afuera.* Porque ella no es mala; prefiere eso, claro, prefiere que la gente no se enoje y seamos todos amigos porque así nadie tiene problemas y eso es lo mejor: que nadie tenga problemas.

Pero durante casi una hora en la que distraídamente ha saludado y ha dicho menudencias, la Soñadora aún permanecía en el País de Hielo. Cuando regresa y oye es demasiado tarde: Isabelita ya se ha cansado de jurar por Dios y ha comprendido para siempre que cualquier palabra es inútil: una familia es una familia y adentro todo pertenece a todos; acá, sólo Isabelita es una extraña y cuando nos faltan dos pesos, nadie más que ella puede haberlos quitado ya que nadie quita lo que es suyo. Y quitar lo que no es suyo se llama robar.

Todas las palabras ya han sido pronunciadas. Irene, como si lo no-oído hubiese quedado flotando en su cabeza, reconstruye la conversación anterior. Y comprende que se le han escapado sesenta minutos. Ahora, decir "fui yo, mamá", no sólo significa estar diciendo la verdad. Ahora significa estar confesando un robo. Y estar desautorizando a mamá y a papá. Y estar desarmando la familia abrigada y unida que, así como así, sin pruebas y equivocándose, ha humillado a Isabelita. Y estar acusando a la pequeña Irene que ha hecho algo malo, malo, malo. Y ser buena así, pronunciándose contra el universo, es más difícil que ser buena mientras se toma chocolate con churros y se piensa si pasa un pobre ahora le doy la mitad de mi taza y le regalo dos churros. Total, ya sabemos que dos pesos en monedas no son una cosa importante y podemos jurar que después papá se olvida y mamá se olvida. Después vamos a seguir divirtiéndonos juntas y yo voy a seguir siendo, para ella, la mejor de la casa. Además, la vida es larga y quedan muchos años de futuro para reportarnos y ser perfectos. De modo que no importa que esa sola noche, hasta muy tarde, Isabelita haya llorado en su cama. Yo también lloré, y no pude dormir, y me sentí culpable. Y puedo sentirme culpable cada vez que, como hoy, me asusto de contarte historias lindas y tengo que recordar todo lo que hay detrás, lo que quedó en la noche y no importa porque la gran historia es larga e Irene era una buena chica y siempre le quedaba toda la vida para reportarse.

Los que vieron la zarza

Acometen la casi infinita aventura; superan siete valles, o mares; el nombre del penúltimo es Vértigo; el último se llama Aniquilación.
JORGE LUIS BORGES

—Es así —había dicho Néstor Parini—; va la vida en eso.

Se lo había dicho a Irma (su Negrita la llamaba él entonces) pero ella esa vez no prestó atención a las palabras; sólo le interesaban los ojos de él mientras las decía. De alucinado.

Nueve años más tarde, también a Anadelia los ojos de su papá le gustaban más que todo, aunque, en cierto sentido, tampoco le parecía mal que él fuera boxeador. Ella había visto boxeadores en la televisión y una vez la llevaron al lugar donde se entrenan, pero no era por eso: hasta le había dado miedo que se pegaran así y esa cara que ponían. Mamá le había explicado que papá no tenía nada contra el otro: boxear es como un juego, dijo. Anadelia no le creyó pero igual le gustaba haber tocado sus guantes y saber, algunos sábados a la noche, que él está por la radio y prestando atención se pesca algo desde la cama, otra formidable izquierda, esto ya no es una pelea, amigos, y adivinar que todo eso lo están diciendo por su papá, aunque era mucho más lindo antes, cuando ella no tenía que adivinar nada porque no había que oír la radio desde la otra pieza, metida en la cama.

Era distinto antes. Los sábados que Néstor peleaba no se hablaba de otra cosa y a la noche se reunían los tres, Irma, Rubén y Anadelia, para escuchar la transmisión; Irma mordía su pañuelo y, al que hacía barullo, le daba una bofetada. A veces lloraba. Hubo madrugadas en que los vecinos aún no se habían dormido y oyeron gritos. De cualquier modo, decía Anadelia, estaba bien que él fuera boxeador para asustar a las amigas. *Si no, ya las va a agarrar mi papá.*

Su hermano Rubén no opinaba así. Un domingo a la mañana había dejado de preguntar qué pasó anoche y era preferible eso, se dijo Irma, es preferible que ande trompudo y sin hablar, y no tener que explicarle siempre lo mismo: *Ayer: papá se sentía enfermo, ¿sabés?, no habría tenido que*, o *La mejor pelea de su vida, pero la arreglaron para el otro*, o *Un muchacho nuevito, sabés Rubén, a veces no es tan importante ganar*, mientras, Néstor gritaba que hasta cuándo habría que darle explicaciones: hubiera escuchado, carajo. Pero no era bueno ese silencio del chico; al día siguiente de cada pelea no quería salir ni para hacer un mandado.

—Otra vez se la dieron a tu viejo.

Y sí, había perdido. Acaso se creían que en el box únicamente importa ganar, o porque es el padre de uno no tiene derecho a perder nunca. Pero igual ya no quería salir: se quedaba todo el domingo en la casa, pateando lo que se le ponía en el camino y maldiciendo a la gente.

Néstor también se quedaba adentro esos domingos. Salvo una vez que se había ido dando un portazo y no había vuelto hasta dos días más tarde. Antes de salir había roto la ventana de un puñetazo y la había herido a Anadelia que estaba mirando: volvió el martes, tiritando de borracho. Salvo esa vez nunca salió. Se quedaba todo el domingo en la casa, durmiéndose de acá para allá, con el cuerpo desnudo hasta la cintura y lustroso de aceite verde. Raro que al fin se hubieran acostumbrado al olor del aceite verde. En otro tiempo Irma se reía. Que sea la última vez —ella lo frotaba y era entonces que se reía—, la última vez que se me viene así, con machucones; si no, la próxima negrita ya se la puede ir buscando en el Riachuelo, bien que para enamorarme se venía perfumado. Pero estas cosas habían pasado en otro tiempo. Ahora los domingos olían así e Irma no se reía. Hasta que uno no iba a la calle no se daba cuenta.

Pero lo peor de los domingos no es el olor, pensaba Irma: es el fútbol. Y no por los gritos que les llegaban a través de la ventana. Por los gritos del chico, adentro. Desmedidos. A propósito. Vengándolo, a cada gol que vociferaba, de la mano de Néstor un año atrás, la mano grande de su padre arrancando de la pared la cartulina con la foto del equipo. Para que aprendás, le había dicho, y al principio Rubén lo había mirado con miedo. Un hijo de él tenía que saber romperse el alma sólo para llegar, yo a tu edad. Nada más que con éstas me las arreglé (y se miraba las manos como si fueran extrañas), porque hay que vérselas con todos, solo frente a todos para demostrar quién es uno. Ponerles el cuerpo, entendés. Y vos me venís con once maricones, actores de cine parecen, que los cambian como figuritas y si les ponés un dedo encima no saben para dónde disparar.

Entonces, como si hubiera crecido de golpe, le cambiaron los ojos a Rubén. Ahí parado frente a Néstor Parini que de un manotazo le había descolgado el cuadro y ahora lo trataba de marica, le cambiaron los ojos. Quién era ése para enseñarle a él lo que hay que hacer, a él que ni siquiera podía salir a la calle después de cada pelea. Porque una vez uno les dice, sí, perdió, y qué. Pero hasta cuándo. Cualquiera viene un día y te pregunta: "Decime, qué tiene de boxeador tu viejo". Tenían razón. Y después venía a insultar. Por eso ahora Rubén está pensando *¿Miedo a quién?*, y lo mira fijo. Y lo sigue mirando fijo a pesar de que Irma acaba de cruzarle la cara de una bofetada, para que aprendás a sonreírte cuando habla tu padre. Y Néstor Parini ha tenido que aguantar la mirada de su hijo.

—El chico salió malo —dijo esa noche.

Irma contestó que no: un poco rebelde pero incapaz de una maldad. Y Anadelia pensó que su mamá estaba mintiendo. Rubén lo odiaba, podía jurarlo ella que lo conocía a papá mejor que nadie porque un domingo a la mañana, cuando se había acercado para verlo dormir, él se despertó. Fue un susto porque no hay que despertarlo cuando duerme, decía mamá, pero papá la apretó contra su pecho, que era grande y duro, y preguntó quién era él. *¿Qué mierda soy?*, fue la pregunta, y Anadelia contestó que el mejor de todos porque era boxeador. Papá lloró y ella también. Nadie más sabía cómo era y Rubén menos que nadie.

Pero Irma también terminó por admitirlo. Fue un martes a la noche, cuatro días antes de la última pelea. Acababa de decirle a Rubén que fuera al mercadito a buscar la carne. El chico entonces giró lentamente —¿burlonamente?— la cabeza y miró la ventana. Los vidrios de la ventana empañados por el frío, la lluvia detrás de los vidrios.

—Tenés que ir igual —dijo Irma—. Tiene entrenamiento mañana.

Y percibió en la mirada de su hijo, ahora fija en ella, que algo había falseado las palabras. Ya no se oían como aquellas que a Irma, nueve años atrás, otra noche pero con olor a primavera recién hecha que da unas ganas locas de estar con Néstor hasta que amanezca, la hicieron comprender que esta noche no. *Él tiene entrenamiento mañana*. Así que ella va a volver a su casa temprano y sola, y no va a protestar. Porque una cosa tiene que entender su Negrita si es cierto que lo quiere como dice: él va a llegar a campeón a cualquier precio; si no, no vale la pena vivir.

Rubén se encogió de hombros e Irma intuyó dos cosas: que tal vez era cierto que el chico no lo quería, y que todo esto debía ser grotesco. Grotesco que a las seis de la mañana Néstor Parini comiera un bife jugoso, y que ella tuviera que levantarse a las cinco para tenerle todo listo, y que su hijo saliera en plena tormenta para que mañana no falte la carne. Por qué todo esto.

—Porque tiene entrenamiento, idiota —gritó.

Y durante unos segundos tuvo miedo de que Rubén fuera a decir algo. Presintió caóticamente palabras crueles, hirientes, incontestables. Palabras que en cuanto Rubén abriera la boca le derrumbarían el mundo. Su parte de ese mundo alocado, ajeno y vertiginoso que Irma Parini no podía conocer pero en el que habitaba, la comarca en la que había entrado como a un sueño cuando a los dieciocho años, de puro enamorada, se dejó caer en la locura de otros, de los que arden en la vigilia acosados por una pasión que los elevará hasta las regiones inconmensurables, o los quema de muerte, hasta las entrañas.

—Con éstos —ha dicho Néstor mirándose los puños, y ella le ha creído.

Lo ha dicho de noche y en Barracas. Antes están caminando por Parque Patricios, atardece, e Irma es feliz. Él acaba de decirle que boxea. Irma hace como que se asombra mucho pero ya lo sabía. La vez que se lo contaron (lo averiguó una amiga porque a Irma, desde que lo ha visto, no se le puede hablar de otro) se rió con risa contenta de mujer que sabe de estas cosas. *Ahora a todos se les da por eso*, dijo, y quería decir que se dejasen de pavadas y le contasen algo que valiese la pena sobre el muchacho de los ojos.

Hoy vienen caminando desde temprano y no existirá sobre la tierra día más jubiloso que éste en que Irma aprende las manos de Néstor, establece lo que es querer para toda la vida, y decide que nada importa fuera del muchacho loco. Es un muchacho loco: un chico. Ahora anochece en San Cristóbal y ella lo sabe bien ya que lo ha visto como no lo vio nadie. Desatado porque se enamoró.

Él se detiene en una esquina y, aunque la gente mira, ha encogido los brazos sobre el pecho y está desafiando al aire. Un golpe de costado, otro, definitivo, en plena cara; gritándole a su Negrita riente y al viento que el mundo lo lleva aquí adentro, repartido entre estos dos, y que se lo regala.

Salta el pecho de verlo así. Por eso, porque ahora Irma tiene unas ganas locas de correr hacia él y alborotarle el pelo, se inventa mujer de golpe, mujer sabihonda que ayer ha dicho ahora a todos se les da por eso y hoy volverá a decirlo para él. Para que aprenda. Néstor se ha acercado y ella ríe; lo está zarandeando, ¡qué gusto!, a él que es tan grande. Lo dirá ahora como burlándose de estos berretines.

—¿Pero qué les ha dado ahora a todos? —La voz le ha salido severa, recriminando. Justa.

Todos; su hermano también: chiflado por el fútbol. En casa lo quieren matar; que trabaje, dicen. No entienden que son cosas de muchachos. Hay que dejarlo, sentencia ella; ya se le va a pasar. Y se ríe, dichosa por esta formidable misión de proteger hombrones.

No sabe cuándo ha dejado de reír. En algún momento Néstor la ha agarrado brutalmente del brazo y ella ha conocido el horror de perderlo todo en un segundo.

Después, mientras lo busca por calles oscuras, recuerda que ha sido la mirada, no la mano, lo que hizo estallar el universo.

El porqué lo sabe más tarde, contra un murallón. Él se ha mirado las manos y dice que el box es otra cosa. Están los que no entienden, sabés, pero ésos no boxean: hacen deporte. Esto se merece otra cosa, Negrita, y si no lo hago yo no hay quién lo haga. Desde chico lo sé: lo veía al viejo dándole al fratacho todos los días y para qué viven, me querés decir. Yo no. Yo tengo que llegar arriba, más arriba que todos, y con éstos, entendés, con estos puños y con este cuerpo. Porque el box es eso; darle con todo lo que tenés. No salvás nada. Llegás porque te jugaste hasta el alma. Lo otro es deporte para el domingo.

Ella no entiende. Pero no tiene más que mirarle los ojos, encendidos, extraños, para decir que le cree. Después, sobre la tierra anochecida del descampado, entre los brazos de Néstor, imagina que sí, que ese mundo de vértigo y agonía que apenas un rato antes leyó con miedo en la cara de él, ya es de los dos. Para toda la vida.

Pero Rubén no dijo nada: volvió a encogerse de hombros y se fue. Cuando volvió con la carne se fue derechito para la pieza sin siquiera mirarla; las marcas húmedas que iban dejando sus zapatillas le parecieron a Irma una provocación. A través de la puerta lo oyó estornudar; iba a gritarle que se cuidase pero era absurdo, *¿Acaso no fuiste vos la que me mandó a la lluvia?*

—Qué te pasa.

También eso era absurdo: la pregunta de Néstor a las cinco de la mañana, al día siguiente.

—¿Por? —dijo ella.

Antes de salir, él dijo:

—Mi negra se está cansando.

—Vaya tranquilo —dijo ella—, su negra no se cansa.

Y nueve años atrás habría dicho la verdad.

Fue a mirarlo dormir al chico y se dijo que no: hoy no iría al colegio. Que se había resfriado con la mojadura, le explicó más tarde; que siguiera en la cama nomás. ¿Y ella no saldría a trabajar? No, no saldría; se iba a quedar en casa para cuidarlo.

—Cuando yo sea grande —dijo Rubén— no vas a tener que trabajar más.

Ella sonrió.

Y tres días después, el sábado, un rato antes de que Néstor saliera para el estadio, ella, de espaldas al hombre, mientras seguía limpiando una ventana, dijo:

—Mi hermano pone una heladería.

Néstor levantó la cabeza sorprendido porque un momento antes había vuelto a preguntar qué te pasa.

Cuando Irma se dio vuelta, la mirada de él seguía interrogándola, sin entender. No iba a entender nunca, era inútil; en el fondo seguía siendo el de antes. Pero hay cosas que están bien cuando se tiene veintiún años, o cuando Néstor Parini está conquistando a su muchacha. Ahora tiene treinta; a esa edad, dijo un día, un boxeador está liquidado. Ése es el momento de largar, entendés Irma, que no llegués a dar lástima. ¿Y después? Borrarse de un saque. No había después, dijiste, y daba miedo. Pero hace nueve años de eso. ¿Qué estamos esperando ahora?

Vio como una ráfaga la cara de Néstor y así supo que era ella la que estaba gritando.

—¿Me querés decir qué diablos estamos esperando ahora? ¿Que un día te maten en el ring para que al fin se hable de vos en este mundo? ¿No te das cuenta que estás terminado? ¿O para que podamos comer en esta casa te tienen que poner a barrer los pisos del estadio? A ver, decime ahora que vos no naciste para heladero; repetí que naciste para otra cosa. Para hacer el payaso delante de todo el mundo, para eso naciste. Para que tus hijos se mueran de vergüenza mientras su padre salta a la soga delante del espejo. Para ser un castrado en la cama, así tu entrenador mañana va a quedar satisfecho de vos. Andá, que hoy te toca. Andate nomás que vas a llegar tarde. Reventá ahí adentro, Néstor Parini. Como quien sos.

La puerta se cerró antes de que Irma pronunciara todas las palabras. Un vecino comentaría después que Néstor Parini estaba pálido al salir de su casa; Irma, parada aún junto a la ventana, quiso convencerse de que todo aquello no era cierto: ella nunca podía haberle gritado; en la calle tuvieron que separarlo a Rubén del que dijo que el escándalo de la madre se había oído hasta en el infierno; Irma le contestó a Anadelia que esta noche no iba a haber boxeo y ya era hora de irse a dormir, y la chica lloró más fuerte que antes; Rubén, cuando entró, le sonrió a su madre y Anadelia tuvo ganas de pegarle. A las diez y media Irma encendió la radio y, hasta que empezó a funcionar, tuvo el presentimiento de que iba a suceder algo insensato que ya estaba inexorablemente desencadenado. El comentarista estaba diciendo ésta no es una pelea que despierte gran entusiasmo. Irma escuchó Néstor Parini y se tranquilizó porque las cosas marchaban sin novedad. Anadelia, en la cama, escuchó Parini y dejó de llorar. Y Néstor Parini, que una noche de hacía veinte años, delante de un farol de la calle de un pueblo cerró los puños de su sombra gigantesca y decidió elevarse por sobre todos y escuchó un clamor unánime gritando su nombre, también esta noche escuchó Néstor Parini.

Y supo cómo se gana.

Del mismo modo que se comprende en un momento el verdadero tamaño del sol, y ya no se lo olvida. Con la sencillez con que una mañana, luego de haber estado en el suelo maravillados ante el misterio de los hombres verticales, nos elevamos sobre nuestras piernas y estamos caminando. Así supo Néstor Parini cómo se gana. Ahora, frente a Marcelino Reyes. Mañana, cuando vuelva a subir al ring. Ayer, en cada pelea que tuvo. Y en las altas, las lejanas y altas, las que consumó durante las noches de insomnio. Las que no tendría nunca.

Irma, que apenas prestaba atención, tuvo que acercar la cabeza a la radio. En el cuarto round dijo gracias Dios mío y fue a llamar a los hijos. Los vecinos se despertaron cuando desde la otra casa, imperiosa, se empezó a oír la transmisión. "Algo pasa con los Parini", dijo el vecino, y encendió la radio. El comentarista declaró que en todos estos años era la primera buena pelea de Néstor Parini. Y Néstor Parini pensó si era para esto, para que dijeran esto, que él se había pasado trece años manoteando una bolsa de arena.

Irma trajo nueces. Las iba partiendo despacio para sus hijos, sentados en el suelo en ropa de dormir. Había encendido todas las luces de la casa. Estaban los tres reunidos alrededor de la radio, alertas, tratando de no perder una sola palabra. Rubén le explicó a Anadelia lo que era un cross.

—Papá gana y vos llorás —le dijo a la madre—. Quién entiende a las mujeres. —Y le pidió que mañana no lo despierte muy tarde. Porque él tiene que hacer algo mañana. En la calle. Irma pensó lo linda que puede ser la vida, lo linda que es la vida cuando el marido de una empieza a ser alguien.

Y Néstor Parini volvió a preguntarse si era para esto. Para lo que le restaba: ganar otras cuatro peleas con infelices que no saben ni cómo pararse y oír a Irma festejándolo como si acabara de realizar una hazaña; escucharla dentro de diez años contándole a alguna vecina que su marido, de joven, fue boxeador. Y saber que de Néstor Parini no se van a acordar ni los perros. Si fue para eso que se había roto el alma. Y tuvo que joderla a ella. Y me hice odiar por mi hijo.

El comentarista dijo que este muchacho Parini puede que se rehabilite y todavía nos dé alguna buena pelea.

Y Néstor Parini recordó su sombra inconmensurable, creció hasta hacerse del tamaño de su sombra, se elevó hasta las alturas de las que no se regresa, y dijo no. No es para eso. Y asestó un formidable golpe en el hígado de Marcelino Reyes. No es para eso. Y pegó en sus riñones. No es para eso. Y el puño, luego de describir una fría parábola, se estrelló en los testículos de Marcelino Reyes.

Los espectadores vociferaron su indignación, el comentarista lo explicó con alaridos, Irma acostó a los chicos, los vecinos comentaron que Néstor Parini se había vuelto loco. Y, hasta el momento en que el árbitro dio por terminada la pelea, Néstor Parini siguió golpeando.

Dos horas más tarde, mientras cien mil personas todavía trataban de dar una explicación para esta conducta insólita, una ambulancia cruzó Buenos Aires. Y un rato después, cuando Irma por fin había encontrado la manera más hermosa de pedirle perdón, un oficial de policía le comunicó la muerte de Néstor Parini. Dijo que se había tirado bajo un tren por causas que aún no estaban determinadas.

Un resplandor
que se apagó en el mundo

Don Juan de la Casa Blanca

¿Qué diría el Juez de Instrucción si él le contestara: "Peco porque llevo un Dios en mí"?
ROBERTO ARLT

I

Cantaban, afuera. Afuera todo-era-como-debía-ser. La fiesta del mundo, ¡oh!, bulliciosas familias regresaban del río con canastitas, adolescentes se arrullaban, pío pío hacían los pajaritos, fru fru murmuraban las hojas de los árboles, celebrando los últimos resplandores de la tarde de noviembre. ¿Así que era así? Ésa era su-idea-de-la-vida. No era así. Ella no hablaba de ese tipo de felicidad. ¿Y cuándo había dicho "felicidad" al fin y al cabo? Era algo más simple: mirar por la ventana y no sentir miedo. O tal vez otra cosa pero no este domingo en la penumbra, caminando en puntas de pie, contemplando las rayas rojas que trazaba el sol sobre la pared del fondo. (Ahora eran rojas pero hasta hacía poco habían sido amarillas y antes de mediodía no había habido rayas y casi ni había habido pared porque el sol estaba aún del otro lado de la casa y la áurea mañana sólo había consistido en segmentos de cielo azul que Diana, perversamente, se había empeñado en observar a través de las persianas.) Había asistido a cada mutación del cielo, y a cada mutación de la pared. *Despierta*. Hacía treinta y tres horas que estaba despierta. ¿Y todo ese año? ¿Y los dos años anteriores? La turbó un contacto áspero contra la frente. La persiana. Otra vez lo estaba haciendo. Estaba acechando una línea de cielo rojo. Sacudió la cabeza hacia atrás con alguna violencia: era humillante que se tuviera tanta compasión. Entonces notó que no sólo había estado atisbando el cielo; hacía rato que estaba empeñada en no perder una sola palabra de la canción. *Don Juan de la Casa Blanca*. Ella también lo había cantado alguna vez. Pensó que era una tarea muy difícil no tenerse lástima. Y cerró la ventana.

—¿Quién gritó?

Diana tuvo un ligero sobresalto pero se sobrepuso y miró hacia la cama. El hombre tenía la cara vuelta hacia ella pero no había abierto los ojos. O los había abierto y la poca luz que entraba lo había deslumbrado. Eso era lo más probable.

—Nadie gritó. Podés seguir durmiendo.

—Me duele la cabeza —dijo el hombre—. ¿Quién me dijiste que gritó?

—Nadie, dije. Eran unas nenas que cantaban. Ahora cerré la ventana.

—No —dijo el hombre—, no eran chicos. Era alguien que gritaba. Lo oí perfectamente.

—No me extraña.

Él no pareció haber escuchado. Buscó algo a tientas en la mesita de luz. Su mano tocó un vaso, lo levantó apenas, y lo tiró lejos. Diana cerró un momento los ojos y oyó cómo el vidrio se estrellaba contra el piso. Lo que sintió casi no fue temor, sino más bien culpa: había sabido todo el tiempo que ese vaso estaba allí; *había querido* que estuviera allí para que él lo encontrara. Y no era lo peor, el vaso. El hombre por fin tanteó el atado de cigarrillos y sacó uno.

—¿Qué hora es? —dijo.

—Más de las siete.

—¿De la tarde?

Ella se acercó a la cama y se quedó mirándolo con las manos sobre las caderas.

—¿Qué te parece? —dijo.

—La verdad, no me parece nada —el hombre abrió un momento los ojos y los volvió a cerrar como si no valiera la pena tener ojos. Se encogió de hombros—. No veo por qué van a ser las siete de la tarde si todavía hay sol.

Ella levantó las manos, y entrecruzó los dedos debajo del mentón. Lo estudiaba desde una tapia.

—Estamos en noviembre —dijo—. ¿Qué creés que tiene que haber en noviembre a las siete de la tarde?

—Para serte franco —dijo el hombre—, ni siquiera sabía que estábamos en noviembre.

—No me extraña —dijo ella.

Él esta vez abrió bien los ojos y se sentó en la cama. Hizo el ademán de contar con los dedos. Primero levantó el dedo pulgar, y después levantó el dedo índice.

—Es la segunda vez —dijo.

Esta vez sí lo que ella sintió fue temor. Pero era absurdo: se sacudió el pelo hacia atrás.

—Pero no, si no quise decir nada —dijo—. Por favor, no empieces a interpretar a tu manera todo lo que digo. Simplemente que me parecen absurdas todas estas cosas. Que siempre te estés jactando de cosas como ésta, digo —empezó a caminar hacia algún lado pero se volvió—. No sé, a vos te parece que no saber, por ejemplo, que estamos en noviembre es, no sé, te otorga una especie de aristocracia eso.

Él encontró un fósforo suelto sobre la mesita de luz. Lo frotó contra el piso, después lo frotó contra la pared, y encendió el cigarrillo.

—Bueno —dijo—, ya que no querías decir nada también hubieras podido quedarte callada.

—José Luis —ella estaba hablando con exagerada calma—, estuve todo el día callada. Ne-ce-si-to hablar.

Él se golpeó la frente con la palma.

—Por favor —dijo casi desesperado—, acabo de despertarme. Me duele terriblemente la cabeza.

—Pero si es eso, es eso, no te das cuenta —ahora ella se había sentado en la cama y sacudía las manos abiertas—. Yo no acabo de despertarme. Yo estuve *todo el día* despierta. Era un día hermoso, entendés, había sol, ya sé que a vos te parecen ridículas estas cosas pero yo amo el sol, lo necesito, no sé, es como si lo necesitara para vivir. Y estaba aquí, encerrada, mirándote dormir —se puso de pie como si acabara de tomar una determinación súbita, pero se quedó parada junto a la cama. Él apoyó los dedos sobre los párpados con extremo cuidado. Fue todo lo que hizo—. Porque vos después te olvidás; vos dormís todo el día y después te olvidás de todo y te despertás lo más contento. Pero yo no puedo hacer así.

—No estoy contento —dijo él.

—Pero a mí no me importa eso, a mí no me importa que vos no estés contento porque al fin y al cabo vos te lo buscaste, pero yo.

Él se llevó la mano al pecho e hizo el ademán del que agradece aplausos.

—Vos también te lo buscaste —se tocó el pómulo—. ¿Me peleé con alguien?

Ella sintió que estaba a punto de gritar.

—¿Si te peleaste con alguien?

—No hace falta que grites —dijo él.

—*Trato* de no gritar.

—Y yo trato de no tomar. Eso es todo.

Se dejó deslizar hasta quedarse totalmente acostado, encogió las piernas como los chicos, y se cubrió hasta la cabeza con la frazada. "Hace calor", pensó ella, "se va a morir de calor con esa frazada". Se quedó esperando a los pies de la cama pero ningún acontecimiento se produjo. "Voy a hacerte café", dijo, bastante dispuesta a creer que su voz, llegándole a él hasta la pequeña noche de su frazada con una propuesta tan amable como la preparación de café, era algo así como el rayo de sol que se vislumbra en una selva oscura, el cantarito de agua fresca tendido hacia el que tiene sed, un soplo de esperanza para las almas condenadas. Pero como no podía jurar que las cosas estuvieran ocurriendo con tanto lirismo, y ni siquiera podía afirmar que lo que él hacía ahí abajo era sufrir (a lo mejor sólo se había propuesto castigarla o, lo que sería peor, estaba otra vez plácida y simplemente durmiendo), después de esperar unos segundos Diana resolvió que por el momento todo era inútil y se fue para la cocina.

II

La botella de ginebra seguía allí, casi vacía y sin la tapa: toda la cocina tenía olor a ginebra. *Toda la casa.* Diana desechó hábilmente este pensamiento. Abrió la ventana, encendió el fuego y puso a calentar el agua. Tarareó una canción. El joven dormilón estaba despertándose y la muchacha le preparaba café cantando en la cocina. ¿No era todo normal ahora? No. La botella *todavía* estaba allí. O sea: ella todavía no había hecho nada por sacarla. De la misma manera que había dejado el vaso sobre la mesita de luz y había eludido, durante todo el día, la puerta cerrada del estudio (ella misma, sin siquiera mirar hacia adentro, la había cerrado esa mañana) aunque sabía —o justamente porque sabía —que cuando él la abriera no iba a soportar el espectáculo. Ella recordaba vidrios rotos y artefactos desarticulados como se recuerdan las pesadillas. Y fotografías semiquemadas y líquidos derramados y los fragmentos de una lámpara maravillosa con la que él había soñado durante años y que ella por fin le había regalado. Y el olor. Sobre todo el olor a ginebra. Y a vómitos. Todo detrás de esa puerta, bien encerrado e intacto, para que él viera su obra. ¿Para que la viera quién? Ése que ahora se había ocultado debajo de la frazada porque hasta asomar la cabeza al mundo debía resultarle una posibilidad horrorosa. ¿Qué había hecho? ¿De quién se había estado vengando todo el día? Si ella había querido dañar al otro, al que esa misma mañana la había perseguido con su cámara fotográfica "para que sepas, para que mañana sepas cómo sos cuando no sos perfecta", ella había querido que ése viera sus vómitos y sus destrozos porque entonces lo había odiado y, de alguna manera, lo seguía odiando todavía. Pero cómo explicárselo. Y, sobre todo, *a quién explicárselo*. Si ella no era capaz, porque lo amaba, si Diana nunca iba a ser capaz de hacer daño al hombre que se había ocultado debajo de la frazada. Y al otro no iba a poder quebrantarlo nunca porque no conocía su lenguaje, y hasta dudaba de que existiera ese lenguaje, un código accesible por el que ella pudiera darse a entender. Porque el otro podía ver signos detrás de los signos, captaba una señal donde los demás sólo percibían una mancha, era capaz de revelarles a señores intachables que en realidad eran unos perfectos hijos de puta, y de descubrir el fuego inmortal en el corazón de un hombrecito, y de poner a flor de piel el alma corrupta de apacibles señoras, pero no había signos, o Diana no conocía los signos con los que él hubiera podido entender lo que ella quería decirle. Que era inútil todo eso, que era puro alcohol su sensación de poder, que José Luis el Gran Ordenador era mentira, él no podía ordenar nada, sólo podía detectar el caos, detectarlo hasta límites inhumanos, y gritar en el vacío. Que los demás sólo lo veían tartamudear, y voltear jarrones, y tambalearse, y cuando él creía estar explicándoles con espantosa claridad cuánto de injustificado y de abyecto y de engañoso hay en la vida de cada uno, alguien estaba calculando si el vaso, que avanzaba peligrosamente en su mano, iba a errarle o no a la mesa. Aunque tal vez no era así, tal vez era ella, sólo ella la que lo estaba calculando porque a nadie más le importaba que él le errase a las palabras o a la mesa y para los otros todo era una anécdota, un pequeño incidente nocturno o, tal vez, hasta la noche de las revelaciones últimas en que un espectador sensible aprende la miseria de su vida. Y lo único que ella hubiera querido decirle, para que él lo entendiese, era que no la dejara sola. Porque ella no podía entrar en su mundo y tampoco podía entrar en el mundo de los de afuera, de los que lo miraban sin desesperarse. Y eso él, el otro que era él, no hubiera podido entenderlo. Porque la pequeña soledad, y el pequeño miedo, y el pequeño amor al sol de ella, no significaban nada en el mundo apocalíptico en el que él se creía estar moviendo.

—Esa agua está hirviendo.

Diana dio un grito. No esperaba que él se levantase tan pronto. Apagó el fuego como si se tratara de detener un incendio.

—¿Ya te levantaste? —dijo, un poco agitada.

—No. Soy mi delírium trémens —él se acercó a la botella y la tomó del cuello con dos dedos. Mantenía el brazo muy estirado como si la sola posibilidad de acercar la botella a su persona le resultase repugnante—. ¿Y esto qué es? —dijo.

Ella hizo una pequeña reverencia.

—Ginebra —dijo.

Los dedos de él imprimieron un leve movimiento pendular a la botella.

—Ya sé que es ginebra. Lo que quiero saber es por qué está aquí.

Ella se arrepintió por anticipado de lo que iba a decir.

—Será porque esta mañana no la viste —dijo.

Por un momento tuvo la fantasía de que él iba a estrellar la botella contra algo. Instintivamente cerró los ojos.

—Que por qué no la tiraste. Eso es lo que quiero saber.

Ella sintió que todas sus defensas se esfumaban. Hacía más de treinta horas que no dormía; él acababa de despertarse, qué quería.

—No sé —dijo—, no sé por qué no la tiré. Por favor. Sería para que la vieras, no sé. Necesitaba que vieras todo eso —se tapó la cara con las manos—. Es horrible.

Él había colocado la botella sobre la mesada de mármol y tenía las manos apoyadas en el borde de la pileta. Sacudió repetidamente el tronco como si estuviera tomando envión para saltar de cabeza hacia adentro.

—Qué es lo horrible. Por favor, no empecemos de nuevo. No importa lo de la botella, no tiene la menor importancia. Por qué la ibas a tirar al fin y al cabo. Pero tirala ahora, haceme ese favor, que yo no la vea más.

Ella sacudió repetidamente la cabeza.

—No es eso —dijo—. Quiero decir que eso no es lo peor.

Él seguía mirando hacia dentro de la pileta.

—Ya vi lo peor —dijo con voz neutra.

Diana sintió una mezcla de temor y alivio, aunque tal vez toda la sensación era injustificada y él había querido decir una cosa distinta de la que ella había entendido. No se animó a averiguarlo.

—No sé por qué lo hice —dijo.

—Porque necesitabas hacerlo. Lo dijiste hace un momento.

—¿Necesitaba? —ella lo dijo como si le costara comprender el significado de la palabra "necesitaba"—. Pero ahora no. Es —se interrumpió. Parecía estar haciendo un gran esfuerzo para encontrar las palabras de una idea muy confusa—. José Luis —dijo de pronto—, es como si fueras dos.

—La bella y la bestia —él se golpeó varias veces la frente con el puño—. Debe ser —dijo—, debe ser así, nomás —el puño avanzó, estuvo a punto de dar contra la pared, pero él disolvió el choque con un movimiento casi elegante—. ¿Con quién me peleé? —dijo.

—No sé. Era uno que una vez había boxeado con un oso carolina.

—Un oso carolina. Era uno que había boxeado con un oso carolina —lo dijo muy lentamente, como si una pronunciación minuciosa pudiese ayudarlo a asimilar ese nuevo fenómeno del universo.

—Pero estaba atado —dijo ella, en tono de disculpa. Lo miró—. El oso.

—Ah, bueno. Hubieras empezado por ahí. Ahora sí que todo se vuelve verdaderamente sensato.

Ella se rió.

—Pero es así —dijo—. El oso estaba en un parque de diversiones o algo así, y parece que uno iba y pagaba y boxeaba con el oso.

—¿Y de dónde sacamos a este interesante sujeto? —dijo él.

—Bueno, estábamos en un bar y el tipo se te acercó porque parece que te había confundido con el sobrino de un amigo suyo que es mayorista en medias. Él casualmente te andaba buscando porque quería regalarle media docena de pares de medias a una señorita.

—Era un lord.

—No, era no sé qué en el matadero de Liniers. La cosa es que a vos te pareció importantísimo eso de que en algún lugar de Buenos Aires un tipo anduviera llevando tu cara, con las implicancias del caso, claro, por aquello de que la cara es el reflejo de. En fin. Lo convidaste con un whisky —ella suspiró—. Y bueno. Al principio la cosa fue bastante cordial. Le explicaste al tipo lo que es un *doppelgänger*, y le hablaste de la ley de probabilidades, y de lo infinitamente pequeño que era nuestro planeta vagando entre las constelaciones de nuestra galaxia, de las galaxias en general, de la posibilidad de que hubiera vida en algún otro lugar del Universo, de la luz de las estrellas que se apagaron hace milenios, y de todas esas cosas que hacen a una conversación amable, viste. Y el tipo, qué querés que te diga, estaba un poco sorprendido.

—No es para menos —admitió él.

—Te das cuenta. Y entonces quiso aportar su granito de arena y te contó lo del oso. Se ve que te lo contó como una especie de homenaje, para que vos lo admirases, porque debía ser lo más importante que le pasó en su vida. Pero vos parece que lo tomaste como una cuestión personal.

—Hijo de puta —dijo él—. Llama boxear a darle puñetazos a un oso atado, y encima espera que lo feliciten.

—Bueno, eso más o menos le dijiste. Pero peor. Parece que para vos un hombre que peleaba con un oso atado no tenía derecho a pronunciar la palabra boxeo, no tenía derecho ni a estar vivo, por decirlo así. Le gritaste no sé qué sobre Tolstoi y los caballos y el tipo trataba de explicarte que no, que boxear con un oso carolina es difícil, aunque esté atado.

—Pero yo tenía razón —dijo él, con orgullo.

—Vos tenías razón, José Luis, pero el hombre quería regalarle seis pares de medias a una señorita, entendés, el mundo está lleno de hombres que le quieren regalar seis pares de medias a una señorita, y vos no les podés cambiar la cabeza, te das cuenta, no se puede vivir de esta manera.

Él no respondió enseguida. Parecía estar reflexionando, o descubriendo lentamente alguna cosa. Negó con la cabeza, como para sí mismo.

—Pero de *la otra* manera —dijo—, tampoco se puede vivir —tomó un salero, lo tiró al aire, y lo atajó—. No sé. Puede que tengas razón —apoyó el salero contra el pómulo y lo mantuvo así, como si fuera una compresa—. La cosa es que mi amigo no se quedó con las ganas, eh.

—No sé si fue él o el jorobado —con la mano libre, él se rascó la cabeza. Su cara daba la impresión de que las complicaciones ya eran demasiado grandes para su pobre cerebro—. Llamaste a un jorobado que pasaba por la calle, ¿no te acordás?, querías que se pelearan, o no sé lo que querías. Querías atarlo, al jorobado digo, para que el del oso lo golpeara. Tenías que demostrarle algo, al del oso o al otro, no sé muy bien. La cuestión es que se armó un escándalo bárbaro. El jorobado, se ve que interpretó al revés tu grandeza de alma y te empezó a insultar. En fin, mejor que a ese bar no entres nunca más.

—Tengo la impresión de que entré. Después.

—Puede ser. Porque después te fuiste con dos tipos que estaban totalmente de tu parte en lo del oso carolina y el jorobado. Uno polaco, y otro que no sé qué le había pasado en la Segunda Guerra Mundial. Y con ésos sí que te llevabas a las mil maravillas. Habían nacido los unos para los otros.

—¿Y ahí qué pasó? —él mantenía firmemente el salero contra el pómulo.

Ella vertió café en la taza.

—Ahí no sé. Ahí me fui. Qué querías que hiciera a las seis de la mañana con uno de la Segunda Guerra Mundial y un polaco.

Él se empezó a reír. Se sentó en el suelo de la cocina con la cabeza entre las rodillas y se reía tanto que al final Diana no sabía si se estaba riendo o qué.

Ella estaba de pie, con la taza de café en la mano, y no estaba muy segura de qué hacer. Con cuidado, como si cualquier brusquedad pudiera dañarlo, le sacó el salero.

—José Luis —dijo—, ¿de qué te reís?

Él dejó de reírse. Levantó la cabeza y la miró.

—La verdad, ¿no?

Tomó la taza que ella le ofrecía y la apoyó en el suelo. Después la sujetó a ella por la muñeca y la hizo agacharse. Le tocó la cara.

—¿Qué te hice? —dijo de golpe.

Ella se sentó en el suelo, con las piernas cruzadas.

—¿Cuándo?

—Esta mañana. Cuando volví. Algo te hice.

Ella se encogió de hombros, como para no darle importancia.

—Me quisiste fotografiar.

—¿Otra vez? —dijo él.

—Esta vez, me parece que me fotografiaste.

Él puso en tensión los músculos de la mandíbula. Se quedó mirando un punto fijo con una expresión que a ella le hizo recordar al otro.

—Yo las velé —dijo ella.

—Por qué —dijo el—. Por qué.

Ella se asustó.

—¿Por qué las velé?

Él gritó.

—Por qué hago estas cosas —gritó.

—No sé. Peleamos. Y yo me puse muy mal, me puse como loca, y vos me perseguías y decías que eso era lo único que valía la pena fotografiar. "Mostrarles a todos ustedes cómo son, cómo los veo yo" —se tapó la cara con las manos—. Eso me dijiste —se destapó la cara y lo miró y le tocó la frente—. Pero no tiene importancia —dijo—. Peleamos porque vos querías quemar las fotos que sacaste el otro día, las del casamiento ese. Vos las querías quemar, y yo te las quería quitar, eso fue todo. Les tiraste ginebra y después querías ver si la ginebra era combustible.

—Se ve que tenía dudas profundas.

—Bueno, vos *ya sabías* que era combustible. Querías ver si era tan combustible como el alcohol.

—Y era. Era perfectamente combustible. Conseguía que ardiera todo lo que embebía, como el más infalible de los alcoholes —hizo un gesto de desagrado—. No soporto el alcohol, ¿entendés esto?, es lo que más me repugna entre todas las cosas que me repugnan en este podrido mundo.

—Ya me lo dijiste.

—¿Te lo dije? ¿Cuándo?

—Siempre. Siempre me lo decís.

—Anoche. Me acuerdo que anoche te lo dije.

—Sí, anoche me lo dijiste. Pero ya habías tomado casi dos jarras de vino cuando me lo dijiste.

—Pero estaba bien. Me acuerdo que estaba bien. Comer, y tomar vino, y vivir estaba bien. Yo estaba contento anoche.

—Sí —dijo ella—, pero ya habías tomado casi dos jarras de vino.

—¿Y?

—Y entonces entraste a un bar a tomar un whisky.

—Cualquiera toma un whisky, ¿te das cuenta que la cuestión no está ahí?, cualquiera toma dos jarras de vino y después entra a un bar y se toma un whisky.

—Vos tomaste cuatro. Y entonces nos encontramos con un imbécil amigo tuyo que nos invitó a su casa.

—No es amigo mío —dijo él.

—No es, pero fuimos lo mismo. Porque habías tomado. Y entonces te tomaste media botella de pisco para ver si podías soportar la situación. Y le dijiste a tu amigo que era un burgués de mierda y le quisiste romper toda la casa.

—Un cuadro. No exagerés que de eso me acuerdo. Oriundo de Bruselas o algo así. Una fortuna.

—Canadá —dijo ella.

—Lo mismo —dijo él—. Y te digo que hubiera hecho muy bien en romperlo. Era uno de los mejores exponentes de lo que puede la mediocridad humana que vi en mi vida.

—Menos mal, mi amor, porque lo rompiste.

—¿Lo rompí?

—En la cabeza de tu amigo. Y también le abriste la jaula a un canario flauta nativo de la isla de Pascua.

—Sí —dijo él—, tengo una vaga idea de gente subiéndose a los sillones para atrapar algo volátil —se quedó un momento en silencio, como evocando el espectáculo. Lanzó un pequeño aullido de regocijo—. Al menos les animé la fiesta —dijo—. ¿Y quién ganó?

—El canario. Le abriste la ventana, le recitaste no sé qué en latín, y el canario se fue.

—Sí —dijo él—, me parece que eso era muy importante para mí.

—Debía serlo —dijo ella—, porque después caminamos como dos horas para encontrar el canario; vos tenías que comprobar algo acerca de la libertad o una cosa así. Pero como casualmente no lo encontramos entraste a un bar. Porque te hizo acordar a un amigo muerto, dijiste; uno que en las madrugadas parece que entraba a bares igualitos a ése y pedía peppermint con medialunas. Así que entraste y pediste peppermint. Sin medialunas.

—¡Pedí peppermint! —eso parecía divertirlo muchísimo—. ¡Debía estar borracho!

—Pero no te gustó. Así que tomaste un whisky doble para que se te fuera el gusto.

Él cerró los ojos. Habló como si pronunciara el fin de una parábola.

—Y después me encontré con un hombre que había boxeado con un oso carolina. —Abrió los ojos igual que si lo hubieran despertado de golpe—. ¿Pero te das cuenta, te das cuenta de lo que significa eso? —ella lo miró con cansancio—. No te das cuenta, pero no importa. Las cosas *me pasan*.

Entonces ocurrió algo que los puso en tensión (o a ella la puso en tensión): escucharon el timbre. Era lo que Diana más temía: que la realidad irrumpiera. Alguien de afuera que podía invadir el mundo de ellos y detectar el desorden. Había llegado a pensar que no hubiera aborrecido la vida, que, tal vez, hasta habría podido amar esta vida suya con él si ningún vestigio del exterior, si ningún segmento de cielo, si ningún timbre se colara de pronto para anunciar alegremente que había un orden, cosas y gente de afuera que se movían dentro de un orden y que parecían ser felices.

—No abras —dijo.

—Por qué.

—Porque no puede ser nadie. Por favor, no abras.

—Seguro —él ahondó la voz como un actor de radioteatro— es el viento que hace tañer las campanas —levantó las cejas con expresión de maravilla—. Campanas. Qué hermosa palabra —se puso de pie; de pronto parecía haber descubierto que estaba lleno de vida—. Claro que voy a abrir.

—Escuchame —dijo ella.

—Ya lo sé. Vienen a buscar las fotos. Por eso, justamente, voy a abrir.

—Pero están todas quemadas —dijo ella—. ¿Qué les vas a decir ahora?

Sintió una tristeza enorme por los dos. Quince días atrás habían pensado que iban a vivir un mes entero de esas fotos. Antes de salir para el casamiento él se lo había dicho: que iban a vivir como reyes un mes entero. Y que buscaría una foto, se daba cuenta ella, todo el mes para buscar una foto, la imagen de una idea que hacía tiempo lo venía persiguiendo, algo con la forma exacta y alegre de lo que está vivo y que sin embargo fuera una feroz representación de la muerte. Y también la llevaría al mar, cómo no, harían todo lo que soñaban ese mes. Claro que cuando él regresó del casamiento, lo primero que hizo cuando ella le abrió la puerta fue caerse redondo al suelo. Y claro que se quedó en el suelo durante el resto del día a pesar de la insistencia de ella de que era más cómodo estar en una cama. De modo que ella ya no se animó a recordarle sus promesas. Y ahora, con las fotos irreparablemente quemadas, tenía que cuidarse muy bien de mencionarle siquiera el mar.

—No te preocupes —dijo él—. Dejame arreglarlo a mí. Es mi especialidad.

Arreglar lo que había roto, pensó ella. Esa era su especialidad. A veces tenía la sensación de que la vida se les estaba yendo en eso: en componer precariamente, con clavos, o con cola vinílica, o con palabras de amor, lo que hasta el día anterior había brillado con luz propia, lo que había sido íntegro y perfecto en su integridad. Pero qué iba a pasar el día en que él destruyera algo que ninguna soldadura y ninguna palabra del mundo pudieran componer.

El timbre sonaba con insistencia ahora. Él había abierto la canilla y había puesto la cabeza debajo del chorro de agua. Se enderezó con entusiasmo y se frotó con la toalla como si quisiera sacarse de la piel todo el pasado.

—Sabés una cosa —dijo—. Me siento bien. Me parece que hace siglos que no me siento tan bien.

Se estiró el pelo mojado con los dedos y salió de la cocina con una energía y una determinación que a Diana, fugazmente, le hicieron pensar en el alcohol, algo que él debía buscar en el alcohol, o en un timbre, algo que de vez en cuando lo impulsaba a levantarse, y a andar, y a estar vivo.

III

Lo oyó abrir la puerta y hablar con alguien. Dos personas: un hombre y una mujer. La voz de la mujer, sobre todo. Premeditadamente Diana no escuchó las palabras, estaba demasiado fatigada para prestar atención. Era preferible el acto mágico: la casa estallando en pedazos o el súbito aviso de que había empezado la Tercera Guerra Mundial. O *la policía*. Se encogió de hombros. Cualquier cosa que no requiriera de ella el menor esfuerzo. Se escuchó una breve exclamación de la mujer. Shh, hizo el hombre. Ahora se oía, más que ninguna otra, la voz de José Luis. Y otra vez Diana pensó en el alcohol. *No importa, cualquier cosa que pase, va a pasar*. Era una sensación maravillosa la de no tener nada que ver. Abrió la canilla y se puso a escuchar atentamente el ruido del agua.

—Diana —oyó a través del agua.

De ninguna manera. Estaba decidida a no intervenir de ninguna manera. Se quedaba en la cocina y si él insistía, ella iba y se tiraba por la ventana. Era deslumbrante la limpieza con que podía resolver problemas después de treinta horas sin dormir. *Diana*, volvió a llamar él, y ella miró la ventana abierta y calculó que era incómodo: arrojarse desde esa ventana era sumamente incómodo. *Ya está*. Ella cerró la canilla. Se dio vuelta y lo vio a él, resplandeciente. No era su imaginación. Era él, parado en la puerta de la cocina.

—Ya está —acababa de decir.

Ella notó que su corazón latía desmedidamente.

—¿Se fueron? —también notó que le temblaba la voz.

—Natural —dijo él—. ¿Qué querías que hicieran?

—No sé —dijo ella—. ¿Y ahora qué van a hacer?

Él extendió el labio inferior con expresión de ignorancia.

—Van a vivir, me imagino. Supongo que tratarán de vivir lo mejor que puedan.

Ella sintió que empezaba a impacientarse.

—Escuchame, no te hagas el raro ahora también. Ellos habían pagado una seña: eran las fotos de su casamiento al fin y al cabo.

—Ah, la seña se la devolví —dijo él—. No me iba a quedar con la seña de esa gente, ya te das una idea.

—Sí, me doy una idea —dijo ella, bastante irritada—, pero ellos querrían sus fotos, ¿no?

Él sacudió la cabeza a derecha y a izquierda con la placidez de un mono.

—No, ¿ves?, ahí le erraste. No querían sus fotos. No querían ni verlas, si te interesa el dato. Les hablé mucho, no sé. Les dije que ellos me habían parecido la pareja más hermosa y más feliz que había visto en mi vida. Que daría todo lo que tengo por ser como son ellos ahora. Yo había salido tan emocionado del casamiento que hasta había pensado no cobrarles las fotos; se las iba a regalar. Pero cuando las revelé y los vi me dio como horror. Vi una especie de parodia de lo que eran ellos: como si estuvieran posando de felices. Y se me ocurrió que si les daba las fotos iban a vivir toda la vida de un recuerdo, de unos cartoncitos tramposos, y que por el resto de sus años iban a creer que toda la alegría del mundo había quedado atrapada en esos cartoncitos cuando en realidad la alegría estaba en ellos mismos, latiendo con ellos mismos a través del tiempo. Les dije que me había sentido, no sé, avergonzado, y en algún momento hasta se me había ocurrido quemar las fotos. No las había quemado, naturalmente, pero qué sé yo, me parecía una especie de traición mostrárselas.

—¿Pero si ellos igual te las pedían? —dijo ella, desesperada.

—Ah, si ellos igual me las pedían los mandaba al carajo —hizo un gesto de suficiencia—. Con todo derecho, me parece —tomó la botella de ginebra de sobre el mármol, la tuvo levantada un momento, y la dejó en el mismo sitio—. Pero entendieron —dijo—. Yo estaba elocuente, ¿viste esos días en que estoy elocuente? Bueno, fue así. Ahora están convencidos de que acaban de aprender algo fundamental. Ya lo mejor lo aprendieron. Escuchame —volvió a tomar la botella de ginebra y la vació cuidadosamente dentro de la pileta—, yo también acabo de aprender algo fundamental.

Ella observó los ojos entrecerrados de él, su aire de estar viendo cosas que ningún otro era capaz de ver.

—La razón por la que tomás —dijo, con tristeza.

Él apoyó la botella vacía sobre el mármol y levantó el dedo índice.

—La razón por la que *no voy a volver a tomar* —hizo una pausa—. Por qué no voy a volver a emborracharme en mi vida —abrió del todo los ojos y la miró a ella—. Oíme bien lo que te voy a decir —dijo—, hay algo abyecto en eso de beber alcohol.

No, por favor. A ella le daba miedo que la conversación tomara ese giro. Aunque él ahora estuviera sobrio, le daba miedo.

—No, no, estás equivocado, vos no tomás por algo así —y pensó que tal vez él no estaba equivocado, que era de verdad abyecto, pero que él no debía decirlo, y sobre todo ella no debía pensarlo.

—Todo lo que uno no puede volver a hacer —dijo él—. Uno toma por todo lo que no puede volver a hacer. Alegrarse y vivir, eso. O por lo que ya no puede creer que va a hacer nunca. Callate. Un adolescente, ¿viste alguna vez un adolescente borracho? Los invitás a tomar y te miran con desprecio. Porque están vivos. No necesitan tomar porque están vivos. Creen en todo lo que hacen. Creen que pueden hacer todo lo que quieren. Y es cierto, entendés, o no es cierto pero da lo mismo. Uno está vivo y entonces puede hacerlo todo. Todos los desatinos, todas las cosas hermosas, todo lo bueno y lo bello y lo horroroso que es posible en el mundo. Y no se necesita alcohol para hacerlo. Eso es lo que acabo de descubrir. ¿Te das cuenta?

Y ella dijo que sí, que se daba cuenta. Porque él hablaba (o ella creía que él hablaba) de cosas que habían ocurrido y *por qué no* aún podían ocurrir. De mañanas de sol bajo los árboles de una calle de Flores. De un hermoso viejo borracho que una madrugada, en un bar, les escribió un poema horrible *para que sigan siendo así, felices*. Hablaba del tiempo en que siempre salía con la cámara colgada del hombro porque cada pájaro, cada sombra que dibujaban dos adolescentes, cada hormiga acarreando apasionadamente su hojita, cada ser que se movía sobre la tierra valía la pena de ser perdurable y él tenía esa misión, la misión de que todo lo que merecía vivir, viviera. Y hablaba de la mañana en que la despertó casi aullando de alegría porque una enorme y pavorosa araña había comenzado a tejer su tela entre las plantas del balcón, de cómo mimó a la araña, y la protegió del viento y de cualquier lluvia, y recorrió cielo y tierra hasta conseguir otra araña, casi igual de enorme y pavorosa, y del infinito amor con que la hizo subir a una varilla y una y otra vez la fue apoyando sobre la tela hasta que la araña extranjera quedó presa de su desencanto cuando la araña dueña permaneció inmóvil y como indiferente, y de su júbilo después, cuando por fin se decidió a atacar, y de los gritos con que la llamó cuando la prisionera, en un supremo esfuerzo, se desprendió en parte de su atadura y se preparó para la defensa, y del silencio religioso con que los dos siguieron las alternativas de la lucha hasta que llegó el momento culminante y sangriento de la victoria y él, como Dios el primer sábado de la creación, disparó el obturador y pudo por fin descansar. Y hablaba de esa misma noche, cuando lloró por la araña muerta y ella le acarició la cabeza hasta que se quedó dormido. Y del mediodía en que estuvo más de una hora calcinándose al sol, inmóvil como una planta, esperando el instante prodigioso en que un colibrí iba a vibrar sobre una rosa. Y también hablaba de ella, del tiempo en que su cielo era siempre azul, cuando la felicidad era una palabra que le cantaba bajo la piel, cuando todo lo que era, era, cuando nunca se decía de esta agua no beberé porque todas las aguas del Universo habían sido creadas para que ella las bebiera. Pero sobre todo hablaba de ella y de él, una tarde de sol en Palermo, ella entre las hojas de los árboles, aturdida por el batifondo de los pájaros, riendo de cara al cielo, y él amándola a través del lente de su cámara, amándola para siempre en una tarde de primavera. *Ahora. Quieta. Así.* Riéndose así. Para toda la vida.

Por eso ella le dijo que sí, que se daba cuenta. Entonces entraron a la pieza, como en una procesión, y ella por fin alzó las persianas y abrió la ventana de par en par.

IV

El color casi irreal del crepúsculo la hizo pensar: *es la hora de la oración*. Sacó las sábanas y la frazada y las tendió en la ventana. Recordó sin nostalgia su infancia, la limpia sensación de orden por las mañanas. Él se había puesto zapatos y ahora se estaba abrochando una camisa blanca. Ella sacudió las sábanas como quien está dispuesto a echar de su casa el infortunio.

—¿Dónde hay una escoba?

Ella se dio vuelta. Vio la puerta del estudio abierta y lo vio a él con un fragmento de lámpara en una mano y una tira de celuloide en la otra.

—Dejá —dijo—. Voy a arreglarlo yo.

—Vamos a arreglarlo los dos —dijo él, recalcando mucho las palabras—. Vamos a arreglar todo.

Ella acabó de tender la cama. Buscó una escoba y entró en el estudio. La destrucción no era menor de lo que sospechaba pero ya no le daba miedo. Él había abierto la ventana, lo cual producía una regocijante corriente de aire: no era demasiado optimista suponer que la primavera estaba venciendo y en pocos minutos no quedaría rastro de ginebra ni de vómitos. Y en las paredes seguía intacto lo que debía seguir intacto. Chicos jugando con agua, y la Cruz del Sur en su vertiginosa trayectoria de luz de una hora terrestre, y un colibrí sobre una rosa, y un hombre, como un pájaro, detenido para siempre en el intolerable instante de omnisciencia en que se arroja al vacío desde un octavo piso, y una muchacha que con placidez casi celestial se palpa la enorme panza, y dos arañas en la culminación criminal de su lucha por la vida, y ella riéndose un noviembre verde y azul de hacía cinco años, y un gatito blanco observando vorazmente a un canario. Toda la vida y la muerte en las paredes. Y la luna, o algo que él decía que era *su* luna, una borrosa mancha de luz en la oscuridad de la noche, más allá de la vida y de la muerte, alumbrando desde una dimensión extrahumana en la que tal vez él estaba cayendo desde hacía veinte años. Y ellos aquí, bien en el medio del estudio, vivos y todopoderosos con sus escobas y sus baldes de agua jabonosa.

Fregaron y rasquetearon y lustraron hasta que todo quedó —ella dijo— reluciente como una manzana. Él hizo un gran paquete con todas las cosas que ya no tenían arreglo, lo ató muy bien y lo sacó de su casa. Ella salió del estudio y volvió a entrar portando un frasco de aerosol como una antorcha.

—¿Y eso qué es? —dijo él.

Ella habló con misterio.

—Esencia de pino —dijo con misterio.

Y apretó el botón.

—Esencia de pino —repitió él. Respiró hondo, como si estuviera en un bosque—. Esto es algo así como estar en el Paraíso.

—Será, pero tengo hambre —dijo ella.

Él gritó como si acabara de hacer un descubrimiento extraordinario.

—¡Pero si yo también tengo hambre! ¡Y hasta te voy a invitar a comer afuera!

—¡Sí! —ella teatralmente extendió los brazos hacia atrás—. ¡Y después yo te voy a invitar a dormir!

—Ah, no, si ya empezamos a ponernos obscenos.

Ella se rió como si tuviera catorce años.

—No, pavo, de verdad; si estoy muerta de sueño. No dormí ni un minuto hoy —de pronto le pareció muy absurdo no haber dormido—. La primavera —dijo.

—Seguro, la primavera —él la miraba divertido—. ¿Qué tiene que ver la primavera?

—Qué sé yo. Había unas chicas que cantaban —se quedó en silencio; al fin dijo—: A mí me parece que cuando es primavera una tiene que salir al sol y cantar y esas cosas —se tapó la cara con el pelo—. Es una tontería, ya lo sé.

Él miró la cara de ella, riendo al sol. La miró a ella. Le sacó el pelo de la cara como quien abre una ancha puerta.

—Te quiero —dijo.

Ella le hizo una gran reverencia.

—Azulejos y oropéndolas —dijo.

—Claro, claro. Y un poco de jazmín del país, para qué nos vamos a engañar.

—No, bobezno, eran pájaros. Los azulejos y oropéndolas son pájaros, no flores. No hay que confundir con las azaleas y caléndulas.

—Mirá a quién se lo venís a contar —dijo él, con la solvencia de un ornitólogo—. ¿Y qué cantaban?

—¿Qué pájaros?

—Las nenas. Qué cantaban las nenas esas que me despertaron.

—*Don Juan de la Casa Blanca*.

—¿Eso qué es?

—Un juego.

—¿Y cómo se juega?

—Todas se agarran de las manos —dijo ella—.

Pero las dos de las puntas tienen una mano apoyada en la pared.

—Para qué.

—Porque el juego es así —dijo ella, con aire ofendido.

—Perdón —dijo él—. Y cómo sigue.

—La de una punta dice: "Don Juan de la Casa Blanca, ¿cuántos panes hay en el horno?", y la de la otra punta contesta: "Veinticinco y un quemado". La de esta punta dice: "¿Quién lo quemó?", y la de la otra punta contesta: "Este pícaro ladrón". Entonces la de esta punta dice: "Mátenlo por asesino y por ladrón".

—Qué notable —dijo él—. ¿Y después?

—Forman una especie de ronda, pero con los brazos cruzados. Entonces se mueven para acá y para allá y cantan: "Aserrín, aserrán, los maderos de San Juan; piden pan, no les dan, piden queso, les dan un hueso, y les cortan el pescuezo". Ahí se sueltan y tratan de hacerles cosquillas en el cuello a las otras. Y ya está.

—¡Pero es un juego apasionante! ¿Y hacían grandes torneos?

Ella se tiró en el sillón y se rió con toda el alma. Sacudía la cabeza.

—Todos son así —decía, y le corrían lágrimas de la risa—. Te das cuenta, todos los juegos de chicas son así —lo miró. Ahora estaba resplandeciente—. ¿Nunca jugaste a pisa-pisuela?

Él hizo un gesto de contrición.

—Me avergüenza confesarlo —dijo—, pero tengo la idea de que nunca practiqué ese deporte.

Entonces ella le explicó cómo todas menos una

se paraban contra la pared y cómo la de afuera iba pisando ordenadamente cada uno de los pies en fila mientras cantaba pisa-pisuela color de ciruela, vía vía o este pie.

—Y si te pisaba justo cuando terminaba el cantito tenías que levantar ese pie. Y si te tocaba, levantar el otro pie.

—Salías volando —dijo él.

—Pero no —dijo ella, fastidiada—. Salías de la pared y te ponías en la cola.

—Ah, claro —dijo él.

—Hasta que quedaba la última, ¿entendés?

Él le dijo que entendía perfectamente, así que ella le contó cómo, en esa parte, el juego se trocaba misteriosamente y la que antes había cantado ahora era Dios, y la que había quedado última era el Diablo, y las de la cola, los Ángeles. O Ángeles Potenciales, dijo, porque acá venía la parte verdaderamente trágica del juego ya que Dios decía: "Primer Ángel, ven a mí", y el Primer Ángel le contestaba: "No puedo porque está el Diablo", a lo que Dios retrucaba: "Abre tus alas y ven a mí". Pero ni el principio de autoridad de Dios ni las desplegadas alas del Ángel podían evitar la catástrofe si el Diablo, al arrojar su pañuelito (porque el Diablo tenía un pañuelito), tocaba al posible Ángel antes de que éste llegase a los brazos de Dios. Ya que en ese caso el Tocado perdía su condición angélica e inexorablemente pasaba a integrar las huestes del Diablo.

—Qué bárbaro —dijo él—. ¿Y quién gana?

—Ah, nadie gana. Al final unas son ángeles y las otras son diablos; hay un triunfo moral, si vos querés, pero ganar no gana nadie.

—Qué cosa —dijo él—. ¿Querés creerme que recién entiendo eso del mundo interior de las mujeres? —la miró—. ¿Y se divertían?

Ella abrió los ojos, maravillada.

—Ahora que lo pienso, no sé —se encogió de hombros—. Pero era así, entendés. Se supone que nos divertíamos porque jugábamos —la mirada se le ensombreció fugazmente—. Tendría que ser al revés, ¿no?

—No sé —él dibujó una especie de círculo con su dedo índice delante de los ojos de ella—. Pero me parece que no es importante. Creo que no tiene la menor importancia.

Ella se levantó del sillón de un salto.

—Me voy a bañar —dijo. Le dio un beso y salió corriendo.

Se bañó. Y cantó bajo el agua. Canciones absurdas que habían sido los ritos de su infancia y que ahora tenían la misión de atravesar la puerta y hacerlo reír a él.

—El que me tenía intrigada —gritó—, era el de Santa Teresa.

Esperó, pero no oyó nada.

—¿Me oís? —gritó.

Se quedó escuchando, inútilmente.

—¿Cómo es? —llegó la voz de él, demorada.

Ella sonrió, sola bajo la ducha.

—Se ponen todas en ronda, sabés, y una se pone en el medio y cantan. Escuchá lo que cantan a ver si vos lo podés entender: "Dicen que Santa Teresa, una noche enamorada, Santa Teresa es muy buena, pero a mí no me hace nada".

Tendría que decir "por qué", ¿no te parece?,

Santa Teresa es muy buena *porque* a mí no me hace nada —abrió la puerta del baño y salió—. ¿No te parece que tengo razón? —dijo, entrando a la pieza.

Lo vio sentado junto a la biblioteca, con la cabeza baja. Tenía entre las manos la pequeña Colt que habían comprado tres años atrás, y que usaban como pisapapeles.

Ella se le acercó. Estaba radiante y fresca como una rosa.

—¿Ibas a matarte?

—No. Estaba sintiéndole el perfume —apoyó con suavidad la Colt sobre la pila de papeles. La miró a ella—. ¿Y después cómo seguía?

Ella miró a su alrededor, como tratando de atrapar la punta de algo que se había escapado.

—¿La canción? —ya estaba—. Oh, lo de después ya no tiene importancia. La del medio y una de la ronda empiezan a saltar. Y cantan. "Achumba caracachumba, achumba y olé. Achumba caracachumba, qué bonita es usted."

—Tenés razón —dijo él—. En esa parte ya se pone coherente. El problema es al principio.

Y tenía una cara tan divertida que ella sintió que esta vez no era su imaginación: algo nuevo y hermoso empezaba hoy.

Acabó de vestirse, y salieron a la calle.

V

Afuera todo era como debía ser. Caminaron por calles como patios, donde la gente convivía amablemente en las veredas, descubrieron un pasaje detenido en el tiempo, se escondieron en un zaguán para espiar a una bochinchera familia que acarreaba grandes sombrillas y canastos con verdura, festejaron a gritos (y todos en la calle se pararon en sus sitios y se pusieron a mirar el cielo) la suerte de haber visto la diminuta mancha de un satélite artificial o algo rodando sobre la luna. Y miraron largamente a su alrededor porque ninguna piedrita, ningún enano en el jardín, ninguna vieja nocturna alimentando gatos en un baldío, nada de lo que esa noche se estaba moviendo sobre la tierra y con la tierra era indigno de ser mirado por ellos. También Diana le recordó a él que tenía hambre porque lo sublime estaba muy bien, ella no decía, pero para ser francos se estaba muriendo de hambre. Y él no sólo no se enfureció sino que hasta puso verdadera pasión en la búsqueda del lugar único para esta noche única, la llevó a la carrera por calles increíbles, la hizo asomarse a puertas iluminadas, amar la cara melancólica de un acordeonista en un bodegón, estudiar la expresión de pescados absortos, discutir el punto de madurez de unos melones, conmoverse ante el espectáculo de un lechoncito yaciendo entre zanahorias y hojas de lechuga hasta que dieron con *el lugar* donde debían comer esa noche. Paredes de ladrillo, antiguas arañas de hierro, y botellones panzudos y grandes jamones colgando del techo. Debe ser carísimo, había dicho ella, pero entraron lo mismo porque él esa noche estaba espléndido: miraba el menú con aire de iniciado y pedía comidas que se sirven con llamaradas, y hasta una botella de Rubí de la Colina. Porque se llamaba Rubí de la Colina y porque una vez (ella le estaba diciendo), cuando tenía dieciséis años y había ido a Mendoza en su viaje de egresada, había visitado no se acordaba qué bodega y le dieron una copa de Rubí de la Colina; era como rubíes líquidos, a ella le había parecido, y tenía el gusto más maravilloso que él se podía imaginar; la había hecho cantar como loca en el viaje de vuelta entre los cerros y era extraño pero desde esa tarde, y hasta esta noche, ella nunca lo había vuelto a probar. Habló del sol también. De cómo era el sol de Mendoza y de cómo ella amaba el sol y lo verde y a los catorce años, en primavera, casi no podía soportar la felicidad de estar ante una ventana abierta, entonces tenía que escaparse de su casa, correr por las calles, respirar (porque en ese tiempo respirar era un acto, un acto voluntario y jubiloso que sólo a ella le había sido concedido conocer en toda su maravilla), oír cómo le cantaban los colores, ver la alegría de las hojas en los árboles, sentir todo lo que crecía y florecía creciendo y floreciendo dentro de ella. De cosas como ésta habló, y era otra vez como volver cantando entre los cerros. Él la miraba, aunque más bien parecía estar descubriendo alguna cosa situada más allá de la cara o de las palabras de ella.

Él llenó las dos copas.

Y por primera vez en casi tres años Diana no sintió miedo cuando vio que la botella estaba vacía. Apoyó la palma abierta sobre el borde de su copa.

—No —dijo riéndose—, si yo no quiero más.

Él tomó la mano de ella y la sacó de sobre la copa como se saca un objeto.

—Así seguís hablando —dijo—. Hace bien eso.

Ella volvió a reírse.

—Pero si ya dije todo. Todo lo que quería decir. No sé —se encogió de hombros—, me parece que todo el día estuve queriendo decirte estas cosas. No sé por qué —se tocó la cara—. Estoy toda colorada, ¿no?

—Te brillan los ojos —él la miró detenidamente, como si su mirada tuviera la virtud de fijar la cara de ella—. Hacía mucho que no te brillaban tanto los ojos —y se dio vuelta como buscando algo, alguna cosa que, a juzgar por su gesto, debería estar colgada del respaldo de su silla—. No traje la cámara —dijo con sequedad.

Y fue extraño, porque era como si esto estuviera ocurriendo en otro tiempo, cuando él siempre salía con la cámara y cualquier noche podía mirar hacia atrás y asombrarse realmente de no haberla traído. Levantó el dedo como quien va a explicar algo, y volvió a hablar con naturalidad.

—Ves —dijo—, por eso hay que llevarla siempre. Mañana ya no vas a ser así. *Ahora* te tendría que sacar una foto.

Ella se puso contenta.

—Ahora sí —dijo.

Y apenas lo dijo dejó de estar contenta. *Como si acabara de abrir una pequeña compuerta.*

Consiguió dejar de lado esta sensación. Él estaba diciendo algo sobre momentos o cosas que se nos van de las manos. La miró de golpe.

—¿Qué quiere decir "ahora sí"? —dijo.

La sensación volvió.

—Nada. Era una frase.

—Ya sé que es una frase. Pero qué quiere decir.

Ella captó algo, tal vez un matiz en el tono de él. Hizo un esfuerzo para convencerse de que todo seguía siendo normal. Al fin y al cabo, cuántas veces habían discutido por pavadas así.

—Por favor José Luis —dijo.

—No-empieces-a-interpretar-a-tu-manera-todo-lo-que-digo —recitó él.

—No, no quería decir eso. Quería decir que hoy es una noche hermosa, no sé, una noche especial.

—Una noche, digamos, una noche única como todas las noches —le hizo una seña al mozo.

—No. Por favor, José Luis. Prometiste que nos íbamos a ir temprano.

—Nos vamos a ir temprano. ¿Qué te hace suponer que no nos vamos a ir temprano? —hizo una pausa—. Iba a pagar —dijo.

Iba. Diana sintió una especie de escalofrío. Significaba que ella era la culpable de lo que ocurriría, de lo que ya estaba ocurriendo. El mozo se había acercado; él acababa de pedirle una jarra de vino.

—Hoy es un gran día al fin y al cabo —dijo.

—Qué —dijo el mozo.

—A usted no le hablé.

Ella hizo un gesto.

—Esa cara —él la señaló con el dedo—, cada una de nuestras innumerables caras. Eso es lo que hay que fotografiar —pareció que quería atrapar una idea. La atrapó—. ¿Por qué esta mañana no?

—Qué —dijo ella.

—Parecés el mozo —dijo él—. Digo que "ahora sí" quiere decir "antes no". Antes, esta mañana. Ah, no, nada de fotos esta mañana. ¿Por qué?

Ella apretó los labios y miró para otro lado.

Él la tomó del mentón y la obligó a mirarlo.

—Te voy a explicar por qué. Porque estabas fea. Nada de fotos en las mañanas turbulentas porque ella está fea. Pero es así, mi amor, ésa también sos vos —acercó su cara a la de ella—. Somos feos a veces. Y hay que saberlo. Es difícil vivir sabiéndolo, no lo niego, pero un día uno lo sabe. Y entonces, ¿cómo aprender otra vez a cantar entre los cerros? —levantó el dedo—. Ésa es la verdadera cuestión —la señaló, casi acusadoramente—. Estabas borracha esa tarde. ¿Por lo menos sabés eso? ¿Por lo menos sabés que cantabas porque estabas borracha?

—Callate. No es así. Es mi historia.

Él se golpeó el pecho con la mano abierta.

—Y eran mis fotos —dijo—. Y vos las velaste.

Ella imitó el gesto de él de golpearse el pecho.

—Pero era *mi* cara —dijo—, mi imagen. Nadie más que yo puede disponer de mi imagen. Y yo no quería que eso quedara para siempre. Por eso las destruí.

Él se rió.

—Ahí te quería ver, escopeta. Así que vos también te *autodestruís*.

—¿Eh? —ella levantó la cabeza de golpe—. ¿Qué querés decir?

—Vos sabés perfectamente qué quiero decir. Lo que hay que saber es qué quisiste decir vos.

—Cuándo.

—Esta mañana, en la calle. No me olvido de todo.

—Se ve que tenés una memoria selectiva —dijo ella contra su voluntad.

—Ahí te apuntaste un poroto. Uno no puede dejar que se pierda así nomás semejante estampa. Estabas impagable, te hubieras visto.

—Me imagino, sí.

—¿Seguro? ¿Y también te acordás bien de lo que dijiste?

—Me acuerdo —dijo ella, inexpresivamente.

—Decilo.

—No hace falta.

—Hace falta —dijo él.

—Para qué.

—Quiero estimar si al menos sabés lo que decís cuando decís frases tan impresionantes.

—Sé lo que digo. Dije —y habló como hablaría una máquina—: "Ya que te querés autodestruir, autodestruite solo".

Él asintió repetidas veces con la cabeza, con la expresión de quien quiere decir: "Es verdaderamente admirable tu memoria". Pareció meditar muy seriamente.

—Bueno —dijo al fin—, no es que quiera ponerme preciosista pero uno siempre se autodestruye solo. Hay una redundancia ahí —se interrumpió—. ¿O era un epíteto? —durante unos segundos su cara indicó una honda preocupación, pero al fin se lo vio resplandecer—. No, epíteto es la blanca nieve. O el inmóvil cadáver. O el bal-bucean-te-be-o-do —le dedicó una sonrisa—. O la perfumada florcita.

Advirtió la expresión de desagrado de ella y echó una rápida ojeada al interior de la jarra. Comprobó que estaba llena hasta un poco más de la mitad, y volvió a mirar a Diana. Después, tomándola con delicadeza de la nuca, la obligó a inclinar la cabeza hasta casi introducir la cara dentro de la jarra.

—No podrás decir que estoy borracho —dijo. Al cabo de unos segundos le soltó la nuca como se suelta un objeto que ya no se recuerda por qué se tenía en la mano, y pareció que se hundía, dulce y esponjosamente, en un pozo.

VI

No se podía decir que él estuviera borracho. Pero algo empezaba. Era como si existiese una barrera que él había franqueado en algún momento sin que ella pudiera precisar exactamente cuándo. O como si ahora se estuviera despeñando, suave pero fatalmente, y ninguno de los dos pudiera hacer nada para evitar la caída. Había existido un instante, tal vez el instante anterior a éste, en que *todavía* no hubiera tenido sentido, y hasta habría significado una ofensa peligrosa, que ella le dijera "no tomes más". Y ahora, iba a ser peor si lo decía. Porque él ya empezaba a ser el otro aunque estuviera creyendo ¿lo creía realmente? y ella también estuviera creyendo que todavía no estaba borracho.

Sólo que esta vez ella no pensaba entregarse. Estaba decidida a recuperar lo que antes habían sido. Y por qué no. Y qué tenía de particular, al fin y al cabo, este juego de los epítetos. ¿No era su hipersensibilidad? Ella debía reconocer que la mayoría de las veces era su hipersensibilidad, y su miedo, lo que se anticipaba a cualquier acontecimiento y acababa por arruinarlo todo.

Negó con el dedo índice.

—La perfumada flor, no —dijo—. Eso no es un epíteto: hay flores que no tienen perfume.

Y le contó algo que absurdamente le había venido a la memoria, una lectura del libro "Delantales blancos" donde se hacía mención, justamente, a la cualidad de las camelias de no tener perfume. "Oh", decía la pequeña niña admirada, sacando una camelia del florero; "qué cosa tan rara, mamá: estas camelias tienen perfume". "No, hija", respondía la afectuosa madre. "Fíjate que has puesto una rosa en el mismo florero; las camelias no han hecho más que adquirir el perfume de la rosa". Y así aprendían las pequeñas lectoras el inestimable valor de las buenas compañías.

Él la miró como a un posible enemigo.

—¿Y qué me querés decir con esto?

Ella se rió.

—Nada —dijo, riéndose—, la verdad es que no quiere decir nada. Simplemente me acordé.

—Muy poético, sí. Y jugaban a pisa-pisuela y a Martín Pescador y a la concha de la lora. Y retozaban bajo el sol y juntaban margaritas y oropéndolas en el jardín y cantaban borrachas entre los cerros. Pero fotos a la mañana no. Eso nunca —vertió vino en su vaso—. Vos también te autodestruís —tomó un trago—. So-la. Vos destruís tu parte repulsiva, y yo mato —tomó otro trago como se acepta una sentencia; después, sin dejar de sostener la copa, hizo un complicado movimiento de ballet con el brazo. Se rió—. Yo mato lo hermoso que hay en mí.

Llamó al mozo y le pidió más vino.

Ella habló de golpe, después de un prolongado silencio.

—No quise decir lo que dije —dijo.

Él la miró.

—Lo de la autodestrucción —dijo ella, como si le costara pronunciar "autodestrucción".

—Pero lo dijiste —dijo él—. Y te fuiste y me dejaste solo.

—No estabas solo.

—Solo —repitió él—. Solo quiere decir sin vos. Solo entre extraños.

—Parecías sentirte muy bien entre esa gente.

—No me sentía muy bien. Tomaba para olvidarlos.

—En lugar de *olvidarlos* podías haberte ido.

—No es tan sencillo. Uno no puede dejar las cosas por la mitad.

—¿Qué cosas?

—Todas las cosas. Una vez que se empezó, hay que llegar hasta el final.

Ella miró la jarra llena de vino que acababa de dejar el mozo.

—Hay cosas importantes —dijo—. Cosas que tienen sentido. Hay que llegar al fondo de las cosas que tienen sentido.

—Notable —él buscó en los bolsillos y sacó un papelito y un lápiz gastado de no más de tres centímetros—. ¿Me podés hacer una lista, por favor, con las cosas-que-tienen-sentido?

Ella estrujó el papelito.

—No, no es eso —dijo—, no es exactamente eso. Es lo que uno quiere hacer, no sé.

—Mirar el sol por la ventana, digamos.

—No, no es eso, pero sí. Eso también. Digo que si uno se siente bien mirando el sol, si realmente quiere mirar el sol, ¿por qué no?

—Y si uno realmente quiere emborracharse, ¿por qué no?

Fue un golpe, en plena cara. Ella dejó de mirarlo. Su respuesta fue apenas audible.

—Porque hace daño.

—¿A *quién* le hace daño?

A *mí*, pensó ella. Y pensó que no tenía derecho a decirlo. O que tal vez lo diría de todas maneras y entonces sería juzgada sin piedad. Porque el otro no tenía piedad, era eso. No tenía piedad de nadie pero sobre todo no tenía piedad de sí mismo. Por eso bebía de ese modo.

—Por favor —dijo.

Era como si ella también empezara a desbarrancarse por la pendiente habitual, como si algo la impulsara a pronunciar otra vez las mismas palabras de cada noche, aunque cada noche había aprendido que era inútil, y hasta era peor pronunciarlas. Se desbarrancaba, a pesar de que alguna parte de su cerebro se empeñaba en seguir repitiendo: "De cualquier manera hoy es un día distinto".

—No tomes más —dijo—. No dormí nada anoche. Pagá y vámonos.

—Ahora el mozo ya trajo el vino. Va a pensar que estoy loco si le pido vino y después me voy.

—Está bien —dijo ella. Y pensó "qué diablos le puede importar al mozo", y pensó que no se lo podía decir a él—. Esta jarra está bien. Pero pagá.

—Ya voy a pagar. No te preocupes que no me voy a ir sin pagar —hizo una pausa de efecto teatral—. Si me alcanza la plata —dijo.

Ella se asustó.

—Trajiste plata, ¿no? —dijo—. Esto va a costar una fortuna.

—Bueno —dijo él con calma—, si no traje plata no me van a matar por eso.

—Fijate.

—Para qué. De cualquier manera ya no se puede hacer nada —se sirvió un poco más de vino. Le agregó soda con la actitud de quien está demostrando sus, por otra parte evidentes, condiciones de templanza—. Cada cosa a su tiempo —dijo.

Ella decidió que insistir era inútil. Por otra parte, era probable que él tuviera dinero suficiente. Lo que le hubiese gustado averiguar, para entenderlo de algún modo, era si él lo sabía. Y si lo sabía, por qué necesitaba atormentarla. Adónde quería llegar.

—Estaba pensando —dijo él—. Esta mañana, ¿qué quisiste decir?

Ella entrechocó apenas los dientes. Consiguió hablar con el tono de la maestra paciente que se dirige al chico atrasado de la clase.

—Ya hablamos de eso. Acabamos de hablar de eso.

—Te advierto que no estoy *muy* borracho. Sé perfectamente de qué acabamos de hablar. Decía esta mañana, cuando dijiste "no me extraña".

Ella suspiró con cansancio.

—No era de mañana. Era de noche.

—Es lo mismo —dijo él con violencia—. Esas

cosas siempre son lo mismo. Además, tampoco era de noche,

—Por favor —dijo ella—. No empecemos de nuevo.

Él, con tranquilidad, se sirvió más vino; miró cuánto quedaba.

—No empezamos de nuevo. Empezamos, simplemente —y se acomodó en la silla, con un brazo detrás del respaldo, como alguien que se dispone a escuchar una larga historia. Ella se tomó la cabeza con las manos.

—No me acuerdo lo que dije, por favor. No llevo un registro de todo lo que digo. ¿Cuándo fue eso?

—No sé, no tengo la más remota idea. Estábamos en noviembre, eso sí, me acuerdo porque había sol a las siete de la tarde. Y me acuerdo que era muy importante, que yo pensé que era muy importante y que íbamos a tener que hablar de eso.

—Ya sé, ya sé —ella sacudió dos veces la cabeza hacia arriba y hacia abajo—. No insistas más, por favor. Ya te dije esta mañana lo que había querido decir.

—Esta tarde —dijo él.

—Esta tarde —repitió ella—. Era por lo de noviembre. Porque vos no sabías que estábamos en noviembre. Entonces yo te dije "no me extraña". Pero no es importante. No tiene la menor importancia.

—No, esa vez —dijo él, en tono neutro—. La primera vez —vertió un poco más de vino en la copa y otra vez controló el contenido de la jarra—. Y te advierto que todavía estoy completamente lúcido. Me parece que en toda mi vida no estuve tan lúcido.

—José Luis, no tiene sentido todo esto. Hacé un esfuerzo. Hacé algo.

—Estoy haciendo un esfuerzo. No te imaginás el esfuerzo que estoy haciendo. ¿Qué quisiste decir?

Ella se acordó de un detalle. Él había levantado un dedo, y después había levantado otro dedo. Pero eso había sido la segunda vez, claro. ¿La primera vez? Ella sólo se acordaba que él no había reaccionado. Que la había sorprendido el hecho de que él no hubiera reaccionado. *Ahora se siente como un marqués*. Se acordó. Ella había pensado que él sin duda se estaría sintiendo como un marqués. O como una especie de arcángel. Un ser superior, capaz de pasar por alto la alusión por parte de ella a su presunta anormalidad. Alusión totalmente injustificada, y no por lo que él podía opinar de sí mismo sino porque, si había alguien en el mundo empecinado en seguir creyendo que él era absolutamente normal, era Diana. Razón por la cual ahora los dos sabían que haber dicho ella "no me extraña" significaba que había querido herirlo; justamente donde él más se podía sentir herido. Razón por la cual ella ahora empezaría a pagar.

—Me acuerdo —dijo, como quien se arroja de cabeza al agua—; vos dijiste que habías oído un grito, y yo dije "no me extraña".

—¿Por qué? ¿Por qué no te extrañó?

—No, no es así. No es que no me extrañó. Lo dije, simplemente, no sé, estaba enojada con vos, necesitaba castigarte de alguna manera.

—¿Pero por qué de *esa* manera? No es casual, te das cuenta. No me dijiste "tenés mal aliento", o "qué mal te queda la luz del atardecer".

—No seas absurdo.

—Eso te parece absurdo. Pero que yo oiga gritos no te parece absurdo. Eso no te extraña. Bueno, quiero saber por qué.

Ella se sirvió vino y tomó un trago.

—¡Porque estaban gritando! —dijo, casi frenética—. ¡No me extrañó porque estaban gritando!

—No es necesario que tomes —dijo él, con calma—. Tampoco es necesario que te pongas tan sarcástica. Esas cosas no van con tu estilo. Y *yo sé* que no estaban gritando. Yo sé que el grito estaba adentro mío. Que alguien gritaba sólo para mí.

Ella agitó una mano con la palma hacia arriba.

—Pero los locos no saben esas cosas. Los locos sólo oyen gritos.

—¿Y quién mencionó la palabra *locos*? —dijo él.

Ella se tapó la cara con las manos.

—Por favor, no me atormentes. No empieces a atormentarme.

—No te estoy atormentando. Estamos conversando. Estamos tratando de saber cómo somos.

Llamó al mozo.

—No —dijo ella.

Él la miró con sorpresa.

—Voy a pagar —dijo.

—Mozo —dijo él—, medio litro más de vino. Y la cuenta.

—Pero, por qué.

—Voy a pagar. Pero antes vamos a terminar de hablar, sobre todo esto.

—Sobre qué. No hay nada más que hablar. Y no hace falta seguir tomando.

—Es una cuestión ritual —dijo él—. Qué va a

ser de nuestras pobres vidas el día que ni siquiera respetemos los ritos.

Ella suspiró ruidosamente. Él, con parsimonia, buscó algo en todos los bolsillos. Al fin extrajo un pañuelo y se lo extendió con elegancia.

—¿Querés sonarte la nariz? —dijo.

Ella hizo un gesto de aversión.

—Vos sos demasiado formalista, ése es tu problema. Parece que uno no puede mencionar cosas como sonarse la nariz cuando está hablando de temas trascendentales. Lo siento. Lo siento de veras —guardó con tranquilidad el pañuelo—. ¿Y por qué estabas enojada?

Ella cerró los ojos con cansancio.

—Cuándo —dijo en voz muy baja.

—Hoy. ¿No estábamos hablando de eso?

—No —dijo ella, inexpresivamente—, no estábamos hablando de eso.

El mozo trajo la cuenta. Él la miró, sacó dinero, y lo puso sobre el platito con la displicencia de un príncipe. Se sirvió vino.

—No importa, los temas se me yuxtaponen. No te imaginás lo complicado que es esto. Y encima los gritos.

—¿Por qué estás tan empeñado en hablar de los gritos?

Él acercó su cara a la de ella y puso voz de película de terror.

—Para que pienses que estoy loco —dijo, con voz de película de terror. Volvió a hablar con naturalidad—. ¿Nunca pensaste, pero pensaste en serio, que puedo llegar a volverme loco?

—No —dijo ella, con sencillez.

—Hacés muy mal. Hay que pensar esas cosas. Hay que pensar *todas* las cosas, y después te quiero ver, dónde quedaba tu famoso sol —tomó vino—. Y que me puedo transformar en un alcohólico, ¿eso nunca lo pensaste?

—No —gritó ella.

—Decí la verdad. De noche, cuando me ves dormir, cuando disponés de mí a tu gusto porque me ves dormir, ¿nunca se te ocurre que algún día me voy a agarrar una gran borrachera, la gran borrachera de mi vida, y que no voy a salir nunca más de ahí?

—Callate.

—Un alcohólico. Y para colmo me voy a transformar en un alcohólico anónimo. ¿Oíste hablar alguna vez de los alcohólicos anónimos?

—Te oí hablar. Pero, por favor, ahora no.

—¿Ahora no? Hoy es un día feliz, cierto. Bueno, hablemos de la felicidad, entonces. ¿Qué es para vos la felicidad?

—Por el amor de Dios. Vámonos de acá.

—También nos vamos a ir de acá. Por *nuestro* amor. Vamos a hacer todo lo que hay que hacer esta noche —la miró—. ¿Irse de acá es la felicidad?

Ella desvió la vista y se puso a mirar distraídamente hacia otra mesa. Una familia con dos chicos. El chico menor estaba llorando: quería que le dieran vino.

—Te estoy preguntando en serio. Una especie de investigación que hago: la felicidad y las distintas maneras de alcanzarla.

Ella dejó de mirar hacia la mesa. Lo miró a él.

—No sé —dijo—, no sé si eso es la felicidad. Pero quedarme es la infelicidad. Eso sí lo sé.

—Ahá. Ya vamos avanzando —él miró el contenido de la jarra. ¿La dejamos por la mitad?

—Sí —dijo ella, como si rogara.

—La dejamos por la mitad. Nos vamos. Nos vamos a ver si alcanzamos la felicidad.

Se puso de pie, como si súbitamente lo hubiera acometido una gran alegría. Ella también se puso de pie, y salieron.

VII

La luna seguía su camino, redonda y blanca como siempre. Ellos recorrieron una cuadra en silencio. Después él empezó a cantar. "Llevando mi nena a casa". Ella escuchó la canción y la tarareó. Y tal vez la felicidad no era tan simple como esto pero era esto lo que ella había querido un momento antes. *Hacer lo que una quiere*, pensó. Y algo dentro de su cabeza pensó: *Y no sentir miedo.* Ella sentía miedo. Eso pasaba.

—Tenés miedo —dijo él.

—No —dijo ella—. De qué.

—No sé —dijo él—. De que no nos vayamos a casa, supongo. De que entremos a ese bar, por ejemplo, a tomarnos unos whiskies.

—No. No vamos a tomarnos unos whiskies.

—Bueno, digamos que voy a tomarme un whisky. Entremos.

—No.

—Un whisky. Uno solo. Para demostrarme que no tenés miedo.

—Eso es un pretexto —dijo ella.

—No, no es un pretexto. Lo necesito, realmente. Que vos no tengas miedo, quiero decir. Digamos que lo necesito como vos necesitás el sol. Es mi libertad, ¿te das cuenta? Yo no puedo ser libre si vos siempre tenés miedo.

Ella pensó que no era cierto: él no necesitaba realmente probar nada. Pero con qué elementos lo estaba juzgando. Y a quién estaba juzgando. No conocía a este hombre. Era un extraño sobre el que ella, o el amor de ella, no tenía ninguna influencia. Y al otro, al que *empezaba* a beber, ¿lo conocía? Al que voluntariamente y como desafiando a un enemigo maligno, o a ella, tomaba el primer trago, ¿lo conocía? Mañana lo iba a hacer muy desdichado todo esto. "Odio el alcohol", iba a decir. Y a éste, ¿le gustaba? No parecía que bebiese porque lo hiciera feliz. Pero qué sabía ella de todo esto.

—Por favor —dijo—, prometiste que nos íbamos a ir temprano.

—¿Te prometí eso? Entonces nos vamos a ir temprano. Palabra.

Entraron. Ella miró el reloj. Estaba parado en las dos. En ese bar, la noche recién empezaba. Eso fue lo que él dijo.

—Mirá —y señaló el reloj—. La noche recién empieza.

—Está parado —dijo ella.

—No importa. En este bar son las dos de la mañana. Y nosotros estamos en este bar. Hacé de cuenta que vivimos en otro planeta, donde el tiempo no pasa, y listo.

Sencillísimo, pensó ella.

Él llamó al mozo y le pidió un whisky.

—Doble —dijo. La miró a ella—. Para no tener que molestarlo al mozo a cada momento. Al simpático mozo —le sonrió teatralmente al hombre, que le devolvió la sonrisa, un poco desconcertado.

—Ves, el mozo es feliz. ¿Usted es feliz, mozo?

—Bueno, señor —dijo el mozo—, se vive.

—¡Es cierto!, ¡es cierto! —dijo él, como si acabara de serle revelado el sentido de la existencia. Se dirigió a Diana—. Este mozo es sabio.

El hombre se había quedado junto a la mesa. Diana pensó que estaría esperando algún suceso extraordinario. Se iba a quedar ahí toda la vida si nadie hacía nada.

—Gracias —le dijo. Esperaba que con esto el hombre se diera cuenta de que su pequeño papel había terminado.

—La señora le agradece la lección —dijo él.

Con lo cual el mozo seguía ahí y todo volvía a empezar. "Bien", pensó Diana, "que se quede ahí toda la vida". A quién le importaba al fin de cuentas.

Durante un breve período se quedaron los tres estáticos.

—Con el permiso de los señores —dijo al fin el mozo, se veía que a pesar suyo.

—Faltaba más —dijo él, y era como si le estuviera diciendo que, a partir de ese momento, todas sus pertenencias y su vida misma estaban a disposición del mozo.

El hombre se fue. Él la encaró a Diana.

—Te das cuenta —le dijo.

—De qué —dijo ella con furia—. Si me doy cuenta de qué.

—El mozo. Ese mozo *sabe*.

Ella se puso a mirar el techo, con aire de resignación.

—¿Qué es lo que sabe? —dijo al fin.

Él se encogió de hombros.

—Sabe. Sabe *todo*, por decirlo de alguna manera.

Y se quedó absorto, como si las palabras del mozo hubieran abierto para él la puerta hacia las Grandes Revelaciones.

Ella revisó cuidadosamente el techo, después revisó cuidadosamente las paredes. El mozo trajo el whisky y echó las dos medidas. José Luis seguía absorto. Seguramente, se dijo ella, ni siquiera se dio cuenta de que su ídolo ha llegado.

—Hay que ver —dijo el mozo.

Diana pensó que ahora se debía sentir herido por la indiferencia de su admirador. Era cómico, le hubiera gustado comentárselo a él. Pero mejor no, no despertar al tigre dormido. Qué mundo de profundas reflexiones, cuáles acciones insólitas podía desencadenar en José Luis el conocimiento de la situación del mozo.

—Hay que ver —repitió el hombre.

—Qué.

Él lo dijo con brusquedad, como si acabaran de despertarlo. Y como si no recordara en absoluto hasta qué extremos había amado al mozo.

Era evidente que el hombre estaba decepcionado pero no se resignaba. Permaneció firme junto a la mesa.

Él lo miró.

—Qué le pasa —dijo.

El mozo demostró experimentar un cierto alivio.

—Hay que ver —dijo—. ¿Ve aquel hombre que está ahí? —señaló hacia el mostrador—. El que está discutiendo con el patrón.

—No sé quién es el patrón —dijo José Luis, cortante.

—Ése de anteojos oscuros. El de traje azul —el mozo hizo una pausa prudencial—. Bueno, el que está discutiendo con el patrón, digo. Imagínese. Se iba a ir sin pagar.

—¿Y?

—Y, señor, ¿qué le parece? —dijo el mozo—. A éstos, habría que liquidarlos a todos y ya vería cómo en un par de meses se terminan los problemas —la miró a Diana—. Yo siempre digo, uno se gana honradamente el pan y eso no tiene precio.

—Por qué no se va a la puta que lo parió —dijo José Luis, en tono neutro.

—¿Cómo dijo, señor?

—Dije qué carajo le importa a usted si la gente paga o no.

—Señor —dijo el mozo, visiblemente ofendido—, yo cuido los intereses de la casa. El mes que viene va a hacer veinticinco años que trabajo aquí.

—Usted es peor que un insecto.

El mozo se inclinó hacia Diana.

—Me parece que el señor bebió demasiado —le dijo, confidencialmente.

—Escúcheme —José Luis lo dijo en voz baja, pero como si lo gritara—, ¿usted oyó hablar alguna vez de algo que se llama dignidad humana?

—¿Cómo dice, señor?

—Que lo acabo de tratar de insecto, *señor*.

—Señor —empezó a decir el mozo, como quien está por comenzar un extenso discurso.

Diana cerró un momento los ojos.

—Está bien, está bien —miró a su alrededor, como pidiendo auxilio—. Me parece que lo llama el patrón.

El mozo miró brevemente hacia atrás.

—Con su permiso —dijo, ya alejándose. Daba la impresión de haber recibido el llamado de Dios.

Él apoyó las palmas sobre la mesa y agazapó el cuerpo como si estuviera a punto de saltar sobre ella.

—¿Qué es lo que está bien? —dijo, con los dientes apretados.

—Nada —ella habló con desesperación—, nada está bien, pero qué vamos a hacer nosotros —intentó tocarle la cara y él la rechazó como si la mano de ella fuera un sapo—. José Luis, entendeme bien esto: no podemos cambiarle la vida al mozo, no podemos andar por ahí cambiándole la vida a todo el mundo. No podemos arreglar nosotros, no podés arreglar vos solo todas las cosas que andan mal en el mundo.

—No podemos, eh —dijo él, amenazante—. Así que no podemos. Ese mozo es un turro, escuchame, es peor que un turro: es un ser inferior, una especie de mierda humana.

Pero Dios mío, qué nos importa a nosotros todo esto, clamó ella con el pensamiento.

—Y no está bien, te das cuenta —estaba diciendo él, y abría las manos en actitud de impotencia—. Hay algo que no está bien en todo esto. Algo que denigra la condición humana.

—No se puede vivir así —dijo Diana, en voz muy baja.

—Eso es lo que yo digo. Que no se puede vivir así. Y ahora, ¿qué me contás de tu felicidad, qué me contás de tu sol?

Ella sintió que estaba a punto de llorar.

—¿Qué tiene que ver la felicidad con todo esto? ¿Qué tiene que ver el sol?

—Que no se puede, vos lo acabás de decir, no se puede vivir así.

—Nuestra vida, por favor, estaba hablando de nuestra vida.

—Bueno. ¿Qué hacemos con nuestra vida? Qué queremos, vamos a ver.

Ella gritó.

—Irnos —gritó—. Irnos de acá, por favor, es tan sencillo. Irnos de acá, no vivir de esta manera. No aguanto más.

—¿Irnos? —él levantó mucho las cejas, como si acabara de descubrir una flamante oportunidad que le deparaba el destino—. Muy bien. Vamos a irnos —se puso de pie—. Vamos.

—No pagamos —dijo Diana, con horror.

—No vamos a pagar —dijo él, con calma.

Ella vio el vaso de whisky por la mitad y pensó miserablemente algo que de inmediato la hizo avergonzarse: pensó recordarle que aún no había terminado su whisky. Su mano había iniciado el ademán de señalar el vaso pero ella consiguió modificar el movimiento, lo prolongó, tomó el vaso y bebió un gran trago.

Él esperaba junto a la silla de Diana, con notoria impaciencia.

—¿No querías irte? Vamos.

—Por favor, no hagamos eso.

—Vamos —repitió él en voz muy alta, de manera que desde varias mesas los miraron.

José Luis se dio vuelta. Casi con elegancia se inclinó sobre la cara de un hombre que estaba en la mesa de al lado comiendo maníes.

—¿Y usted qué mira? —le dijo al hombre, mirándolo con ojos desorbitados.

El hombre, aparentando distracción, se puso a pelar un maní.

Ella permanecía sentada. Esperaba algo: un milagro o un cataclismo. Él la tenía sujeta por el brazo y tiraba hacia arriba como para arrancarla de la silla. "Vamos", repetía, cada tanto, en tono monocorde.

No la soltó. Con la mano libre tomó el balde de hielo y lo empuñó con el brazo estirado hacia atrás como un atleta empuña el disco que está por arrojar.

—Qué pasa si lo tiro —preguntó como casualmente.

Ella todavía no se movió. Hipnotizada, miraba el brazo de él. El brazo de él se movía como un péndulo cuya amplitud aumentaba con el tiempo.

—Uno.

Ella acabó el whisky de un trago.

—Dos —dijo él.

—Vamos —dijo ella. Y se puso de pie.

No pensar, pensó. Lo fundamental es salir con naturalidad y no pensar en nada.

Delante de ella, José Luis volteó una silla. Pareció que estaba a punto de patearla pero inesperadamente, con solícita cortesía, como se ayuda a levantarse a una señora desconocida que se ha caído en la calle, levantó la silla, la puso en su lugar y, acercándosele mucho, la amenazó cariñosamente con el dedo índice.

Un hombre gordo, sentado ante la mesa de la silla volteada, lo miraba un poco estupefacto.

—Qué pasa —dijo el hombre gordo.

—Que quiere ser feliz —gritó José Luis, en marcha nuevamente hacia la puerta—. Mi mujer. Quiere ser feliz y no sabe cómo.

A Diana le pareció que el hombre murmuraba algo. Y entonces oyó, como se oye en las pesadillas, la voz del mozo.

—Esos dos —oyó—. No dejen salir a esos dos. Se quieren ir sin pagar. Están borrachos.

Y de la misma manera que se ve en una película la cara en primer plano del que será el asesino, vio la cara de José Luis cuando se dio vuelta.

—Qué te pasa a vos —casi sobre la nariz del mozo.

Ahora el hombre de anteojos oscuros; el patrón, se acordó. Caminaba pesadamente hacia ellos, palpándose algo en un bolsillo.

—A mí con borrachos —venía diciendo—. A patadas te voy a sacar de aquí. Con la policía y a patadas te voy a sacar.

También se había acercado un hombre muy corpulento, con cara de matón. Y el hombre gordo de la silla. El de los maníes, en cambio, si bien se había levantado de la silla, parecía conformarse con ver el espectáculo a distancia.

Se había reunido bastante gente ya. Diana a veces divisaba la cara de él, alguna parte de su cuerpo, asomándose por un resquicio; otras veces lo perdía por completo. Distinguía su voz, retazos de sus frases. Le pareció que estaba hablando del sol, y de la felicidad, y de los indignos miserables hijos de perra que se creen honestos porque pagan ordenadamente sus cuentas.

Vio cómo alguien lo empujaba y dio un grito. La voz de él le llegó como a través del sueño.

—Andate, Diana. Andate a casa, pronto.

—Si les vamos a pagar —oyó su propia voz que gritaba—. Déjenlo tranquilo que les vamos a pagar.

—No le vamos a pagar una mierda —oyó.

Cerró un momento los ojos. Esto no les estaba pasando a ellos.

—Andate —oyó—, vos andate que no va a pasar nada. Yo enseguida arreglo esto.

Abrió los ojos y no lo encontró. Después sí. Él estaba en el suelo ahora. Hablaba desde el suelo, pero no como si lo hubieran empujado o se hubiera caído solo, hablaba como si fuera una especie de sultán y le resultase sumamente cómodo y natural estar ahí tirado, hablando a media voz a gente tan exasperada.

Ella se abrió paso como pudo hasta donde él estaba, sentado sobre uno de sus pies, y con la otra pierna semiestirada; vio que tenía todos los botones de la camisa desprendidos y una mancha negra, como de zapato, en la camisa.

Lo tomó por debajo de los brazos y trató de que se pusiese de pie.

Él levantó la cabeza y la miró un momento con indiferencia.

—Te dije que te fueras. —Después se puso a contemplar los movimientos de su pie libre.

—Vámonos —dijo ella, como se le dice a un chico.

—Andate vos; yo estoy muy bien así. Estoy perfectamente bien. Te advierto que no me pienso mover de aquí en todo el día.

El murmullo de los espectadores, a su alrededor, creció como una oleada. Ella nuevamente intentó levantarlo. Él giró la cabeza hacia ella y esta vez la miró con ferocidad.

—Andate, te digo. No te das cuenta de que quiero que te vayas. No te das cuenta de que sos vos la que me está volviendo loco con tus gritos y tus llantos.

Ella sintió la flecha, clavándose en el medio del corazón.

Alguien la empujó, o le pareció que alguien la empujaba. Que muchas manos, o muchas voluntades que no eran la suya, porque afortunadamente ella ahora carecía de voluntad, la iban alejando de allí, del centro mismo del universo donde había un hombre tirado en el suelo. La mareó un golpe de aire fresco. Estaba en la calle ahora y escuchaba vagamente la sirena de un auto. Un hombre le dijo alguna cosa sobre sus lágrimas, o mejor, sobre el singular procedimiento con que le podía quitar para siempre las ganas de llorar si ella accedía a acompañarlo. Pero ella no tenía ningún interés en no llorar. Al contrario. Le parecía delicioso ir caminando mientras las lágrimas le corrían por las mejillas y le mojaban el cuello sin que estuviera obligada a hacer el menor esfuerzo por evitarlo. Acababa de descubrir algo realmente fundamental: no existía ningún inconveniente en el mundo para que ella llorara a los gritos en mitad de la calle. Por lo que había perdido. Por las cosas hermosas que alguna vez habían sido sobre la tierra y ya nunca volverían a ser. Era como si no hubiera gente a su alrededor, o como si la gente no contara, y sólo tuvieran importancia ella y su pena. *Nena*, le dijo alguien, *yo a vos te puedo hacer feliz*. Ella sonrió entre las lágrimas. Cruzó la calle como quien juega a la ruleta rusa.

VIII

Escuchó una frenada violenta y sintió una mano que le apretaba el brazo y la empujaba hacia la vereda.

—¿Qué hacés? —oyó—. ¿Estás loca?

Y lo vio a él, lo más campante, caminando junto a ella. Parecía muy apurado y la llevaba aferrada del brazo como a un objeto que hay que tener mucho cuidado de no perder por mucho que uno se distraiga. Su ojo derecho estaba semicerrado y un hilito de sangre le corría desde el costado de la boca. En la esquina la hizo tomar por una transversal. *Para despistarlos*, algo así dijo, y una historia en la que participaba la policía, y una botella, y un hombre que no lo quería dejar vivir. Al llegar a otra esquina cruzaron y volvieron a doblar. Ella tenía la vaga sensación de que no hacían otra cosa que dar una vuelta manzana.

—Los jodí —dijo él—. Esta vez sí que los jodí.

Y le empezó a contar algo que debía ser muy gracioso, o estar como colmado de alegría, porque cada tanto él se reía como loco y a veces se detenía en la mitad de la calle y lanzaba alaridos de indio con los brazos apuntando hacia el cielo, como si ya no pudiese con tanta vida como llevaba adentro y tuviera que dejarla escapar, o la regalase, y decía cosas sobre la libertad o sobre un ignorado poder de los hombres, algo muy grandioso que los hombres no sabían sobre sí mismos y que él acababa de descubrir. Pero a ella no le interesaba para nada todo eso que él estaba diciendo mientras caminaban y doblaban y cruzaban calles para despistarlos. Ella había advertido que el cielo estaba crepuscular. En algún momento del día ya lo había notado; sólo que entonces el color del cielo no le había dado miedo.

Está amaneciendo, pensó con horror; *está amaneciendo* otra vez. Otro día empezaba y para qué. Para una hora de alegría, un juego, un pequeño y único fragmento de la vida compartido con un hombre que ya no recordaba nada de eso, y que lo volvería trivial, y hasta grotesco, aun si lo recordaba. Lo vio caminar al lado suyo con su ojo tumefacto y sus manchas de sangre seca sobre la camisa blanca, y pensó que unas horas antes había sido hermoso, y había sido feliz. ¿Había sido feliz? Él, *no ella*, ¿había sido feliz? Un pensamiento cruzó por su cabeza y la llenó de espanto. ¿O era feliz ahora, caminando por vaya a saber dónde y soñando vaya a saber qué, realizando actos que mañana no recordaría, actos que unas horas después lo harían avergonzarse de sí mismo, lo harían despreciarse? *Cómo es todo esto*, pensó como si rogara. *Cómo es*.

—Qué —dijo él.

—Nada —dijo ella—. No hablé —aunque en el mismo momento en que lo dijo tuvo la incómoda sensación de haber estado hablando en voz alta. Desde cuándo.

Sintió que él le soltaba el brazo y lo vio sentarse. Ella también maquinalmente se sentó. Y fue como si de alguna manera se despertara. Vio que él le estaba haciendo una seña al mozo. Le asombró no intentar nada para evitarlo. Como si la estuviera llevando la marea: sólo habría que dejarse llevar, no hacer el menor esfuerzo. Estaban en un bar. Ya se venía acercando el mozo y ella ni siquiera sabía, ni le interesaba averiguarlo, en qué momento habían decidido entrar, y cómo había hecho él para salir del otro bar, y cómo había hecho ella misma, y si era verdad que habían conseguido despistar a la policía. ¿Despistar a la policía? Recién notaba que tal vez los perseguían realmente. Pensó que en cualquier momento podían entrar, ordenarles que se levantaran de sus sillas, y llevárselos. Y que ella no haría ningún esfuerzo por evitarlo. *Tal vez es así como le pasan las cosas a él.* Era como flotar entre la realidad.

El mozo estaba ante la mesa de ellos ahora. Era extraordinariamente viejo. Él pidió un whisky.

—Dos —dijo ella.

—Bueno —dijo él—, parece que nos hemos lanzado a la vida loca.

Ella levantó el dedo índice.

—Es un whisky. Uno solito. No me va a hacer nada uno solito.

Él entrecerró los ojos y puso los músculos de la cara en tensión. Parecía estar haciendo un gran esfuerzo mental. Como si hubiera decidido gastar toda la energía que le restaba en conseguir un minuto de lucidez.

—Cuidado —dijo en voz muy baja—, conozco a unos cuantos que empezaron así.

Ella elevó un poco más su dedo levantado. *Uno solito*. Sus propias palabras le repiquetearon en la cabeza.

—Una vez leí una historia —la cara era temible ahora—. O me la contaron, no sé. Un hombre que no podía dejar de tomar. Había llegado a lo más bajo, a lo más abyecto. ¿Sabés qué es llegar a lo más abyecto, vos? Callate. Y se revolvía de vergüenza, y de remordimiento, y no podía salir del pozo. Pero un día salió. Cuando su mujer se agarró la primera borrachera —la miró—. De asco.

De asco, pensó ella. *No tiene ningún derecho a contarme esta historia.*

—Ahora no te pongas dramático —dijo—. No es la primera vez que tomo un whisky.

El mozo llegó con la bandeja. Llenó la medida, volcó la medida en el vaso, y le sirvió el vaso a él. Volvió a llenar la medida. Hacía todo con gran parsimonia; Diana seguía sus movimientos un poco ansiosa; vio que se daba vuelta y se despedía festivamente de alguien. Tuvo miedo de que se pusiera a conversar con el que se iba. Pero no. Volcó el whisky en el vaso y se lo sirvió. Ella tomó un trago.

Él examinaba cuidadosamente su camisa manchada. Pareció que le estaba diciendo algo; a la camisa, o a algo que él tenía en el pecho. La miró a ella.

—¿Cómo tengo el ojo? —dijo.

Ella estudió el ojo con aire científico. Al fin sacudió la cabeza.

—Feo. Muy feo.

Pero él ya no atendía. Daba la impresión de meditar, o mejor, de ir repasando las incidencias de una historia, porque cada tanto asentía con la cabeza, o fruncía levemente la nariz como si algo le desagradase. Al fin pareció que llegaba a una conclusión.

—Diana —dijo—, me parece que maté a un hombre.

Ella estaba mirando las manchas de la camisa de él. Había una mancha que parecía una cara.

—Diana, ¿me estás oyendo?

Ella levantó la cabeza, como a pesar suyo.

—Me distraje. Estoy muy cansada. No dormí nada anoche.

—No hay que dormir. Hay que tratar de estar vivo todo lo que se pueda —se rascó la frente—. ¿Te parece que me darán cadena perpetua por eso?

Puede ser, dijo una voz dentro de la cabeza de ella. Se sacudió el pelo hacia atrás. Trató de concentrarse en el significado de las palabras de él.

—¿Por qué? ¿Cadena perpetua por qué?

—Porque le rompí una botella en la cabeza, y el hombre cayó. No me acuerdo bien si cayó, pero me acuerdo del ruido que hizo el cuerpo contra el suelo; eso sí me lo acuerdo bien —se dio dos golpecitos en la nariz con un dedo—. Es increíble. No te imaginás lo fácil que es matar a un hombre.

—Me imagino, sí —dijo distraídamente ella.

Él no tenía cara de haberla escuchado. Otra vez daba la impresión de estar hilvanando sucesos.

—Escuchame —dijo al fin—, ¿sabés lo que pasó? Le rompí la cabeza con una botella. Y el hombre cayó. No sé si tenía algo que ver; estaba ahí mirando. Lo que me indignó era la cara de imbécil con que estaba mirando —hizo una pausa; pareció reflexionar un momento—. Pero algo tendría que ver si le rompí la cabeza, ¿no te parece?

Ella quería dormir. Sintió que todo lo que quería en el mundo era acostarse y dormir. No hablar. No tener que hablar de nada.

—Sí, seguro —dijo.

—Pero a lo mejor ahora está muerto, te das cuenta. A lo mejor ahora estás hablando con un asesino.

Es posible, pensó ella, o pensó alguien dentro de ella. Por qué no. Era posible que él hubiera matado a un hombre, y que mañana entraran a su casa y se lo llevaran, y que ella viera todo eso desde la cama sin hacer nada por evitarlo, y que se quedara en la cama, tirada y sola toda su vida, hasta pudrirse. Y era posible que mañana tuvieran que huir, abandonar todas las cosas que habían amado y huir, y vivir huyendo durante lo que les restaba de vida. Era posible que mañana ellos dos se abrazaran, y así abrazados se tiraran por la ventana. Cualquier cosa era posible mañana. Pero ahora ella quería que la dejaran en paz. Que él no le hablara, por favor, que él no le hablara más.

Escuchame, dijo él, y dijo algo sobre lo sencillo, lo asombrosamente trivial que es el paso, el pasito, dijo, entre la vida y la muerte. Ella miró hacia la calle y advirtió reflejos rojos sobre las casas. El sol. Estaba saliendo el sol. Rojo a la mañana y rojo a la noche, pensó; qué cosa increíble. Él hablaba de la araña, su famosa araña muerta. Era fatal. La araña que había luchado desesperadamente por su vida y a la que él había asesinado. Y enseguida le iba a tocar su turno al hombre que abrió sus alas como un pájaro. No. El hombre después. Ahora el gatito blanco. ¿Qué había pasado con el gatito blanco? ¿Había conseguido finalmente comerse el canario? Él no sabía nada de todo esto, ¿se daba cuenta ella?

Él había disparado el obturador y los había dejado a los dos librados a su destino. ¿Alcanzaba ella a comprender que un hombre no tiene derecho a la vida después de haber hecho eso? Ella vio que el rojo se estaba aclarando; pronto se tornaría amarillo. Qué raro, pensó: el rojo y el amarillo son colores primarios: cómo puede tornarse uno en el otro sin que se aprecie una discontinuidad. Es un fenómeno bien extraño, pensó. Y ahora sí, el hombre; la cara del hombre que abrió sus alas como un pájaro. Y el pavoroso estruendo enseguida, y el cuerpo destrozado sobre el suelo. Eso que él nunca vio. Porque había presionado la palanquita justo cuando el hombre se arrojó al vacío y después había cerrado los ojos. El resto carecía de interés y él ya había conseguido su foto: la foto única donde se muestra la cara de un hombre en el instante en que tal vez sabe toda la verdad sobre la vida y la muerte. Y una piernita de chico. Él le estaba diciendo algo sobre la piernita de un chico, un incidente que le había ocurrido una noche de hacía tres días o hacía tres meses o hacía tres años y que ella no conocía ni le interesaba conocer porque estaba pensando en el sol, que ya era amarillo del todo y que seguramente armaba figuras de sombra a través de las hojas de árboles que ella no alcanzaba a ver y que tal vez ya no le importaría nunca ver porque todo lo que anhelaba era dormir, olvidarse de todo y dormir durante el resto de su vida. Una noche con semáforos y sin luna, decía él, entre autos que arremetían con más ferocidad que las bestias feroces. Una mujer tendida en un charco de sangre, aferrando absurdamente su cartera. Y un poco más allá la piernita sin zapato. Inmóvil para siempre y sola, separada de todo lo que antes había configurado el milagro de la vida. Una piernita descalza de chico, la impecable belleza de su forma resaltando en el marco negro de la noche. Y otras cosas más allá. Y gritos. Todo aquello que él no quiso ver, ni oír, porque estaba obsesionado con esa piernita. La piernita que tenía la forma exacta y alegre de lo que está vivo y sin embargo era una representación feroz de la muerte. ¿Entendía ella lo que le estaba diciendo? Y él entonces había pensando: puta, no haber traído la cámara. Eso había pensado. ¿Se daba cuenta ella de lo que él le quería decir? Pero ella no se daba cuenta, o mejor, no le interesaba en absoluto lo que él le quería decir. Había oído tantas veces cosas como ésa. Era fatal. Y después saldrían de este bar, y entrarían a otro, y saldrían, y entrarían, y se gastarían un poco más de bar en bar hasta que el sol estuviera bien alto en el cielo y ellos fueran a parar, sin saber cómo todavía seguían vivos, a su casa y él abriera la puerta del estudio y se transformara una vez más en juez implacable. Entonces querría destruirlo todo, destruirla a ella misma, pero sobre todo destruirse él, y quizás esta vez lo consiguiera al fin porque ella estaba muy cansada y no pensaba hacer nada por evitarlo. Total, para lo que servía. Para preservar lo poco que aún les quedaba, una hora de dicha, tanta vigilia y tanta lucha para preservar una pobre hora de dicha, lo único que aún eran capaces de vivir juntos.

El mozo viejo estaba sirviendo otro whisky.

—Doble —dijo él.

Y después, como cae un cuerpo muerto, se derrumbaría en la cama o en el suelo y cuando el sol se ocultara abriría los ojos y diría "odio el alcohol, podés entender esto", y le prometería que esta nueva noche iban a conseguir la felicidad.

—Y otro para mí —dijo ella.

—Sabe, mozo —dijo él—, soy un asesino. Se lo tengo que decir a usted porque mi mujer no me escucha. Está un poco borracha la pobre.

El mozo la miró, como se mira a un animal exótico en una exposición. Ella le sonrió con una especie de estupidez y se encogió de hombros.

—Qué le va a hacer —dijo.

El mozo lo miró a él y se rió campechanamente, como si acabara de suceder algo muy gracioso. "La borracha habló; qué gracioso", pensó ella que el mozo pensaba. De pronto, también a ella todo esto le empezaba a parecer sumamente cómico. Apoyó la cabeza entre los brazos, sobre la mesa, y se empezó a reír, como si sollozara.

El mozo también se rió, y le brillaron los ojitos maliciosos.

—Parece que a la señora le gusta... —e indicó lo que debía gustarle con el pulgar sobre la boca abierta.

Él asentó las manos sobre la mesa y se levantó a medias. Acercó su cara a la del mozo.

—Escúcheme bien —le dijo—, si no desaparece de mi vista antes de tres segundos, lo mato.

El mozo la miró a ella, sollozando sobre la mesa, y lo miró a él. Se rascó la cabeza.

—Me mata —murmuró—. Ella se emborracha y él me mata.

Giró sobre sí mismo con una especie de melancolía, y se alejó lentamente.

—Cualquier día de éstos me jubilo y no me ven más el pelo —le dijo a un hombre que estaba mojando una medialuna en el café con leche mientras leía el diario.

—Es así —dijo el hombre del diario, distraídamente. Mordió un pedazo de medialuna y masticó con calma—. En este oficio se debe ver cada cosa.

—Dígamelo a mí —dijo el mozo—. Cualquier día de éstos me jubilo y no me ven más el pelo.

Se acercó pausadamente hacia la puerta y se puso a mirar el cielo. Era azul clarísimo y no se veía ninguna nube. Enfrente, detrás de la pared de un baldío, se estaba asomando el sol. Un pájaro cantó desde la rama de un árbol. Emprendió un pequeño vuelo jubiloso y se apoyó en otra rama. Iba a hacer un buen día de primavera. El mozo volvió a entrar al bar, reconfortado. Afuera todo era como debía ser.

Georgina Requeni o la elegida

Pero si no soy nada, si no debo ser nada, ¿por qué esos sueños de gloria desde que tengo uso de razón?
MARÍA BASHKIRTSEFF

Una carroza tirada por cuatro caballos blancos está doblando la esquina. El adornado señor que la ocupa se asoma por la ventanilla, se asombra de ver a una chica de seis años que está caminando *sola y sin miedo* por una calle tan oscura, y con un seco monosílabo le ordena al cochero que se detenga.

—¿Quién eres, hermosa niña?

—Soy Georgina Requeni, señor.

—¿Y yo? ¿Sabes quién soy yo?

Georgina no lo sabe: el señor es el Presidente de la República, lo más grande que hay dentro de un país. Cuando el Presidente se lo dice, Georgina no se asusta y lo mira fijo a los ojos. Ahí el Presidente se da cuenta de que está frente a la niña más extraordinaria del mundo y la lleva a vivir con él a un palacio rodeado de jardines. Le regala muñecas francesas y caballitos vivos del tamaño de un perro grande y la deja ponerse, para entrecasa, vestidos con puntillas. Desde ese día Georgina aparece en todos los diarios y en todos los noticiosos del cine. Siempre viaja en una carroza de cristal. La gente la saluda con reverencias.

—Parece un oso del zoológico —oye, a su espalda.

Entonces quiere morir. Ella, que en ese preciso momento sonríe a sus súbditos desde la ventanilla de su carroza, es vista por los otros como una chica más bien tonta que está sonriendo sola mientras gira y gira por un patio vacío. A partir de ese día su madre y su abuela divierten a las visitas contándoles que Georgina va y viene por el patio como un oso dentro de la jaula. Y si la descubren dando vueltas la llaman y le preguntan por qué no juega como las otras nenas de seis años. Yo juego, piensa Georgina, juego con la cabeza. Y oportunamente es vengada por el Presidente de la República, quien hace meter presa a toda su familia.

¡Qué maravillosa era! Georgina siente que le brillan los ojos. Tiene trece años y recordarse la entusiasma. Da un paso de baile. La ventana de su pieza está abierta y eso hace que se comporte de una manera especial. Vive en la planta baja y está segura de que algún día un joven hermosísimo se detendrá a contemplarla sin que ella lo note, y se enamorará perdidamente de la enigmática muchacha que hace cosas tan bellas en soledad. De reojo mira hacia la ventana y algo ocurre: un pajarito acaba de posarse en el alféizar. Parsimoniosamente se esponja las plumas, examina con aparente interés el interior de la pieza y emite un pequeño trino. Le gusté, piensa Georgina. Se siente observada y eso la confunde y le encanta. Se lleva las manos al pecho y fija una mirada trágica sobre el pajarito. "¿A qué has venido?", le dice; "Vete. ¿No sabés que mi marido nos ha descubierto?". El pajarito

huye espantado. Eso es muy cómico, Georgina da un salto y se abraza de alegría. *¡Qué maravillosa soy!*, dice: *¡qué maravillosa voy a ser siempre!* Hoy es un día muy importante para ella: hace unas tres horas ha ido a la librería y ha comprado un cuaderno de tapas rojas. Va a llevar un diario, como María Bashkirtseff, porque tiene una preocupación: algún día figurará en un libro como *Vida Maravillosa de Niños Célebres* pero ¿cómo sabrá el que lo escriba las cosas fantásticas que le han pasado si ella no anota cuidadosamente todo? Ves, hijita, acá está la vida de todos los niños del mundo que después fueron célebres: éste es Pascal, el joven genio iluminado, y éste es Bidder, el pequeño calculista maravilloso, y éste es Metastasio, el trovadorcito de Roma, y ésta es Georgina Requeni, la niña... El mundo se le derrumba. Ya tiene casi catorce años y todavía no sabe qué va a ser. Su padre le ha prometido que cuando cumpla quince podrá tomar clases de Declamación y Arte Escénico con la profesora que vive en la calle Santander, pero falta tanto todavía. A veces se acuerda de Mozart que a los siete años deslumbraba a los príncipes, y tiene ganas de acabar con todo y tirarse por la ventana. Pero vive en la planta baja, qué loca es, será famosa y todo el mundo la amará. Se contempla en el espejo. *Y también voy a ser muy hermosa*. Se levanta el pelo, se lo deja caer sobre un ojo, entrecierra lánguidamente los párpados, se ve un granito sobre la pera y frunce la nariz, bah, será muy hermosa y tendrá amantes, miles de amantes rendidos a sus pies. Cómo sufrirán por ella, ¡no, señor, no cometa esa locura! ¡No se mate por mí! El hombre se mata, ella está bailando frente al espejo. No sabe qué le pasa, lo que sí sabe es que nunca nadie pudo ser tan feliz. Se acerca a su imagen y le da un beso. Eso le da mucha risa, corre hasta la ventana y mira el cielo. *Dios está azul*, murmura. El aire de noviembre, su olor a hojas, la marea, quiere abrazarse muy fuerte a alguien y contarle cómo es ella. Pero no, no tendrá necesidad de hablar; él la mirará a los ojos y sabrá todo, las historias que ha vivido, sus miedos, las cosas increíbles que le quedan por hacer. Dios mío, qué hermosa es la vida. Entonces lo decide, hoy es el día para empezar. Hace casi un año que ha comprado el cuaderno y desde que lo compró ha estado esperando el instante perfecto, piensa que cada suceso debe estar hecho de *instantes perfectos*. Va hasta la mesa de luz, abre el cajoncito y saca el cuaderno de tapas rojas. Se sienta ante su escritorio y, con lápices de colores, escribe en la primera página: Diario de Georgina Requeni. Después da vuelta la página, toma su estilográfica, y anota: "*Tengo catorce años. Nadie puede saber lo que siente mi corazón. Mi corazón está loco y hoy la tierra entera está como mi corazón. Ay... Siento que mi vida va a ser muy hermosa. Siento*". Se interrumpe porque no sabe cómo seguir. Lee lo que ha escrito y le gusta. Ahora vuelve a leer como si fuera otra chica de catorce años que está leyendo sus palabras. La otra chica no puede creer que, a su misma edad, alguien haya escrito páginas tan bellas y llora sobre el diario, que es un libro con la foto de Georgina en la tapa. El mundo entero está llorando: ella se ha muerto. Oculto entre pilas de papeles han encontrado el cuaderno de tapas rojas, la confesión de tantos ideales truncos, si parece mentira, venir a morirse alguien como ella en el comienzo del comienzo, ella que podía haber llegado tan alto. Georgina se suena la nariz, qué estúpida es. Tacha el último "siento" y escribe "quiero". *"Quiero llegar muy alto, muy alto"*.

Caramba. Vuelve a leer esta última frase, está realmente impresionada. Desde hace dos horas viene intentando una de las tareas que más la aterran en el mundo: la limpieza de los papeles. Tiene dieciocho años y dice que ordenar cajones es como limpiarse el alma. Su alma está llena de trastos insólitos, de retazos de historias, pero ella necesita rescatar sólo aquello que tiene que ver con el implacable destino que se ha trazado. Detesta ser sentimental; sabe que los elegidos son fríos y fuertes; ha leído mucho. El cuaderno de tapas rojas es todo un hallazgo. Lo ha abierto en la primera página y ha sentido que Dios le estaba hablando en la oreja. Quiero llegar muy alto, qué bárbaro, sólo los predestinados pueden escribir una frase así a los catorce años. Por un momento puede imaginar el cuaderno, debajo de una tapa de cristal, en el Museo de la Casa del Teatro. Da vuelta las hojas pero no, ahí mismo, en la primera página, se acaba el diario. Después viene la copia de unos versos, el dibujo de un gran corazón con su nombre y otro nombre atravesados por una flecha, y apuntes del colegio. Qué inestable era una a los catorce años, piensa con adultez. Sonríe. Se ha acordado de aquella idea absurda que tuvo el día que se le ocurrió empezar un diario. ¡Muertes heroicas y prematuras! A los dieciocho años, ella ya ha comprendido que el verdadero heroísmo está en la vida. Enrolla el cuaderno y lo tira a la basura. Es como una señal. Con energía desusada da vuelta cajones, tira papeles y arranca de las paredes ajadas fotos de artistas de moda. Da un suspiro de alivio: todo está en orden ahora. Ya puede hacer aquello que se ha estado prometiendo durante toda la tarde: toma un enorme afiche con el retrato de Sarah Bernhardt y lo fija a la pared con cuatro tachuelas. Las dos mujeres se miran. Ahora, Georgina ya sabe lo que quiere.

—Me querés a mí —dice él—. Y listo.

Están los dos apoyados contra el murallón de la costanera, esperando que salga el sol. Georgina suspira con resignación, y algo sonoramente, porque acaba de comprobar que Manuel no ha entendido una palabra de lo que ella le estaba diciendo. Con sumo cuidado comienza a alisar el envoltorio verde y oro de un caramelo. No, dice. Sí, por supuesto que a él también lo quiere, pero es otra cosa. El teatro, claro. Es otra cosa.

—¿Por qué otra cosa? —dice Manuel, pero se oye la sirena de un barco.

Georgina ha terminado de alisar el papel y ahora lo enrolla en el dedo índice. Él le mira las manos.

—¿Qué vas a hacer? —pregunta.

Ella se ilumina.

—Bueno —dice—, es muy complicado, qué sé yo. Te podría decir que simplemente voy a ser una gran actriz pero es algo más que eso, no sé cómo explicarte.

—No —él sacude la cabeza—. Con el papelito. Digo qué vas a *hacer* con el papelito.

—Ah —ella se mira el dedo—. Una copita; mi papá me hacía siempre. Una tuerce el papel aquí, después lo saca del dedo y listo, ¿ves?

Manuel le quita el pelo de la cara.

—Georgina —dice—, ¿por qué *otra cosa*? —ella levanta las cejas con aire de sorpresa—. El teatro, digo, ¿por qué tiene que ser otra cosa?

Ella se ríe y lo señala con el dedo.

—Está celoso —canturrea—, Manuel está celoso —le mira la cara y se pone seria—. Pero no, pavo; si es la misma cosa. El amor, y el teatro, y... No sé cómo decirte, es como si estuviera destinada. Quiero decir: como si con todo lo que hago tuviera que subir y subir hasta... Qué sé yo; la decadencia debe ser algo espantoso. ¿Vos nunca lo pensaste? Yo vivo pensando esas cosas, es terrible.

Manuel silba con admiración.

—De verdad —dice Georgina—, lo que pasa es que vos no me tomás en serio, pero es así. Te voy a decir más: yo, antes de ser una de esas actrices viejas que ni sabés para qué siguen viviendo —se interrumpe y lo mira con un gesto de determinación—. Me mato —dice.

Manuel junta las palmas y hace la pantomima de zambullirse en el río.

—*Flop* —dice.

No, no, Georgina sacude la cabeza con desesperación. En el río no, qué bárbaro es él, no entiende nada de nada. Ella le está hablando de un ascenso luminoso hacia lo más alto, ella dice de acabar limpiamente en las alturas, y él le sale con algo tan antiestético como morirse ahogado. Alfonsina Storni, claro, pero se la imagina él unos momentos antes: pataleando y tragando agua y seguro que con arcadas. ¿Y después qué? Un cadáver hinchadísimo y medio podrido que se seca sobre una mesa de la morgue. Linda imagen póstuma. Pero no, nada de eso. De una muerte bella le está hablando Georgina. Como su vida.

Él la ha mirado hablar. Le toca apenas la punta de la nariz.

—Haceme una gauchada —dice—. No te mates nunca.

No soportan a los implacables, piensa ella desde un pedestal.

—Pero sí, sonso, ¿no te das cuenta? —dice—. Ellos tienen que recordarme hermosa. Siempre hermosa.

Apenas lo dice tiene la desagradable sensación de haber hablado de más. Mira con rabia a Manuel y se tapa la cara con las manos.

—No, ahora no, qué idiota sos —dice—. A las seis de la mañana cualquiera está horrorosa —se descubre la cara y apoya las manos en las caderas con agresividad—. Además tengo veinte años, ¿no? Me queda toda la vida para conseguirlo.

—Conseguir qué —dice él.

—Todo.

Manuel levanta las cejas. Se sienta sobre el murallón. Georgina se queda esperando algo y al fin también se sienta. Están con las piernas colgando hacia el río, el sol va a salir y *todo está bien*.

—Lo que te decía, viste —dice Georgina—. Una ya viene al mundo con eso, vaya a saber por qué. Es algo raro, imaginate: yo, catorce años tenía, y ya lo escribí en la primera página de mi diario.

Manuel se da una ampulosa palmada en la frente.

—¡No! —dice—. ¡No me digas que también tenés un diario!

Georgina está a punto de explicarle algo. Se encoge de hombros.

—Y claro —dice.

—¿Y claro? —él se ríe—. Qué cosa de locos son las mujeres. Bueno, contame.

—¿Qué te cuente qué? ¿Qué tienen que ver las mujeres?

—Lo que escribís en el diario, todo eso. A ver si te entiendo de una buena vez.

Georgina hace un gesto de fastidio: la curiosidad le parece un sentimiento indigno e irritante: no se lo imagina a Ibsen desviviéndose por saber qué escribe todo el mundo en su diario.

—Y... qué sé yo —dice—. Pero no tiene sentido si una lo cuenta.

—¿Cuenta qué?

Georgina se pone de costado, con las piernas sobre el murallón. El sol ha comenzado a salir y el reflejo le lastima los ojos. Aplasta la copa verde y oro, hace con ella una pelotita, y la tira al agua. Después se arrepiente: Manuel no tiene que creer que ella se puso de mal humor por algo. Está bien que salga el sol: hace como una hora que están en la costanera esperando que salga. Y sale. El cielo es azul, colorado y amarillo. Eso está bien.

Vuelve a sentarse como estaba antes.

—No sé por dónde empezar —dice—. Fue un diario muy largo, por eso; lo escribía casi todos los días... De todo, siempre tenía algo sobre qué escribir. Fui una adolescente bárbara, sabés. En serio, no te rías. Digo por lo del teatro y todo eso. Hablaba casi siempre del teatro, y de la actriz que iba a ser. De mis ídolos, y de cómo voy a trabajar y trabajar hasta ser más grande que todos mis ídolos... Porque si no se llega a lo más alto no tiene sentido vivir... Eso también lo escribía, claro. Y lo que pensaba de la vida, y del destino... Qué sé yo, que el destino de una no está escrito en ningún lado. Quiero decir que no hay una estrella en la que diga: "Georgina Requeni va a ser la más grande". Eso, una inventa su destino; ahí está lo grandioso. ¿Ves la mano?... Fijate: hasta las líneas de la mano se modifican, una las modifica, te das cuenta. En serio, una quiromántica me lo dijo... Y bueno, de todo eso hablaba. Me sentía, no sé —se interrumpe y lo mira—. ¿Estás contento ahora? —dice.

Él va a hablar. Ella presiente lo que le está por pedir y se le anticipa.

—Fue un hermoso diario —dice; después, en tono de misterio, agrega—: La ceremonia fue bien impresionante.

—¿La ceremonia? —dice él—. ¿Qué ceremonia?

Su expresión es realmente cómica; Georgina está a punto de reírse.

—La ceremonia —dice—. La muerte. Todo debe tener su ceremonia —se ríe como quien acaba de recordar algo gracioso—. ¿Sabés lo que hice a los dieciocho años?— dice.

Él dice que no con la cabeza.

—Escribí la última página —Georgina está resplandeciente—. Una página tremenda, tenías que ver. Para mí, la mejor de todo el diario, te lo digo de verdad... El tiempo de los pequeños gestos había terminado, qué le vas a hacer: ahora empezaba el tiempo de la lucha... No lloré ni nada. Puse el diario en una bandeja azul. Una bandeja con angelitos, te la voy a mostrar cuando vengas a mi casa. Acerqué un fósforo y pfff... se hizo una gran fogata. Yo la miraba fijo todo el tiempo y después las cenizas... ¿a qué no adivinás? Las tiré al viento. Qué te reís... Un juego, ya lo sé, ¿pero no era un final hermoso?

Manuel la mira y no dice nada. Ella se desespera porque no alcanza a darse cuenta de si está de verdad conmovido (y qué lo ha conmovido) o se está burlando.

—En serio —dice—, todo debe terminar como vivió. ¿Qué querías que hiciera? ¿Que lo tirara a la basura?

Impostora, piensa. *Una Hedda Gabler que después de pegarse un tiro anda tirando besitos es una impostora.* ¿Nadie lo nota? Nadie lo nota: los aplausos crecen y hay una ovación. Georgina debe reconocer que, hablando en términos generales, el público es estúpido: gritan el nombre de la primera actriz de puro fanáticos, no entienden nada de teatro. La muchacha, en el proscenio, tira el último beso con un amplio movimiento del brazo. Georgina, que está en el fondo del escenario junto al resto del elenco, sólo la ve de espaldas pero igual imagina su sonrisa de *starlet*. Le mira la nuca con desprecio. Ahora avanzan el doctor Tesman y el asesor Brack y flanquean a Hedda Gabler; hay una nueva oleada de aplausos: los dos actores hacen una ligera inclinación de cabeza. Ya está: éste es el momento en que deben avanzar todos; para qué, aplauden al montón, para eso mejor ni saludar. Los aplausos se están haciendo más débiles. ¿Qué pretenden? ¿Milagros? A Georgina le gustaría saber cómo se las hubiera arreglado la propia Sarah Bernhardt para hacer algo decente con su papel de Berta. *Bien, señora*; *Es de día ya, señora*; *El asesor Brack está aquí, señora*. No, ella no lo soporta un solo minuto más; hoy termina todo. Lo piensa con fuerza, como una lápida, y la limpidez de su decisión la hace sentirse mejor. Está segura de que sólo un espíritu privilegiado puede ser tan inflexible: el espíritu de una gran artista. Levanta los ojos y, con altivez, sonríe al público. *Dios mío*, piensa, *dales un minuto de grandeza para que puedan comprender esta sonrisa*. El telón cae por última vez. Georgina camina hacia los camarines. Siente que algún día esto también será su historia. Sola y desconocida a los veinticuatro años, abriéndose paso entre un mundo de gente que se abraza y se felicita y la ignora, atravesando oscuros corredores sin reparar en nada, sin saludar a nadie, sin pensar en otra cosa que en su alto destino.

—Oh, no; nunca me preocupó —ella sonreirá con condescendencia. Pasará por alto con exquisita cortesía que unos muchachos, de puro embelesados, hayan sacado el tema de sus comienzos oscuros.

—Pero si era indignante, señora. Un talento como el suyo... desperdiciado en insufribles papeles de quinto orden. ¿Cómo pudo soportar algo así? ¿Nunca pensó en abandonar todo?

—Nunca —ella se indignará—. ¿Acaso creen que con desplantes de falso orgullo hubiera llegado a ser lo que soy? Nada, apréndanlo bien, muchachos, nada se consigue sin luchar: hay que empezar desde abajo, soportarlo todo, y no caer nunca.

¡Qué gran verdad!, piensa al final del corredor. Acaba de comprender el sentido de este momento, la grandeza que encierran estos años de anonimato. Abre la puerta del camarín. Las otras dos muchachas ya se han sacado sus vestidos de mujeres del pueblo. La última función de *La ópera de dos centavos* ha terminado y ahora están las dos sentadas en la única silla del cuartito, en combinación, fumando un cigarrillo. Georgina las ve, da un paso atrás, y cierra la puerta.

—Pero entrá —oye—; con buena voluntad cabemos las tres.

Se ríen, adentro.

—Qué le vas a hacer —oye—. Los inconvenientes de no ser estrella.

Georgina hace una mueca de desprecio.

—Dejala —oye—. Ella es así.

—¿Cómo? —dice Georgina—. *¿Cómo soy?*

Santiago, de espaldas en la cama, a su lado, no se sorprende. En siete años de conocerla ha aprendido a no preocuparse por sus preguntas repentinas.

—Sos Georgina —dice simplemente.

—Sí —dice ella—, pero... No sé. No sé cómo explicarte.

Se queda un momento callada; después dice:

—¿Por qué estás acá, conmigo?

Él medio se ríe.

—¿No te parece que es un poco tarde para preguntarme eso? —dice.

—Vos no entendés —dice Georgina—. Antes no, ¿te das cuenta? Antes era otra cosa. Era... no sé; hubo un tiempo en que todo era como una locura, como un vértigo. Cada vez que estábamos juntos era nuevo, e inconcebible. La alegría del pecado, ¿te acordás?, como si nosotros tuviéramos cosas que enseñarle al amor, como si. Era tan hermoso, Santiago, tan hermoso. ¿Sí? Era así, ¿no? Era como te digo, no es cierto, Santiago. ¿Era?

Él está en silencio: mira el techo y fuma. Parece infinitamente cansado. O triste.

Georgina vuelve a hablar. En su voz hay ansiedad y miedo.

—¿Era así? Decime, Santiago, ¿era así?

Santiago le toca el pelo.

—Sí, Georgina, sí —dice.

—Yo también, sabés —dice Georgina—, siempre lo sentí de ese modo y pensaba, qué sé yo, pensaba, no te rías, por favor, porque yo cada día iba a ser más hermosa y más, no sé, y entonces. Claro, es tan absurdo si una lo dice; pero es así, entendés, pensaba que algún día íbamos a morir de tanto amarnos.

Santiago se ríe. Pero no es una risa alegre.

—No te rías. Como con todo lo demás, sabés. Pero no sé. Ahora... Claro, ya no hay nada irrepetible. ¿No hay? ¿No hay nada, Santiago? ¿Cómo soy yo?

—Todo está bien, Georgina. Todo está bien. Callate.

—No, no. Es muy terrible, sabés. Como si estuviera negándome, te das cuenta. Hundiéndome. ¿Sabés lo que debería hacer ahora si fuera como soñaba, como debo? Debería decirte: adiós, Santiago, adiós, amor, esto ha sido muy hermoso pero ya ha terminado para Georgina. Y acabar con esto para siempre.

El silencio que viene después la asusta. No se atreve a moverse. Al fin, él apoya su mano en la cintura de Georgina. Ella se afloja, está bien así: ahora todo será como siempre. Y será hermoso. ¿Verdad que será hermoso?, las palabras son una tontería. Siente una gran paz. Esto no era ser vulnerable, no, todo está bien así, lo que pasa es que todo está bien así.

Él todavía tiene su mano sobre la cintura de Georgina pero no hace ningún movimiento, ni dice nada. Eso la inquieta. Suspira y se acurruca contra Santiago, súbitamente enternecida y frágil. Se ríe.

—Soy una pava —dice—. Las palabras son una pavada, viste. Nunca me creas, Santiago. Nunca me creas nada de lo que digo.

Él retira la mano. Después, tan sin violencia que el cambio de posición parecería más un pensamiento que un acto, se separa de Georgina.

—No —dice Georgina—. ¿Por qué? Todo está bien, sonso. Siempre va a estar bien.

Santiago sonríe apenas. Georgina vuelve a hablar: él tiene que creerle que todo era mentira.

—Es eso —dice él—. Es justamente eso. Vos tenés que darte cuenta.

Antes de irse, él le toca la cara. Georgina lo mira alejarse, sin entender.

—¡Márchate! —grita—. ¡No quiero verte más, hombre sin corazón!

Después, cierra de un portazo. Su parte ha terminado.

Otro de los extras, un hombre más bien gordo y de aire estúpido, la mira con curiosidad.

—¿Por qué hiciste esa mueca? —dice el hombre.

—¿Mueca? —Georgina lo mira con marcada indiferencia—. ¿Cuándo?

—Recién —dice el hombre—. Cuando cerraste la puerta.

—No era una mueca —Georgina, nota que el tono de su voz ha sido más violento de lo que correspondía—. Me estaba riendo —dice.

—Ah.

El hombre bosteza. Juega con el anillo de sello que tiene en el dedo.

Georgina espera unos segundos, con impaciencia. Es incómodo que él no le pregunte nada.

—Porque una vez, hace años —inexplicablemente Georgina se ríe—. Qué locura. Yo eché a un hombre más o menos así.

Una modelo en malla de baile cruza el estudio. El hombre la sigue con la mirada.

—Sí, claro —dice.

—Yo lo quería, sabés —Georgina se encoge de hombros—. Y sin embargo lo eché.

La mujer de malla de baile gira y se balancea con una lata de cera en la mano. El hombre la observa, divertido.

—Qué cosa —dice.

—No —dice Georgina—. No hay por qué asombrarse. Fue necesario hacerlo.

Ahora, la mujer de la malla de baile queda semioculta detrás de un gigantesco flan de cartón. El hombre se mira los zapatos. Georgina también los mira: son horribles, de un color mostaza indefinido. Ella se pregunta qué puede llevar a un ser humano a elegir algo tan feo.

—Vos no podés entender esto, ¿eh? —dice—. Claro que no lo podés entender. La vida del teatro, sabés —mira al hombre con desconfianza—. Exige muchos sacrificios.

El hombre ríe, suavemente.

—Eso está bueno —dice—. Gente como nosotros —se mira la pechera de la camisa; vuelve a reír—. Eso está muy bueno.

Georgina se examina las uñas.

—Cómo puede entenderlo un idiota —dice.

El hombre no hace nada en especial. Mira el estudio, las cámaras de televisión, los decorados. Después la mira a Georgina.

—¿Cuántos años tenés? —dice.

Georgina levanta la cabeza, como si lo desafiara.

—Treinta y cuatro —dice.

Ahora el hombre la mira de arriba a abajo.

—Todavía sos joven —dice.

Es brutal. Como si volviera del revés el sentido de la frase. *No debería mezclarme con esta gente*. Georgina va a explicar algo pero el hombre ya no está. Se encoge de hombros y sale a la calle. Es una noche brillante y fría: ella siente un verdadero alivio. *No soporto esta vida*. Se sobresalta. No; es el ruido. Nunca lo soporté. Levanta la cabeza con altivez. *Nada tan alejado del arte como esta vocinglería estúpida, sí, señor*. No se da cuenta de que está caminando muy rápido. Un hombre que lleva un sombrero con plumita le dice algo que ella no comprende bien. Siente una dulce sensación de complacencia.

Todavía soy joven, piensa. Pero apenas lo piensa experimenta un malestar incierto. Alguien le dijo una vez estas palabras. ¿Cuándo fue? Bah, mejor no pensar en eso, el hombre del sombrero no era viejo y se reía. Todo vuelve a estar bien, ¿verdad? Claro que sí. Nadie ha dicho al fin y al cabo que no fuera difícil. La cosa es seguir; llegar hasta el final sin detenerse. Algún día, ellos conocerán toda la historia. Memorias de. Oh, claro que fue difícil, pero había que subir. Alto, entienden, cada vez más alto. Que toda la vida fuera como un ascenso luminoso. Una lo lleva adentro, ¿escuchan?, es como si una luz se nos hubiera encendido adentro.

Georgina ríe, jubilosa: hace mucho que no se siente tan bien. Los muchachos también ríen. Alguno vuelve a llenar su vaso: ésta promete ser una noche de gran alegría. Hay guitarras en este lugar, hay jóvenes poetas y empanadas y mucho vino. El ruido no dejar oír muy bien, ¿escuchan?, como si una fuera un Dios y debiera hacerlo todo. La mano, mírenla, hasta las líneas de la mano se modifican. A fuerza de querer. De querer ser bella, de querer ser grande. Porque nada está escrito, se dan cuenta, el destino no estaba escrito en una estrella, y dónde, me quieren decir, dónde estaba señalado que Georgina Requeni será una gran actriz, y será hermosa.

¡Viva la alegría! Hay mucha risa en este lugar, hay muchas voces jóvenes. *Otra zamba*, dicen; *Te quiero; Dame más vino; ¿Te fijaste?*, *¿te fijaste que nunca falta una vieja borracha en estas fiestas?* Pero Georgina no las puede oír muy bien y sigue riéndose, y tomando vino, y hablando. Porque Santiago no está ni hay nadie para decirle que se calle, que todo está bien, que está equivocando las palabras y tambaleándose. Sin caer, dice, sin caer nunca. Porque una mujer que envejece siempre es un monstruo. Y antes de llegar a eso, Georgina se mata.

Ahora ya no se ríen. Esto es patético, dicen, y dicen también que la vida es cruel.

Y Georgina Requeni, que todavía tiene la mano extendida y acaba de gritar algo, aunque ya no recuerda qué, mira a su alrededor, espantada, como si su propio grito la hubiera despertado, y ve, como se ve al final de un sueño, que todos los rostros son extraños y la miran fijo. Y que la mano extendida es la mano de una vieja.

Entonces dice buenas noches, y se va.

Camina tambaleándose. Cada tanto se apoya en las paredes para no caer. Después las paredes se acaban pero lo mismo cruza Figueroa Alcorta, hacia la Costanera. Zigzagueando, pero de pie, llega hasta el murallón; piensa que, a las seis de la mañana, el color del río es un poco deprimente. Ellos se reían: ahora Georgina puede recordarlo con nitidez. Mira hacia abajo, casi con ternura. *Mañana ellos lo leerán en los diarios*. Es tan fácil: todo lo que hace falta es un pequeño envión y dejar que el cuerpo caiga solo, por su propio peso. *¡Flop!* La palabra se le ha venido sola a la cabeza, como un pequeño estampido. Se quita el pelo de la cara. Él había juntado las palmas delante del pecho, y hacía cosas de payaso. Georgina se inclina sobre el paredón y vomita en el río. Se siente bien ahora. La cuestión es vivir.

Enfrente, el cielo se está poniendo colorado. Ella calcula que en unos minutos va a salir el sol. Va a ser una hermosa mañana.

Un resplandor que se apagó en el mundo

Créanme, todo depende de esto: haber tenido, una vez en la vida, una primavera sagrada que colme el corazón de tanta luz que baste para transfigurar todos los días venideros.

RAINER MARÍA RILKE

Había un árbol del paraíso que era su árbol. Tenía un hueco en el tronco y en realidad no era un paraíso sino un ombú. Se lo había dicho su tío Catán, la persona que más le había gustado en el mundo hasta que le empezó a gustar la muchacha que quería ser actriz. Iban caminando los dos por Parque Chacabuco y el tío señaló el árbol y le dijo: "Ves, éste es un ombú; el viejo ombú de nuestras pampas". "No", había pensado él, "es un paraíso", pero no lo dijo porque ése tenía que ser un secreto aun para su tío Catán. Siempre había sabido que si un día lo perseguían iba a correr y correr hasta el parque, se deslizaría por el hueco del árbol, y se quedaría a vivir en el tronco hasta convertirse en un hombre desconocido de extraordinaria fuerza y barba larguísima. Entonces iba a salir del tronco, se iba a casar con la muchacha que quería ser actriz, y nadie más lo podría molestar en la vida con estupideces.

Una tarde dorada de noviembre caminó hacia su paraíso e hizo algo que había deseado desesperadamente desde que había leído el libro ilustrado de

Las aventuras de Huckleberry Finn; eligió con sumo cuidado un yuyo largo y muy verde, se acostó bajo el árbol, puso el yuyo entre sus dientes, y comenzó a mordisquearlo suavemente, aturdido de felicidad.

Éstos no eran tiempos fáciles como los de Huck, en que se podía lo más bien ser un vagabundo, pasarse días enteros pescando en el arroyo, y huir a alguna isla con un amigo negro sin que la gente anduviera haciéndose tanto problema. Él no tenía ningún amigo negro, ni siquiera tenía un arroyo. Igual no iba a andar quejándose de la suerte. Éste había sido su último día de clase y ahora se podía quedar lo más tranquilo masticando pasto bajo el árbol sin que todo el mundo anduviera diciéndole lo que tenía que hacer para ser bueno. Además conocía un hombre borracho que era casi tan fantástico como el negro Jim. No era como esos borrachos viejos y colorados que a veces se ven por ahí. El hombre era joven y flaco y muy pálido. A él le gustaba la cara que tenía, y hasta pensaba que algún día se iba a poder escapar con el hombre, aunque eso le daba un poco de miedo porque sabía perfectamente que los borrachos matan a la gente. Como los locos.

—Peor que los locos —había dicho su padre cuando él le contó lo que había visto en la esquina de su casa. Y su padre levantaba el dedo, amenazador—. Porque los locos son pobres desdichados que no tienen la culpa de lo que hacen. Pero los borrachos son pecadores.

Él se había quedado duro en el asiento. Pecadores. Los pecadores se van al infierno. Él iba todos los sábados a estudiar su catecismo a la iglesia de la Medalla Milagrosa: sabía muy bien cómo era el infierno. A veces pensaba por qué algunas personas grandes eran tan tontas y cometían pecados, si después se tenían que ir a un lugar tan espantoso. Le costaba creer que el hombre flaco era un pecador. En realidad, al principio ni siquiera se dio cuenta de que era un borracho. Le parecía que los borrachos eran otra cosa. El padre de Huck, esa bestia. O el padre de Tom Canty, el mendigo de *Príncipe y mendigo*, que a la noche mataba a golpes a su mujer y a sus hijos pequeños. El hombre pálido y flaco no era como ésos. Simplemente andaba con la vista un poco perdida y caminaba despacio y muy erguido, o se quedaba horas sentado en el umbral de su casa conversando cosas en voz baja. Por eso él nunca hubiera dicho que era un borracho hasta que una tarde pasó cerca de donde el hombre estaba parado y una mujer gorda y horrible salió de la casa y le gritó.

—Borracho —le gritó—. Borracho perdido, igual que tu abuelo.

A él le sorprendió mucho esa frase. No le parecía que una persona pudiera ser borracha igual que su abuelo. Los abuelos eran gente más bien perfecta, como los padres. Pero la mujer agarró de la manga al hombre flaco y lo sacudió hasta que el hombre se cayó sentado, y se quedó ahí, como si nunca en la vida fuera a moverse. Él, no sabía por qué, tuvo ganas de llorar. No lloró. Se acercó al hombre y trató de ayudarlo a que se levantase. Pero el hombre no parecía tener ninguna gana de levantarse. En realidad, ni siquiera lo miró. Así que él tuvo que hacerse el distraído e irse para su casa.

Él debía salvar al hombre flaco. Si alguna vez se animaba, iba a acercarse y le hablaría. Del padre de Tom Canty y del padre de Huck. Y del infierno. Le iba a decir que lo peor que hay en el mundo es ser un borracho, porque son peores que los locos, que son *casi* los peores. El hombre iba a darse cuenta y tiraría para siempre todas las botellas de vino que guardaba en un baúl. Después resultaba que era un hombre maravilloso y un gran violinista. Recorría el mundo tocando el violín y se hacía famoso. Le mandaba cartas desde todos los países, con unas estampillas tan extraordinarias como nunca se habían visto. Un día regresaba con un regalo. Él miraba el paquete cuadrado y no se daba cuenta de qué podía ser eso. Lo abría y casi se queda muerto de la emoción. Porque allí estaba la cámara fotográfica más fantástica que uno se podía imaginar. Entonces él empezaba a sacar fotos. De los ojos de las moscas, y de los pájaros que volaban, y de las nubes en el momento en que revientan y empiezan a soltar la lluvia. Ganaba un gran concurso y se iba a recorrer el mundo con su cámara al hombro. Era el único capaz de sacarles fotos a los leones de África y a los indios apaches. Era un fotógrafo muy valiente. Después volvía. Volvía de noche y cantando. Ella se asomaba a la ventana para ver quién venía cantando y él le sacaba una foto y le decía que se casara con él. Él era alto y famoso y ella era la actriz más grande del mundo. ¿Y el violinista? Se quedó paralizado de horror. Se había olvidado por completo del violinista. A ver si cuando él estaba recorriendo el mundo iba el violinista y se casaba con la muchacha.

No, eso jamás. El violinista se había muerto nomás él se fue, estaba enfermo de hacía mucho por todo lo que se había emborrachado antes de que él lo salvara. Por suerte él una vez le había sacado una foto. Él y ella se casaban y colgaban la foto en el comedor de su casa. Los dos habían querido mucho al violinista.

Extendió los brazos a los costados, satisfecho. Por un segundo había creído morir de desesperación pero las cosas se habían solucionado una vez más. Levantó las piernas y tocó el suelo con los pies, atrás de su cabeza. Aguantó hasta catorce en esta posición, después volvió a estirarse. Para ser franco, le aburría un poco tener que estar siempre acostado. Además ya se había comido todo el yuyo. Seguro que Huck se sentaba de vez en cuando. Podía jurarlo, sí, que en una de las ilustraciones aparecía sentado, con la espalda apoyada contra un tronco. Él se sentó y apoyó la espalda contra el tronco. Y fue una suerte tan extraordinaria que hubiese hecho eso que casi se quedó sin aliento. Porque allá lejos, por la calle Curapaligüe, casi a un paso de la Medalla Milagrosa, ¿quién estaba pasando? Ni más ni menos que ella, la muchacha que quería ser actriz, el primero y el único amor de su vida. Se puso de pie muy apurado: tenía que hacer algo sensacional. Miró hacia arriba, una rama altísima de su paraíso. Tomó envión y de un solo salto consiguió colgarse de la rama. Eso lo enloqueció. Se estuvo balanceando unos segundos, saltó al suelo, corrió por el parque hasta Curapaligüe, cruzó la calle corriendo y alcanzó a la muchacha justo al final de la iglesia. Entonces caminó al ritmo de ella, unos pasos hacia el costado, mirándola de reojo y pensando si no sería demasiado alta para que él le dijera que la amaba. Vio que tenía un bolsillito en la blusa, con una "G" bordada en azul. Eso era grandioso. La señorita Ge caminaba junto a su amado, sin saberlo. Ella dobló por Santander y justo cuando él se decidió a decirle algo que iba a ser realmente maravilloso la señorita Ge desapareció en una casa con zaguán. El alma de él cayó a sus pies. ¿Qué podía hacer ahora? Vio un llamador y ya estaba seguro de atreverse a golpear cuando vio algo más, que lo hizo olvidarse del llamador. Una chapa dorada. Clases de Declamación y Arte Escénico, decía. ¡Era cierto! ¡Él lo había descubierto entonces! ¡La muchacha iba a ser de verdad una actriz!

Pensar que al principio, en el tiempo en que él había empezado a mirar la ventana de ella desde su ventana, no conseguía darse cuenta de lo que ella quería ser. La ventana de ella no quedaba justo enfrente, así que era tremendo: si ella estaba cerca él la veía lo más bien, pero si se iba para adentro ya no la veía más. Lo mejor, en esa época, era cuando ella se sentaba frente a su mesita porque entonces la podía ver todo el tiempo. A veces recortaba fotos de las revistas, a veces escribía tanto que él llegaba a pensar si no estaría escribiendo una novela o algo así de fantástico. Pero cuando llegó la primavera, y él descubrió el secreto de las noches, pensó que ya no podía equivocarse: la muchacha quería ser actriz.

Y ahora lo sabía. Ella estaba ahí adentro estudiando para ser actriz. Se sentó en el umbral: no podía dejar que se perdiera esta oportunidad. Estaba seguro de que en el momento en que ella saliera él iba a realizar una hazaña tan extraordinaria que la muchacha no podría dejar de fijarse en él y admirarlo. Entonces se harían amigos y una noche, cuando ella abriera los postigos, él la iba a llamar desde su ventana y la muchacha sabría que él estaba ahí, cada noche, mirándola. Pero no, no iba a llamarla porque era un secreto. Lo había descubierto hacía como dos meses y era el mejor secreto de su vida. Antes él había creído que al fin de la tarde, cuando ella encendía la luz y cerraba los postigos, ahí se terminaba todo. Pero una noche él no se podía dormir. Se levantó y fue hacia la ventana. Había luz detrás de los postigos de la muchacha. Y ya se iba a meter otra vez a la cama cuando de pronto vio que los postigos se abrían y ella apareció en la ventana con su hermoso camisón blanco y comenzó a hacer las cosas más maravillosas que nadie pudiera imaginarse.

Desde esa vez él esperó cada noche espiando por una rendija de su persiana hasta que los postigos se abrían.

Entonces ella volvía a aparecer con su hermoso camisón blanco. A veces se llevaba las manos al pecho y después extendía los brazos con desesperación; a veces inclinaba el cuerpo fuera de la ventana y miraba hacia un lado y hacia el otro, como si esperara la llegada de alguien que venía a buscarla desde muy lejos; a veces se acodaba en el alféizar y se quedaba un rato muy largo moviendo los labios, o tirando besos, o sonriendo como si tuviera una conversación muy hermosa con uno que estaba oculto entre las plantas del jardín. De pronto ella entraba, desaparecía por unos minutos, y eran minutos de gran angustia porque él no sabía qué estaba pasando adentro; podía ver una mano agitándose en el aire, o un pedazo de camisón que flotaba, y estaba seguro de que ella debía estar bailando, y que eso debía ser lo más hermoso de todo. Al final siempre salía, se quedaba unos minutos mirando la noche, y cerraba los postigos. Recién entonces él se iba a dormir. Había noches en que los postigos no se abrían y entonces él se quedaba hasta muy tarde, helándose los ojos de tanto mirar por la rendija. Al fin se dormía junto a la ventana y cuando se despertaba generalmente estaba amaneciendo y los postigos estaban cerrados. Eso era desesperante porque él nunca llegaba a saber si los postigos se habían abierto mientras él dormía o no se habían abierto nunca. Esas veces se iba a la cama muy triste. Pero otras noches ella estaba como nunca. Entonces él apuntaba sus manos delante de su cara, guiñaba un ojo y, clic, le sacaba una foto. Él sabía muy bien sacar fotos; su tío Catán le había enseñado ese verano. Un día, él iba a tener una cámara suya. Entonces podría sacarle una foto de verdad a la muchacha, una foto bailando, y la colgaría de su pieza. "Quién es", le iba a preguntar su madre. "Es una actriz", le iba a contestar él. Y su madre lo iba a dejar que la tuviera colgada porque ella no era una actriz como las otras, que andan pintarrajeadas, y fuman, y se emborrachan, la carne del pecado, como decía su tía abuela. Ella era una actriz en camisón blanco. Parecida a una santa, o a un ángel, como la novia de Sandokán o la dulce Ilene.

El sol se había escondido ahora. Quedaban unos reflejos rojos en el cielo pero ya empezaba a ser de noche. Él sabía que no hay que andar de noche solo porque la oscuridad está llena de peligros para un niño, pero también sabía que le estaba pasando algo muy importante porque se había enamorado. Por Júpiter, qué maravilloso era eso. Pensar que él había creído que ya nunca se iba a enamorar. Todos los hombres de los libros tenían una amada, y él miraba a las mujeres y como si nada. Y eso que no era ningún tonto. Sabía bastantes cosas sobre las mujeres. Y hasta había tenido oportunidad de ver un culo. De una chica como de seis o siete años, además. La chica se había bajado las bombachas para hacer pis, y antes miró para todos lados pero no lo notó porque él se había escondido detrás de un árbol. Pero para ser franco, lo que vio no le había parecido nada del otro mundo. Claro que cada vez que se lo contaba a sus amigos decía que sí, que era realmente sensacional. Y que antes de que la chica se hubiera subido las bombachas él había salido de detrás del árbol y había corrido hacia ella, aullando y golpeándose la boca con la mano, y flor de susto se había pegado la chica. Él se veía obligado a mentir a veces, por más que sabía que era una de las peores cosas que se podían hacer. Por ejemplo para su cumpleaños, cuando él esperaba que su tío Catán le regalase una cámara fotográfica y el tío le salió con un pantalón y una camisa para el colegio, él casi se muere de la tristeza. Pero igual dio saltos de alegría y dijo qué linda camisa, tío, nunca vi una camisa tan linda, porque se dio cuenta de que su tío había querido traerle una cámara fotográfica y si le había hecho un regalo tan asqueroso era porque la madre se lo había pedido. Así que no le había quedado más remedio que mentir. Y eso es lo que él decía. Que mentir así no podía ser un pecado porque no le hacía mal a nadie y hasta a veces se hacía un bien a sí mismo. Y él era de la opinión de que uno tiene que tratar de hacer el bien a cualquiera, aunque sea a sí mismo. Ésa era su manera de pensar. Por ejemplo cada vez que hablaban de mujeres él tenía que decir que lo que más le importaba eran los culos, pero en el fondo no le hacían ninguna gracia. Estaba seguro de que la muchacha que quería ser actriz no debía tener ningún tipo de.

Entonces sucedió algo tremendo. Los pies de ella pasaron taconeando a su lado. Él supo que era un castigo por las porquerías que había estado pensando. Porque antes de que se diera cuenta, o se animara a hacer algo fantástico, la señorita Ge había desaparecido detrás de la esquina.

Era de noche ahora. Tenía que volver enseguida a su casa. Decidió que no. Iba a demostrar que era muy valiente: *no le tenía nada de miedo a esta hermosa noche estrellada.* Caminó otra vez por Curapaligüe, pasó la iglesia, que en la oscuridad parecía llena de misterios, y entró en el parque. Nunca había estado en el parque de noche. Era magnífico y peligroso y él era como Huck: libre y feliz como Huck. Buscó su árbol; se iba a tirar bajo sus hojas para contemplar las estrellas. Cuando se acercaba vio un bulto que se movía. Pensó que tendría que luchar contra un animal terrible. Pero cuando estuvo al lado vio que el bulto se desarmaba y un hombre y una mujer estaban mirándolo.

—¿Qué hacés ahí? —dijo el hombre.

Él no sabía bien qué tenía que contestar.

—Miro —dijo.

—Fijate vos —dijo el hombre—. ¿Y no tenés otra cosa que hacer?

—No —dijo él.

—Ja —dijo el hombre—. Seguro que no tenés una novia.

—Seguro que tengo una novia —dijo él.

—Y qué le hacés —dijo el hombre.

Él pensó un momento alguna respuesta fabulosa.

—De todo —dijo.

El hombre y la mujer se rieron. Él sintió que esos dos no debían estar en su árbol.

—¿Por qué no te vas con tu novia? —dijo el hombre.

—Ella no está ahora —dijo él—. Ella es actriz.

—Ah, actriz —dijo el hombre—. ¿Y vos qué sos? ¿Mister Atlas?

—¿Yo? —él se quedó pensando. Era muy importante lo que le estaba pasando—. Yo soy fotógrafo —dijo.

—Entonces andá a sacarle una foto a la concha de tu hermana —gritó el hombre—. Y dejate de joder.

Durante unos segundos él se quedó quieto pero después se puso a correr. Corrió bajo los árboles y bajo el cielo hondo y negro esforzándose por no mirar a nadie y por no pensar en nada. Corrió como si toda su vida dependiese de que no se detuviera nunca. Sólo al llegar a la iglesia le dio vergüenza haber sentido tanto miedo. Se detuvo en seco, admirado por los latidos de su corazón. Los árboles eran plantas y no podían hacerle daño. Nadie podía hacerle daño: él era muy valiente; por eso iba a conquistar el corazón de la muchacha.

Se obligó a caminar muy despacio, tan despacio como no había caminado nunca en su vida. Miró muy fijo a la cara de cada hombre que se le cruzaba en el camino. Vio a un perro que estaba revolviendo un tacho de basura. *Cuidado con los perros vagabundos: están todos rabiosos.* Se acercó el perro y lo acarició. "Jerry", le dijo, "Jerry de las Islas". El perro pareció ponerse contento. Él volvió a caminar, esperando secretamente que el perro lo siguiera. No, nadie lo seguía. Dobló por Santander, hasta Pumahuaca. En la esquina de su casa vio al borracho, que estaba sentado en su umbral, y era como encontrarse con un viejo amigo.

—Chau, pibe —le dijo el borracho.

Y fue tan hermoso que le dijera chau pibe que todo volvió a estar bien en el mundo.

Cuando le abrieron la puerta y lo inundó el milagro de la luz se alegró de no ser un niño vagabundo. La casa tenía olor a pollo asado y a papas fritas, y él se dio cuenta de que estaba muerto de hambre. Nadie le gritó por haber llegado tan tarde; al contrario, todos parecían contentos de que hubiera vuelto. El tío Catán estaba allí, pura charla e historias de las cosas que había vivido en estos días, y felicitándolo a cada momento por el fin de las clases. Él se puso loco de alegría cuando la madre gritó desde la cocina que se sentaran a la mesa.

Fue a ocupar su lugar y entonces la vio. No es fácil explicar cómo la vio porque estaba dentro de una caja, envuelta en papel de seda y atada con una cinta de celofán azul, pero él la vio antes de deshacer el paquete. Y cuando por fin lo deshizo y la tuvo entre sus manos, negra y flamante y suya, creyó que el corazón le iba a estallar de felicidad.

Fue una cena alegre. El tío Catán contaba anécdotas, y todos hablaban mucho y se reían por cualquier cosa. Él se cuidó muy bien de estar todo el tiempo bien despierto y dichoso, porque sabía que era eso lo que estaban esperando, y que todos habían sido muy buenos con él. Los amaba a todos, amaba a la Humanidad. Pero no fue dichoso de verdad hasta que la madre lo miró y dijo que ya era hora de irse a dormir. Éste había sido un día lleno de emociones para él, dijo, y se iba a enfermar si seguía levantado. Él pensó que no, que nunca se iba a enfermar, que la vida era algo maravilloso y que él estaba vivo. Pero se levantó dócilmente porque estaba decidido a ser siempre bueno, y porque lo que quería era estar solo.

Cuando estuvo acostado y la madre le dio un beso, él cerró los ojos como si ya empezara a quedarse dormido. Pero nomás estuvo solo se levantó. A tientas buscó la cámara. Suavemente tocó cada una de sus partes. La abrió, como suprema demostración de que era suya. Comprobó que tenía un rollo, y la cerró. Después hizo aquello que había estado esperando durante toda la cena.

En puntas de pie caminó hacia la ventana y espió por la rendija. Había luz en la habitación de la muchacha, los postigos estaban cerrados. Él pensó si ocurriría, si esta noche única también iba a ocurrir. Dijo que sí, que esta vez era seguro que ella abriría su ventana. Y entonces supo lo que iba a hacer.

Le dio miedo pensarlo, de peligroso e increíble que era. Pero supo que iba a ser capaz de hacerlo. Estaría en el jardín de la muchacha que quería ser actriz cuando ella abriera la ventana. Se iba a asomar y la vería como era adentro: bailando y agitando los brazos con su camisón blanco. Y así le iba a sacar su primera foto.

Esperó junto a la ventana, aterrado, sabiendo que si los postigos se abrían antes de que él estuviera allí todo se habría perdido.

Al fin oyó cómo su tío Catán se despedía y cerraba la puerta y escuchó los pasos habituales de sus padres antes de ir a dormir. Esperó más todavía. Esperó hasta que ya no se filtró luz por debajo de la puerta. Toda la casa estaba en silencio, pero él oía los latidos de su corazón.

Lentamente, para que nadie pudiera escucharlo, alzó la persiana. Era una noche cálida y olorosa, iluminada por la luna llena. Cantaban los grillos y él sabía que eso daba buena suerte. Lo que iba a hacer era una hazaña peligrosa pero él estaba hecho para las hazañas peligrosas. Era Sandokán salvando a Mariana de las garras de su miserable tío, era el Príncipe Val conquistando en rudas batallas el corazón de la dulce Ilene. Era el hombre más valiente de la tierra mirando la misteriosa noche desde su ventana.

Con suavidad, apoyó la cámara en el alféizar. Tomó envión con las manos apoyadas y se sentó, con las piernas colgando hacia afuera. Miró para abajo y por última vez midió el riesgo. Como en una ceremonia, colgó la cámara de su hombro y limpiamente, con el corazón alegre y temeroso, saltó.

Era maravilloso y tremendo estar caminando solo a estas horas de la noche. Algo se movió entre las sombras. "Me matan", pensó. Pero era un gato que después de atravesar unos arbustos se quedó quieto, mirándolo con sus fijos ojos amarillos. "Fuera, gato", murmuró. El gato seguía allí, impasible. "Gatito, miau", dijo con fingida ternura. El gato no se movió. Él no debía darle importancia. Caminó hasta el cerco de la casa de la muchacha, lo saltó y atravesó el jardín. Ahora estaba bajo su ventana. *Bajo* su ventana. Acababa de darse cuenta de un detalle espantoso: no llegaba ni a asomar la nariz hacia adentro. Así nunca podría sacar la foto. Buscó desesperadamente algo en qué encaramarse pero no encontró nada. Recordó que en la casa vecina estaban ampliando el fondo, que había ladrillos; cerca de la entrada. Era riesgoso lo que iba a hacer pero esa noche única él era capaz de correr todos los riesgos.

Robó. Venía pensando en eso mientras caminaba otra vez hacia el cerco de la muchacha haciendo equilibrios para no tirar los tres ladrillos apilados, ese domingo iba a tener que confesar un pecado mortal y tal vez ya estaba decidido que se iría irremisiblemente al infierno. No había nada que hacer.

Apoyó los tres ladrillos en el suelo. Tomó uno y lo tiró al otro lado. Lo asustó el golpe seco, no tenía que sentir miedo. Tiró el otro y el otro, tres golpes como tres balazos. Ahora la policía podía venir y llevarlo preso. Qué les iba a decir, nunca entenderían la verdad. "Vine para robar una gallina", éste era el tipo de explicaciones que la policía podía entender. Cuánto le dan a uno por robar una gallina ¿cadena perpetua? No, cadena perpetua es para los asesinos. No lo pensó más y saltó el cerco. Trasladó los tres ladrillos y los apiló, uno sobre el otro, bajo la ventana. Ya estaba todo preparado. Entonces se sentó en el suelo y se puso a esperar.

Tal vez después, durante el resto de su vida, iba a tratar de recuperar la esperanza con que esa noche aguardó que los postigos se abrieran. Todo lo que es digno de ser amado en el mundo lo esperaba detrás de esa ventana. Y esa ventana finalmente se iluminó.

Él sintió la luz que se agrandaba sobre su cabeza y casi no podía creer el milagro. La muchacha estaba en la ventana, tan cerca que parecía imposible. La imaginó con su camisón blanco, buscando a alguien en la noche. La oyó suspirar y casi se le rompe el corazón. Al fin la muchacha entró y él contó hasta cien. Le pareció poco y contó hasta doscientos. Entonces se puso de pie, se paró sobre los ladrillos, y pudo por fin mirar hacia adentro.

Allí estaba su cama provenzal, con una colcha floreada, y allí estaba su mesa de trabajo cubierta de recortes, y su mesita de luz con un velador que era un niño campesino sosteniendo una pantalla. Había un ropero con un gran espejo, y había una muñeca con un brazo roto, y un oso blanco y sucio, y una guitarrita, amontonados sobre un pequeño baúl. Él estaba maravillado por todas las cosas hermosas que tenía la muchacha en su pieza. Entonces vio la foto. Estaba clavada con tachuelas sobre la pared de enfrente, y mostraba a la mujer más horrible que él había visto en su vida. Tenía un vestido negro, muy escotado, y la cabeza llena de rulos.

Estaba reclinada sobre unos almohadones, fumando un cigarrillo con una boquilla muy larga, y a punto de llevarse una copa a los labios.

A la muchacha al principio no la vio. Lo que sí vio fue algo oscuro que se movía al borde de la cama, algo como agazapado casi debajo de la cama. Pensó que era un ladrón que esperaba a la muchacha para atacarla, pensó si se animaría a entrar y defenderla. Decidió que se animaría. Iba a agarrar el velador y se lo iba a romper en la cabeza al hombre. Lo mataba, y a él lo metían en la cárcel. Cuando salía ya era grande y entonces la muchacha se casaba con él.

Pero cuando eso se puso de pie, y él supo que iba a ser capaz de saltar hacia adentro, ya no era un ladrón. Era la muchacha. Sólo que no tenía su camisón blanco; llevaba un vestido negro y escotado, un vestido que él notó enseguida que no era suyo, y unos tremendos zapatos de taco alto. Y en la mano sostenía algo, que sin duda era lo que había estado buscando debajo de la cama, algo que durante un segundo hizo que el corazón de él se detuviera. Porque lo que la muchacha sostenía en la mano era una botella.

Todo lo que ella hizo después, él lo vio como si fuera un sueño, o una pesadilla, algo demasiado espantoso para ser verdad. La muchacha sacó una pequeña copa de un cajón, vertió líquido de la botella en la copa, consiguió un cigarrillo y lo encendió. Después, con el cigarrillo en una mano y la copa en la otra, sin sacar los ojos del retrato espantoso que se veía sobre la pared, se recostó en la cama y lentamente, con los ojos entrecerrados, dio una larga pitada al cigarrillo y comenzó a beber.

Él sintió algo que lo hizo avergonzarse de sí mismo.

Sintió que estaba viendo a la muchacha toda empañada. No. Ella no se merecía que un hombre llorara. Sandokán había llorado por Mariana muerta. Él no iba a derramar ni una lágrima por ésta.

Muy derechito, y con los ojos secos, bajó de los ladrillos. Los miró un momento, recordó que había robado para conseguirlos, y de una patada deshizo la pila. El ruido hizo asomarse a la muchacha pero él ya no estaba ahí. Él había atravesado el jardín corriendo, y de un salto había cruzado el cerco. Recién entonces se dio vuelta y la miró por última vez, negra y horrible, mirándolo desde su ventana.

Entonces le gritó:

—Borracha —le gritó—. Borracha perdida, igual que tu abuela.

Después siguió corriendo. Al llegar al jardín de su casa se detuvo. Algo le estaba sucediendo. Escuchó el áspero canto de los grillos, vio luciérnagas que se encendían y se apagaban en la oscuridad, se vio a sí mismo con su cámara nueva, parado sobre la tierra en la palpitante noche de noviembre. Miró hacia arriba y supo que nunca más iba a llorar.

Casi lo mató de felicidad el espectáculo. Y de cara al cielo, buscando una dimensión más alta, un territorio que no pudiera ser corrompido por la vanidad de los hombres, empuñó su cámara y, con infinito amor y una nueva esperanza, disparó por primera vez el obturador y fotografió la blanca, la inmutable, la inalcanzable cara de la luna.

Las peras del mal

A sus ángeles te ha encomendado
Dios para que te custodien en
todos los caminos.
DE LA MISA PARA EL
PRIMER DOMINGO DE CUARESMA

Y dentro de ese espejo empiezo a
ver imágenes locas, monstruos,
toda suerte de animales espantosos,
seres atroces. Dígame, querido
doctor, ¿qué debo hacer?
GUY DE MAUPASSANT

Cuando todo brille

Todo empezó con el viento. Cuando Margarita le dijo a su marido aquello del viento. Él ni atinó a cerrar la puerta de su casa. Se quedó como congelado en la actitud de empujar, el brazo extendido hacia el picaporte, los ojos clavados en los ojos de su mujer. Pareció que iba a perpetuarse en esta situación pero al fin aulló. Fue sorprendente. Durante varios segundos los dos permanecieron estáticos, estudiándose, como si trataran de confirmar en la presencia del otro lo que acababa de suceder. Hasta que Margarita rompió el sortilegio. Con familiaridad, casi con ternura, como si en cierto modo nada hubiera pasado, apoyó una mano en el brazo de su marido para mantener el equilibrio mientras con la otra mano daba un suave empujón a la puerta y, con el pie derecho y un patín de fieltro, eliminaba del piso el polvo que había entrado.

—¿Cómo te fue hoy, querido? —preguntó.

Y lo preguntó menos por curiosidad (dadas las circunstancias no esperaba una respuesta, y tampoco la obtuvo) que por restablecer un rito. Necesitaba comunicarse cifradamente con él, transmitirle un mensaje mediante su pregunta habitual de todos los atardeceres. *Todo está en orden sin embargo. Nada ha pasado. Nada nuevo puede pasar.*

Acabó de limpiar la entrada y soltó el brazo de su marido. Él se alejó muy rápido camino del dormitorio y le dejó la impresión que deja en los dedos una mariposa a la que se ha tenido sujeta por las alas y a la que de pronto se libera. No había usado los patines para desplazarse; así pudo verificar Margarita que su marido estaba furioso. Sin duda exageraba: ella no le había pedido que se arrojara desnudo desde lo alto del obelisco al fin y al cabo. Pero no le dijo nada. Con sus propios patines fue limpiando las marcas de zapatos que él había dejado. Sin embargo al dormitorio no entró: sabía que mejor es no echarle leña al fuego. Justo en la puerta desvió su trayectoria hacia la cocina; más tarde encontraría el momento oportuno para hablarle del viento.

Ya había terminado de preparar la cena (al principio, sólo por complacerlo y a pesar de que era miércoles había pensado en unos bifes con papas fritas, pero enseguida desistió: la grasa vaporizada impregna las alacenas, impregna las paredes, impregna hasta las ganas de vivir; si una la deja desde un miércoles hasta un lunes, que es el día de la limpieza profunda, la grasitud tiene tiempo de penetrar hasta el fondo de los poros de las cosas y se queda para siempre; de modo que al fin Margarita sacó una tarta de la heladera y la puso en el horno) y estaba tendiendo la mesa cuando oyó que su marido entraba al baño. Un minuto después, como un buen agüero, el alegre zumbido de la ducha resonaba en la casa.

Era el momento de ir al dormitorio. Apenas entró, Margarita pudo comprobar que él había dejado todo en desorden. Cepilló el saco, cepilló el pantalón, los colgó, hizo un montoncito con la camisa y las medias, y fue a golpear la puerta del baño.

—Voy a entrar, querido —dijo con dulzura.

Él no contestó, pero canturreaba. Margarita se llevó la camiseta y los calzoncillos y los agregó al montoncito. Lavó todo con entusiasmo. Cuando cerró la canilla lo oyó a él, en el living, tarareando el vals *Sobre las olas*. La tormenta había pasado.

Sin embargo recién a la mañana siguiente, mientras tomaban el desayuno, medio riéndose como para restarle importancia a la escena del día anterior, Margarita mencionó lo del viento. Una bobada, ella estaba dispuesta a admitirlo, pero costaba tan poco, ¿sí? Él no tenía que pensar que eso le iba a complicar la vida de algún modo. Simplemente, ella le pedía que cuando el viento soplaba del norte él entrara por la puerta del fondo que daba al sur; y cuando soplaba del sur, entrara por la puerta del frente, que daba al norte. Un caprichito, si a él le gustaba llamarlo así, pero la ayudaría tanto, él ni se imaginaba. Ella había notado que, por más que barriera y lustrara, el piso de la entrada siempre se llenaba de tierra cuando había viento norte. Por supuesto, él podía entrar por donde se le antojase cuando el viento soplara del este o del oeste. Y ni que hablar de cuando no había viento.

—Vio mi salvaje, vio mi protestón que no era para hacer tanto escándalo —dijo.

Rió traviesamente.

Él se puso de pie como quien va a pronunciar un discurso, gargajeó con sonoridad, casi con delectación. Después inclinó levemente el torso, escupió en el suelo, recuperó su posición erguida y, con pasos mesurados, salió de la cocina.

Margarita se quedó mirando el redondel, refulgente a la luz del sol matinal, como se debe mirar a un diminuto ser de otro planeta sentado muy orondo sobre el piso de nuestra cocina. Una puerta se cerró y se abrió, unas paredes retumbaron, pasos cruzaron la casa, otra puerta se cerró con estrépito. El cerebro de Margarita apenas detectó estos acontecimientos. Toda su persona parecía converger hacia el pequeño foco del suelo. *Foco infeccioso*. La expresión aleteó livianamente en su cabeza, se expandió como una onda, la inundó. En los colectivos, cuando la gente tose desparrama invisibles gotitas de saliva, cada gotita es portadora de millares de gérmenes, cuántos gérmenes hay en... Millares de millones de gérmenes se agitaron, se refocilaron y brincaron sobre el mosaico rojo. Mecánicamente Margarita tomó lo primero que tuvo a mano: una servilleta. De rodillas en el piso se puso a frotar con energía el mosaico. Fue inútil: por más que frotaba la zona pegajosa resaltaba como un estigma. *Gérmenes achatados arrastrándose como amebas*. Margarita dejó la servilleta sobre la mesa y fue a embeber una esponjita en detergente. Friccionó el mosaico con la esponjita y echó un balde de agua. Iba a secar el piso cuando se quedó paralizada. ¿Había estado loca ella? ¿No había usado una servilleta para? Dios mío, con lo fácil que es llevarse una servilleta a los labios. La tomó por una punta y la contempló con pavura. ¿Qué haría ahora? Lavarla le pareció poco prudente de modo que llenó una cacerola con agua, la puso al fuego, y echó la servilleta adentro.

Estaba friccionando la mesa con desinfectante (la servilleta había estado largo tiempo en contacto con la mesa) cuando sonó el teléfono. Fue a atender y apenas traspuso la puerta del dormitorio captó algo inusual, algo que se le manifestó bajo la forma de una opresión en el pecho y cuya realidad no pudo constatar hasta que colgó el teléfono y abrió la puerta del placard. Entonces sí lo supo con certeza, la ropa de él no estaba, muy bien, se había ido, maravillosamente bien, ¿iba a llorar ella por eso? No iba a llorar. ¿Iba a arrancarse los pelos y tirarse de cabeza contra las paredes? No iba a arrancarse los pelos y mucho menos iba a tirarse de cabeza contra las paredes. ¿Acaso un hombre es algo cuya pérdida hay que lamentar? Tan desprolijos como son, tan sucios, cortan el pan sobre la mesa, dejan las marcas de sus zapatos embarrados, abren las puertas contra el viento, escupen en el suelo y una nunca puede tener su casa limpia, el cuerpo, una nunca puede tener su cuerpo limpio, de noche son como bestias babosas, oh su aliento y su sudor, oh su semen, la asquerosa humedad del amor, por qué, Dios mío, Tú que todo lo podías, por qué hiciste tan sucio el amor, el cuerpo de tus hijos tan lleno de inmundicia, el mundo que creaste tan colmado de basura. Pero nunca más. En *su* casa nunca más. Margarita arrancó las sábanas de la cama, sacó las cortinas de sus rieles, levantó las alfombras, removió almohadones, apiló carpetas.

Margarita fregó y sacudió y cepilló hasta que se le enrojecieron los nudillos y se le acalambraron los brazos. Lavó paredes, enceró pisos, bruñó metales, arrancó resplandores solares de las cacerolas, otorgó un centelleo diamantino a los caireles, bañó como a hijos adorados a bucólicas pastoras de porcelana, pulió maderas, perfumó armarios, blanqueó opalinas, abrillantó alabastros. Ya las siete de la tarde, como un pintor que le pone la firma al cuadro con que había soñado toda su vida, empuñó el escobillón y lo sacudió en el tacho de basura.

Después respiró profundamente el aire embalsamado de cera. Echó una lenta mirada de satisfacción a su alrededor. Captó fulgores, paladeó blancuras, degustó transparencias, advirtió que un poco de polvo había caído fuera del tacho al sacudir el escobillón. Lo barrió; lo recogió con la pala, vació la pala en el tacho. De nuevo sacudió el escobillón, pero esta vez con extrema delicadeza, para que ni una mota de polvo cayera afuera del tacho. Lo guardó en el armario e iba a guardar también la pala cuando un pensamiento la acosó: la gente suele ser ingrata con las palas; las usa para recoger cualquier basura pero nunca se le ocurre que un poco de esa basura ha de quedar por fuerza adherida a su superficie. Decidió lavar la pala. Le puso detergente y le pasó el cepillo, un líquido oscuro se desparramó sobre la pileta. Margarita hizo correr el agua pero quedaba como una especie de encaje negro en el fondo. Lo limpió con un trapo enjabonado, enjuagó la pileta y lavó el trapo. Entonces se acordó del cepillo. Lo lavó y se volvió a ensuciar la pileta. Fregó la pileta con el trapo y se dio cuenta de que si ahora lavaba el trapo en la pileta esto iba a ser un cuento de nunca acabar. Lo más razonable era quemar el trapo. Primero lo secó con el secador del pelo y después lo sacó a la calle y le prendió fuego. Justo cuando entraba a la casa vino un golpe de viento norte y Margarita no pudo evitar que algo de ceniza entrara en el living.

Era mejor no usar el escobillón, ahora que ya estaba limpio. Utilizó un trapito con un poco de cera (con los trapitos siempre queda la posibilidad de prenderles fuego). Pero fue un error. El color quedaba desparejo. Lustró, extendió la cera a una zona más amplia: todo fue inútil.

Aproximadamente a las cinco de la mañana los pisos de toda la casa estaban rasqueteados pero un polvo rojo flotaba en el aire, cubría los muebles, se había adherido a los zócalos. Margarita abrió las ventanas, barrió (ya encontraría el momento de limpiar el escobillón y en el peor de los casos podía tirarlo), estaba terminando de lavar los zócalos cuando advirtió que un poco de agua se había derramado. Miró con desaliento las manchas de humedad en el suelo, le faltaban fuerzas, por el color del cielo debían ser casi las siete de la mañana. Decidió dejar eso para más tarde, con buena suerte no iba a tener que rasquetear todos los pisos otra vez. Se tiró en la cama vestida (no olvidarse, después, de cambiar nuevamente las sábanas) y se durmió de inmediato pero las manchas húmedas se expandieron, se ablandaron, extendían sus seudópodos. La atraparon. Eran una ciénaga donde Margarita se hundía, se hundía. Se despertó sobresaltada. No había dormido ni media hora. Se levantó y fue a ver las manchas: ya estaban bastante secas pero no habían desaparecido. Rasqueteó la zona pero nunca quedaba del mismo color. Un ligero desvanecimiento la hizo caer; abrió soñadoramente los ojos, vislumbró las vetas blancuzcas y dio un suspiro; calculó que no había comido nada en las últimas veinticuatro horas.

Se levantó y fue a la cocina. Una comida caliente tal vez la haría sentir mejor pero no: después hay que lavar las ollas. Abrió la heladera e iba a sacar una manzana cuando la invadió una ola de terror: no había barrido el polvo del rasqueteo y las ventanas estaban abiertas. Retiró con brusquedad la mano de la heladera y tiró una canastita con huevos. Observó el charco amarillo que se dilataba lenta y viscosamente. Creyó que iba a llorar. De ninguna manera: cada cosa a su tiempo. Ahora, a barrer el polvo del rasqueteo; ya le llegaría su turno al piso de la cocina, no hay como el orden. Buscó el escobillón y la pala, fue hasta el living y cuando estaba por ponerse a barrer, reparó en las suelas de sus zapatos; sin duda no estaban limpias: habían trazado sobre el parquet un discontinuo senderito de huevo. A Margarita casi le dio risa verse con el escobillón y la pala. *Polvo del rasqueteo*, murmuró, *polvo del rasqueteo*. Recordó que todavía no había comido nada, dejó el escobillón y la pala y se fue para la cocina.

La manzana estaba en el centro del charco amarillo. Margarita la alzó, ávidamente le dio unos mordiscos, y de golpe descubrió que era absurdo no prepararse una comida caliente, ahora que todo estaba un poco sucio. Puso la plancha sobre el fuego, peló papas (era agradable dejar que las largas tiras en espiral se hundieran esponjosamente en las yemas y las claras ahora que las cosas habían empezado a ensuciarse y de cualquier manera habría que limpiar todo más tarde). Puso un bife sobre la plancha y aceite en la sartén. La grasa se achicharró alegremente, las papas chisporrotearon, Margarita se dio cuenta de que se había olvidado de abrir la ventana de la cocina pero de cualquier modo era demasiado tarde: la grasa vaporizada ya había penetrado en los poros de las cosas, y en sus propios poros, había impregnado su ropa y su pelo, espesaba el aire. Margarita aspiró profundamente. El olor de la carne y de lo frito entró por su nariz, la anegó, la hizo enloquecer de deleite.

La impaciencia puede volver a la gente un poco torpe. Algo de aceite se le volcó a Margarita al sacar las papas; ella disimuladamente lo desparramó con el pie, sacó el bife, se le cayó al suelo, al levantarlo la cercanía, el contacto, el maravilloso aroma de la carne asada la embriagaron: no pudo resistir darle algunas dentelladas antes de colocarlo en el plato.

Comió con ferocidad. Puso las cosas sucias en la pileta pero no las lavó: tenía mucho sueño, ya llegaría el momento de lavar todo. Abrió la canilla para que el agua corriera y se fue para el dormitorio. No llegó. Antes de salir de la cocina el aceite de las suelas la hizo patinar y cayó al suelo. De cualquier manera se sentía muy cómoda en el suelo. Apoyó la cabeza en los mosaicos y se quedó dormida. La despertó el agua. Ligeramente aceitosa, el agua serpenteaba por la cocina, se ramificaba en sutiles hilos por las junturas de los mosaicos y, adelgazándose pero persistente, avanzaba hacia el comedor. A Margarita le dolía un poco la cabeza. Hundió su mano en el agua y se refrescó las sienes. Torció el cuello, sacó la lengua todo lo que le fue posible, y consiguió beber: ahora ya se sentía mejor. Un poco descompuesta, nomás, pero le faltaban fuerzas para levantarse e ir al baño. Todo estaba ya bastante sucio de todos modos. *No debía ensuciarse el vestidito*. Margarita tenía seis años y no debía ensuciarse el vestidito. Ni las rodillas. Debía tener mucho cuidado de no ensuciarse las rodillas. Hasta que al caer la noche una voz gritaba: ¡a bañarse!, entonces ella corría frenéticamente al fondo de la casa, se revolcaba en la tierra, se llenaba el pelo y las uñas y las orejas de tierra, ella debía sentir que estaba sucia, que cada recoveco de su cuerpo estaba sucio para poder hundirse después en el baño purificador, el baño que arrastrará toda la mugre del cuerpo de Margarita y la dejará blanca y radiante como un pimpollo. ¿Hay pimpollos de margarita, mamá? Sintió una inefable sensación de bienestar. Se corrió un poco del lugar donde estaba tendida y tuvo ganas de reírse. Su dedo señaló un lugar, próximo a ella, sobre el suelo. Caca, dijo. Su dedo se hundió voluptuosamente y después escribió su nombre sobre el suelo. Margarita. Pero sobre el mosaico rojo no se notaba bien. Se levantó, ahora sin esfuerzo, y escribió sobre la pared. Mierda. Firmó: Margarita. Después envolvió toda la leyenda en un gran corazón. Una corriente en la espalda la hizo estremecer. El viento. Entraba por las ventanas abiertas, arrastraba el polvo de la calle, arrastraba la basura del mundo que se adhería a las paredes y a su nombre escrito en las paredes y a su corazón, se mezclaba con el agua que corría en el comedor, entraba por su nariz y por sus orejas y por sus ojos, le ensuciaba el vestidito.

Cinco días después, un luminoso día de sol con el cielo gloriosamente azul y pájaros cantando, el marido de Margarita se detuvo ante un puesto de flores.

—Margaritas —le dijo al puestero—. Las más blancas. Muchas margaritas.

Y con el ramo enorme caminó hasta su casa. Antes de introducir la llave hizo una travesura, un gesto pícaro y colmado de amor, digno de ser contemplado por una esposa amante que estuviera espiando detrás de los visillos: se chupó el dedo índice y, levantándolo como un estandarte, analizó la dirección del viento. Venía del norte. De modo que el hombre, dócilmente, alegremente, paladeando de antemano el inigualable sabor de la reconciliación, dio la vuelta a su casa. Silbando una canción festiva abrió la puerta. Un chapoteo blando, gorgoteante, le llegó desde la cocina.

Vida de familia

Hay individuos particularmente no emotivos. Nicolás Broda pertenecía a esa especie. Con seguridad que si al mirar hacia arriba cualquier noche hubiera visto dos estrellas rodando por el cielo en sentido contrario y a punto de chocar, en vez de esperar el cataclismo se habría puesto a reunir las informaciones necesarias y a la mañana siguiente, después de mucho manipular las ecuaciones de Lagrange aplicadas a la mecánica de tres cuerpos, habría llegado a comprobar que, en efecto, un satélite lanzado treinta y ocho días atrás y otro lanzado hacía apenas cuatro días, debían crear la ilusión de choque desde el lugar y a la hora en que él había estado contemplando el cielo.

La mañana del 7 de julio se despertó porque una olla o algo metálico acababa de caer en la pieza de al lado. *Cada casa suena de una manera distinta*. Y durante un instante tuvo la intención de indagar por qué se le había cruzado la palabra "distinta". *Tengo que levantarme*, pensó, pero ni siquiera abrió los ojos porque solapadamente sabía que no. No tenía que levantarse porque era sábado o (operador de Boole) porque el despertador aún no había sonado. Es cierto que tenía que ir al Centro de Cómputos a revisar la prueba de una rutina (era programador fortran, además de estudiante avanzado de matemática) pero daba lo mismo que fuera enseguida o más tarde. Se desperezó ampliamente y razonó que eso era lo bueno de los sábados: empezaban como cualquier día y de pronto, la libertad. *¿La libertad?*, pero desechó de inmediato esa fuente de reflexiones porque consideró una huevada amanecer tan bizantino.

Hizo un ligero esfuerzo y abrió los ojos. El segundo esfuerzo le llevó más tiempo y un mayor ejercicio de su voluntad: giró la cabeza para mirar la hora. Eran las ocho y veinte: el despertador no había sonado.

Para el tercer esfuerzo (sacar el brazo de debajo de la frazada y alcanzar el reloj) no necesitó ejercitar nada porque su movimiento estaba alentado por un auténtico interés: quería saber si la campanilla se había descompuesto o él se había olvidado de darle cuerda. Comprobó enseguida que se había olvidado de darle cuerda. también comprobó que la aguja del despertador, que habitualmente estaba fija en las ocho, marcaba las siete y media. *¿Qué hice anoche?*, trató de recordar. Ya estaba despierto del todo.

El ruido de la olla volvió a oírse: como un repiqueteo leve que acabó enseguida. Era en la pieza de sus padres. Recordó a su padre, de *robe de chambre* en el balcón. También recordó lo que había hecho la noche anterior. Había estado en el departamento de Segismundo Dantón y habían hablado de la teoría de la complejidad de una cadena binaria, de algunas mujeres, de Musil, y de cuando iban al cine Medrano a ver las series de Tarzán. Nicolás había regresado a su casa caminando: se sentía liviano como un pájaro. Su condición de pájaro, comprobó después, había estado cruelmente motivada por el olvido, en el departamento de Segismundo, de un portafolios que contenía varios manuales de IBM, un *dump* que ocupaba lo menos treinta páginas, una edición casi desconocida de los cuentos de Maupassant, un tratado universal de matemática prepitagórica, documentos, otros utensilios, y las llaves, que si bien no gravitaban mucho en el sentido literal de la palabra, lo obligaron a tocar el timbre durante casi diez minutos y a compartir después algunas impresiones de índole socioeconómica con su desvelado padre. Lo cierto es que pese a este incidente se había sentido tan exaltado y juvenil que no era extraño, reflexionó, que se hubiera olvidado de darle cuerda al despertador. Por el momento no le interesó dar una respuesta al hecho de que la aguja marcara las siete y media. Estaba contento. Así que se levantó a lo recluta y se puso a cantar *Ay, Jalisco, no te rajes* con toda la voz que le salía del alma. *Porque es peligroso querer a las mala-aas*. Extendió el sonido "as" hasta donde le fue posible, y abrió la puerta de la pieza.

Una mujer desconocida en enaguas, corpulenta y de pelo oxigenado, estaba saliendo del dormitorio de los padres de Nicolás.

—¿Querés dejarte de gritar? —dijo la mujer.

Y entró en el baño y cerró de un portazo.

Nicolás había interrumpido el canto como si le hubieran cortado la corriente. *Hay una barrera pa-*

ra la sorpresa, se le ocurrió; *por encima de la barrera se produce una inhibición*. Se quedó quieto en mitad del corredor, sin saber muy bien qué hacer.

La mujer abrió la puerta del baño y se asomó.

—Oíme, Alfredo —empezó a decir; pero se interrumpió y lo miró con detenimiento—. Tenés la farmacia abierta. —Señaló un lugar, debajo de la cintura de Nicolás.

Nicolás se acomodó los calzoncillos. Con toda modestia, no podía dejar de admirar la sangre fría que estaba demostrando en circunstancias tan extrañas. Trató de imaginarse la escena, cuando se lo contara a Segismundo. "Y entonces una jovata salió del baño y me llamó Alfredo".

Claro, y ahí nomás se pusieron a cantar el Brindis de la *Traviata*. "Palabra te digo, estaba ahí como estás vos: la hubiera podido tocar".

—¿Y? —dijo la mujer; sin embargo, algo en el aire de Nicolás seguramente la estaba preocupando porque cambió de tono—. ¿Te sentís mal, Alfredito? —dijo.

—No —dijo Nicolás—. No.

Advirtió que la mujer se le estaba aproximando con la mano extendida y el propósito inequívoco (y maternal) de tocarle la frente para ver si tenía fiebre.

—No, no —repitió Nicolás. Arqueó el cuerpo hacia atrás como quien está por sacar de cabeza, dio media vuelta, reculó, y se metió en el baño con tanta violencia que la mujer dio un grito.

Lo primero que hizo en el baño fue acercarse al espejo y mirarse. Necesitaba reflexionar con serenidad. *No, lo que necesito es lavarme la cara*. Se lavó la cara, y se lavó el cuello, y metió la cabeza entera debajo de la canilla. Pensó que tratar de racionalizar (con tan pocos datos verificables) algo en apariencia tan irracional como lo que acababa de ocurrirle, implicaba de algún modo *aceptar* lo irracional. Él era capaz de no dejarse llevar por las apariencias. Se secó con energía, se estiró el pelo con los dedos, e inició el movimiento de extender la mano para alcanzar el cepillo de dientes.

Lo que vio le hizo detener la mano antes de llegar a su objetivo. Allí había *cinco* cepillos de dientes. Y si él nunca habría podido describir los cepillos que usaban sus padres y su hermano, en cambio habría podido afirmar tres cosas: a) no era ninguno de los que estaba viendo; b) allí siempre había habido cuatro cepillos; c) el suyo, con punta de caucho —especialmente indicado para la prevención de la paradentosis—, no estaba.

No trató de comprenderlo; se propuso algo más expeditivo: vestirse. Estar en calzoncillos agregaba al caso una dificultad accesoria que convenía eliminar. Se peinó. Colgados de un clavo, en la puerta —nunca había visto un clavo allí— encontró un vaquero y una camisa. Aceptó que no eran suyos. *El fin justifica los medios*, pensó algo inconexamente mientras se ponía los pantalones. Verificó que los pantalones y la camisa le quedaban bien.

Salió del baño muy nervioso. No tenía una idea muy clara de cómo debía actuar. ¿Debía llamar a esa mujer? Y, sobre todo, ¿cómo debía llamarla? Era un hecho que la mujer le había dicho "tenés la farmacia abierta". También era un hecho lo de la fiebre. Dio un breve suspiro y trató de pensar lo menos posible en lo que iba a hacer.

—Mamá —dijo.

Después de algunos segundos la puerta del dormitorio fue entreabierta y la cabeza de la mujer rubia apareció en la abertura.

Nicolás avanzó unos pasos hacia la mujer.

—Señora —le dijo con decisión—, en principio quiero aclararle que usted no es mi madre. También quiero aclararle que me gustaría saber qué significa todo esto y dónde está —tosió fugazmente—, y dónde está de verdad mi madre.

Sintió que le estaba latiendo un párpado, cosa que siempre le obsesionaba.

La mujer respiró hondo —era realmente corpulenta—, apretó los labios y se dio vuelta. Se dirigió a alguien que estaba dentro del dormitorio.

—¿Y? —dijo—. ¿Qué me contás ahora?

—¿Qué te cuento? —respondió una voz ronca, de hombre—, que hace una hora que quiero un poco de té, eso es lo que cuento.

La mujer volvió a respirar hondo, emitió un sonido como hmm, y miró otra vez en dirección a Nicolás.

—Mirá —le dijo—, tu padre está con otro ataque de gota. *Y vos sabés muy bien que tu padre está con otro ataque de gota*. Y encima te venís a hacer el gracioso.

Nicolás la contemplaba un poco maravillado.

—Perdón, mamá —dijo, con una especie de presencia de ánimo o de tan fino humor que realmente lamentó que, dentro de ese corredor, él fuera la única persona capaz de apreciarlo.

La frase pareció tener algún efecto sobre la mujer. Salió del dormitorio, cerró la puerta, y se acercó a Nicolás con un vago aire de intrigante teatral.

—Es terrible, Alfredito —le dijo en tono confidencial—, de verdad es terrible. Que esto, que lo otro, que los sillones, que lo de más allá. Decime si es vida esto, Alfredito —sacó un pañuelo del bolsillo del deshabillé (ahora tenía puesto un deshabillé ciruela) y se sonó la nariz—. Y para colmo anoche. ¿Vos no lo oíste? —hizo una pausa, pero demasiado breve para que Nicolás pudiera contestar algo—. Chelita vino como a las seis, también, si será desgraciada tu hermana sabiendo cómo se pone, te juro, creí que se iba a quedar muerto ahí mismo. ¿En serio no oíste nada?

Nicolás hizo un movimiento ambiguo con la cabeza.

—Bueno —dijo la mujer—, ya te das una idea. Te juro, mirá, te juro, a veces me dan ganas de dejarlos a todos y mandarme a mudar. ¿Vas a salir? —dijo de pronto.

Nicolás observó que, sin que nada lo hiciera prever, la mujer había cambiado de tono, como si la última pregunta correspondiera a otra escena.

—Sí —dijo.

—Ah, bueno —dijo la mujer—, menos mal. Cuando volvés, me traés del almacén una harina de maíz, una virulana, dos sachettes de leche y fideítos para la sopa. Preguntale si llegó la vaselina, él ya sabe.

Sólo un instante. Nicolás naufragó. Pisó tierra firme como un conquistador. Había comprendido que, en adelante, no debía perder el control de la situación.

—¿No puede ir Chelita? —dijo.

La mujer suspiró.

—Se acostó como a las seis —dijo—. ¿Vos te creés por si acaso que se va a levantar antes de la una?

Oyeron que el hombre de la voz ronca pedía un té a través de la puerta.

—No te digo —dijo la mujer—. A veces me dan ganas de dejarlos a todos y mandarme a mudar —señaló los pies de Nicolás, "ponete los zapatos", le dijo, y salió por la arcada que daba al comedor.

Algo que notó Nicolás cuando entró en su pieza fue que en el lugar donde siempre había estado la biblioteca se hallaba una especie de cómoda con estantes en la parte superior. Encontró zapatos debajo de la cama. Las medias estaban una adentro de cada zapato, cuidadosamente enrolladas. Nicolás razonó que una persona que se esmera tanto para guardar sus medias sin duda siempre debe usar ropa limpia, de modo que se sentó en la cama y se calzó. Comprobó que los zapatos le quedaban bien.

Sobre el respaldo de una silla estilo francés encontró un pullover y un gabán. Sin saber por qué, cuando vio que también eran de su medida se acordó de la historia de *Ricitos de Oro*. Se guardó en el bolsillo del gabán doscientos pesos que había visto sobre una especie de mesita ratona, y se fue.

Era una mañana gris, y bastante fría. Díaz Vélez estaba a su izquierda, Cangallo a su derecha, el taller de tapizados pegado a la casa, la colchonería *La Estrella*, justo enfrente. En la esquina, Nicolás saludó al diariero y el diariero lo saludó. Pensó que lo más indicado sería volver a su casa, comprobar que todo estaba en orden, y dejarse de pavadas. Pero enseguida desistió de esa idea. Si en efecto toda estaba en orden, el acto impulsivo de volver sólo habría significado que su estado de ánimo era anormal. Y si por el contrario la mujer *estaba*, Nicolás se encontraría otra vez en medio de una situación irresoluble de la que justamente necesitaba salir. De modo que siguió con su propósito de ir al Centro de Cómputos, y tomó el 26 en Corrientes.

Se bajó en Uriburu y caminó hasta Paraguay. Atravesó la entrada y el gran hall y, mecánicamente, se dirigió a la puerta marrón de la izquierda donde, sobre una plancha dorada, se leía "Centro de Cómputos".

Empujó la puerta y entró.

La sensación que tuvo no era la primera vez que la experimentaba. Ya le había ocurrido una noche, dos o tres años atrás. Estaba yendo al cine Lorraine y desde que había subido al ómnibus venía creando y perfeccionando, algo delirantemente, un programa que serviría para escribir teleteatros por computadora. Se había bajado donde su corazón le dijo que era Paraná (era Ayacucho) y había cruzado la calle al mismo tiempo que volvía hacia atrás con su programa para ver si no había entrado en un *loop* sin salida. Recién cuando estuvo a punto de entrar en el cine comprobó que allí no había ningún cine, ni librería a la derecha, ni teatro enfrente. *Estaba en un lugar totalmente extraño*. Durante varios segundos había tenido la intolerable impresión de que la realidad se había desplazado, sintió que todo aquello en lo que había creído era falso, y que las referencias con las que hasta ese momento había contado para ubicarse, súbitamente carecían de sentido.

En el Centro de Cómputos volvió a pasarle. Sólo que esta vez no era porque hubiese cometido algún error. Cuando salió, un minuto más tarde, ya había averiguado algo importante: allí no trabajaba ni nunca había trabajado una persona llamada Nicolás Broda.

Otro dato de importancia lo obtuvo ante una casa de departamentos de fachada amarilla. Había ido a esa casa a recuperar su portafolios (adentro tenía los documentos) y a confiarle a Segismundo Dantón lo que le estaba ocurriendo. Había pensado muy bien la forma en que se lo iba a explicar a Segismundo. Pero cuando se acercó al portero eléctrico e iba a apretar el botón correspondiente al 10° "B", comprobó que no había ni décimo ni be. La casa tenía ocho pisos y los departamentos estaban numerados del 1 al 27.

Caminó bastante. Se había figurado, algo patológicamente, que todo consistía en no gastar los ochenta pesos que le quedaban. Pero después del mediodía empezó a lloviznar y Nicolás acabó reconociendo que si bien era la idea de volver a esa casa lo que lo angustiaba, no existía por el momento ningún otro lugar al que pudiera volver. De modo que contó seis monedas de a diez y tomó el ómnibus. Cuando le faltaba poco para llegar vio por la ventanilla a un hombre grandote, de cara colorada, que estaba apoyado en una puerta cancel y pareció ponerse muy contento de haberlo descubierto en el ómnibus. El colorado chifló, agitó ampliamente un brazo, le indicó que le telefoneara haciendo girar un dedo alrededor de la oreja, y cuando el ómnibus ya estaba arrancando señaló con el pulgar hacia una ventana que tenía a su derecha, le guiñó un ojo a Nicolás, e hizo que sí con la cabeza. Nicolás sintió que las orejas le quemaban. Desvió la vista de la ventanilla: la señora que estaba sentada a su lado le sonrió, completamente enternecida y feliz.

Nomás bajó del ómnibus se le presentó un problema: ¿debía entrar al almacén y comprar lo que la mujer rubia le había pedido o debía ignorar esa situación? Imaginó que si llegaba sin el paquete y la mujer estaba, no sólo se pondría furiosa sino que muy probablemente lo obligaría a bajar de nuevo para hacer las compras, de modo que decidió ahorrarse problemas y hacer las compras desde ya.

Le pareció que el almacenero era el de siempre, aunque no hubiera podido asegurarlo.

—Anótelo en la cuenta —dijo, un poco ansioso, cuando el hombre le entregó el paquete.

—Andá tranquilo, cuñado —le dijo el almacenero.

Antes de salir, Nicolás se impuso una pequeña tarea.

—¿Ya llegó la vaselina? —preguntó.

La vaselina no había llegado. Nicolás se apuró a decírselo a la mujer nomás la mujer le abrió la puerta y agarró el paquete. Lo preocupaba la posibilidad de tener algún roce con ella —las mujeres tan corpulentas siempre le habían producido una cierta aprensión—. Sintió un gran alivio *—exagerado alivio*, pensó— cuando la mujer le dijo que no importaba. "No importa, Alfredito", le dijo la mujer; "andá a comer".

Nicolás entró al comedor y los conoció a todos. El de la cabecera, flaquito y de pijama rayado, era el señor con gota. A su izquierda, estaba Chelita. A su derecha, había una silla vacía en la que se estaba sentando la rubia. Al lado de la rubia, el Quinto Cepillo. Y al lado de Chelita otra silla vacía en la que se acomodó él. Estaban tomando la sopa.

El señor con gota hizo tamborilear el dedo índice sobre el borde de la mesa y lo encaró a Nicolás.

—¿Se puede saber dónde estuviste? —dijo.

Nicolás trató de organizar una respuesta apropiada pero no llegó a hablar porque el Quinto Cepillo salió en su defensa.

—Si está bien que se oree un poco, Rafael —dijo. Tenía la voz que Nicolás esperaba de sus anteojitos redondos. Suspiró—. Es un día tan lindo.

Le lanzó una tierna guiñadita a Nicolás, para lo cual tuvo que levantar notoriamente el carrillo e inclinar la cabeza hacia el lado del ojo cerrado.

—Está bien, está bien —refunfuñó el señor con gota—, en esta casa todo está bien. Que te escupan el betún, está bien; lo de las hormigas, está bien. Que esta desnaturalizada vuelva a las seis de la mañana, está bien. Todo está bien en esta casa.

La expresión del Quinto Cepillo pasó de la ternura a la insidia.

—Ah, yo no sé —dijo—, yo no sé qué tiene que hacer una chica decente toda la noche fuera de su casa.

Nicolás la miró de reojo a Chelita y no pudo dejar de admirarla: tomaba su sopa como una princesa entre los piratas. Pensó que la imagen se la había sugerido el pelo de ella, largo y rojizo. Fugazmente, se vio mordiéndole el pelo, en la cama. *Esto es una monstruosidad*, pensó. Y tuvo un sobresalto.

Acababa de darse cuenta de que lo monstruoso había sido justamente eso, haber estado a punto de pensar: *Esto es una monstruosidad: ella es mi hermana*.

—Lo que yo no sé —dijo la rubia—, es por qué no te metés la lengua en el culo.

Con esto, el grupo se desanimó. Cada tanto, el Quinto Cepillo sacaba un pañuelito y se sonaba la nariz. En esos casos, la rubia emitía un breve sonido nasal y lo miraba al señor con gota. Finalmente, pareció que el señor con gota no toleraba más la tensión porque le dijo a Nicolás que encendiera el televisor. Nicolás no dejó de advertir el papel que él (o el otro) desempeñaba en esa casa.

Hizo una pequeña experiencia: le pidió la sal a Chelita. Con una especie de esfuerzo mental había conseguido recuperar —le pareció— un aire habitual de "científico displicente e irónico". Se sentía atractivo. Discretamente desinteresado esperó el desenlace. Tuvo un desencanto: cuando Chelita dio vuelta la cabeza y le alcanzó la sal no demostró haber notado nada especial en su semblante. Todo lo que hizo fue un rápido gesto de fastidio con la boca. Después siguió comiendo. Nicolás sintió —nunca había sentido algo parecido— que Chelita lo despreciaba.

Después de ese fracaso, desistió de deslumbrar a nadie. Se comportó como los demás esperaban que se comportase y eso le evitó disgustos. En realidad, tuvo pocas oportunidades de comportarse de cualquier manera porque apenas terminó de comer se encerró en su pieza. (Si es válido llamar su pieza a una habitación donde no había un solo libro, una sola cifra escrita, la más oculta quemadura de cigarrillo, que Nicolás pudiera reconocer como suya.)

Por un cuaderno de cuarto grado supo su nombre completo: Alfredo Walter di Fiore. También supo que su maestra estaba segura de que con tesón y perseverancia iba a conseguir vencer los escollos y salir adelante. El material de lectura no le fue particularmente revelador; el único indicio de una pasión —aunque bien podía ser producto del azar— consistió en que había dos libros dedicados a contabilidad. Encontró: *Mis montañas*, de Joaquín V. González, *La noche fatal*, de Cronin, tres o cuatro libros de la colección Rastros, uno de Corin Tellado, *El asesinato considerado como una de las bellas artes*, *La historia de San Martín*, por Bartolomé Mitre, *El conde Lucanor*, varios anuarios de la revista *Fantasía*, un número de *Idilio*, tres de *Selecciones*, una Botánica de Dembo, una Contabilidad de tercer año, *Los enanitos jardineros*, *Lo que usted debe saber sobre Contabilidad*, *Lo que usted debe saber sobre el Pensamiento de la Humanidad*, *Lo que usted debe saber sobre la Digestión*, *Pepita Jiménez*, *La Ninfa Sedienta*, y el libro *Corazón*.

Cartas no había por ningún lado. Encontró una foto de una gordita bastante insulsa, *Para Alfredo, con mi cariño de siempre*; también encontró un talonario de remitos con varias páginas arrancadas y en cuyo remito 43 estaba escrito a lápiz —la letra era bastante parecida a la suya—: flor, color, amor, y un poco más abajo, se van todos a la puta que los parió.

A las siete ya había conseguido de alguna manera sistematizar su caso: o esto era un sueño, o esto le estaba pasando. Suponiendo que fuera un sueño,

¿era posible que él considerase, dentro del sueño, esta posibilidad de estar soñando? Sí, ya que cosas como ésa suelen ocurrir en los sueños. Pero, ¿suele ocurrir, también en los sueños, esta clase de razonamientos? A las siete y veinte aceptó que esto *le estaba pasando*, y salió a caminar.

En el almacén de la esquina le pidió al almacenero que le fiara un atado de cigarrillos (el almacenero había accedido con un gesto de socarrona complicidad) y en la puerta de una librería no se animó a sonreírle —inesperadamente temió que su sonrisa pudiera parecer estúpida u obscena— a una adolescente que salía con varios paquetes y un enorme rollo de papeles pintados. Siguió de largo con un vago sentimiento de culpa. Oyó que los paquetes y el rollo acababan de caerse. Sin meditarlo se dio vuelta, volvió hacia atrás, y los levantó. "Gracias", le dijo la adolescente. Y ocurrió algo: lo miró.

Nicolás había sido mirado como Nicolás.

Entonces sí le sonrió a la muchacha. *Todo me lo quitaréis*, se le cruzó. Y él era un estudiante avanzado de matemática, amante de Musil, antiguo partidario de las series de Tarzán en el cine Medrano, que le estaba sonriendo a una muchacha.

Ella se acomodó los paquetes y el rollo, volvió a agradecerle efusivamente, y se fue.

Nicolás se dio cuenta de que había estrellas. Consiguió ubicar dos estrellas de la constelación del Centauro. *¡Todo me lo quitaréis!*, pensó. *¡Todo me lo quitaréis! ¡Todo! ¡El laurel y la rosa!... ¡Pero quédame una cosa que arrancarme no podréis!* Y algo, en el corazón, le cantó.

Pero no era que de pronto se sintiese feliz. Los que había amado, lo que había compartido, aquello que hasta el día anterior había sido su pasado, ¿adónde iba a buscarlo ahora? Estaba solo hasta donde se puede estar solo. Pero era él. Y ni todas las mujeres rubias, ni todos los señores con gota, ni todos los hombres colorados que se apoyan en todas las puertas cancel del mundo, podían quitarle esta sensación (era como un canto, era como la alegría de alguien que canta), esta sensación de ser él bajo la nítida noche de julio.

Decidió que había un solo camino y que él iba a ser capaz de seguir ese camino. Iba a asumir a Alfredo Walter di Fiore, y lo iba a hacer crecer hasta que se abriera paso por entre las mujeres rubias y los hombres con gota. Iba a hacer por Alfredo Walter Di Fiore lo que tal vez nunca hubiera llegado a hacer por Nicolás Broda. Porque desde sus tiempos de Tarzán había esperado una prueba: el acto heroico o desmesurado que sólo él iba a ser capaz de realizar. Y él iba a ser capaz de realizarlo.

Esa misma noche, cuando llegó a su casa, dio el primer paso: "Tengo que hablarte", le dijo a Chelita. Su triunfo lo fue leyendo en los ojos de la muchacha. "Creo que vos nunca me conociste bien". Los ojos de ella pasaban del desprecio al asombro y Nicolás supo que iba a triunfar. Habló como el imbécil que al final no era imbécil sino que tenía un alma contradictoria y tortuosa, estaba como aplastado por la vida, aplastado por una familia que desde chico lo había condicionado, ella también, sí, que no llorara ahora, ella también había contribuido a todo esto, y él estaba harto y había decidido cortar con todo y empezar de nuevo. Le comunicaba que había decidido estudiar matemática. ¿Matemática, él? Sí, matemática, siempre había soñado con estudiar matemática y estaba seguro de que podía llegar lejos. Había estado preparándose a escondidas todo este tiempo, había leído muchos libros a escondidas, y estaba seguro de lo que estaba diciendo. También le comunicaba que dentro de muy poco, nomás consiguiera un nuevo trabajo, pensaba irse a vivir solo.

Ella lo admiraba al fin. Estaba arrepentida y avergonzada y quería pedirle perdón. Él no necesitaba su perdón pero permitió que ella lo besara y hasta la abrazó un poco. Se fue a dormir como de fiesta.

Recién a la mañana siguiente, cuando se despertó y reflexionó en todo lo que le había sucedido, pudo salir de su situación de autoengaño. Se dio cuenta de que sólo había dado el primer paso: lo que le restaba era largo y difícil.

Lo invadió una gran desazón. De pronto sentía que no iba a tener fuerzas para seguir adelante. *No*, se dijo, *no tengo que dejarme ganar por la angustia*. Una a una fue repitiendo las decisiones que había tomado. Lenta y voluntariamente empezó a recuperar su entusiasmo de la noche anterior. Pensó que la exaltación es un estado incomprensible cuando uno no está exaltado. Se acordó de que Weininger había dicho algo parecido respecto del genio.

Oyó un ruido y miró. Alguien estaba abriendo la puerta de su pieza.

Nicolás vio entrar a una mujer alta y flaca, de pelo gris. La mujer se acercó a la ventana y alzó la persiana. Miró hacia la cama de Nicolás.

—Ya son las nueve, Federico —le dijo.

Después se acercó a una especie de escritorio, pasó un dedo por la superficie y se miró el dedo. "Otra vez hay tierra aquí", dijo.

Antes de irse de la pieza lo miró de nuevo y le pidió que se apurara. Le recordó que la noche anterior él había prometido que se levantaría temprano para pintar el techo de la cocina.

Un secreto para vos

Al principio, en Maison Saint-Simon no quisieron saber nada con Albertina. Era natural: la sola idea de tener una mujer con ese aspecto dentro de Saint-Simon parecía una profanación. Albertina era grandota, oscura y algo deforme, en cuanto a su rostro (según comentó cierta tarde una de las muchachas de *Bijouterie*) debía estar copiado del de un guerrero azteca. La secretaria de Madame Celine sopesó los inconvenientes nomás la vio; un poco divertida y otro poco preocupada fue a advertir a la señora. La propia Madame Celine bajó a conocerla y, aun antes de verle la cara, movió la cabeza negativamente.

—Lo siento, querida —le dijo después de escucharla un rato—. Por supuesto, por supuesto. Ni mi secretaria ni yo dudamos de sus condiciones pero usted. En fin. Usted ya se habrá dado cuenta de qué casa es ésta.

Albertina hizo que sí con la cabeza pero siguió hablando, imperturbable. A esa altura, la pobre Madame Celine ya no sabía cómo dominar sus nervios; era evidente que la cortesía resultaba inútil con esa mujer. Ella, con su cara pétrea y los ojos clavados en algún punto, seguía repitiendo aquello de su disposición para la costura y su chico: enfermo, naturalmente. En esa parte Madame Celine y la secretaria cambiaron una mirada de resignación y al fin la encantadora de Madame dijo que bueno, que le tomarían una prueba.

Y sí, cosa extraña en una mujer de esa clase, Albertina tenía gran criterio para aplicar los adornos: sabía ubicar una *aigrette* de modo que su caída fuese *casi* etérea, y coser los canutillos en el sitio preciso, y hacer maravillas entre los arabescos del *guipure* para que las puntadas ni se viesen. Lo que fue suficiente para que Madame Celine comentara con su secretaria que después de todo no era tanto problema: la habitación donde se cosen las fantasías está bastante aislada del resto de las instalaciones; las clientas ni la iban a ver.

La tarde en que fue aceptada, a Albertina le brillaron los ojos. Apenas llegó a su casa tomó al chico en brazos y bailó con él una danza rara, sin música, una especie de aleluya hecho de torpes pasos dislocados.

—Mamá, sos loca —dijo el chico.

Pero se reía. Y eso, para Albertina, fue el mejor augurio.

El taller de las fantasías se distingue del resto de la casa por la precariedad de su decoración; lo único que sobresale en él es un gran espejo antiguo con marco dorado: lujoso e innecesario. Muy poca gente acostumbra visitar esta pieza. Y la presencia de Albertina volvió aun menos frecuente la llegada de extraños. Sólo la modelista y una empleada entraban en el taller. Todas las mañanas llegaban con vestidos, guantes, túnicas y sombreros; la modelista explicaba los diseños y la empleada inventariaba flores y pedrerías. Cuando se iban, Albertina cerraba la puerta con llave. A las seis de la tarde la puerta volvía a abrirse y Albertina entregaba el trabajo. Un primor, decía la modelista.

A la noche iba a buscar al chico a la casa de una vecina; después, cuando el chico estaba acostado, ella le contaba los acontecimientos del día: una piedra que mirándola de acá era verde y mirándola de allá era azul, las filigranas de una hoja bordada, una perla con forma de almendra, el azul profundo de un vestido de gasa.

—¿Cómo es el azul profundo? —le preguntaba el chico.

Ella hablaba del cielo cuando está anocheciendo; pero transparente, le decía. El chico arrugaba la frente y le hacía con la mano que se callase; cuando al fin parecía haber conseguido ver un cielo nocturno y transparente miraba a Albertina y ella entendía que debía seguir contando.

Una vez le describió una capa de terciopelo rojo con capucha y con unos botones (le dijo) que parecían rubíes recién sacados del centro de la tierra. Después de eso el chico, cada noche, volvía a preguntar por la capa. Albertina no encontraba manera de hacerle entender que nunca más la había visto: que sólo la había tenido entre las manos el tiempo exacto que tarda pegar cada botón.

—Después —le decía—, una señora vino y se la llevó.

—Cómo se la llevó —preguntaba el chico—. ¿Y vos se la diste?

Ella se reía mucho de su chico tan loco pero él se enojaba cada vez más y daba golpes en la cama, con el puño; le decía que era una mala porque se guardaba todo para ella y a él no lo dejaba ver nada. Albertina se sentía avergonzada cuando el chico le hablaba así; lo abrazaba fuerte y le decía que no fuera tontito, que todas esas cosas las hacía por él. Y algo todavía más hermoso: un secreto que él un buen día iba a conocer.

—¿Y por qué no lo traés ahora para que lo vea? —decía el chico.

—Pero no seas sonso —decía ella, riéndose—. No es para traer. ¿No te das cuenta de que nada de eso es mío?

Él no parecía darse cuenta. Repetía que ella era una tonta y una loca porque dejaba que ellos vinieran y se llevaran todo. Y volvía a golpear con el puño en la cama. Albertina se asustaba cuando el chico se ponía así: le acariciaba la frente y le decía que tanta excitación iba a hacerle mal, el doctor lo dijo. Que por favor se durmiera. Tenían que dormir los dos, no sea malito. Pero en cuanto intentaba apagar la luz el chico volvía a gritar y a hacer preguntas. Entonces ella se sentaba otra vez en la cama y otra vez le contaba cada dibujo de seda, cada hilo dorado, cada flor.

Una noche el chico lloró tanto que Albertina le prometió llevarlo al día siguiente.

—¿Y voy a conocer tu secreto? —dijo el chico.

—Sí —dijo Albertina.

Y se reía.

A la mañana siguiente salieron los dos: el chico andaba a los saltos por la calle y la arrastraba a ella para que se apurase. Albertina nunca lo había visto tan contento.

Entraron de la mano. Una empleada que los vio fue corriendo a contárselo a otra, y las dos se rieron. Albertina fue directamente a hablar con la secretaria; le explicó que el chico era muy juicioso, que se quedaría todo el tiempo sentado, mirándola. La secretaria consiguió a duras penas disimular su irritación; le dio a entender de la mejor manera que pudo que era un poco arriesgado, no le parecía, y que cualquier descuido puede ser fatal con estas cosas tan delicadas. Le dijo también que no se preocupara: tenía permiso para llevar al chico a su casa y entrar una hora más tarde. *Juicioso*, comentó después con Madame Celine, *y nomás al salir; si no lo paramos entre todas nos tira la casa abajo.*

Albertina tardó bastante más de una hora pero cuando la secretaria quiso llamarla al orden ya se había encerrado con llave. La mujer estuvo a punto de golpear la puerta pero al fin pensó que cuanto menos se mete una con esta gente, mejor.

Dejando de lado este pequeño desorden, Albertina nunca dio el menor motivo de queja. Es cierto que algunas de las muchachas criticaban su manía de encerrarse con llave; decían que las pocas veces que habían llamado, Albertina se había hecho la sorda. Y que si insistían mucho contestaba que no podía abrir. Y que la voz con que lo decía era tan extraña que daba qué pensar. Pero eran simples infundios porque faltar, nunca había faltado ni un alfiler. Y las clientas estaban contentas con el trabajo. Eso era lo principal, como decía Madame Celine.

Sin embargo una tarde, su última tarde en Maison Saint-Simon, Albertina tuvo que abrir la puerta. Unos minutos antes una de las muchachas había entrado corriendo al salón donde Madame Celine conversaba con algunas señoras, y le había comunicado algo. Se oyeron algunas exclamaciones entre las mujeres. Unos segundos más tarde la propia Madame Celine abría la marcha hacia la pieza de Albertina.

Ya había varias muchachas frente a la puerta pero, como le explicaron a Madame Celine, ninguna se había atrevido a llamar. Madame Celine sintetizó con una media sonrisa su opinión de que todas eran unas sentimentaloides y, con un ligero levantamiento de cejas, le indicó a la secretaria que golpeara ella.

La secretaria llamó dos veces a la puerta. Albertina, según su costumbre, no contestó nada. La secretaria volvió a llamar.

—No puedo abrir ahora —dijo Albertina; y la voz que se oía a través de la puerta era vagamente inquietante.

—Por favor, Albertina —insistió la secretaria—, se trata de algo grave.

—No puedo —dijo Albertina—. Estoy con un trabajo delicado.

Y no volvió a hablar.

Las muchachas se miraron incómodas. Una clienta comentó que esto era realmente penoso. Habría que decírselo a través de la puerta, aventuró la secretaria.

—Sí —dijo Madame Celine—; es duro, pero no queda otra solución.

Las muchachas estaban verdaderamente asustadas ahora. La secretaria suspiró, entrecerró los ojos y movió la cabeza, de manera que a nadie pudiera quedarle la menor duda sobre lo desagradable que le resultaba este tipo de escenas. Y al fin lo dijo.

—Albertina —dijo.

Y elevando la voz apenas lo necesario como para ser oída del otro lado, dijo que era tan difícil decirlo así, Albertina. Que había llamado una vecina desde su casa. El chico, dijo. Que no se pudo hacer nada, había dicho la vecina. Y las muchachas sintieron, en el silencio que vino después, que ya no hacía falta agregar nada.

Unos segundos más tarde se oyó ruido de llaves y la puerta se abrió. Frente a las clientas, oscura e inmóvil, estaba Albertina con su secreto.

Un vestido blanco, con arabescos de perlas, el más suntuoso de los trajes que le habían llevado esa mañana, cubría, deformándolo aún más, su cuerpo deforme. Guantes blancos, muy largos, ocultaban sus brazos hasta el codo. Desde su cabeza se extendían, ondulantes, las alas de una enorme capellina decorada con motivos silvestres. El gran espejo de marco dorado, detrás, repetía de espaldas la figura de la puerta.

Lentamente, trabajosamente, con los ojos fijos en un punto, Albertina comenzó a sacarse un guante. Liberó los dedos, uno por uno, y después liberó el brazo. Se oyó un sonido ahogado, como una risa. Albertina no miró al lugar de donde provenía. Había acabado de sacarse un guante y ahora comenzaba a sacarse el otro, con la misma lentitud. Finalmente las dos manos, desnudas y brutales, se recortaron enteras sobre el vestido blanco. Los dedos se abrieron, como buscando algo definitivo, parecieron vacilar un momento y al fin se apoyaron, derrotados, sobre los arabescos de perlas. Entonces una perla comenzó a desprenderse. Estuvo oscilando unos segundos, suspendida del hilo, y al fin se soltó. Golpeó livianamente contra el piso y comenzó a rodar por entre las piernas de las mujeres. Todas siguieron su trayectoria con atención hasta que la perla desapareció debajo de un armario. La risa ahogada volvió a oírse. Y aquello era tan grotesco, tan insensato y grotesco, que las muchachas supieron que un segundo más tarde, todas, fatalmente, comenzarían a reírse.

Los primeros principios
o arte poética

En el principio (pero no en el principio del principio) hay un caballo que sube por el ascensor. Sé que es de color marrón pero en cambio no sé cómo ha conseguido entrar ni qué hará cuando el ascensor se detenga. En este sentido, el caballo no es como el león. Y no sólo porque el león sube razonablemente por las escaleras; también (y sobre todo) porque la llegada del león tiene una explicación lógica. Pienso: los leones están en África. Pienso: los leones caminan. Me pregunto: si caminan, ¿por qué no se salen nunca de África? Me respondo: porque los leones no tienen un destino, a veces caminan para un lado y a veces caminan para el otro y es así que, yendo y viniendo, nunca se salen de África. Pero eso no me engaña y es natural: si no tienen un destino puede suceder que por lo menos un león, sin proponérselo, camine siempre para el mismo lado. Caminará de día, dormirá de noche, y a la mañana, sin saber lo que hace, caminará en la misma dirección, dormirá de noche y a la mañana, sin saber lo que hace. Pienso: África se termina alguna vez, un león que camine siempre en la misma dirección un buen día se saldrá de África y entrará en otro país. Pienso: la Argentina es otro país, este león puede llegar a la Argentina. Si llega de noche, nadie lo va a ver porque de noche no hay gente por la calle. Subirá las escaleras de mi casa, romperá la puerta sin hacer ruido (los leones rompen las puertas sin hacer ruido porque tienen la piel espesa y suave), cruzará el pasillito y se sentará detrás de la mesa del comedor. Yo estoy en la cama; sé que él está allí, esperando, y la cabeza me late: es muy inquietante saber que hay un león en el comedor de nuestra casa y que todavía no se ha movido. Me levanto, salgo de mi pieza y atravieso el comedor —del lado de acá de la mesa, no el del león—. Antes de entrar en la cocina me detengo un momento, dándole la espalda. El león no salta sobre mí pero eso no quiere decir nada: puede saltar a la vuelta. Entro en la cocina y tomo agua. Salgo sin detenerme y esta vez el león tampoco salta pero eso no quiere decir nada. Me acuesto y espero atentamente: el león no se mueve, sé que él también espera. Me levanto y voy hasta la cocina. Está amaneciendo. A la vuelta, de reojo miro la puerta: no está rota. Pero eso es lo verdaderamente peligroso. Significa que no me he salvado; el león todavía está en camino y vendrá esta noche. Mientras no llegue, un león será como mil leones que me esperan, noche tras noche, detrás de la mesa del comedor.

Así y todo, el león no es peor que el caballo; sé todo acerca de él: sé cómo vino, sé lo que piensa cada vez que voy a tomar agua, sé que él sabe por qué no salta cada vez que no salta, sé que una noche, cuando quiera encontrarme con él, no tendré más que atravesar el comedor del lado de allá de la mesa. Del caballo, en cambio, no sé nada. También llega de noche pero no comprendo para qué ha entrado al ascensor, ni cómo se las arregla para manejar las puertas corredizas, ni con qué aprieta el botón. El caballo no tiene historia: todo lo que hace es subir por el ascensor. Cuento los pisos: primero, segundo, tercero, cuarto. El ascensor se detiene. Mi corazón se hiela mientras espero. Sé que el final será espantoso pero no sé *cómo será*. Y éste es el principio. El horror de lo inexplicable, o el culto a Descartes, es el principio.

Pero no es el principio del principio. Es el fin del principio. El tiempo en que ya está cercana la muerte de las personitas que viven adentro de la radio y la muerte del Dios con melena larga y poncho de gaucho, sentado a lo indio sobre el cielo. (Porque durante todo el principio el mundo está construido de tal manera que Dios y la gente muerta pueden sentarse y caminar *sobre* el cielo, vale decir: el Universo es una esfera hueca atravesada por un plano; moviéndonos sobre el plano estamos nosotros, las personas vivas, y eso es la tierra. Desde la tierra, mirando hacia arriba, se ve la superficie interna de la semiesfera superior, y eso es el cielo. O el piso del cielo visto desde abajo. Si se lo atraviesa, aparece el verdadero piso del cielo, o cielo propiamente dicho, por donde caminan los muertos buenos y se sienta Dios; para nosotros parece difícil porque el piso del cielo es redondo, pero los muertos pueden sostenerse sobre un cielo así, y

Dios también porque es Dios. Abajo de nuestro suelo, dentro de la semiesfera inferior, está el infierno en llamas, donde flotan diablitos colorados y los muertos malos.) Antes del fin del universo esférico y antes que los leones y el caballo, en el corazón mismo del principio, hay cuatro tazas de chocolate sobre un mantel de hule amarillo. Cumplo cuatro años. Pero no hay invitados, ni torta con velitas, ni regalos. Están ellos tres, eso sí; están sentados alrededor de la mesa pero no cuentan en el principio porque ellos tres son de todos los días y un cumpleaños no. Estoy yo sola frente a cuatro tazas de chocolate sobre un mantel de hule amarillo. Me conmuevo. Esto debe ser ser pobre y yo tengo que estar terriblemente triste. Ahora el techo de la cocina es de paja y las paredes son de barro y mi cuerpo está cubierto de harapos; el viento y la nieve se cuelan por los agujeros de mi pobre choza. Me muero de hambre y de frío mientras, en el palacio, la princesita caprichosa festeja sus cuatro años con una fiesta de cotillón: hay carrozas en la puerta y muñecas de pelo natural y un mono que baila sólo para la princesita caprichosa. Yo tomo mi chocolate. Estoy llorando dentro de la taza. Y esto sí es el principio. La trampa de las historias o el poder de la imaginación, es el principio.

Pero tampoco es el principio del principio. Es el principio de la conciencia del principio. Detrás de la conciencia, emergiendo más allá de rostros extraños, como pantallazos, de una sillita de paja sobre un patio de baldosas, de una bisabuela arrugada con una pañoleta negra, de un loco que sube al tranvía con un palo, en el principio verdadero, hay una capucha blanca. Es mía esa capucha. O era mía, no sé, no entiendo lo que ocurre, ella la tiene en su cabeza ahora. Ella ha llegado esta mañana y desde que llegó todos le hacen fiestas. Me han dicho que es mi primita pero no se parece a las primas porque no es más grande que yo, ni me dice que yo soy su muñeca, ni me alza en brazos. A ella sí la alzan en brazos todo el tiempo porque no sabe caminar, como los bebitos de la plaza. La odio. Ya es de noche. Dicen que ella se va a ir y dicen que hace frío. Corro por las piezas, arremeto contra las piernas de las personas grandes, me revuelco sobre un colchón. No me importa que me griten, estoy contenta: ella se va a ir. La miro y ha ocurrido: tiene puesta mi capucha. Dicen que le queda grande, dicen que parece una viejita, se ríen. Voy a hundirle los ojos como a la muñeca, voy a arrancarle la nariz de un mordiscón, voy a sacarle mi capucha. Entonces pasa. Alguien me mira y dice: "¿No es cierto que le prestás la capucha a tu primita?". No sé lo que quiere decir "prestar"; sé que a ella la quiero romper en pequeños pedazos. Miro para arriba. Todos los ojos están fijos en mí. Entonces comprendo: hace falta un gesto, un solo gesto, y el reino otra vez será mío. Esperan. Se están riendo. Les sonrío.

—Sí —digo.

Ellos ríen más fuerte. Me pellizcan la mejilla y dicen que soy un tesoro. He ganado. Es el principio.

Más atrás no hay nada. Busco cuidadosamente algún sabor de mandarina, la voz de mi padre, un olor a manteca de cacao. Algo limpio que me transforme el origen. Quiero un comienzo blanco para mi historia. Es inútil. Detrás no hay nada. Esta capucha, mi primera infamia, es, para siempre, el principio del principio.

La llave

Ella entró en la casa (la puerta de calle estaba abierta, como siempre), encendió la luz y comenzó a subir las escaleras. Venía pensando que lo que necesitaba era dormir (ella iba a meterse en la cama e iba a dormir por lo menos quinientos años). También venía pensando qué cosa bárbara era tener un departamento. Pero eso lo pensaba todas las noches desde hacía cinco meses: desde que había dejado la pensión. Eran las cuatro menos veinte de la madrugada.

Acabó de subir los dos pisos. La luz se apagó y ella volvió a encenderla. Atravesó el pasillo y se detuvo en la puerta C. Abrió la cartera para sacar la llave: no la encontró. Se revisó los bolsillos del tapado y otra vez buscó en la cartera: la llave no aparecía.

Ella estaba a punto de preocuparse pero entonces volvió a recordar que esa mañana se había despertado pensando *magnolia azul* (a veces le pasaba: frases que se le venían de golpe, como pantallazos, el caballo se me va de las venas, zapatito platónico, magnolia azul) y haberse despertado así era un buen augurio porque es sabido (ella sabía) que cuando un día empieza bien sigue bien hasta el final, seguro, como la vez que la había despertado el lío ese con la policía, ella se mataba de risa, ésta es una casa decente, qué se creen, chillaba la dueña de la pensión, y esa misma noche, en el café del Carmen, ella lo conoció a Nacho y él le escribió el poema,

muchacha de los ojos azules como el tiempo
¿qué pájaros, qué hm-hm te fueron a buscar?
Tarira tararira tararira y tremendo,
hoy declino mi noche por tu pelo solar.

Además, con lo llena de monedas que tenía ella la cartera, era más bien natural que no encontrara la llave enseguida, ¿no?; la noche anterior ya le había pasado, y la otra también; desde que había roto la alcancía le venía pasando. Era natural.

Ella empezó a revolver las monedas; las tomaba a puñados y las iba dejando caer de a pocas, fijándose bien. Una escena bastante triste, en realidad; la alcancía había hecho cranch y los fragmentos rodaron por el piso y se mezclaron con las monedas; lo de ahora bien podía ser un castigo. No. ¿Acaso ella hubiera roto la alcancía de haber encontrado otra solución? Por supuesto que no, con el trabajo que le había costado que Nacho se la regalara. Seguro que la llave estaba abajo de todo, siempre ocurría. Revolvió bien. Que era estúpido, decía él al principio, que en los últimos tiempos ella no tenía más que caprichos estúpidos, muñequitos y alcancías y todas esas pavadas. Y que estaba harto. Pero al final, bien que ella lo había convencido. Encendió la luz y se sentó en la escalera.

Se rió: era tan increíble que ella *siempre* supiera lo que hay que hacer para conmoverlo a Nacho. Hablarle de ella y de su hermana Úrsula cuando eran chicas, y de su madre, tan belga y alta y verdulera si él la viera; algún día la iba a conocer: irían los dos a Nueve de Julio, ¿ves?, éste es él: él estudia Medicina y hace versos. No, bárbara, escritor, decía él. Escritor, decía ella. Y que cuando ella y Úrsula estaban aburridas nada de juguetes, ah no: su mamá sacudía el dedo belga y las ponía a las dos a pelar arvejas. En la parte de las arvejas él siempre se reía. Esa vez le había tocado el pelo: mi pobre y patética muchachita, había dicho. Y le compró la alcancía.

Ella dejó de revolver las monedas, así nunca iba a encontrar la llave. Se levantó y encendió la luz. La prolijidad ante todo, hija mía. Perejil tapioca. Volvió a sentarse en la escalera y empezó a sacar las monedas una por una y a acomodarlas en prolijas pilitas. Nada del otro mundo, por lo menos las primeras: puras monedas de un peso, para el alquiler más bien no le iba a alcanzar, ¿verdad? Él, muy patético, muy golpearse la frente con los puños hacía dos meses pero, ¿acaso no se daba cuenta él de que ella no podía seguir pagando el departamento, sola? Naturalmente él se daba cuenta pero qué iba a hacer, ¿acaso lo que estaba muerto podía resucitarse por el alquiler de un departamento? Ella no sabía si podía resucitarse ni qué diablos era lo que estaba muerto, ella sólo sabía que a la pensión no quería volver: él seguramente recordaría que ella odiaba la pensión. Claro que él lo recordaba; ¿acaso cuando ella le habló del departamento, no le había dicho él mismo que lo alquilara sin problemas, que él iba a pagar la mitad? Ella sacó una moneda de cinco centavos: suerte. La próxima era la llave. No era la llave. Pero él le había dicho también, si es que ella no recordaba mal, que únicamente por ahora viviría sola en el departamento, que dentro de poco, cuando él acabara de resolver una *serie de conflictos internos* (no, sin ánimo de ofenderla él tenía que decirle que ella nunca podría entender qué conflictos), él se vendría a vivir con ella; y que se casarían. Sí, cierto que él lo había dicho, y él lo pensaba realmente cuando lo dijo; ¿qué se creía ella?: ¿que él era un farsante?; ¿acaso no había aprendido a conocerlo en todos estos años? (La luz se apagó pero ella estaba un poco aburrida de encenderla cada vez, total la llave se iba a notar lo mismo en la oscuridad.) Sólo que después él había pensado y pensado. Oh, en ella naturalmente, y en él mismo, y en todos estos años, ella ni se imaginaba cuánto se sufre pensando así, le había dolido el alma de tan al fondo que había llegado, podía creerlo ella, y había cosas que. Ella nunca podría entenderlo. Cierto, ella quizá nunca podría entenderlo, ella reconocía que era un poco estúpida (sacó una moneda que debía ser de diez pesos; ya quedaban pocas), ella sólo se acordaba del primer día que entraron al departamento; ¿se acordaba él de lo felices que habían sido esa vez?; meses, años que no habían sido tan felices, hasta una botella de champagne habían comprado, ¿se acordaba él? Sí, él se acordaba: del champagne y de los saltos de alegría que ella había dado y de tantas otras cosas, oh, ella ni se imaginaba cómo él la había amado, él sufría tanto al decirle esto, ¿ella no se daba cuenta?, ¿no tenía sensibilidad ella? Él hundía la cabeza entre las manos y sufría horrores pero, ¿acaso lo que estaba muerto podía resucitarse por el alquiler de un departamento?

Ella acomodó la última moneda sobre la última pilita. Se levantó y encendió la luz. Volvió a mirar adentro de la cartera; sacó un boleto ajado: si era capicúa iba a encontrar la llave. 38383. Indudablemente, todas las cosas le salían redondas hoy: iba a encontrar la llave. Pero dónde. Volvió a fijarse. No: la cartera ya estaba descartada; los bolsillos también. Trató de hacer memoria; sí, estaba segura: la llave no había quedado adentro. Lo recordaba muy bien porque esa mañana, al salir, había tenido que hacer mil malabarismos con el frasquito en una mano y las planillas en la otra, para cerrar la puerta con llave sin que se le cayera el frasquito. Y en el ómnibus tampoco la había perdido porque no abrió la cartera: los catorce pesos los había preparado antes de salir, cosa de no tener líos después, con el frasquito. Una risa. Ella recordó que había pensado que era una risa. Para qué lo cuidaba tanto si al final no había niñito adentro. Oh, naturalmente ella no había creído que las cosas iban a terminar en un frasquito hacía un mes, si no, no iba a ser tan tonta de llamarlo a Nacho y decirle que lo tenía que ver urgente. Parecía tan fácil; él había venido al café y todo. Ella estaba segura de que las cosas se iban a arreglar enseguida, en cuanto él le mirara los ojos, ¿se daba cuenta Nacho qué contratiempo justo ahora?

No, no podía ser.

Sí, ella estaba segura que sí.

Y él estaba seguro que no.

Ella juró que no mentía. Sintió que en esa parte él la iba a mirar, muchacha de los. Con tus mismos ojos azules, había dicho él una tarde, se rió, y con mi genio, claro. Él le iba a escribir poemas como; ella ya no se acordaba como quién. Ahora otra vez lo iba a decir. La miraba a los ojos y lo decía. ¿Acaso lo que estaba muerto no podía resucitarse?

Pero él había seguido mirándose las uñas con su cara de siempre y sólo dijo que mejor discutir menos y asegurarse más: lo antes posible. Que cuanto más tiempo la cosa se pone más delicada, él no tenía que recordárselo justamente a ella, ¿no? No, ella se acordaba bastante bien, si a él le parecía; pero también se acordaba de que mejor esperar un poco, lo había leído en una revista: *No se desilusione aún, señora: ¿no sucederá que su análisis es prematuro?*, él había sonreído con un costado de la boca. Ella miró una vez más, y cerró definitivamente la cartera.

Suerte que era de las que se tuercen pero nunca se rompen y la noche misma del café, nomás se dio cuenta de que Nacho nunca le iba a creer, se le ocurrió lo de Núñez. Sorpresa que se había llevado el gordito, jefecito lindo, miau miau. Tres años seguidos mirándole las piernas. Y peor desde que supo lo de Nacho, así que se peleó con su novio, grandísimo cerdo, no lo podía creer. Ella al principio tampoco, la verdad. Pero la cuestión era recordar dónde había dejado la llave, no llorar sobre la leche derramada, puaj, y además (ella tenía que reconocerlo) después de la primera noche la cosa estaba resultando más fácil. Naranjos. La clave era pensar en algo. Un jardín con margaritas. Y naranjos, no sabía por qué, muchos naranjos. Una vez, ella vestida de tirolesa, con trenzas; otra vez la raptaban los bandidos: al final venía Nacho, que robó un auto, y la salvaba. Dos veces, entero, el cuento de Hansel y Gretel. O recitar poemas. *Muy cerca de mi ocaso yo te bendigo, vida, porque nunca me diste ni esperanza fallida*. Y todo para qué si el cerdito se cuidaba. Niños non. Seguro que la llave había quedado en el hotel, cuando se cayeron las monedas. Ahora recordaba perfectamente pero no. No era eso, no. Era cómo se las arreglaba para sacárselo de encima. Cada día más pegajoso. Ella se rió: mañana se presentaba en su despacho. *Señor Núñez* (decía), *tengo que comunicarle que nuestro romance ha terminado: ya entregué el frasquito*. Ja ja, entonces él le contestará con mucha cortesía: *Bien señorita, queda despedida*. Lo único que le faltaba a ella. No, la llave no podía haber quedado en el hotel. Núñez la hubiera visto, era tan prolijo.

Ella decidió que había que proceder con orden. Dentro del departamento ya se había visto que no, y el ómnibus también estaba descartado. Cuando bajó tampoco. Nacho la estaba esperando. Ella lo había conocido desde lejos, parado en la esquina, y se preguntaba para qué diablos había insistido tanto en acompañarla, eran tan sádicos los hombres. Después habían caminado por Florida hasta la Franco y ahí tampoco había podido perder la llave. A ella le daba una risa bárbara, se acordó: ir con él y con el frasquito. La familia tipo, había pensado; no, faltaba el otro, el primogénito. Se lo dijo a Nacho pero a él no pareció hacerle mucha gracia. Después del frasquito habían entrado a un café pero ahí no había abierto la cartera porque pagó Nacho.

Sí, la había abierto para sacar el pañuelo. Lagrimitas no, había dicho Nacho y dejó la plata sobre la mesa y se fue. Pero el pañuelo es una cosa blanda y ella hubiera oído el ruido de la llave, al caer.

Después venía la oficina. ¿Se había peinado ella en la oficina? Naturalmente se había peinado. ¿Se había arreglado la cara? Se la había arreglado. Pero almonedas no sacó, de eso estaba segura porque almorzar más bien hacía días que no, en fin, estar flaca le quedaba precioso, había dicho Luis, le daba un aire de heroína. Había tomado café, eso sí, pero pagó Luis, él también estaba de lo más caballero desde que supo lo de Nacho. Todos la amaban a ella, qué maravilla. Así que hasta que salió de la oficina, a las siete y media, no había perdido la llave.

¿Qué había hecho ella cuando salió de la oficina? Bárbaro, esto ya parecía una novela policial. Señor Fiscal (¿o era señor Abogado Defensor?), señor Fiscal: ¿qué hizo la acusada cuando salió de la oficina?

—Fue al correo a mandarle una carta a su madre.

—¿Le escribía la acusada con frecuencia?

—En los últimos tiempos, sí.

—¿Por qué, señor Fiscal?

La acusada no lo sabía en realidad porque plata la madre no le mandaba y lo único que hacía era felicitarla por su decisión tan inteligente de dejarlo al Nacho ése, que los artistas, a la madre, nunca le habían gustado y algo mejor se merecía su hija, pero de plata ni una palabra y pedírsela directamente ella sabía que era imposible porque entonces la madre le iba a escribir que volviera, qué humillación para ella, después de seis años volver agachando la cabeza y aguantar sus aires de belga venida a menos que ahora le da de comer a las gallinas pero antes. Era lindo, sí, darles de comer. Pero limpiar el gallinero no era nada lindo, no. Para eso era preferible volver a la pensión. *La pensión es hermosa. Buenos Aires es hermosa y no pienso volver nunca más.* No. Al fin de cuentas cuando dejara el departamento no tenía por qué volver a la misma pensión y siempre era mejor que las gallinas. Menos mal que a su madre ni se le ocurría decirle que volviera, pura felicitación y nada más. Así que en el correo no había perdido la llave porque si bien había hecho la cola para el franqueo, estampillas no llegó a comprar. De puro contenta (se acordó) había roto la carta en pedacitos y había caminado como mil cuadras sin darse cuenta. No, sí se había dado cuenta, pero recién en Parque Centenario porque miró el reloj y ya era casi la hora de ir a Paternal a encontrarse con Núñez, los lugares que se le ocurrían a este caballero para sus citas de amor, se acordó que había pensado, no lo vaya a pescar la señora miau, y entonces decidió seguir caminando, que catorce pesos son catorce pesos y el ahorro, hija mía, es la base de la fortuna. Y era una risa porque antes de entrar al café de Paternal justo pasaba un tren y ella volvió a pensar *fortuna*, ya que los trenes, a ella, siempre le traían suerte, desde chica; a ver si ahora entraba y se encontraba una fortuna. Se fijó bien pero no, y para colmo (eso lo había pensado después) ella tenía que. ¡Claro! Cómo no se le había ocurrido antes. La llave la había dejado en el café. Ahora lo recordaba perfectamente porque antes de que se fueran, Núñez, que no tenía cambio para la propina, había dicho, a ver vos que tenés tantas moneditas. Entonces ella había sacado cinco monedas de un peso y había pensado para colmo esto, casi la mitad de un viaje en ómnibus. Viejo estúpido, para qué había tenido ella que contarle lo de la alcancía. No, lo de la alcancía se lo había contado después, en el hotel. Y ahora sí estaba segura: no había sido en el café había sido en el hotel donde ella perdió la llave. Porque al ratito nomás que entraron, Núñez había levantado la cartera y había dicho qué pesada, entonces ella le contó la historia de la alcancía. Desde el principio, desde la primera vez que la vio en la vidriera, todo por distraerlo un poco, que con sus lindos inventos de las últimas veces para hacerle perder la cabeza, él se estaba volviendo cada noche más audaz, a ver si justo ahora se descuidaba, ahora que el frasquito ya estaba bien guardado en la Franco Inglesa y lo que pase de ahora en adelante, señora, había dicho Nacho (medio en broma, claro), eso corre por su cuenta y riesgo. Lindo, sí, un nene parecido a Núñez, peladito y barrigón; ella decidió que lo iba a ahorcar apenas naciera y dijo que entonces, cuando no le quedaba más plata, se había armado de coraje y rompió la alcancía. Núñez se había reído, alcancía, qué gracioso, había abierto la cartera y revolvía adentro, muerto de risa, la daba vuelta y ella gritaba no, las moneditas no, pero las monedas igual rodaron por el suelo y por debajo de la cama, y los dos a gatas, con lo feo que quedaba Núñez a gatas, magnolia azafranada había pensado ella y se acordó que esa mañana se había despertado pensando magnolia azul, eso estaba mal, se había dicho, era como si las cosas se estuvieran volviendo menos lindas y no podía ser, magnolia verde, pensó, magnolia roja, pero nada sonaba tan alegre como magnolia azul. Magnolia azul, azul. Y él que seguía gateando para que no se perdiera ninguna, viejo tacaño, pero la llave seguro que no la vio.

Ella volvió a encender la luz y se fijó la hora: eran las cuatro y veinticinco. Volvió a sentarse. Y bien, ¿qué iba a hacer ahora que ya sabía con seguridad dónde estaba la llave? Naturalmente no se iba a quedar toda la vida ahí, esperando que la puerta se abriera sola. Sésamo, ábrete. Ella miró la puerta y se rió. Por supuesto; ella no era tan tonta como para creer en esas fantasías. Se puso de pie: acababa de tomar una decisión. Al toro había que agarrarlo por las astas. Después de todo era divertido. Mi madre, ¿cuántas en el mundo se podían dar el lujo de golpear solas, a esa hora de la madrugada, en la puerta de un hotel?

Ella bajó los dos pisos, atravesó el pasillo y salió a la calle. Ni un alma. Pensó qué cómico si Nacho la pudiera ver, él que era tan celoso: después de las diez, ni la nariz afuera. Oyó pasos y se dio vuelta. No era Nacho. Claro. Corrió las dos cuadras hasta el poste. No, no tenía miedo, la cosa era pensar en algo. Don Pepito el verdulero, recitó: estaba un poco agitada, por la corrida. Don Pepito el verdulero se metió dentro un sombrero; el sombrero era de paja, se metió dentro una caja; la caja era de cartón, ahí venía el ómnibus menos mal, se metió dentro un cajón; el cajón era de pino, se metió dentro un pepino; el pepino maduró, ella había subido, y Pepito se salvó.

Pagó el boleto y se sentó. Los otros pasajeros

eran un borracho y un viejo, ¿adónde podía ir un viejo a estas horas? A lo mejor se le había muerto alguien. Una nieta. El viejo la miraba a ella que tenía la misma edad de su querida nietecita y era tan rubia, así de rubia era ella: al viejo le caían gruesas lágrimas; después, antes de bajar, le regalaba diez mil pesos. No. El viejo seguía dando cabezadas; estaba dormido ahora. Ella también tenía sueño, acababa de darse cuenta. Subió otro hombre, cara de noctámbulo, vida insalubre. Qué plato, ¿no?, si cuando llegaba al hotel y veía la cama se quedaba dormida. Después, a la mañana, no la dejaban salir: *No, señorita: de aquí no puede salir si no es acompañada. Pero, señor, si yo vine sola. No importa; igual no puede salir: el reglamento es el reglamento.*

Vea una cómo podía solucionar el problema de la vivienda. Era acá. *Adiós, hombres solitarios, adiós; se va la hermosa rubiecita que les alegró el viaje*. Ella bajó.

Corrió hasta el hotel y golpeó la puerta. El hombre tardó bastante: tenía cara de dormido.

—Qué quiere —dijo.

—Busco una llave.

El hombre se frotó los ojos; no entendía. Ella le contó toda la historia. Había estado hoy ahí, como a las doce, ¿no se acordaba él?; con una persona mayor, de portafolios. Eso sin duda le daba un tono de seriedad al asunto.

El hombre volvió a frotarse los ojos.

—¿En qué habitación? —dijo.

Ella no sabía explicarle en qué habitación pero si la dejaba entrar seguro que la encontraría.

—Entre —dijo el hombre.

Ella atravesó el vestíbulo y los corredores, con

el hombre atrás. No era tan sencillo: todas las puertas se parecían. Ésta. Ella señaló una habitación con el dedo. El hombre abrió, estaba desocupada, menos mal.

Ella revisó los muebles y después el piso. El hombre también revisó. Una risa, al final ella se pasaba la vida gateando con hombres, lindos vicios tenía, eh. Pero la llave no estaba.

Ella salió. Ahora sólo le quedaba el café. El primer pálpito era el que vale y ya que se estaba en el baile se bailaba, ¿no? Tres cuadras, no era para tanto; una noche bien emocionante al fin de cuentas. Para recordarla cuando una era vieja y contársela a los nietos. Ah, sí. Lindas historias les iba a contar ella a los nietos, así le iban a salir. No. La historia de Blancanieves. A los nietos la historia de Blancanieves, como la abuela de ella. La abuela sí que no había sido como la madre, se reía tanto. Ella y Úrsula se le sentaban en las rodillas. Úrsula no, ella, aunque era la más grande. Por lo rubia. Ésta me gusta más porque es tan rubia, cara de ángel, mirala. Sí, cara de ángel (su madre hacía un ruido con la nariz), pero es una vanidosa, ya vas a ver, ésta, cuando sea grande, se va a quedar sentada esperando al Príncipe Azul.

Ella oyó el pitido de un tren. Ya estaba cerca, se puso contenta. Cuando eran chicas, ella y Úrsula siempre querían vivir cerca de las vías así oían el pitido, a la noche. Y la casa mía va a ser grande y va a tener un jardín con flores, decía Úrsula. Y la mía con jardín y con flores, decía ella, y además las paredes van a ser ventanas, todas de cristal, y yo voy a ver los naranjos y las luces del tren desde las ventanas y no voy a tener miedo porque voy a dormir con mi marido. Y mi marido va a ser alto, decía Úrsula, y pianista. Y mi marido más alto todavía, y rubio como yo pero con la piel tostada porque va a ser marino; y los ojos verdes. Y yo voy a tener tres hijos, decía Úrsula, un varón y dos nenas. Y yo voy a tener cuatro hijos, todos varones así yo soy la única chica de la casa y todos me quieren a mí más que a nadie.

Era allí; por suerte estaba abierto. Ella hubiera jurado que los bares como ése siempre estaban abiertos. El hombre del mostrador le sonrió; no era una sonrisa muy linda pero al menos daba la impresión de que el hombre la reconocía, la cosa pintaba bien. Bien. Ahora que todo parecía marchar viento en popa era el momento de preguntar por la llave. ¿Había encontrado el señor una llave? No, el señor no había encontrado ninguna llave, pero si ella quería quedarse un rato, ¿eh, chiquita? Oh, qué valiosa era ella, Dios mío: todos la solicitaban. El hombre volvió a sonreír. ¿Qué hacía ella a estas horas, solita?

—Buscaba una llave.

Ella salió. Vio una casa con las luces encendidas, unos pasos más allá: era una panadería. A estas horas debían estar horneando el pan. A veces, ella y Úrsula se despertaban a la noche y pensaban que lo más lindo del mundo debía ser estar comiendo pan caliente recién salido del horno, y tenían tantas ganas que de sólo pensarlo se volvían locas. A ella le quedaban muchas monedas todavía. Podía golpear a la puerta de la panadería y comprar una bolsa llena de panes calientes y comérselos todos mientras veía pasar los trenes hasta que fuera de día.

Pero cuando llegó a la puerta e iba a golpear se dio cuenta que no, que era muy raro pero no tenía ganas de comer pan. No tenía nada de ganas. Culo negro, pensó. Y siguió caminando. Y de pronto fue muy cómico porque ella volvió a recordar que esa mañana se había despertado pensando magnolia azul y había una idea, o una historia, algo que le andaba dando vueltas en la cabeza y que debía ser muy cómico. Trató de volver atrás y acordarse. Y se acordó. Y eso le dio mucha risa porque la historia era un chiste que Nacho le había contado donde a un hombre le tienen que tomar la fiebre y, por hacerle una broma, en vez del termómetro le ponen una magnolia. Justo una magnolia y justo en ese lugar. Era tan rara la vida; como si todo se cerrara. La realidad era como círculos, sí.

Cruzó la calle. Ya no tenía a donde ir a buscar la llave. Oyó el pitido del tren y vio que la barrera estaba bajando. Creo que voy a matarme, pensó.

La fiesta ajena

Nomás llegó, fue a la cocina a ver si estaba el mono. Estaba y eso la tranquilizó: no le hubiera gustado nada tener que darle la razón a su madre. *¿Monos en un cumpleaños?*, le había dicho; *¡por favor! Vos sí que te creés todas las pavadas que te dicen.* Estaba enojada pero no era por el mono, pensó la chica: era por el cumpleaños.

—No me gusta que vayas —le había dicho—. Es una fiesta de ricos.

—Los ricos también se van al cielo —dijo la chica, que aprendía religión en el colegio.

—Qué cielo ni cielo —dijo la madre—. Lo que pasa es que a usted, m'hijita, le gusta cagar más arriba del culo.

A la chica no le parecía nada bien la manera de hablar de su madre: ella tenía nueve años y era una de las mejores alumnas de su grado.

—Yo voy a ir porque estoy invitada —dijo—. Y estoy invitada porque Luciana es mi amiga. Y se acabó.

Ah, sí, tu amiga —dijo la madre. Hizo una pausa—. Oíme, Rosaura —dijo por fin—, ésa no es tu amiga. ¿Sabés lo que sos vos para todos ellos? Sos la hija de la sirvienta, nada más.

Rosaura parpadeó con energía: no iba a llorar.

—Callate —gritó—. Qué vas a saber vos lo que es ser amiga.

Ella iba casi todas las tardes a la casa de Luciana y preparaban juntas los deberes mientras su madre hacía la limpieza. Tomaban la leche en la cocina y se contaban secretos. A Rosaura le gustaba enormemente todo lo que había en esa casa. Y la gente también le gustaba.

—Yo voy a ir porque va a ser la fiesta más hermosa del mundo, Luciana me lo dijo. Va a venir un mago y va a traer un mono y todo.

La madre giró el cuerpo para mirarla bien y ampulosamente apoyó las manos en las caderas.

—¿Monos en un cumpleaños? —dijo—. ¡Por favor! Vos sí que te creés todas las pavadas que te dicen.

Rosaura se ofendió mucho. Además le parecía mal que su madre acusara a las personas de mentirosas simplemente porque eran ricas. Ella también quería ser rica, ¿qué?, si un día llegaba a vivir en un hermoso palacio, ¿su madre no la iba a querer tampoco a ella? Se sintió muy triste. Deseaba ir a esa fiesta más que nada en el mundo.

—Si no voy me muero —murmuró, casi sin mover los labios.

Y no estaba muy segura de que se hubiera oído, pero lo cierto es que la mañana de la fiesta descubrió que su madre le había almidonado el vestido de Navidad. Y a la tarde, después que le lavó la cabeza, le enjuagó el pelo con vinagre de manzanas para que le quedara bien brillante. Antes de salir Rosaura se miró en el espejo, con el vestido blanco y el pelo brillándole, y se vio lindísima.

La señora Inés también pareció notarlo. Apenas la vio entrar, le dijo:

—Qué linda estás hoy, Rosaura.

Ella, con las manos, impartió un ligero balanceo a su pollera almidonada: entró a la fiesta con paso firme. Saludó a Luciana y le preguntó por el mono. Luciana puso cara de conspiradora; acercó su boca a la oreja de Rosaura.

—Está en la cocina —le susurró en la oreja—. Pero no se lo digas a nadie porque es un secreto.

Rosaura quiso verificarlo. Sigilosamente entró en la cocina y lo vio. Estaba meditando en su jaula. Tan cómico que la chica se quedó un buen rato mirándolo y después, cada tanto, abandonaba a escondidas la fiesta e iba a verlo. Era la única que tenía permiso para entrar en la cocina, la señora Inés se lo había dicho: "Vos sí pero ningún otro, son muy revoltosos, capaz que rompen algo". Rosaura, en cambio, no rompió nada. Ni siquiera tuvo problemas con la jarra de naranjada, cuando la llevó desde la cocina al comedor. La sostuvo con mucho cuidado y no volcó ni una gota. Eso que la señora Inés le había dicho: "¿Te parece que vas a poder con esa jarra tan grande?". Y claro que iba a poder: no era de manteca, como otras. De manteca era la rubia del moño en la cabeza. Apenas la vio, la del moño le dijo:

—¿Y vos quién sos?

—Soy amiga de Luciana —dijo Rosaura.

—No —dijo la del moño—, vos no sos amiga de

Luciana porque yo soy la prima y conozco a todas sus amigas. Y a vos no te conozco.

—Ya mí qué me importa —dijo Rosaura—, yo vengo todas las tardes con mi mamá y hacemos los deberes juntas.

—¿Vos y tu mamá hacen los deberes juntas? —dijo la del moño, con una risita.

—Yo y Luciana hacemos los deberes juntas —dijo Rosaura, muy seria.

La del moño se encogió de hombros.

—Eso no es ser amiga —dijo—. ¿Vas al colegio con ella?

—No.

—¿Y entonces de dónde la conocés? —dijo la del moño, que empezaba a impacientarse.

Rosaura se acordaba perfectamente de las palabras de su madre. Respiró hondo:

—Soy la hija de la empleada —dijo.

Su madre se lo había dicho bien claro: *Si alguno te pregunta, vos le decís que sos la hija de la empleada, y listo*. También le había dicho que tenía que agregar: *y a mucha honra*. Pero Rosaura pensó que nunca en su vida se iba a animar a decir algo así.

—Qué empleada —dijo la del moño—. ¿Vende cosas en una tienda?

—No —dijo Rosaura con rabia—, mi mamá no vende nada, para que sepas.

—¿Y entonces cómo es empleada? —dijo la del moño.

Pero en ese momento se acercó la señora Inés haciendo shh shh, y le dijo a Rosaura si no la podía ayudar a servir las salchichitas, ella que conocía la casa mejor que nadie.

—Viste —le dijo Rosaura a la del moño, y con disimulo le pateó un tobillo.

Fuera de la del moño todos los chicos le encantaron. La que más le gustaba era Luciana, con su corona de oro; después los varones. Ella salió primera en la carrera de embolsados y en la mancha agachada nadie la pudo agarrar. Cuando los dividieron en equipos para jugar al delegado, todos los varones pedían a gritos que la pusieran en su equipo. A Rosaura le pareció que nunca en su vida había sido tan feliz.

Pero faltaba lo mejor. Lo mejor vino después que Luciana apagó las velitas. Primero, la torta: la señora Inés le había pedido que la ayudara a servir la torta y Rosaura se divirtió muchísimo porque todos los chicos se le vinieron encima y le gritaban "a mí, a mí". Rosaura se acordó de una historia donde había una reina que tenía derecho de vida y muerte sobre sus súbditos. Siempre le había gustado eso de tener derecho de vida y muerte. A Luciana y a los varones les dio los pedazos más grandes, y a la del moño una tajadita que daba lástima.

Después de la torta llegó el mago. Era muy flaco y tenía una capa roja. Y era mago de verdad. Desanudaba pañuelos con un solo soplo y enhebraba argollas que no estaban cortadas por ninguna parte. Adivinaba las cartas y el mono era el ayudante. Era muy raro el mago: al mono lo llamaba socio. "A ver, socio, dé vuelta una carta", le decía. "No se me escape, socio, que estamos en horario de trabajo".

La prueba final era la más emocionante. Un chico tenía que sostener al mono en brazos y el mago lo iba a hacer desaparecer.

—¿Al chico? —gritaron todos.

—¡Al mono! —gritó el mago.

Rosaura pensó que ésta era la fiesta más divertida del mundo.

El mago llamó a un gordito, pero el gordito se asustó enseguida y dejó caer al mono. El mago lo levantó con mucho cuidado, le dijo algo en secreto, y el mono hizo que sí con la cabeza.

—No hay que ser tan timorato, compañero —le dijo el mago al gordito.

—¿Qué es timorato? —dijo el gordito.

El mago giró la cabeza hacia uno y otro lado, como para comprobar que no había espías.

—Cagón —dijo—. Vaya a sentarse, compañero.

Después fue mirando, una por una, las caras de todos. A Rosaura le palpitaba el corazón.

—A ver, la de los ojos de mora —dijo el mago. Y todos vieron cómo la señalaba a ella.

No tuvo miedo. Ni con el mono en brazos, ni cuando el mago hizo desaparecer al mono, ni al final, cuando el mago hizo ondular su capa roja sobre la cabeza de Rosaura, dijo las palabras mágicas... y el mono apareció otra vez allí, lo más contento, entre sus brazos. Todos los chicos aplaudieron a rabiar. Y antes de que Rosaura volviera a su asiento, el mago le dijo:

—Muchas gracias, señorita condesa.

Eso le gustó tanto que un rato después, cuando su madre vino a buscarla, fue lo primero que le contó.

—Yo lo ayudé al mago y el mago me dijo: "Muchas gracias, señorita condesa".

Fue bastante raro porque, hasta ese momento,

Rosaura había creído que estaba enojada con su madre. Todo el tiempo había pensado que le iba a decir: “Viste que no era mentira lo del mono”. Pero no. Estaba contenta, así que le contó lo del mago.

Su madre le dio un coscorrón y le dijo:

—Mírenla a la condesa.

Pero se veía que también estaba contenta.

Y ahora estaban las dos en el hall porque un momento antes la señora Inés, muy sonriente, había dicho: “Espérenme un momentito”.

Ahí la madre pareció preocupada.

—¿Qué pasa? —le preguntó a Rosaura.

—Y qué va a pasar —le dijo Rosaura—. Que fue a buscar los regalos para los que nos vamos.

Le señaló al gordito y a una chica de trenzas, que también esperaban en el hall al lado de sus madres. Y le explicó cómo era el asunto de los regalos. Lo sabía bien porque había estado observando a los que se iban antes. Cuando se iba una chica, la señora Inés le regalaba una pulsera. Cuando se iba un chico, le regalaba un yo-yo. A Rosaura le gustaba más el yo-yo porque tenía chispas, pero eso no se lo contó a su madre. Capaz que le decía: “Y entonces, ¿por qué no le pedís el yo-yo, pedazo de sonsa?”. Era así su madre. Rosaura no tenía ganas de explicarle que le daba vergüenza ser la única distinta. En cambio le dijo:

—Yo fui la mejor de la fiesta.

Y no habló más porque la señora Inés acababa de entrar en el hall con una bolsa celeste y una bolsa rosa.

Primero se acercó al gordito, le dio un yo-yo que había sacado de la bolsa celeste, y el gordito se fue con su mamá. Después se acercó a la de trenzas, le dio una pulsera que había sacado de la bolsa rosa, y la de trenzas se fue con su mamá.

Después se acercó a donde estaban ella y su madre. Tenía una sonrisa muy grande y eso le gustó a Rosaura. La señora Inés la miró, después miró a la madre, y dijo algo que a Rosaura la llenó de orgullo. Dijo:

—Qué hija que se mandó, Herminia.

Por un momento, Rosaura pensó que a ella le iba a hacer los dos regalos: la pulsera y el yo-yo. Cuando la señora Inés inició el ademán de buscar algo, ella también inició el movimiento de adelantar el brazo. Pero no llegó a completar ese movimiento.

Porque la señora Inés no buscó nada en la bolsa celeste, ni buscó nada en la bolsa rosa. Buscó algo en su cartera.

En su mano aparecieron dos billetes.

—Esto te lo ganaste en buena ley —dijo, extendiendo la mano—. Gracias por todo, querida.

Ahora Rosaura tenía los brazos muy rígidos, pegados al cuerpo, y sintió que la mano de su madre se apoyaba sobre su hombro. Instintivamente se apretó contra el cuerpo de su madre. Nada más. Salvo su mirada. Su mirada fría, fija en la cara de la señora Inés.

La señora Inés, inmóvil, seguía con la mano extendida. Como si no se animara a retirarla. Como si la perturbación más leve pudiera desbaratar este delicado equilibrio.

Berkeley o Mariana del Universo

—¿Cuánto falta para que vuelva mamá?

Es la cuarta vez que Mariana ha hecho esta pregunta. La primera, su hermana Lucía contestó que enseguida volvía; la segunda, que cómo diablos iba a saber ella cuándo volvía; la tercera no contestó nada: todo lo que hizo fue levantar las cejas y mirar a Mariana. Razón por la cual Mariana decidió que las cosas empezaban a marchar mal y que lo mejor era no hacer más preguntas. *Después de todo*, pensó, *para qué quiero que mamá vuelva si Lucía*. Se corrigió: *para qué quiero que mamá vuelva si mi hermana mayor está aquí conmigo*. Entrecerró los ojos, conmovida. *Las hermanas mayores protegen a las hermanas pequeñas*, pensó como quien declama; *qué suerte tan grande es tener una hermana mayor*. Lucía, con anchas alas de ángel de la guarda, planeó durante un segundo sobre su cabeza. Pero ferozmente la imagen alada fue reemplazada por otra; la que volvía cada vez que su madre se iba y las dejaba solas: Lucía, con los ojos desorbitados y el pelo revuelto, estaba apuntándola con un revólver. Otras veces no había tenido revólver: todo lo que intentaba entonces era arrancarle los ojos con las uñas. O ahorcarla. La causa sí era siempre la misma: se había vuelto loca.

Ya se sabe que los locos matan a la gente. Si Lucía se vuelve loca justo cuando están solas, la va a matar a ella: he ahí la cuestión. De modo que Mariana ha decidido abandonar sus buenos propósitos y por cuarta vez ha preguntado:

—¿Cuánto falta para que vuelva mamá? —Lucía deja de leer y suspira.

—Lo que querría saber —dice, y Mariana piensa: *Dijo querría; es decir que en estos casos se dice querría, no: quisiera*—; lo que querría saber es para qué diablos la necesitás siempre a mamá.

—No.

Ahora ella me va a preguntar: "¿No qué?". *Esta idiota siempre se las arregla para amargarle la vida a una*. Pero Lucía no dice nada y Mariana sigue:

—Preguntaba por curiosidad, nomás.

—A las doce —dice Lucía.

—¡Cómo a las doce! —grita Mariana—. ¡Si recién son las nueve menos diez!

—Caminando —dice Lucía.

Mariana se ríe enormemente del chiste: por un momento cree que va a reventar de risa. Para ser franca, nunca ha conocido ni cree que exista sobre la tierra alguien tan gracioso como su hermana. *Es la persona más chistosa y simpática del mundo; y nunca se va a volver loca. ¿Por qué tendría que volverse loca justamente ella que es tan fantástica?*

—Lu —dice con adoración—, juguemos a algo, ¿querés?

—Estoy leyendo.

—¿Qué leés?

—*El Hombre Mediocre.*

—Ah. —*Seguro que ahora me pregunta si yo sé qué quiere decir hombre mediocre, y yo no voy a saber, y ella me va a decir para qué decís ah si no sabés, pedazo de estúpida.* Rápidamente pregunta—: Luci, ¿qué era lo que quería decir "hombre mediocre"?

—El hombre mediocre es el que no tiene ideales en la vida.

—Ah —eso la tranquiliza porque ella sí tiene ideales en la vida: siempre se imagina que ya es grande y que entonces lo problemas se acaban, y todos la comprenden a una, y las cosas salen bien, y el mundo es maravilloso. Y eso es tener ideales en la vida.

—Luci —dice—, nosotras dos no somos mediocres, ¿no?

—Una hincha —dice Lucía—. Eso es lo que sos vos.

—Luci, ¿por qué será que vos *nunca* te podés llevar bien con la gente?

—Oíme, Mariana, ¿por qué no me dejás leer en paz?

—Te llevás mal con toda la gente. Qué barbaridad, Luci. Siempre te peleás con mamá y papá. Y con *toda* la gente —Mariana suspira—. Vos les das muchos disgustos a tus padres, Luci.

—Ojalá te mueras, Mariana.

—¡Sos una porquería, Luci, eso es lo que sos! La muerte no se le desea a nadie, ni al peor enemigo se le desea, y mucho menos a una hermana.

—Claro, ahora ponete a llorar, ¿sabés?, así después me gritan que yo te torturo.

—¿Después? ¿Cuándo después? ¿Vos sabés con exactitud cuándo va a volver mamá?

—Después —Lucía ha vuelto a la lectura de *El Hombre Mediocre*—. Después es después —levanta los ojos y frunce el ceño como si estuviera meditando algo muy serio—. El futuro, quiero decir.

—¿Qué futuro? Vos me dijiste que mamá va a volver enseguida.

Lucía sacude la cabeza con fatalismo y vuelve al libro.

—Sí, sí, sí, va a volver enseguida —dice.

—No. Sí, sí, sí, no. ¿Va a volver enseguida o no va a volver enseguida?

Lucía mira a Mariana con ojos fulminantes; después parece recordar algo y sonríe brevemente.

—¿Y qué más da después de todo? —se encoge de hombros.

—¿Cómo, qué más da? Decís cada cosa, vos. Si uno vuelve antes está antes, ¿no?

—Si uno vuelve, sí.

—¿Qué?

—Digo que si uno vuelve, sí. ¿Me vas a dejar leer?

—¡Perra! ¡Eso es lo que sos! Lo que pasa es que a vos te gustaría que mamá no vuelva nunca.

Lucía cierra el libro y lo apoya sobre la cama. Suspira.

—No es que a mí me guste —dice—. Decía que para el caso da lo mismo que mamá esté acá, o esté allá.

—¿Allá, dónde?

—Allá. Da lo mismo.

—¿Cómo, da lo mismo?

Lucía apoya el mentón sobre las dos manos y mira fijamente a Mariana.

—Oíme, Mariana. Tengo que decirte algo: Mamá no existe.

Mariana se sobresalta.

—No digas idioteces, querés —trata de aparentar serenidad—. Ya sabés que a mamá no le gusta que digas idioteces.

—No son idioteces. Además, ¿qué importa lo que diga mamá, si mamá no existe?

—Luci, por última vez te lo digo: no-me-gusta que inventes estas cosas.

—Aay, Mariana —dice Lucía con tono de fatiga—, si no lo invento yo: hay toda una teoría que dice eso; un libro.

—¿Dice qué?

—Lo que te dije. Que nada existe. Que el mundo lo inventamos nosotros.

—¿Inventamos *qué*, del mundo?

—Todo.

—Querés asustarme, Luci. Las teorías no pueden decir cosas así. ¿Cómo, cómo dice? En serio, Luci.

—Te lo dije mil veces. El escritorio, ¿entendés? No es que acá haya un escritorio de verdad: vos pensás que hay un escritorio. ¿Te das cuenta? Vos, en este momento, creés que estás adentro de una pieza, sentada en la cama, hablando conmigo, y te parece que en otro lugar, lejos, está mamá. Por eso querés que mamá vuelva. Pero resulta que los lugares no existen, que no hay cerca ni lejos. Que todo está dentro de tu cabeza. Vos lo estás imaginando.

—¿Y vos?

—¿Yo qué?

—Claro —dice Mariana con súbita alegría—, ¿cómo puede ser que vos pienses que el escritorio existe justo justo en el mismo lugar en que yo pienso que existe?

—Pero no, Marianita mía. Nunca entendés nada. No es que las dos nos imaginemos que existe en el mismo lugar: es que vos te imaginás que las dos nos imaginamos que existe en el mismo lugar.

—No, no. Vos no me entendés, Luci. No es que cada una piense por separado y una no se puede enterar de lo que pensó la otra. Una habla de lo que se imagina. Yo te digo: ¿cuántos cuadros hay en esta pieza? Yo pienso: en esta pieza hay tres cuadros. Y justo en ese momento vos me decís que en esta pieza hay tres cuadros. Quiere decir que los tres cuadros están aquí, que nosotras los vemos, no que los pensamos. Porque dos personas no pueden pensar lo mismo al mismo tiempo.

—Dos personas, no.

—¿Qué?

—Que dos personas, no.

—No entiendo.

—Que a mí también me estás imaginando, Mariana.

—¡Mentira! ¡Mentira! Sos la persona más mentirosa que vi en el mundo. Te odio, Lucía. Pero, ¿no te das cuenta? Si yo te estoy imaginando, ¿vos cómo lo sabés?

—Yo, ni lo sé ni lo dejo de saber. Sos vos la que me inventa. Inventás a una persona que se llama

Lucía y es tu hermana, y que sabe que vos la inventás. Eso es todo.

—¡No, Luci! ¡Decí que no! ¿Y el libro?

—¿Qué libro?

—El libro que lo dice.

—¿Que dice qué?

—Que las cosas no existen.

—Ah, el libro... El libro también te lo imaginás vos.

—¡Mentira, Luci, mentira! Yo nunca me podría imaginar un libro así. Si yo nunca sé esas cosas, ¿te das cuenta, Luci? Cómo iba a imaginarme algo tan difícil.

—Pero Mariana, ese libro no es nada comparado con las otras cosas que te imaginaste. Pensá en la historia, y en la ley de gravedad, y en las matemáticas, y en todos los libros que se escribieron en el mundo, y en las vacunas, y en la telegrafía sin hilos, y en los aviones. ¿Te das cuenta?

—No, Lucía, por favor. Todo el mundo conoce estas cosas. Mirá: yo traigo un montón de gente a esta pieza; les digo: cuando cuento hasta tres, todos, al mismo tiempo, señalamos la radio con un dedo. Y todos, vas a ver, todos íbamos a señalar para el mismo lado. Juguemos. Luci, juguemos a señalar cosas. Te lo pido por favor.

—¿Pero sos estúpida vos? ¿No te estoy diciendo que sos vos la que se imagina a toda la gente del mundo?

—No te creo. Lo decís para asustarme. Cómo me voy a imaginar a toda la gente del mundo. ¿Y mamá? ¿Y papá?

—También.

—¡Entonces yo estoy sola, Lucía!

—Completamente sola.

—¡Mentira! ¡Mentira! ¡Decí que mentís! Lo decías para asustarme, ¿no es cierto? Claro. Si acá está todo: las camas, el escritorio, las sillas. Yo lo veo, lo toco si quiero. Decí que sí, Luci. Decí que todo es como antes.

—¿Y para qué querés que te lo diga si igual vas a ser vos imaginando que yo te lo digo?

—¿Siempre yo? ¿Pero entonces no hay nada más que yo en el mundo?

—Claro.

—¿Y vos?

—¿No te digo que me estás pensando?

—No quiero, Luci. Tengo miedo. Tengo mucho miedo, Luci. ¿Cuánto falta para que venga mamá?

¡Mamá, vení pronto!, ruega, y se asoma a la ventana para verla llegar. Pero ya no sabe a quién le está rogando, ni para qué, si una madre inventada ya nunca más podrá quitarle el miedo. Cierra los ojos y el mundo desaparece, los abre y vuelve a aparecer, pero no es de verdad: ella lo está inventando. Todo, todo, todo. Y si no puede pensar en mamá, ya no tendrá mamá. Y si no puede pensar en el cielo, el cielo... Ay. Y también los perros, y las nubes, y Dios. Demasiadas cosas para pensarlas al mismo tiempo, ella sola. ¿Y por qué justamente ella, sola? ¿Por qué *ella* existiendo sola en el Universo? Cuando una lo sabe, todo es tan difícil. De pronto puede olvidarse del sol, o de la casa, o de Lucía. O peor: puede acordarse de Lucía, pero de Lucía loca que viene con un revólver a matarla. Y ahora sí que ella se da cuenta de lo peligroso que es eso. Porque si no puede dejar de pensarlo, Lucía será así, loca, y la matará. Y ya no existirá nadie para pensar en todas las cosas. Se irán los árboles, y el escritorio, y las tormentas. Se irá el color rojo y se irán los países. Y el cielo azul, y el cielo cuando es de noche, y los horneros, y los leones en África, y el globo terráqueo, y los cantos. Y nadie sabrá nunca que una vez, una chica que se llamaba Mariana, inventó un lugar muy complicado que lo llamó el Universo.

De lo real

Usted enseguida va a pensar que no sé lo que hago. Mi mujer ya lo piensa, aunque por otros motivos. Esta mañana, nomás le dije por qué no iba a ir a la Caja, le dirigió a mi hija pobre santa una de esas miraditas que ya se sabe. Por mí, lo mismo podía haberse puesto a caminar como una mosca por el techo: me vine acá, me encerré bien encerrado, y ahí me tiene, meta música, tacatac tacatac, como campanas, como címbalos, como las notas de un clavicordio.

Al principio no fue tan fácil, miraba la remington y a lo único que atinaba era a caminar de una punta a otra de la pieza y a escuchar los latidos de mi cabeza. (Me latía la cabeza, ya no me late; sólo frío en los pies.) Pero a las doce en punto, como nace un dios, me senté ante la Remington y acá me tiene, tableteando como quien tañe un laúd. *¿Laúd?* Usted cree qué leyó mal o se perdió alguna pista. Ta-ble-te-o más bien le sugiere empleados grises en oficinas grises encorvándose sobre máquinas grises. Pero no. No se perdió ninguna pista. *No hay ninguna pista*, ése es el chiste. Y si este tacatac no le llena las orejas de trinos y arpegios (simbólicamente, sí, ya sé que usted es el lector y ahora es su tiempo y no oye el tableteo ni los golpes ni siente esta humedad en los pies), si aún ve dactilógrafas donde yo oigo angelitos, es porque no sabe que llevo cinco años aguardando esta sensación en la yema de los dedos y este tamborileo en los tímpanos. Ahora sí lo sabe. Cinco años clavados. Y seguro que no me equivoco porque esa noche, antes de dormirme, le pregunté a mi mujer:

—¿Qué fecha es hoy?

—8 de julio —me dijo.

No tengo que olvidarme de esta fecha, pensé. Porque esa noche, iluso de mí, creía que un año después iba a poder sorprenderla a mi mujer, ¿sabés, Elena, qué fecha es hoy?, hoy hace justo un año que. Y ahí nomás descorchaba una botella de sidra y los dos brindábamos y éramos felices. Y mi hija pobre santa también. Pero eso no ocurrió. Ni ese año, ni el otro, ni el otro. Y casi llegué a renegar de ese día, de la tarde del 8 de julio de 1975, del momento preciso de esa tarde en que, con una carpeta azul en la mano, tuve esa especie de —¿revelación? No quiero que mis palabras enturbien ese instante. Sé que en el hecho de que el señor Vertullo —Jefe de la Sección Corte y Desglose— me eligiera a mí como lector y crítico de su obra inédita *Andanzas y vagabundeos: Cuentos y algo más* (más que qué, infeliz, pensé mirando el título de soslayo mientras él me entregaba la carpeta azul, y en ese momento supe que la tarde se presentaba turbulenta), en esa elección, decía, tuvo muy poco que ver el dedo del destino. Soy vanidoso. En mis diecinueve años de trabajar en la Caja me cuidé muy bien de que hasta el más imbécil de los que integran el personal de Sistemas fuera amasando una especie de respeto por mi paciente y apasionada erudición de lector de cuentos. Y en la sobremesa de un 30 de diciembre, borracho, ¿no había sido yo el que con pelos y señales les contó *Wakefield* a sus compañeros de labor? *Wakefield*, se da cuenta, en un almuerzo de fin de año. Si creyera en Dios diría que esto es un castigo. ¿Y no les dije también que son como trampas? Los cuentos: como trampas. Trampas en las que me dejo caer con una alegría cegadora, sensual, eso les dije. Así que fue mi locuacidad, y no el dedo del destino, lo que me perdió. Mi locuacidad la causa de que el 8 de julio de hace cinco años el señor Vertullo avanzara hacia mi escritorio sonriendo misteriosamente y me dejara ("para que le dé una leidita") su obra inédita *Andanzas y vagabundeos*, primorosamente ordenada en una carpeta azul.

Sintetizo: eso era mero acontecer derramándose amorfo y entre los bordes de las hojas, hechos que colgaban deshilvanados como una red de resortes cortada en el corazón. Una obscenidad. No sé si empleé exactamente esas palabras cuando le devolví la carpeta a Vertullo, pero recuerdo sus ojos de huevo duro clavándose en mí, y cómo le temblaban las manos.

—Bueno, no es para tanto, ¿no? —dijo, tratando de sonreír.

Infeliz, pensé, *si no era para tanto para qué te pusiste a escribir.*

Y entonces esto cayó sobre mí.

Y no sé si llamarlo revelación pero sí sé que Moisés, cuando vio la zarza ardiente, no pudo haber sentido tanto revoltijo en el corazón. Yo lo podía hacer, ¿se da cuenta? Yo sí sabía. Yo lo *debía* hacer. No tenía más que captar un hecho, advertir una imperceptible fisurita en la realidad, cruzarme con un pequeño acontecimiento que tintinearía sólo para mí como una campanita de plata. Yo. Yo era un cuentista.

Volví a mi casa silbando. Me costó simular un tono habitual cuando les di un beso a mi mujer y a mi hija y, como casualmente, pregunté:

—¿Alguna novedad?

—No, ninguna —dijo mi mujer.

Y nunca va a saber que esa frase, dicha distraídamente entre un rumor de espumaderas y sartenes, abrió el abismo en el que lentamente voy cayendo. Porque desde esa noche de hace cinco años *nunca me ocurrió nada*.

Al principio no le di importancia. Me levantaba contento y me acostaba contento, como si cada uno de mis actos estuviera cargado de sentido. Cada paso mío era una puerta abierta, ¿se da cuenta? O un imán. Estaba seguro de que el acontecimiento vendría a mí, que me haría señas desde el sillón de una peluquería o desde la ventanilla de un tren. Pero con el tiempo empecé a alarmarme. Echaba una rápida mirada a la gente del ómnibus al que acababa de subir, buscaba el trato con extraños, pegaba la oreja a cualquier pared medianera. Nada. Ni un mero accidente callejero, ni la más tenue ilusión óptica, ninguna perturbación. Empecé a levantarme excitado, hoy va a ocurrir, murmuraba, me lo dice el corazón. Tomaba trenes cuyo destino desconocía, o le escupía a un viejito. Pero no pasaba nada; el día iba transcurriendo y cada minuto se llevaba un poco de mi alegría de vivir, me vaciaba. De noche era peor. Cerraba los ojos con la esperanza de que tendría una pesadilla escalofriante o un sueño delicioso; con el tiempo, lo único que pretendía era *soñar*, cualquier minucia, algo que horadara estas noches como pequeñas muertes. Tengo un amigo que soñó con Carlos Pellegrini: Carlos Pellegrini lo venía a buscar a la casa y se iban los dos a dar una vuelta. Yo, ni eso. Mis noches son un pozo del que salgo sin el más mínimo recuerdo. Adquirí el hábito de cenar pesado, un buen guiso de mondongo, esas cosas, dicen que comer mondongo trae pesadillas: a mí no me trajo nada. Me di a la bebida. Cuentan cosas espantosas del alcohol: alucinaciones, delírium trémens, hombres que descuartizaron a su madre y que después, ya sobrios, lloraban sobre las porciones, aristócratas que llegaron a lo más abyecto, millonarios que acabaron pidiendo limosna. A mí el vino me da sueño. Duermo bien, y cuando me despierto nadie viene a contarme que le rompí un violín en la cabeza, la policía no me busca por asesinato. Nada. Desde hace cinco años mi vida está vacía como una caverna. La felicidad, la justificación de mi vida están al alcance de mi mano y, como por encanto, la realidad se nubla, se achata cuando yo paso.

Pero hace un mes exacto tomé una decisión. Fue por un error auditivo. "8 de junio", dijo alguien, pero yo entendí "julio". 8 de julio. Sentí un dolor a la altura del pecho. *No hay esperanzas*. Inexplicablemente acepté que mi plazo se había cumplido sin apelación.

—8 de julio ya —murmuré.

Era un hombre sin vida.

—De junio —me corrigieron—. 8 de junio.

Absurdo, ya sé que lo va a pensar. La alegría que sentí era absurda. Pero me inundó. Un dios pródigo me estaba regalando un mes. Y entonces tomé la decisión. Lo voy a escribir. Aunque continúe esta desgracia, aunque siga sin pasarme nada, lo voy a escribir. Antes de que acabe de transcurrir el 8 de julio lo voy a escribir.

Me gustan los aniversarios, me gustan los símbolos, por eso decidí que fuera hoy. ¿Un desatino? Yo también, hace unos años, habría pensado como usted. Un cuento sin anécdota, un desatino, este hombre no sabe lo que hace. No, señor. Este hombre sabe muy bien lo que hace. Por eso hoy a la mañana se vistió con sumo cuidado, como para una ceremonia, tomó tres tazas de café en lugar de su habitual tazón de café con leche, y mirando a su mujer y a su hija con aire misterioso, porque él sintió que su aire era misterioso (ja, ja, ya me siento personaje, esto es magnífico), les dijo que hoy no iba a ir a la Caja. Y acá está, tacatac, meta música, tacatac, como clarines, como fliscornos, como los llamados de un trombón. Y lo va a escribir aunque usted siga pensando que él no sabe lo que hace, que un cuento sin anécdota es imposible, y aunque la mujer se gaste los nudillos golpeando a la puerta y el hombre también. ¿Qué hombre? No importa qué hombre, no van a conseguir distraerme. Sé lo que tengo que hacer. Es un designio. Ya no me importa que lo real se achate y se esconda ni que mi mujer grite. Nada me va a detener: ni los golpes de mi mujer, ni el hombre ese, ni el agua. Se ve que hay un problema con las vertientes. ¿Qué vertientes? Vertientes que rumorean, glu glu. Habrán crecido de golpe porque el agua me llega a los pies. Sí, sí, me voy a sacar los zapatos, cómo no, nomás termine esta frase me los voy a sacar. Ya está. Pero de aquí no salgo aunque mi mujer y el hombre griten. No salgo hasta que no termine mi cuento. Las llamas están apagadas, ¿no? Eso han dicho. Y vertiente más o menos todos nos vamos a morir, ya se sabe que hay gente que escribía al lado del Niágara y no por eso. Cómo gritan. ¡Qué vertiente más o menos da lo mismo! Ahora sí me oyeron. Es magnífico. La primera vez en mi vida que uso los signos de admiración. ¡Voto a bríos! ¡Rayos y centellas! Es poderoso, ellos no podrían entenderlo. Golpean y golpean. Gritan. Que de qué vertientes hablo, gritan, que acá nunca hubo vertientes, que fue una inundación. Muy bien, aquí no se desmiente a nadie, pongámosle inundación. Me da lo mismo, total, yo ya me saqué los zapatos. Y el incendio está apagado, ¿no?, ellos mismos lo dijeron hace un momento. Entonces, ¿dónde está el problema? Me parece que si uno llama a los bomberos y le rompen un caño y le inundan la casa, después no tiene derecho a andar quejándose. Peor es morir quemado y al fin y al cabo en esta casa todos sabemos nadar. Que mi hija le tiene miedo al agua, eso sí que no se lo discuto a nadie, pero, ¿a qué no le tiene miedo esa pobre criatura, siempre tan nerviosa? Suerte que ya está internada, si no escuché mal. Y si ya está internada, ¿para qué voy a salir? A lo mejor ellos se creen que porque éste es un cuento sin anécdota uno puede salir y entrar cuando se les ocurre. No respetan, eso noto. Que se ocupen de mi pobre hija en lugar de andar golpeando tanto. ¿No dijo mi mujer que fue por ellos dos que abrió el gas la pobre santa, que se quiso matar cuando se enteró de que iban a huir los dos juntos? Pero hace tres años que los encubría, eh, eso mi mujer lo dice despacito, sí. Buena mandarina la chica, y después puro abrir el gas. Así empiezan las desgracias, ya se sabe. Cualquiera enciende un fosforito y zas, explosión. Y después de la explosión un lindo incendio y cuando menos se lo piensa uno tiene a los bomberos encima y le inundan la casa. Pero ya pasó todo, ¿no? La chica bien internada en una clínica y el fuego apagado. Ahora, si mi mujer se quiere ir con el tipo, eso es cosa de ellos. Ya sé, ya oí que son amantes, miren la novedad. Me imaginaba que no se van juntos a correr la maratón de los barrios. Pero yo, a qué voy a salir: ¿a darles la bendición? Que me dejen en paz. Estoy escribiendo. ¿O es que no me oyen, acá, meta música? Tacatac, tacatac. Como tambores. Tacatac. Como timbales. Tacatac. Como los triunfales latidos del universo.

La sinfonía pastoral

Hace falta llevar un caos dentro de sí para poder dar a luz una estrella bailadora.

NIETZSCHE

Yo estaba cabeza abajo y tenía dos problemas. El primero era de carácter existencial: por qué razón, a los treinta y dos años y en pleno deslumbramiento (no precisamente de la adolescencia, más bien el frío deslumbramiento de comprender que nunca más la Edad Dorada y que la alegría de crear, en adelante, la inventaremos con dolor cada mañana o estamos fritos), por qué razón, decía, ante la puerta misma de Mi Porvenir, yo estaba realizando un acto de tan pocas aplicaciones aun para la vida diaria como es hacer la vertical. El segundo problema era más bien técnico: no tenía ni la más pálida idea de cómo volver a mi posición habitual.

Debo aclarar que estaba en una clase de gimnasia. Para ir hasta el fondo de la cosa: se trataba de mi primera clase de gimnasia rítmica-modeladora. También debo aclarar que aun con los pies sobre la tierra nadie podrá afirmar de mí que soy una paloma mensajera; bruscamente invertida, mi situación se había agravado, ya ni siquiera podía asegurar algo que siempre me resultó muy claro: cuál era mi "adelante" y cuál era mi "atrás". *Y si bajo las piernas para el lado que no es, me quiebro*. Lo pensé con bastante inquietud: tengo el don innato de la dirección errónea, era probable que me ocurriera esa desgracia. Felizmente no se podía decir que estuviera incómoda y estar cabeza abajo hace bien al cutis, en algún lado lo leí. Lo esencial, sin embargo, era la satisfacción moral, el triunfo sobre mis límites naturales: yo había superado mi miserable estado bípedo. Uno a cero, bien. A veces tengo la sensación de ser una especie de bofe pensante dejado en el mundo, sin forma ni destino pero con infinitas posibilidades: tener una cara, escribir libros, hacer la vertical. Me miro seguido en los espejos para poder parecerme a mí misma, la nariz me creció al azar porque la perdí de vista: de haber tenido en mi casa un botiquín con tres puertitas otros gallos cantarían. De modo que estar cabeza abajo podía, de alguna manera, considerarse como una misión cumplida; a su tiempo veríamos cómo resolver el segundo problema. En estas cavilaciones andaba cuando la profesora habló.

—¿Qué tal están mis micifuces? —dijo con jovialidad.

El optimismo de su voz me pareció exagerado dada la situación. De reojo miré al micifuz (malla violeta) que estaba haciendo la vertical a mi lado: debía pesar lo menos setenta y cinco kilos.

Hice gala de buen humor.

—Se está bien —dije—. Lo bravo ha de ser enderezarse, ¿no?

La de malla violeta, supongo que sin otro fin que el de humillarme, bajó ruidosamente sus piernas. *Entonces es para allá*, deduje sin rencor, y dejé caer mis piernas hacia el mismo lado en que lo había hecho esa vaca. O al menos lo pretendí. Porque estaba notando que mis piernas se dirigían con espontaneidad hacia el lado que no era. Parezco Alicia en el País del Espejo, pensé. Ser tan culta en la adversidad se ve que me hizo bien: con total certidumbre ahora, invertí el movimiento. Sentí que mis pies tocaban el suelo, sentí que mi columna seguía intacta, y sobre todo sentí que mi cabeza, fuente inagotable, se iba dirigiendo, gozosa e inexorablemente, al encumbrado lugar que le ha sido asignado.

Me senté en la posición del loto y miré a mi alrededor. Los rostros de mis tres ocasionales compañeras no daban ninguna muestra de que ellas hubieran vivido una aventura física y espiritual tan intensa como la mía. Una chica que daba la impresión de ser altísima y una señora con aspecto de recién salida de la peluquería conversaban acerca de la mousse de limón. La de malla violeta, en cambio, miraba fijamente a la profesora. La profesora, justo cuando la miré, se puso patas arriba, abrió las piernas, las cerró, las agitó, y con una ágil voltereta estuvo de pie. Después, muy sonriente, avanzó hacia nosotras, como si nada hubiera pasado.

—Así me gusta, mis micifuces —dijo—. Todas sentaditas como buenas nenas de mamá.

Por qué no te hacés una enema de puloil y te vas a escribir Safac al cielo, pensé sin grandeza. Y también pensé que algún día iba a analizar el proceso por el cual Lewis Carroll y la yerba Safac acuden con igual espontaneidad a mi mente. *Safac*. Sentí espanto. Ya no existía más la yerba Safac. Pasajeramente me abrumó el huir del tiempo.

La chica altísima había suspirado.

—Debe ser gratificante tener ese dominio de los músculos, ¿no? —dijo.

—Es como volar —dijo la profesora—. ¿Ustedes no se sienten como pájaros a veces, con ganas de abrir las alas y cruzar los aires y mirar desde lejos a los seres humanos, pobrecitos, moviéndose como hormiguitas sobre la tierra?

A juzgar por lo que entresaqué del murmullo, tanto la chica altísima como la del peinado se habían sentido muy a menudo de esa manera. En cuanto a la de malla violeta, ¿podíamos nosotras creerlo?, ella se sentía directamente un cóndor.

La profesora, se ve que alentada por sus propias palabras, se había puesto a girar en puntas de pie con los brazos extendidos. *Dónde estoy*, me dije, un poco alarmada. Parecía increíble que una mujer tan robusta pudiera girar así. Aunque "robusta" no es el término preciso. De la cintura para abajo la mujer era poderosa: tenía un trasero descomunal y piernas atléticas; de la cintura para arriba también era grande pero menos contundente. Lo de cintura, en este caso, debe ser tomado como mero lugar geométrico ya que, en el sentido que le dieron los poetas clásicos, la mujer carecía totalmente de cintura. *Eppur si muove*, pensé. No sólo el cuerpo. Ahora podía apreciarlo porque la profesora había dejado de girar y nos estaba contando algo sobre un trasplante de hortensias, episodio que ella había protagonizado en su jardincito ese último fin de semana. Lo realmente admirable era la movilidad del rostro. Mirándola, se tenía la impresión de estar contemplando una rapidísima sucesión de fotos de esas que abajo dicen entusiasmo, dolor, ira, sorpresa. Gracia Plena. Lo único rígido del conjunto resultaba el pelo. Era negro y estaba muy tirante y recogido en un rodete. Todo lo demás se movía sin la menor lógica.

Yo empezaba a impacientarme. Se supone que había pagado para asistir a una clase de gimnasia. Qué estaba haciendo allí sentada, escuchando una historia sobre hortensias, entre mujeres que no parecían tener otra preocupación en sus vidas que sentarse a oír hablar de jardincitos. ¿No tenían otra preocupación? ¿Y yo? ¿No estaba yo también allí sentada? ¿Y qué cambiaba lo del jardincito? ¿O es que, si de pronto comenzábamos a contorsionarnos y flexionarnos y erguirnos y plegarnos, mi estar allí súbitamente se cargaría de sentido? ¿No tendría algún fundamento la opinión de ciertos hombres acerca de la ridiculez de las mujeres?

La acción me liberó del conflicto. "A trabajar, ratoncitos", había dicho la profesora, y ahora estábamos de pie ante un gran espejo.

Oí *Las Sílfides* y pensé que era natural. El rodete, claro. Y los ojos. Ojos rasgados, de loca. Ahora *Las Sílfides*. Todo era natural.

Y yo ante un gran espejo comenzando el rito. Eso también era natural. Sentirme bien a pesar de todo, alegrarme de mi imagen que todavía es capaz de moverse con cierta alegría, ¿no era eso, también, una manera de modelarse?, ¿no podía acaso considerarse como una lucha contra el azar, contra la corrupción? Schopenhauer no se habría apurado un poco, no habría extrapolado demasiado con eso de la ausencia de. Doy fe que hay como ráfagas de miedo, un vértigo infinito mirando el innumerable pozo del universo, algo como un vislumbramiento del Paraíso al escuchar la Pequeña Fuga, ganas de darme de cabeza contra las paredes, un sueño de felicidad que aparece y desaparece como una estrella fugaz. ¿Y cómo llamar a la suma de estos fenómenos? Llamémosle hache, lo cual no impedirá las ráfagas pero tampoco impedirá, he aquí la cuestión, la conciencia del cuerpo. Y no como mero receptáculo del alma, para qué nos vamos a engañar. Un cuerpo real y conflictivo y, por qué no decirlo, trascendente. Y mientras lo escribo ya sé que es una exageración decir que yo estaba en esa clase de gimnasia, entre esas hermanas edénicas, o yeguas, balanceándome y curvándome y extendiéndome absurdamente porque la Divina Providencia nos ha dotado a las mujeres de un cuerpo tan digno de atención como la Prestigiosa Alma (inventada por los hombres), pero lo cierto es que yo estaba allí balanceándome y eso no me impedía saber que a lo mejor voy a morirme sin haber dicho aquella verdad que, en momentos más prosopopéyicos, pienso que *yo* debo decir sobre las mujeres y los hombres. Dicho todo esto sin el menor respeto por mí misma que, a la sazón, trataba de elevarme por una cuerda imaginaria.

Porque de eso se trataba, así de compleja es la realidad. Se trataba de trepar lo más posible por una cuerda imaginaria. La profesora inflamaba la escalada con palabras de aliento.

—Más alto, mis ratoncitas. Cada vez más alto. —Cosa que tenía un innegable valor simbólico.

Lo que viene después no es muy digno de mención, a menos que se asigne una importancia particular al contraerse y expandirse de cuatro mujeres, todo al compás de *Las Sílfides* y bien sazonado, por parte de la quinta mujer, líder del grupo, con palabras que reducían el hace poco enaltecido cuerpo femenino a una ensalada algo repulsiva de órganos defectuosos aunque maleables que, merced a la gimnasia, se tornarían bellos y sensuales.

Hasta que la música vira de Chopin a Stravinsky.

En realidad no sé si fue el viraje lo que enardeció a la profesora y al conjunto o si éste actuaba meramente como señal, y tres veces a la semana, (a esta altura había comprobado que, salvo yo, todas eran habitués y la veterana era la de malla violeta: quince años sin interrupción asistiendo a las clases de la profesora), cuando la música pasaba de Chopin a Stravinsky, la profesora y las alumnas repetían el ritual.

Lo cierto es que de pronto oí una orden incomprensible.

—*Balloné à plat*.

Yo estaba intentando desentrañar el significado de esta expresión. No había llegado más allá del equivalente: "*ballon* igual pelota" y trataba de aplicar este conocimiento a las posibilidades motrices del cuerpo humano cuando comenzó el desenfreno. La profesora hizo más o menos lo siguiente: flexionó una pierna y al mismo tiempo separó y levantó la otra, tomó impulso con la pierna flexionada y se proyectó hacia arriba mientras separaba mucho más la pierna estirada, cayó sobre la pierna flexionada mientras plegaba la pierna estirada y apoyaba el pie correspondiente sobre la tibia de la pierna cuyo pie ya estaba en el suelo. Todo ocurrió a gran velocidad, de modo que cuando yo me dispuse a reflexionar sobre el fenómeno la profesora lo repitió, pero esta vez invirtiendo las funciones de las piernas, mientras nos estimulaba.

—A ver, mis ratoncitas —gritaba, saltando alegremente—. Todas juntas. *Balloné à plat.*

No voy a describir lo que a partir de ese momento vi por el espejo. Basta con el ruido. El ruido no era sincrónico, ya que de ninguna manera conseguíamos caer todas al mismo tiempo; tampoco era uniforme: variaba entre el mero golpe, el golpe rotundo y el estruendo de acuerdo al peso y agilidad de cada protagonista. La profesora no parecía inquietarse por estas herejías. Al contrario: danzaba y nos miraba caer con una inmensa sonrisa. Estaba radiante.

—*Cabriole battue* —gritó de pronto.

Sintéticamente, diré que la *cabriole* consiste en dar un salto vertical, levantar una pierna para el costado, levantar la otra pierna para el mismo costado, hacerla chocar con la primera pierna, volver ambas piernas a su posición vertical, y descender. En cuanto al *battue*, fue lo que le valió a Nijinski su identificación con un pájaro, y nosotras debíamos ejecutarlo en el momento crucial en que nuestras dos piernas estaban en el aire y peligrosamente oblicuas respecto del plano del suelo. Debo aclarar que puedo recomponer estos movimientos gracias a mi memoria, a mis estudios de física, y a un manualcito sobre técnica de la danza que tengo acá en el escritorio y que enriquece mi metodología con un cierto rigor científico. Es muy probable que, de haberlos estudiado durante unos diez años, yo hubiera podido repetir estos movimientos, si no con gracia al menos con precisión. En el breve lapso que transcurrió hasta que pasamos de la *cabriole battue* a la *pirouette fouetée* no fue demasiado lo que pude aportar a la danza.

El peligro real, sin embargo, no ocurrió hasta la parte del *détiré*. El *détiré* es verdaderamente tremendo: consiste en sujetarse la planta del pie con una mano e ir estirando el brazo, y por consiguiente la pierna, hasta que quedan extendidos por completo. Esto fue, al menos, lo que hizo la profesora. Se quedó en esa posición, una cruza de garza y ballenato, mientras nos miraba sonriendo. Esperaba. Pero qué cosa esperaba. Ahí debía estar el centro de la cuestión, algo que poco a poco yo iba descubriendo. Había un placer enorme en ella, y no sólo porque se estaba manifestando ante su pequeño auditorio sino (y fundamentalmente) porque era la reina de ese auditorio. Esas mujeres la admiraban y ese rito (ahora yo podía jurarlo) se repetía tres veces por semana con los mismos movimientos, con los mismos fracasos por parte de las improvisadas bailarinas, con las mismas palabras de aliento por parte de la profesora:

—Adelante, mis pichoncitas, *c'est très facile*.

Como un sonsonete llegaba la voz de las alumnas, que desesperadas con su pie en la mano (yo también, acababa de darme cuenta, tenía mi pie en la mano y lo mantenía por una especie de disciplina, o de estoicismo, que vaya a saber lo que quería decir), bramaban su adoración por la que sí había podido estirar su pie, la artista, la todopoderosa.

Ella mantuvo triunfalmente la pierna en alto, contemplándonos (el espectáculo, lo vi en el espejo, no era honroso) y al fin emprendió una serie de *gargouillades*, *arabesques piqués*, *développés sautés*, y *sissonés brisses* mientras la clase también se deslizaba, batía, volaba y galopaba en un paroxismo indescriptible. En el *saut de chat* ya nada podía detenernos. Miré hacia el amplio ventanal que tenía al costado: *Ahora nos falta el final de* El Espectro de la Rosa *y estamos hechos*. Nos imaginé sin esfuerzo a todas nosotras, con la profesora a la cabeza, emprendiendo nuestro último salto consagratorio a través de la ventana y muriendo como Dios manda, qué embromar, ya lo dijo Rilke, y como emocionante nadie podrá decir que no es emocionante. Pero no, el asunto se resolvió en un *temps de flèche* realmente notable.

Y tal vez todo hubiera podido quedar en eso, tal vez unos segundos más tarde ella habría dado la orden de que nos acostáramos en el suelo y entonces hubiésemos pasado sin pena ni gloria (ni patetismo, porque la historia venía bien y nadie podía prever que en esta parte iba a empezar a ponerse patética) a los ejercicios abdominales y todo hubiera sido tan normal y saludable que esto apenas merecería recordarse.

Pero hubo una interpolación. ¿El vestigio de una suave pendiente por la que tal vez alguien puede estar despeñándose sin siquiera advertirlo? Una señal de peligro, en fin.

Empezó justo en el *emboîté*, saltito fácil si los hay, que no tenía otro propósito, la profesora lo dijo, que distender nuestros corazones y nuestras piernas y prepararnos para lo que vendría. Sencillamente, algo llegó a mí y me arrasó. Y todavía no sé si lo debo describir como una avalancha de alegría que me colmó hasta el punto de no poder ya contenerla y sentir cómo me salía por las orejas y corría por el gimnasio (tanta alegría corriendo inútilmente, sin que yo pudiera hacer otra cosa que saltar primero con un pie y después con el otro) o si debo decir que fue más bien una especie de horror, que al principio no estaba motivado por el mundo en general sino por mi imagen, a la que veía en el espejo comportándose de una manera tan extravagante cuando su corazón todavía era capaz de una de estas súbitas premoniciones. El horror motivado por el mundo vino inmediatamente después, cuando pude detectar con precisión de dónde me venía esta inesperada ráfaga de locura: la música.

—Pero esto es la *Sinfonía pastoral* —dije con espanto.

Mi conducta era inadecuada. ¿No constituía yo misma (a quien hemos llamado La De Las Infinitas Posibilidades) contoneándome festivamente ante un espejo, una herejía suficientemente rotunda como para que, durante el resto de mi vida, me viera obligada a hacer la vista gorda ante cualquier otro amague de desorden en el universo?

De cualquier manera, a nadie pareció resultarle muy grave eso de hacer gimnasia al compás de la Pastoral. En cambio mi demostración de cultura tuvo su efecto. Siguieron saltando, pero sentí las miradas de respeto posarse sobre mi nuca. Muy bien, yo ya tenía mi pequeño papel en esta pequeña cofradía. Empecé a saltar.

La profesora me miraba como a una hermana.

—La música de las músicas —me dijo—. ¿A usted no le parece?

En esos casos lo mejor es decir *hmmm*, o emitir un *sí* muy débil, cosa de no entrar en detalles. Yo tengo decidido desde el vamos, para tranquilidad de mi espíritu, que mujeres como ésta no pueden conocer al mismo Beethoven que yo conozco, ¿no es cierto? Entonces ¿qué necesidad tenía de empezar una conversación?

—Lo que sí —dije saltando—, de "pastoral" tiene poco.

Vanidad. Era ni más ni menos que por vanidad. Debía valorizar de algún modo el pequeño rol que se me había asignado. Pero me salió el tiro por la culata. Resulta que la profesora compartía totalmente mi opinión. Más que pastoral, ella creía que debía llamarse la Sinfonía Tempestuosa. Hablaba, naturalmente de las tempestades del alma.

—Naturalmente —dije.

Y era justo eso lo que ella había hecho. Había encarnado en la música los desgarramientos del artista. Sólo le faltaba el arreglador.

¿Arreglador?, me pregunté. ¿De qué habla esta mujer?

—Usted ya tiene su arreglador —dijo perentoriamente, aunque jadeando, la de malla violeta.

—Pero si hace quince días que está con conmoción cerebral —dijo la profesora.

—Se va a curar —dijo con decisión la de malla violeta.

La profesora sacudió la cabeza con desaliento.

—Usted sabe que no se va a curar, Fedora —dijo—. Siempre me pasa lo mismo —me miró—.

Hace diez años, una alta personalidad italiana me vio bailar. ¿Sabe lo que dijo de mí? Pueden dejar de saltar, chicas. Dijo que yo le recordaba a la Karsavina y a la Pavlova, fíjese lo que le digo. Decía que es falso lo que se cree: la Pavlova no tenía nada que hacer al lado de la Karsavina. Bueno, cuando me vio, lágrimas le corrían. Decía que yo soy igualita que la Karsavina pero tengo la suerte de ser más expresiva. Quería organizarme enseguida una gira por toda Europa. Sabe lo que le pasó —me miró larga e inexpresivamente—. Se murió —dijo.

—Pero usted no tiene que tomarlo de esa manera —dijo la chica altísima.

—Yo no lo tomo de ninguna manera, querida. Digo que se murió. ¿Y el hombre de hace tres años, el que me iba a conseguir la temporada en el Colón? —sonrió mostrando los dientes; su expresión era casi de triunfo—. Se murió —dijo.

—El arreglador todavía está vivo —la alentó la de la malla violeta.

La profesora sacudió el dedo índice.

—Pero se va a morir —dijo.

—Bueno —dijo la señora peinada de peluquería—, ¿entonces sabe lo que tiene que hacer? Buscarse ya mismo otro arreglador. Yo se lo decía a mi marido y él enseguida me lo dijo. Lo que tiene que hacer, dijo, es buscarse enseguida otro arreglador.

—Usted cree que es tan fácil, querida —dijo la profesora. Hubo un silencio, que rompió la chica altísima.

—Digo yo una cosa —dijo—. ¿Y no se puede bailar así como está?

—Primero y principal, la cuestión del nombre —dijo la profesora—. ¿Se da cuenta? Yo no puedo agarrar la *Sinfonía pastoral* así como está y llamarla Tepsi Cora.

—Pero digo yo una cosa —volvió a decir la chica altísima—. Si Beethoven está muerto, ¿quién va a protestar? A menos que haya dejado descendientes —me miró a mí—. ¿Alguna sabe si dejó descendientes? —dijo.

—Yo le puedo decir a mi marido que averigüe— dijo la señora del peinado.

La profesora sonrió con suficiencia.

—Le agradezco, querida —dijo—, pero no se trata sólo de eso. Un ballet no es lo mismo que una sinfonía, ¿se da cuenta? Tiene otra estructura.

Estructura, claro. Me pareció que empezaba a entender.

—Perdón —dije—, usted quiere hacer un ballet basado en la *Sinfonía pastoral*.

La de malla violeta me miró con asco.

—Ella ya hizo el ballet —me dijo—. Lo que le falta es el arreglador.

—Es más que un ballet —dijo la profesora—. Es la vida encarnándose en la danza. Tomar la vida, entiende, y hacerla danza.

Yo entendía, claro, cómo no iba a entender. La vida, sencillísimo. Y de pronto la miré y sentí una especie de vacío en la boca del estómago: *ballet nato*. Ballenato. Y me dio miedo. Pero cómo no iba a entender: la vida, claro. Ella y yo y la mujer llamada Fedora y la chica altísima y la señora que tenía un marido, y también el marido, y especialmente el arreglador muriéndose de conmoción cerebral y especialmente todos los que faltan en esta historia. Hacerlos danza, bailar ese sillón, bailarlo todo. Qué porvenir nos espera, traté de pensar con ironía.

Pero no tenía por qué preocuparme: Tepsi Cora no era complicado. La profesora lo estaba contando ahora (más que contarlo lo estaba *bailando*) y había que admitir que ya lo tenía todo resuelto. Sólo le faltaba el arreglador. Al levantarse el telón Tepsi Cora aún no ha nacido; está replegada sobre sí misma en actitud fetal. Vienen los Dones Prodigiosos (*pas de quatre* de los dones prodigiosos) y la van dotando para la danza. El rostro (rostro de Tepsi Cora que se vuelve expresivo), los brazos (se agitan como alas), las piernas (piernas en quinta posición), y finalmente el alma. Entonces Tepsi Cora comienza a danzar su alegría de estar viva. Pero aparecen las Fatalidades (*pas de quatre* de las Fatalidades, hasta que termina, Tepsi Cora no puede bailar); después vienen distintas vicisitudes de los primeros años de Tepsi Cora. El primer acto culmina con la aparición de la Escarlatina. La Escarlatina se adueña del escenario, Tepsi Cora languidece y está a punto de morir (*pas de deux* desesperado de los padres de Tepsi Cora), pero al fin Tepsi Cora se yergue y decide hacerle frente a la Escarlatina. Huida de la Escarlatina. Gran Danza Triunfal de Tepsi Cora. Fin del primer acto.

El segundo y el tercer acto nos hablan de la tenacidad de Tepsi Cora, de sus estudios, de Las Amistades y del Amor. La Envidia, los Celos y la Traición hacen presa de las Amistades. Cerca del final del tercer acto hay una escena muy cruel en la que el Prometido huye con la Mejor Amiga unos días antes de la boda. Tepsi Cora baila su dolor, baila por sobre todas las desgracias de la tierra, baila a pesar de todo. Y termina el tercer acto.

El cuarto acto tiene un tono más bien metafísico. La Fatalidad (que hasta el momento ha aparecido bajo la forma de un *pas de quatre*, o como distintas vicisitudes de la realidad) ahora es una abstracción. Aun la propia Tepsi Cora, más que ella misma, es la encarnación de la danza, del arte en general y de todo lo bello que es posible en el mundo. La Fatalidad, que hacia el final es el Tiempo, se ensaña cada vez más ferozmente con Tepsi Cora pero ella no trastabilla: cada vez danza mejor.

Nunca pude saber quién triunfa. En la mitad de un *entrechat* desesperado que representaba la última embestida de Tepsi Cora contra el Tiempo, la profesora se detuvo y miró el reloj. Después nos miró a todas, una por una, emitió una risita misteriosa (de qué se estaba riendo, o de quién), y con jovialidad nos dijo:

—Y ahora basta de haraganear, mis ratonas en flor. Un poco de pancita, *s'il vous plaît*.

Entonces nos acostamos en el suelo y comenzamos a hacer la bicicleta. Me sentí bien: esto era una clase de gimnasia y las bicicletas me salen maravillosamente; es increíble el control que tengo sobre mis músculos abdominales. Por otra parte, siempre es agradable corroborar que pese a ciertos desniveles, a algunas inquietantes amenazas de zozobra, y dejando de lado, claro está, los desequilibrios de la mente, las enfermedades incurables, la vejez y la gordura, son prácticamente nulas las probabilidades de riesgo que ofrece la vida.

Las peras del mal

> *Lo único que yo quería era ponerme de acuerdo contigo, amigo querido, acerca de que el reloj de arena está en su lugar, y la arena ha comenzado ya a correr.*
>
> THOMAS MANN

Setenta años atrás Sereno Farías (aunque sólo en el singular momento de su muerte se dio cuenta de eso) vivía en un lugar bastante parecido a Los Arrayanes, donde, sin mucho ruido, se murió de puro viejo una noche de noviembre. Para ser precisos Sereno nació y murió en uno de esos pueblos, cada vez más infrecuentes, que permanecen un poco al margen del paso del tiempo y en los que el alegre progreso irrumpe sólo como una magia fugaz: un automóvil que se anuncia resoplando entre la polvareda del camino, o una botellita de whisky que al fin resulta una radio a transistores. Acontecimientos como éstos no formaron parte ritual en la infancia de Sereno. Lo impresionaron otros hechos: a los ocho años vio a su tía abuela Sebastiana vaciar el contenido de una botella sobre la cabeza de su primita Trinidad, chica bastante perversa que le había dado más de un disgusto al pobre Sereno. Esto le chocó: no entraba (supo) en la lógica de los castigos. Esa misma noche averiguó y aprendió las virtudes del agua bendita. Que vuelve dulces a los díscolos y aleja el mal de los corazones crueles, dijo su tía Sebastiana que había dicho el padre Octavio. La novedad lo perturbó: Sereno no era lo que se dice un peleador, ni siquiera un valiente; cada vez que había guerra de pedradas entre sus compañeros de escuela, o que alguno lo provocaba, él no encontraba más solución que salir corriendo y dando gritos hasta que la gente grande venía a socorrerlo. Y si bien esa tendencia suya al pacifismo le había valido que su madre todas las mañanas, en la iglesia, diera gracias a Dios por el alma virtuosa de su hijito, y que las mujeres lo pusieran de ejemplo ante sus chicos, y que el padre Octavio le prometiera hacerlo monaguillo a los ocho años, Sereno sentía un poco de envidia ante la desfachatez de los otros y hubiera dado cualquier cosa por realizar, un día, el acto de arrojo que lo haría famoso. Entendió ahí nomás que tener agua bendita es como ser valiente. De noche, soñó con chicos horribles que iban a atacarlo con vidrios rotos, soñó con borrachos que amenazaban a su pobre madre, soñó con un tigre que se iba a comer al padre Octavio. Y cada vez Sereno sacó su frasquito, echó unas gotas de agua bendita sobre la cabeza del agresor, y lo convirtió en el ser más manso de la tierra. Lo malo era de día. Porque Sereno tuvo que confesarse que la única manera de conseguir agua bendita era robándola. Y eso es pecado mortal, hijos míos, había dicho el padre Octavio en el catecismo. La tarde en que Sereno estaba sentado en el umbral de su casa pensando en esto, aún no había resuelto si la gloria terrestre vale más que el cielo. Miró hacia arriba, preocupado.

—Está bien —oyó—, pero observe usted esa cara. Éste sí que no es como los otros.

Bajó los ojos espantado y vio al padre Octavio y a su tía abuela Sebastiana, que lo miraban.

—Me lo va a decir a mí, padre —dijo Sebastiana—. Siempre se lo digo a mi sobrina: Serenito es una bendición de Dios.

El padre Octavio suspiró y movió muchas veces la cabeza como quien ha meditado muy bien en lo que va a decir.

—La cara es el reflejo del alma —dijo; después le sonrió a Sereno y su voz se hizo familiar—. ¿Qué pensabas, hijo mío? —dijo.

Sereno entendió que la situación era delicada: si además de robar con el pensamiento, mentía, no le quedaba duda de que iba a perder su alma. Miró otra vez hacia arriba y se arregló como pudo para decir la verdad.

—Pensaba en agua bendita —dijo—, y en la gloria del cielo.

El padre Octavio levantó las dos manos, las sacudió con un ademán más elocuente que las palabras más elocuentes, y miró a Sebastiana.

La mujer se santiguó.

—Dios no permita que se corrompa —dijo.

El padre Octavio la miró con severidad y extendió una mano a Sereno.

—Ven conmigo, hijo. Tengo que hablarte.

Sereno se sobresaltó. El padre Octavio lo tomó de la mano y caminaron un buen rato juntos. Le habló de la dicha, "tu inmensurable dicha, Sereno", y le habló de la felicidad de las almas buenas en general, del paraíso, y del castigo terrible que espera a los pecadores. Describió el infierno y Sereno se estremeció. Antes de que se separaran, el padre Octavio abrió un paquete que llevaba en la mano, sacó una barra de chocolate, y se la regaló.

Era casi de noche. Sereno volvió solo y cuando había mordido el primer pedazo de chocolate vio que tenía almendras enteras, comprobó que era lo más rico que había probado en su vida, y tuvo la firme convicción de que siempre sería bueno.

Con los años, Sereno Frías se olvidó de ese sabor. En realidad, esa misma noche, antes de llegar a su casa, se lo olvidó.

Fue así: ya había comido casi la mitad del chocolate cuando oyó una voz.

—Dame un pedazo —oyó.

Miró al lugar de donde venía la voz y vio a un chico que estaba sentado en el suelo, contra un poste, comiendo una pera. Sereno agarró el chocolate con las dos manos y lo apretó contra su pecho.

—Es mío —dijo—. Me lo dio el padre Octavio.

El chico se encogió de hombros.

—Y a mí qué —dijo—; yo me lo como lo mismo.

Sereno se sintió ofendido: esto no era una respuesta.

—Vos lo comés si te lo doy —dijo.

El otro canturreó.

—Y si vos no me lo das te lo quito.

El pobre Sereno se quedó unos segundos parado, sin saber qué hacer, y al fin salió corriendo. Cuando estuvo bastante lejos se dio vuelta para ver si el otro lo seguía pero no: estaba sentado en el mismo lugar. Al principio se puso contento. Pero de pronto se acordó de una lectura en la que el chico pasa de largo sin darle limosna a un mendigo y cuando llega a su casa encuentra a sus padres llorando; se entera de que han perdido toda su fortuna y a partir de ese día tiene que salir él mismo a pedir limosna. Volvió y, aparatosamente, cortó la mitad de su chocolate.

—Tomá —dijo—, te doy la mitad de mi chocolate.

El chico lo agarró y se rió.

—Ah —dijo—, te asustaste.

Sereno pensó que el otro era un desagradecido.

—Yo no me asusto de nada —dijo—; te lo doy porque se me da la gana.

No hablaron más.

Pero Sereno no se fue; él había regalado la mitad de su chocolate: algo tenía que pasar. El otro se metió en la boca lo que le quedaba, masticó en silencio, comió un pedazo de pera, y no dijo nada.

Sereno miró distraídamente la calle, miró distraídamente al chico.

—¿Y esa pera? —dijo, aparentando indiferencia.

—Es de ahí —el chico señaló la quinta del viejo Frías.

—Ah. —Sereno se quedó un momento pensando y al fin dijo—: Son las peras más ricas del mundo.

El otro siguió comiendo en silencio. Sereno levantó una ramita del suelo, la miró y la volvió a tirar.

—Dicen —dijo—; yo nunca probé.

El chico comió otro pedazo de pera. Sereno al principio estaba desconcertado pero después supo que esto sin duda era una prueba.

—Tomá —dijo—, te doy todo mi chocolate.

El chico lo agarró y comió un pedazo. Sereno empezaba a impacientarse.

—Roban —dijo—. Vienen de noche y roban peras —sintió que el tono le había salido todo lo reprobatorio que correspondía—. Yo no hago eso —agregó con orgullo.

El chico se rió. Había terminado la pera y tiró el corazón. Sereno vio el corazón en el suelo y se puso muy triste.

—Pero ellos no me quieren llevar —casi gritó.

El otro se puso de pie, medio se dio vuelta; a Sereno le pareció que iba a irse y eso lo puso todavía más triste.

—¿Ya te vas? —dijo.

El otro volvió a darse vuelta para el lado de Sereno, y lo miró, pero esta vez amistosamente.

—Vení —dijo—. ¿Querés que comamos más peras?

Era una invitación. Dios santo. Uno como aquél, nada menos, uno que robaba peras solo y le había quitado todo su chocolate, uno como aquél venía a ser su amigo. Sereno sintió que reventaba de orgullo. Vaciló, sin embargo.

—¿No nos van a ver? —dijo.

El otro miró alrededor.

—No —dijo—, no nos van a ver.

Corrieron hasta el cerco y lo treparon en silencio. El chico saltó al otro lado. Sereno lo vio saltar y pensó que aquello era realmente magnífico.

—Saltá —dijo el chico.

Sereno vio el peral desde ahí arriba. Las peras eran como manchitas blancas.

—¿Y si nos agarran?

—Salimos corriendo —dijo el otro—. No nos van a agarrar.

Sereno se quedó quieto.

—Saltá —dijo el otro.

Sereno miró hacia la calle, y después hacia la quinta. Al fin habló.

—Estaba pensando —dijo—, esto que vamos a hacer —se mordió un dedo y se lo miró—, esto es robar, ¿no?

El chico se rió, bajito.

—Y claro —dijo—. Y qué tiene.

—No, no —Sereno miró otra vez las peras—. No puedo.

El otro volvió a reírse. Sereno sintió algo parecido a la rabia.

—Voy a ser monaguillo —dijo—, ¿oís bien? Monaguillo.

El otro se encogió de hombros, sin dejar de reírse.

—Yo no —dijo.

Sereno vio cómo se alejaba.

—No me dejes solo —llamó.

Pero el otro ya había llegado al peral. Desde el cerco, Sereno lo vio trepar. Después lo vio volver, corriendo, con las manos llenas de peras.

—Ladrón —gritó Sereno—. Sos un ladrón. Te vas a ir a...

El otro lo miró, hizo que sí con la cabeza, y mordió una pera. Entonces Sereno bajó y se fue corriendo y no dejó de correr hasta su casa.

Cuarenta años después de ese día un hombre se mató. Sereno Farías leyó la noticia en el diario de la mañana, en su casa de Buenos Aires, mientras esperaba que su mujer le trajera el desayuno. Ocupaba apenas una columna y estaba entre la narración de un incendio y la foto de un chico que tenía arriba la palabra *buscado*. Sereno leyó la noticia por una casualidad: los suicidios, las catástrofes, los desórdenes en general, tenían poco que ver con su carácter metódico y ni siquiera leerlos era para él una actividad sensata. Lo que le llamó la atención al principio fue la foto del chico; se parecía (le pareció) a uno que había visto unos años atrás, cuando volvía de la oficina: él estaba pasando un baldío (eso se le ocurrió al menos, porque el baldío, o lo que fuera, estaba detrás de una tapia), y oyó música; levantó los ojos, y arriba, sentado a caballo en el borde de la pared, vio al chico.

—Eh —gritó—, te vas a caer. ¿Qué hacés ahí?

El chico se encogió de hombros.

—Miro —dijo.

Se oyó una risa de muchacha, atrás.

—¿Qué diablos pasa? —dijo Sereno.

—Bailan —dijo el chico—. Es una fiesta.

—¿Bailan? —dijo Sereno—. ¿Cómo, *bailan*?

—Bailan —el chico se bamboleó rítmicamente. Volvió a mirar para adentro—. ¡Salute! —dijo, y aplaudió.

—¿Qué pasa ahora? —dijo Sereno.

—Hay dos —dijo el chico sin dejar de mirar; se rió—. Qué bárbaros. Están cogiendo detrás de unas bolsas.

Sereno empezó a levantar un dedo, admonitoriamente.

El chico ni lo miraba. De algún lado sacó un cigarrillo; mundano, lo encendió, y tiró una larga bocanada de humo.

—Bah —dijo—. Se ven cosas peores —lo miró a Sereno con camaradería un poco chocante—. ¿Quiere ver? —hizo el gesto de correrse y se rió—. Suba que cabemos todos —dijo.

Sereno hizo un esfuerzo por reírse de la ocurrencia, pero se sentía molesto.

—Ja —dijo—. ¿Subir yo? —se miró el traje.

—¿Y qué tiene? —dijo el chico—. Se saca el saco y listo.

Sereno volvió a reírse, con nerviosidad.

—Lo único que faltaba —dijo.

El chico se encogió de hombros y volvió a mirar para adentro. Uy uy uy, dijo en algún momento, y se agarró la barriga y se tiró para atrás y parecía divertido.

—¿Qué pasa ahora? —dijo Sereno.

El chico ni siquiera lo miró.

Entonces Sereno se fue, sacudiendo la cabeza y pensando qué cosa bárbara. Después, nunca más volvió a oír música cuando pasó por allí. Con los años se olvidó y ni siquiera se dio cuenta cuándo fue que desapareció el baldío.

Pero cuando vio la foto en el diario se acordó de golpe; en los datos de abajo, sin embargo, no había nada que pudiera darle una señal y al fin de cuentas, pensó, todos estos mocosos se parecen. Siguió leyendo de puro distraído y así se enteró del suicidio.

—Una idiotez —dijo—. Una verdadera idiotez.

Su mujer lo miraba.

—¿Qué cosa? —dijo.

—Un hombre —dijo Sereno—. No entiendo nada. Se mató.

—Mirá la novedad —dijo la mujer.

—Se mató. Se compró mil pesos de chupetines, ¿te das cuenta?, chupetines. Abrió uno, se lo fue comiendo, despacio, y se tiró abajo de un tren.

La mujer movió la cabeza con fatalismo.

—Locos —dijo—. Todos locos. Otra gente. ¿Qué te preocupás?

Sereno la miró, como si estuviera mirando otra cosa.

—Celia —dijo de pronto—, uno vive, ¿no?, va tirando como puede y vive, ¿no? —de golpe parecía muy cansado; miró cada cosa, cada mueble de la cocina, como si esperara una respuesta o algo—. ¿Qué necesidad hay de andar haciendo esas cosas?

La mujer suspiró.

—Así es la vida —dijo sin mucha convicción; después miró el reloj—. Andá —dijo—. Vas a llegar tarde.

Sereno se puso el saco y salió y tomó el ómnibus. Cuando bajó, sin pensar lo que estaba haciendo, se quedó parado frente a la vidriera de una bombonería. Le llamó la atención un chupetín muy grande, con círculos concéntricos colorados y blancos; sobre el cristal de la vidriera, borrosa, se veía reflejada la cara de un chico. Sereno sonrió, maravillado; nunca le habían dicho que se hacen chupetines así. Ah, caramba, murmuró, y tenía los ojos muy abiertos, como si estuviera a punto de descubrir algo. Lejos, sonó la primera campanada de las ocho. Caramba, pensó sobresaltado, y se fue caminando, muy rápido. Tuvo la curiosa sensación de no haber visto ningún chico atrás. Pavadas, pensó, voy a llegar tarde.

No dio vuelta la cabeza y llegó a tiempo. Esto le sirvió para que ocho años después, al jubilarse, la empresa decidiera regalarle una medalla en reconocimiento a su puntualidad: en treinta y cinco años de trabajar en la casa, Sereno Farías no sólo no había faltado nunca sino que nunca había llegado tarde. El día del homenaje, sin embargo, su último día de asistencia, estuvo a punto de echarlo todo a perder. La noche anterior había tenido pesadillas, o sueños raros, y a la mañana no oyó el despertador. Cuando su mujer vio la hora saltó de la cama.

—Sereno —dijo—, son las ocho menos veinticinco.

Sereno sonrió en sueños.

La mujer lo sacudió.

—Sereno —dijo—, hoy es el día del homenaje. Lindo sería que justo hoy fueras a llegar tarde.

Sereno emitió una carcajada.

—Joderlos —dijo—. Se van a tener que meter la medalla con vaselina.

La mujer gritó.

Sereno abrió los ojos, sobresaltado.

—¿Qué pasa? —miró el reloj—. Cielo santo, lindo sería que justo hoy.

En cinco minutos se vistió y salió. Cuando bajó del ómnibus corría. Se llevó por delante a una mujer, tropezó con una bolsa de cemento. No, le contestó a un lustrabotas que le ofrecía una lustrada.

—Pero, señor —oyó de atrás—, tiene los zapatos llenos de tierra.

Sereno se paró en seco cuando oyó la voz; se dio vuelta y miró al chico. Después se miró los zapatos: cierto, estaban grises de polvo. No sabía por qué se sintió triste.

—Sí —hizo el ademán de volver; miró la hora—. Pero ya no hay tiempo.

—*Todavía sí* —dijo el chico.

Sereno casi ni lo escuchó porque ya estaba lejos.

Sin embargo el día de su muerte, en Los Arrayanes, se acordó de esas palabras. Vivía en el pueblo desde hacía casi diez años: al poco tiempo de morir su mujer pasó por allí, le pareció bien el lugar, y un mes más tarde se vino con sus cositas. Se pasaba casi todo el día sentado en la puerta, jugando con el perro de la pensión, o hablando con la casera o con el cura o con Lucas el quintero o con cualquiera que pasaba por ahí. Todos lo apreciaban porque, como decía el padre Marcial, se veía a la legua que era un buen viejo. Una primavera ya no se pudo levantar más: tenía setenta y ocho años. Y un día de noviembre supo que iba a morir.

A las dos de la mañana llamó a la casera. La mujer apareció con cara de dormida.

—¿Pasa algo, don Sereno? —dijo.

—No —dijo Sereno—. Llame al padre Marcial.

La mujer dijo algo, lo miró con un poco de pena, y cerró la puerta.

Después, algo raro le pasó a Sereno. Una cosa oprimente, casi física, dentro del pecho. Apoyó las dos manos en la cama, se levantó un poco, y se cayó. Volvió a levantarse. Miró con horror hacia todos lados, miró cada mueble, cada mancha de la pared. Buscó dentro de su memoria algo, alguna cosa a qué aferrarse. Inútil, sintió que aquella cosa se le escapaba.

—Dios mío —dijo—; ¿y esto era todo?

Los brazos no le respondieron más y volvió a caer.

Entonces se abrió la puerta y entró el chico. Sereno lo reconoció; tenía la misma sonrisa de todas las veces. Hizo un esfuerzo por sonreír él también.

—Viniste —dijo.

—Volví —dijo el chico, se sentó familiarmente en la cama y se rió—. Pero hoy es pura visita de cortesía —dijo.

Sereno quiso reírse y tosió.

—No te creo, malito —dijo; le acarició la cabeza—. Conozco a los de tu pandilla, no hacen nada sólo por cortesía.

El chico inclinó la cabeza hacia un costado y levantó las cejas en un gesto de cómica resignación.

—A esta altura —dijo—, qué se puede esperar, ¿no? —miró para arriba con expresión divertida—. Él ganó —imitó la tos de Sereno—. Ya no hay esperanza.

Sereno lo miró con rencor.

—Mirá —apoyó las dos manos en la cama y se levantó—. Todavía puedo levantarme —se agitó y volvió a caer.

El chico se rió.

—Qué audacia —dijo; hizo un gesto de desagrado—. Qué desperdicio.

Sereno levantó la cabeza, furioso.

—Desperdicio, ¿eh? —volvió a apoyar las manos en la cama, pero esta vez con violencia—. Todavía estoy vivo, amiguito —se sentó, en un esfuerzo desesperado—. Vamos —dijo—, ¿qué me ofrecías?

El chico puso cara de aburrimiento.

—¿Por diez minutos? Nada.

Sereno hizo un gesto de espanto.

—¿Diez minutos? —dijo—. ¿Nada más que diez minutos?

—Nada más.

Sereno volvió a mirar la pieza y trató de recuperar aquella cosa.

—¿Y entonces? —dijo de golpe.

—Y entonces nada —el chico se rió—. Ya ves que soy honesto. No acepto que te pierdas por tan poco.

—¿Poco? —dijo Sereno.

El chico hizo una mueca burlona.

—Imaginate —dijo—. ¿Qué se puede hacer en diez minutos?

—¿Poco? —repitió Sereno, como si ni la burla ni las palabras del chico pudieran importarle ya—. ¿Poco toda mi vida? *Toda* mi vida, ¿te das cuenta? —aferró la mano del chico—. Vamos —dijo.

El chico liberó su mano.

—No —dijo—, no acepto.

Sereno acercó su cara a la del chico y lo miró con furia.

—¿Quién? —dijo—. ¿Quién es el que no acepta acá? Yo —se tocó el pecho—. *Yo* acepto. Vamos.

Antes de que el chico dijera nada más. Sereno hizo un intento enloquecido, cayó dos veces, y al fin se levantó. Tomó al chico de la mano.

—Vamos —volvió a decir.

Tres minutos después, cuando el padre Marcial llegó, encontró la pieza vacía. El misterio no se le reveló hasta las seis de la mañana, cuando Lucas el quintero, y la casera, vinieron a buscarlo y le contaron el lamentable suceso. Lucas se rascó repetidas veces la cabeza y dijo que no se explicaba aquello. Contó que poco después de las dos de la mañana lo despertaron algunos ruidos en la quinta; se asomó a la ventana y vio a los chicos. Dos chicos. Dos ladrones de fruta, dijo; estaban trepados al peral y le pareció que se reían. Lo último que vio fue el corazón de una pera cruzando el aire. Después sopló un viento frío que lo hizo tiritar; fue adentro a buscar un abrigo y cuando volvió los chicos no estaban.

Lucas volvió a rascarse la cabeza.

—Lo que no entiendo —dijo— es cómo el viejo pudo oírlos. Y más que nada levantarse.

El viejo estaba muerto, tirado bajo el peral. Guiñaba un ojo. El ojo abierto daba la incómoda impresión de estar riéndose. El padre Marcial se agachó y trató, por primera vez, de cerrarlo.

El entierro fue esa misma tarde. A la noche, el padre Marcial rezó por su pobre alma. Después dejó de preocuparse. Tenía verdadera fe en que, dentro del sepulcro, el bueno de Sereno habría podido al fin cerrar su ojito reidor, y descansar en paz.

La crueldad de la vida

a E. I.

La noche del cometa

A Sylvia Iparraguirre

Del cometa sabíamos que hubo quien se arrojó al vacío para esquivar su llegada, que su cola hendió de luz ciertas noches del año del centenario, que, como la Exposición de París o la Gran Guerra, su travesía por el mundo alumbró inolvidablemente la aurora del siglo. El de la silla de caña había hablado de una foto que vio no sabía dónde, en la que unos hombres con rancho de paja y unas mujeres de capelina emplumada miraban hechizados un punto en el cielo, punto que lamentablemente (dijo) no aparecía en la foto. Yo había recordado la ilustración de un libro de lectura de cuarto grado: una familia petrificada por la reciente visión de su cruce por el cielo; en el dibujo se los veía sentados a la mesa, muy erectos, los ojos despavoridos, sin atreverse a girar la cabeza hacia la ventana por el temor de volver a verlo. (Apenas lo dije tuve la impresión de que la lectura se refería más bien a un globo Montgolfier, pero como no sabía muy bien qué era un globo Montgolfier —ni siquiera estaba segura de que existiese algo con ese nombre— e igual me parecía sugestivo que, ya en cuarto grado y cualquiera fuese el fenómeno real que lo causó, yo hubiese atribuido el estupor de esa familia a la venida del cometa, no aclaré mi posible error y en todos —también en mí— perduró la sensación de que el cometa era capaz de pasmar a la gente, de dejarla cristalizada en su sitio.)

Teníamos algunas dudas: ¿de qué tamaño se lo había visto la última vez?, ¿de qué tamaño se lo iba a ver ahora?, ¿cuánto tardaba en surcar el cielo? El que estaba junto a la mesita de la lámpara opinó que a la velocidad de un avión y si uno no andaba muy atento en el momento en que pasaba, zas, se lo iba a perder. El del taburete dijo que no: que aparecía sobre el río a la caída de la noche y se ponía sobre los edificios del oeste al amanecer. *Eso es imposible*, dijo la apoyada contra la puerta ventana; *porque entonces parecería fijo en el cielo. Y algo que parece fijo no puede dejar estela, ni en el mar ni en el cielo ni en nada*. Era ilógico pero verosímil, así que varios estuvimos de acuerdo. En lo que no nos poníamos de acuerdo era en el tamaño. El tamaño de la Luna, dijo la del sillón más claro. El de una estrella muy pequeña, habló el que ponía el casete de la *Pequeña música nocturna*, y que sólo se distinguía de la estrella por la cola.

¿Y de qué largo es la cola? Las preguntas no se terminaban nunca. *Mi abuelo contaba que lo vio*, dijo el que fumaba en pipa. *Él estaba en el patio, sentado en un banquito de tres patas* (yo pensé que lo del banquito era aleatorio y por anticipado puse en duda el testimonio) *y el cometa pasó, ni muy lento ni muy rápido; era como una bufanda de luz. No: una bufanda de* aire *de luz, creo que dijo.* Pero naturalmente el dato era

demasiado impreciso: por la edad del de pipa el abuelo debía haber muerto hacía bastante. Aunque no hubiese sido un charlatán (como dejaba entrever el detalle del banquito), ¿quién podía jurar que el nieto recordaba exactamente sus palabras?, ¿y estaría en condiciones de separar la paja del trigo? De hecho había repetido lo del banquito sin siquiera deslizar una ironía sobre lo superfluo del pormenor.

¿Pero acaso iba a importarnos lo que vio ese abuelo? No necesitábamos abuelos: nos había tocado a nosotros al fin, por el cielo de nuestro tiempo iba a pasar. Y nos sentíamos afortunados en esta época sin fortuna por el mero hecho de estar vivos, de ser todavía capaces de movernos con alegría, y de esperar con alegría, en la noche del cometa.

En rigor todo ese año había sido el año del cometa pero desde la semana anterior la esperanza general se había desbocado. Los diarios vaticinaban circunstancias dichosas: esta vez pasaría más cerca de la tierra que a principios de siglo, se lo vería más bien rojo, se lo vería casi blanco pero con la cola anaranjada, tendría el tamaño aparente de un melón pequeño, la longitud de una serpiente estándar, cubriría el setenta por ciento del cielo visible. Esto último era lo que más nos intrigaba. *Cómo el setenta por ciento del cielo*, preguntó la que tomaba café. *Pero entonces casi todo el cielo va a ser el cometa*, dijo el que vino con la novia. *De noche se va a hacer de día* (la que encendía un cigarrillo). *Mejor que de día* (el del almohadón en el suelo); *como si la luna, con toda su luz reflejada, se pusiera a cien metros de la tierra. Abajo, en un rincón, uno ve el cielo negro de la noche, pero todo lo demás es luna, ¿se dan cuenta?*, *luna maciza*. Hubo un silencio, como si todos estuviésemos tratando de imaginar un cielo de luna maciza. *¿Y cuánto tiempo va a quedarse así?*, preguntó al fin el que miraba por la ventana. *¿Quedarse? No, no puede quedarse* (el que clavaba los ojos en la mujer que vino sola); *el cometa se mueve todo el tiempo. Se va a ir desplazando y la franja de noche va a ser cada vez más ancha hasta que no quede más que un hilito, un largo hilito de luz en el horizonte, que entonces va a desaparecer, y de nuevo va a ser de noche*. Sentí una especie de tristeza; recién me daba cuenta de que eso que alguna vez me había parecido irrecuperable —como el aceite hirviendo de las Invasiones Inglesas o la pelea Firpo-Dempsey— no sólo me estaba ocurriendo: también se iba a ir.

Pero, ¿a qué velocidad se va a ir? Nadie lo sabía. La de la espalda apoyada en unas rodillas de hombre se golpeó la frente con la palma: *Ahora que lo pienso, no*, dijo; *no puede ser a lo ancho. El cometa va a ocupar el setenta por ciento del cielo a lo largo. ¿Se dan cuenta?: la cola. La cola es la que va a ocupar el setenta por ciento. Como un arco iris que va de acá para allá* (y abarcaba un gran sector de circunferencia con el brazo extendido) *pero acaba antes de llegar al horizonte*. Pensó un momento. *Un treinta por ciento antes*, agregó con cierto rigor científico.

No estaba mal, aunque yo seguía prefiriendo la gran luna desplegada a cien metros de la tierra. ¿Y a qué velocidad cruzaría el cielo ese gran arco de luz? Siempre nos quedaba esa pregunta —y muchas otras— sin respuesta.

Pero no estábamos intranquilos. Intranquilos habíamos estado a principios de semana, cuando los diarios anunciaron que el cometa ya estaba sobre el mundo. Siempre nos habíamos figurado que saldríamos a la calle a saludar su venida. *Ahí llega, ahí llega el cometa*. Pero nada de eso sucedía: mirábamos el cielo y no veíamos nada.

Estaban los de los telescopios, claro. Los de los telescopios hacían cálculos y determinaban horarios y lugares estratégicos. Al parecer, el cuñado de la que acariciaba la oreja de un hombre, luego de consultar varios tratados, había encontrado las condiciones óptimas: el balcón de un primo suyo a las tres y veinticinco de la madrugada del miércoles y con el telescopio a 40 grados respecto de la dirección del Centauro. *¿Pero tu cuñado lo vio?*, le preguntamos al mismo tiempo el que estaba jugando con el gato y yo. *Él dice que le parece que lo vio*, fue la desvaída respuesta.

Teníamos cierta información de gente que había viajado a Chascomús o hasta un lugar entre San Miguel del Monte y Las Flores, o de unos que se habían corrido hasta Tandil, a un montículo cercano a la Piedra Movediza. Pero como no tuvimos oportunidad de hablar con ninguno, ignorábamos si tanto desplazamiento había dado sus frutos. Sabíamos por los avisos que se habían organizado charters de diversas categorías. Desde un viaje en jet a San Martín de los Andes que incluía cena con champán, suite diplomática, sauna y desayuno americano hasta excursiones en combi a diversas zonas del conurbano, algunas acompañadas de fogón criollo y guitarreada bajo la luz del cometa. No conocíamos los resultados. Pero tres líneas muy precisas en un diario del jueves nos hicieron desestimar tanto telescopio y travesía nocturna. Y así tenía que ser. Porque lo que siempre habíamos soñado, lo que de verdad deseábamos, era mirar hacia arriba y simplemente verlo. Y eso, decían las tres líneas del diario, iba a ser posible la noche del viernes, cuando ya fuera totalmente de noche; ahí el cometa se acercaría como nunca antes a la tierra. Entonces, y sólo entonces, podría ser visto como lo vieron los de rancho de paja y las de capelina, el abuelo en su banquito de tres patas y la familia embrujada de mi libro de lectura. Ahí nomás, en la Costanera Sur. Y para mayor gloria de ese momento único que habíamos ambicionado en los tiempos de Sandokán y que con suerte volvería a ocurrir para los nietos de nuestros hijos, ese viernes a la noche se apagarían todas las luces de la Costanera.

Por eso esta espera en la casa de San Telmo, entre lámparas y taburetes, tenía algo de vela de armas. Cada tanto alguno salía al balcón para ver si ya era de noche. *No vale la pena ir antes* (la que tomaba vino), *la luz no permite ver nada*. Y el del balcón: *No, no es por la luz, lo que pasa es que recién cuando esté oscuro va a aparecer sobre el horizonte. Eso dice el diario.* ¿Pero a qué hora exacta? Tampoco lo sabíamos. La oscuridad no es algo que cae sobre el mundo en un solo instante. Cierto. Pero hay un instante en que uno, mirando intempestivamente la calle, puede afirmar: ya es de noche. Lo dijo el que comía maníes y todos salimos al balcón a verificarlo.

En el camino hablamos poco. Estábamos cruzando Azopardo cuando el que iba cerca del cordón preguntó: *¿Ya habrá aparecido?* Y la del lado de la pared: *Mejor si ya apareció. Así cuando llegamos lo vemos de golpe, sobre el río.*

—¿El río?

No sé quién lo preguntó. Tampoco importaba demasiado. Me di cuenta de que también yo, desde que había leído el anuncio en el diario, lo había imaginado así: con su cola de polvo de estrellas prolongándose en el río. Pero ya no hay río en Buenos Aires. *Pasto y mosquitos, eso es lo único que hay en la Costanera Sur*, dijo el de mi derecha. *Igual tiene magia* (la que iba atrás); *es como si le quedara el recuerdo del río.* Pensé en el majestuoso espectro del Balneario Municipal, en la glorieta que celebra el arribo triunfal del Navegante Solitario, en Luis Viale, con su salvavidas de piedra, a punto de arrojarse (hacia un barrial donde hoy sólo chillan las cotorras) a salvar a los náufragos del Vapor de la Carrera. Pensé, en el puente giratorio: el mismo puente que crucé en el tranvía 14 cuando mi madre me llevaba al Balneario; tan familiar que yo sabía calcular el anchor de la playa por la altura a la que el agua golpeaba el murallón de piedra. Yo amaba ese puente, la palpitante espera, los días en que se abría pausado para que pasase un barco de carga, el suspenso cuando se cerraba, ya que un mínimo error en la posición de las vías (yo sospechaba) podría desencadenar un descarrilamiento atroz. Y la felicidad cuando el tranvía salía indemne y a mí me esperaba el río. El río era como la vida. El cometa era otra cosa: el cometa era una de esas felicidades que sólo se pueden atrapar en los libros. Distraídamente yo sabía que un día iba a volver, pero no lo esperaba. Porque en el tiempo en que la dicha consistía en amasar el barro del Balneario, cualquier cometa o paraíso vislumbrado más allá de mis veinte años no merecía siquiera ser soñado.

Y heme aquí caminando sobre este puente, me dije, ni tan extraña a la que un día lo cruzó en tranvía como para no amarlo de nuevo, ni tan desmejorada como para no estar por aullar de alegría mientras marcho con esta manga de locos al encuentro del cometa, como en una procesión.

Tardé en darme cuenta de que la palabra *procesión* venía motivada por la ola de gente que, a pie o en auto o en camiones o hasta en un tractor, se amontonaba cada vez más a medida que nos acercábamos a la Costanera.

La Costanera en sí era una pared virtual. Entre la multitud que trataba de conseguir una buena ubicación para ver el cielo, el humo de los puestos improvisados de choripán y la ausencia de focos, todo lo que se distinguía desde el Boulevard de los Italianos (donde estábamos ahora) era una dilatada ameba de consistencia mas bien humana en la que estábamos embebidos y que no dejaba de moverse y ronronear.

Allí, allí. Cerca de mí, una voz decidida había conseguido emerger de la ameba. Varios miramos. Detecté un índice flaco y nudoso que señalaba el nordeste.

—¿Dónde? No veo nada.

—Allí, ¿no lo ve?, un poco al costado de esas dos estrellas que están juntas. A un poquito así del horizonte.

—¿Pero sube? —preguntó a mi izquierda una voz desesperada.

—Bueno, sube despacio.

Creí verlo, despegándose lentamente de la lucecita de una casilla o de algo cerca del horizonte, cuando detrás de mí un ronco gritó:

—No, está ahí, bien arriba. Justo a la derecha de las Tres Marías.

No me costó enfocar las Tres Marías y estaba revisándoles el flanco derecho cuando escuché una voz de niño, realmente entusiasmada:

—¡Ya lo veo, ahí está! ¡Es enorme!

Busqué el dedo infantil y, con cierta esperanza, algo enorme en la dirección del dedo. Fue inútil.

—¿Sabe lo que pasa? —una voz casi en mi oreja—. Que uno lo mira a simple vista. Y no hay nada que hacerle: así a simple vista no se lo puede ver. La cosa es ponerse de costado y mirarlo de reojo.

Di medio giro. Noté que varios a mi alrededor hacían lo mismo, sólo que se ponían de costado respecto de cosas distintas. Me encogí de hombros y de reojo miré hacia arriba, primero con el ojo derecho y después con el ojo izquierdo. Una mano me tocó el tobillo. Me sacudí ligeramente y bajé la vista. Había varios acostados.

—¿Le doy un consejo? —vino una voz desde mis pies—. Acuéstese en el pasto. Así boca arriba uno mira de un saque toda la bóveda y me parece que lo encuentra enseguida.

Con docilidad me acosté junto a varios desconocidos y otra vez miré para arriba. En la noche sin lámparas, bajo la cúpula del Universo, estuve a punto de descubrir algo que tal vez me habría ayudado a proseguir la vida con sosiego. Entonces, a unos metros sobre mi cabeza, alguien habló:

—¿No se dan cuenta de que no sirve de nada mirar desde el suelo? La cosa es hacer una retícula con los dedos. ¿No leyeron que el efecto retícula aumenta la visión? Es igual que tener un microscopio.

El del microscopio me pareció poco confiable, así que el efecto retícula no lo llegué a probar. Con cierto desaliento me puse de pie. Eché una mirada a mi alrededor. Púberes, jorobados, parturientas, hipotensos, poligriyos y matronas señalaban simultánea y fragorosamente el cenit, el horizonte, la fuente de Lola Mora, los aviones que despegaban en Aeroparque, ciertas estrellas fugaces, unas cañitas voladoras, la Vía Láctea o el fantasma inesperado del viejo Vapor de la Carrera. Bizcos, enrollados, con retícula, moviendo las orejas, saltando en un pie, basculando la pelvis, valiéndose de telescopios, microscopios, periscopios o caleidoscopios, a través de anillitos, de cánulas, de ojos de aguja o de caños maestros, todos miraban el cielo. Cada uno, entre la avalancha de estrellas —frías y hermosas desde el despertar del mundo, frías y hermosas cuando el último brillito de nuestro planeta se apagara—, cada uno buscaba entre esas estrellas una única luz indefinible. Ni siquiera nos dimos cuenta de que estábamos descubriendo la muerte. Pero era eso: se nos había perdido —otra vez— una última oportunidad. Un día, como un melón, como una serpiente, como una bufanda de luz, como todo lo redondo o coludo o resplandeciente que es posible urdir por el mero deseo de ser feliz, el cometa de cola áurea giraría otra vez por el que había sido nuestro cielo. Pero nosotros, los que esa noche nos afanábamos y aguardábamos bajo las estrellas impasibles, nosotros los de esta costanera ya no agitaríamos la suave bruma nocturna para perseguirlo.

Maniobras contra el sueño

En el momento de partir, la señora Eloísa aún pensaba que volver a Azul en auto era un hecho afortunado. El viajante que trabajaba para su futuro consuegro había llegado puntual a buscarla al hotel y parecía una persona correcta; había puesto mucho cuidado al acomodar su pequeña valija de lagarto en el asiento de atrás y hasta le había pedido disculpas por lo lleno de mercadería que estaba el auto. Disculpa ociosa, pensó la señora Eloísa, estos primeros diálogos con desconocidos siempre le resultaban penosos. Ella misma, apenas el auto arrancó, se sintió obligada a hacer un comentario trivial acerca del calor agobiante, lo que generó un intercambio de opiniones sobre la baja presión, la probabilidad de lluvia y lo bien que esa lluvia le haría al campo, parecer —este último— que fue derivando mansamente hacia los campos del marido de la señora Eloísa, las tribulaciones de ser hacendado, las dichas y desventuras de ser viajante y los diversos atributos de otros muchos oficios. Al llegar a Cañuelas la señora Eloísa ya había hablado —primero con cordialidad, luego con creciente desgano— del carácter de sus tres hijos, de la inminente boda de la mayor, de las mesas de quesos, del colesterol bueno y del colesterol malo, de la alimentación más recomendable para un cocker spaniel, y a su vez conocía unos cuantos datos de la vida del hombre, datos que antes de llegar a San Miguel del Monte —y luego de un silencio gratamente prolongado— ni siquiera recordaba. Tenía sueño. Había apoyado la cabeza en el respaldo, había cerrado los ojos y empezaba a sentirse acunada por el sonido del motor, sordo, aletargante, parecido a chicharras de siestas abrasadoras *Le molesta si fumo*. Lo oyó como viniendo entre una niebla de aceite y con esfuerzo abrió los ojos.

—No, por favor.

Miró con languidez al hombre que conducía, no recordaba en absoluto cómo se llamaba; ¿señor Ibáñez?, ¿señor Velazco?, ¿señor Burbujita Encantadora?, ¿maese Eructos?

—Gran compañero cuando uno maneja.

Esta vez abrió los ojos con espanto. ¿Quién? ¿Quién era un gran compañero? Buscó una pista a su alrededor pero nada: sólo el hombre fumando con los ojos exageradamente abiertos. El cigarrillo, claro. Hizo lo posible por ser vivaz:

—Todos me dicen que es extraordinario cómo despeja la mente.

Nunca nadie le había dicho semejante estupidez, había sido un error no volver en ómnibus, ahora habría podido extenderse en el asiento y dormir plácidamente. Entrecerró los ojos y pensó que, hasta cierto punto, acá también podía hacerlo. Apoyar la cabeza en el respaldo y quedarse dormida. Así, delicioso: dejarse adormecer y no despertarse hasta *gran suerte*. ¿Lo oyó? ¿Este hombre acababa de decir "gran suerte"?, ¿no iba a callarse nunca entonces?

—... porque la verdad que esta pesadez da sueño.

En la señora Eloísa fulguró un destello de alegría.

—Un sueño intolerable —dijo. Pensó que ahora el hombre se daría cuenta de que ella necesitaba dormir.

—Y no sólo la pesadez, ¿sabe una cosa? —dijo el hombre—. Anoche no pude pegar los ojos ni un segundo. Por los mosquitos, ¿vio que hay invasión de mosquitos?

Cállese, por favor, clamó ella en silencio.

—Por el calor —dijo—, si no viene una buena tormenta...

—La tormenta ya se viene, mire —el hombre indicó con la cabeza una masa oscura que venía del sur—. En dos minutos vamos a tener una lluviecita que para qué le cuento.

—Sí, qué lluviecita.

Ahora el sueño era un sentimiento doloroso contra el que no deseaba luchar. Casi con obscenidad volvió a apoyar la cabeza en el respaldo y dejó que los párpados cayeran pesadamente. Poco a poco fue desentendiéndose del calor y del hombre y se fue entregando al traqueteo monocorde del auto.

Pero descansado no le tengo miedo a la lluvia. Dejó que las palabras se deslizaran por su cabeza, casi sin registrarlas. *Lo que pasa es que hoy, qué sé yo, me parece que en cualquier momento me voy a dormir.*

¿Un estado de alerta dentro del sueño? Tal vez motivado por el chasquido de las primeras gotas.

—¿Le digo una cosa? Hoy, si no tenía una buena compañía que me charlase, ni me animaba a salir.

Ella no abrió los ojos. Dijo con sequedad:

—No sé si soy una buena compañía.

La rabia casi había conseguido desvelarla pero no iba a darle al hombre el gusto de conversar: fingió que se dormía. Enseguida oyó la lluvia como una demolición. Durante unos minutos fue todo lo que oyó y poco a poco se fue quedando realmente dormida.

—Por favor, hábleme.

Las palabras entraron en el sueño como un grito. La señora Eloísa abrió con dificultad los ojos.

—Qué manera de llover —dijo.

—Terrible —dijo el hombre.

Ahora otra vez le tocaba a ella.

—¿Le gusta la lluvia? —dijo.

—Poco —dijo el hombre.

Sin duda él no la ayudaba. Todo lo que pretendía era que hablase ella para no quedarse dormido. Casi nada.

—A mí me gusta, me gusta mucho —sospechó que por ese camino podía llegar a un punto muerto; se apuró a agregar—: es decir, no así.

En un altillo, yo muerta de hambre, ¿pintora?, bailarina, y un hermoso hombre de barba amándome como nunca imaginé que se podía amar, y la lluvia sobre el techo de chapa.

—No así —repitió con energía (debía darse tiempo para encontrarle otro rumbo a la conversación: el sueño la hacía meterse en callejones sin salida). Impulsivamente dijo—: Una vez escribí una composición sobre la lluvia —se rió—. Es decir, qué tonta, debo haber escrito muchas composiciones sobre la lluvia, es un tema tan vulgar.

Esperó. Luego de unos segundos el hombre dijo:

—No, no crea.

Pero no agregó nada más.

La señora Eloísa buscó con cuidado algo nuevo de qué hablar. Dijo:

—Me gustaba hacer composiciones —por fortuna empezaba a sentirse locuaz—. Tenía temperamento artístico, me dijo una vez una profesora. Originalidad. Esa composición que le digo, es raro que me haya acordado de golpe. Es decir, es raro que le haya dicho "una vez escribí una composición sobre la lluvia", no le parece, cuando en realidad escribí tantas —el secreto era hablar y no detenerse—, y que no tuviera ni idea de por qué lo dije cuando lo dije, y que ahora sí. Es decir, no sé si puede entenderlo, pero ahora estoy segura de que cuando le dije "una vez escribí una composición sobre la lluvia", quería decir la de los pordioseros y no otra.

Se detuvo, orgullosa de sí misma: había llevado la conversación a un punto interesante. Podía apostar a que ahora el hombre iba a preguntarle: ¿Pordioseros? Eso sin duda facilitaría las cosas.

No, al hombre no parecía haberle llamado la atención. De cualquier modo, ella sin duda había dado con una buena veta porque ahora recordaba nítida toda la composición. Era lo esencial: un tema concreto, cosa de seguir hablando y hablando aun cuando estuviera un poco dormida. Dijo:

—Mire qué curioso, en esa composición yo decía que la lluvia era una bendición para los pordioseros, ¿cómo se me podía ocurrir una cosa así?

—Qué curioso —dijo el hombre.

La señora Eloísa se sintió alentada.

—Yo dentro de mí le daba una explicación bastante lógica. Decía que los pordioseros viven calcinándose al sol, en fin, se ve que me imaginaba que para ellos era siempre verano, bueno, se calcinaban al sol y entonces, cuando llegaba la lluvia, era como una bendición, la fiesta de los pordioseros, creo que decía.

Apoyó la cabeza en el respaldo como quien se premia. AZUL 170 KM, leyó a través del agua. Suspiró aliviada: había conseguido hablar un buen trecho, seguro que el hombre ya estaría despejado. Cerró los ojos y disfrutó de su propio silencio y de la amodorrante letanía del agua. Con ternura se fue dejando arrastrar hacia la concavidad del sueño.

—Hábleme.

Sonó imperioso y desesperado a la vez. Recordó al hombre y su cansancio, ¿es que tenía tanto sueño como ella? Mi Dios. Sin abrir los ojos trató de acordarse sobre qué había estado hablando antes de dormirse. La composición. ¿Qué más podía decir sobre la composición?

—Usted pensará que... —le costaba retomar el hilo—, es decir, la maestra pensaba que... —ahora le parecía vislumbrar otra punta del recuerdo. Dijo con firmeza—: Hizo un círculo rojo. La maestra. Hizo un círculo rojo alrededor de "bendición", y escribió con letras de imprenta una palabra que yo en ese tiempo desconocía: Incoherente —miró con desconfianza al hombre—. No era incoherente. Tal vez usted piense que era incoherente pero no lo era.

—No, por favor —dijo el hombre—, ¿por qué iba a pensar eso?

—Sí, seguro que usted lo piensa porque yo misma me puedo dar cuenta de que parece incoherente pero hay cosas... —¿cosas, qué?; ya no veía con tanta claridad como recién por qué eso no era incoherente. Igual debía seguir hablando de lo que fuera antes de que el hombre se lo ordenase—. Quiero decir que hay veces en que el calor es peor que... —Contra su voluntad miró el cartel indicador. Un error: saber con exactitud cuántos kilómetros más debería seguir hablando le produjo una sensación angustiosa, como de estar cayendo en un pozo—. Hay veces en que el calor es abrumador, sobre todo si... —Buscaba con pánico las palabras, ¿y si nunca más encontraba un tema de conversación? Durante un brevísimo instante tuvo que reprimir el deseo de abrir la puerta y arrojarse al camino. De golpe dijo—: Una vez vi a una pordiosera —y se sorprendió de sus propias palabras porque la imagen no estaba en su memoria ni en ninguna parte: acababa de emerger de la nada, nítida bajo el calor sofocante de Buenos Aires: una mujer joven y desgreñada, un poco ausente entre los autos—. No sé si sería una pordiosera, es decir, no sé si ésa es la manera adecuada de llamarla: era rubia, y muy joven, de eso me acuerdo bien, y si no hubiese estado tan despeinada y tan flaca y con esa cara de desaliento... Eso era lo peor, la cara, esa impresión que daba de que iba a seguir día tras día errando entre los autos como si nada en el mundo le importara.

Hizo una pausa y miró al hombre; él hizo un leve gesto de asentimiento con la cabeza, como autorizándola a seguir.

—Había autos, ¿le dije que había autos?, un embotellamiento o algo así. Yo estaba en Buenos Aires con mi marido y con mi... Perdón, me había olvidado de decirle que hacía un calor espantoso, si no sabe lo del calor no va a entender nada. El auto estaba atascado y el sol pegaba de frente así que yo saqué la cabeza por la ventanilla para respirar un poco. Entonces fue que la vi, mirándonos a todos con una indiferencia que daba miedo. Mi marido no la vio, es decir, no sé si la vio porque no me comentó nada, a él no le llaman la atención estas cosas. Estaba bien vestida, ¿se da cuenta de lo que le quiero decir?, una blusa y una pollera ajadas y muy sucias, pero se notaba a la legua que era buena ropa. Estaba ahí, entre los autos, y ni siquiera hacía el ademán de pedir, por eso no sé si está bien llamarla pordiosera. Era como si un buen día, así como andaba vestida, hubiese cerrado la puerta de su casa con todo lo que había adentro: el marido, las fuentecitas de plata, esas reuniones de imbéciles, todo lo que odiaba, ¿se da cuenta? Al chico no, ahí tiene, ahí se da cuenta de que al chico en realidad no lo odiaba. Le resultaba pesado, simplemente, y más con ese calor. Pero odiarlo no lo odiaba. Al fin y al cabo se lo había traído con ella.

—Disculpe, me parece que me perdí —el hombre parecía más despierto ahora—. ¿Había un chico?

—Claro —dijo con fastidio la señora Eloísa—, ya le dije al principio que tenía un chico, si no qué era lo terrible. La mujer estaba ahí, en medio de los autos, con el chico en brazos y mirándonos con esa cara de. Un bebé grande y muy rubio, rubio como la mujer, y gordo, demasiado gordo para cargarlo con ese calor, ¿entiende lo que le quiero decir? No me diga que sí, que entiende, yo sé que por más que se esfuerce no puede entenderlo. A usted le parece que sí, que lo entiende lo más bien, pero hay que cargar con una criatura cuando una está cansada y tiene calor para saber lo que es. Y eso que yo iba sentada, no como la mujer; sentada lo más cómoda en el auto. Pero igual sentía el peso sobre las piernas, y la pollera pegoteada, y encima mi beba que lloraba como si la estuvieran... —miró con desconfianza al hombre que parecía a punto de decir algo. Ella no le dio tiempo—. Pero la mujer ni siquiera estaba sentada y a mí me parece que la espalda le debía estar doliendo una barbaridad. No tenía cara de dolor, tenía cara de indiferencia, pero yo igual me daba cuenta de que la criatura era demasiado pesada para ella.

Se quedó en silencio, un poco absorta. El hombre sacudía la cabeza. De pronto pareció haber descubierto algo que lo puso contento.

—Lo que es la vida, ¿no? —dijo—, seguro es la que se va a casar.

La señora Eloísa lo miró, perpleja.

—No entiendo lo que me quiere decir.

—Su beba, digo, se me ocurrió, esa nena llorona que llevaba en brazos —el hombre se rió bonachonamente—. Como pasan los años, seguro que ha de ser la que se le va a casar.

—Yo nunca dije eso —dijo ella con violencia.

—Perdón, no sé. Dijo que lloraba y entonces yo pensé...

—No, no me entendió, no lloraba. Yo dije muy claramente que pesaba mucho y que a la mujer le debía doler la espalda. Pero nunca dije que llorara. ¿Que iba a ponerse a llorar en cualquier momento? Eso se lo admito. No lo aclaré pero se lo admito: todos lloran. ¿Vio con qué desesperación lloran cuando una piensa que tienen todo lo que quieren y no se puede dar cuenta de lo que les pasa? Ese día hacía calor, un calor intolerable. Y el cielo era de un azul que lastimaba, un azul con el que una podría ser feliz si estuviera sola, o al lado de alguien muy —giró la cabeza hacia el hombre. Dijo con ira—: Si una no tuviera que cargar sobre la falda a un bebé que llora sin motivo —se pasó una mano por la frente como si estuviera espantando un insecto—. La mujer no hacía ningún gesto, seguía ahí parada con su aire de abandono, pero yo adiviné enseguida que estaba enfurecida. Quería tirar al chico, arrojarlo contra algo, pero no porque lo odiara. Quería tirarlo porque le pesaba mucho y hacía calor, ¿se da cuenta? No se puede soportar ese calor, y el peso, y el terror de que se pongan a llorar en cualquier momento.

Después se puso a mirar la lluvia como si nunca hubiese hablado.

El hombre se movió en el asiento. Se aclaró la garganta.

—¿Y entonces qué pasó?

Ella se volvió hacia él con irritación.

—¿Cómo qué pasó? Eso pasó, ¿le parece poco? Una mujer muy cansada y con esa ropa tan linda, no sé, como si un buen día se hubiese dado cuenta de que estaba harta de todo. Entonces agarró al chico, cerró bien cerrada la puerta de su casa y se fue. Así de simple. Ya sé que resulta difícil entenderlo pero así pasan las cosas. Una puede estar lo más tranquila corriendo una cortina o comiendo un alfajor, y de pronto se da cuenta de que no da más. ¿Usted sabe lo que es una criatura que llora todo el día y toda la noche, todo el día y toda la noche? Una criatura es algo demasiado pesado para el cuerpo de una mujer. Después, con los otros, una se acostumbra o, ¿cómo decirle?, una se doblega tal vez. Pero con el primero es tan exasperante. Una resiste, no crea, una resiste y cada mañana se repite a sí misma que todo está bien, que tiene todo lo que una mujer puede soñar, que cómo la deben estar... No, si da vergüenza confesarlo, pero es la verdad, hasta eso se llega a pensar: en las otras, quiero decir, en como la deben estar envidiando las otras mujeres con este marido tan atento que una tiene, y esta casa tan confortable, y esta beba tan gordita. Cosas así puede una llegar a pensar para tranquilizarse. Pero un buen día, no sé, algo se suelta. La beba que no para de llorar, o el calor, no sé, una no puede acordarse bien de todas las cosas si después no la dejan hablar de eso, ¿no le parece? Que no, insistían con que no, que ellos sabían lo que había que decir, que yo igual estaba enferma y no era aconsejable que hablase... Armaron toda una historia, un accidente o algo así, creo, pero no sé si fue lo mejor. Si yo lo único que quería, lo único que necesitaba decirles era que no la odiaba, cómo la iba a odiar, la quería con toda mi alma, ¿usted por lo menos me entiende? Simplemente la estrellé contra el suelo porque lloraba y lloraba y me pesaba tanto, usted no puede imaginarse, me pesaba más que lo que mi cuerpo podía resistir.

Ahora estaba muy cansada y pensó que le faltarían las fuerzas, que sencillamente le faltarían las fuerzas para seguir hablando el resto del camino.

—Quiero bajarme —dijo.

El hombre frenó. Debía tener mucho apuro por alejarse porque sólo la miró una vez, parada bajo la lluvia en la banquina, y arrancó enseguida. Ni siquiera le avisó que se olvidaba la valija de lagarto en el asiento de atrás. Mejor, esa valija era demasiado pesada para ella.

Una mañana para ser feliz

A Graciela Tabak

La mujer entró en el departamento cuidando de no hacer ruido. El teléfono empezó a sonar mientras acomodaba unas bolsas de compras. Corrió a atender con la premura de quien espera algo de una llamada telefónica.

—Hola —dijo en voz baja.

—Claro, me imaginé que ibas a estar.

La voz chillona le hizo el efecto de un estilete en la nuca.

—Supongo, si no no ibas a llamar, ¿no?

—Qué picardía —dijo la voz, ignorándola—. Con un domingo tan lindo. La verdad que Leonardo podía haber estado acá para el fin de semana.

—Ya te dije que ese congreso era muy importante para él. Y San Juan no está a dos cuadras, no sé si te habrás dado cuenta. No puede ir y volver cuando a vos se te antoje.

—Por mí —hubo una pausa; el tiempo suficiente para que alguien se encogiera de hombros—. Lo que me da pena es que tengas que quedarte así encerrada con un domingo tan hermoso.

—No estoy encerrada, ni sé qué diablos es lo que tiene que darte pena, ni me importa en absoluto que el día sea hermoso —la mujer tomó aire—. Y si tuviera ganas de salir, saldría. ¿Está claro?

—Más claro echale agua.

La mujer pudo advertir cierta nota de agravio, o de dolor, en la voz, pero no experimentaba ningún deseo de decir algo amable. Ni de decir nada.

—¿Y la nena cómo está? —resurgió la voz—. Porque la noté un poco tristona el otro día.

—¿Sí? Yo no tuve oportunidad de notarle nada. Ni la vi en los últimos días si te interesa el dato.

—¿Cómo no la viste? ¿Dónde está? Bea, ¿qué pasa con la nena?

Está asustada, pensó la mujer llamada Bea; como si el mundo que conoció pudiera saltar en pedazos. Con un movimiento brusco se sacó el pelo de la frente. Que ella arregle su vida, pensó; yo ya tengo bastante con la mía.

—No sé *qué pasa con la nena*. Supongo que le debe parecer sumamente interesante arruinarme la vida. Te diría que viene a ser el único motivo de su existencia.

—Te pregunté dónde está.

La dureza de la voz barrió de Bea todo vestigio de piedad.

—En la cama.

—¿Cómo, en la cama? Vos me dijiste que hacía días...

Bea cerró un momento los ojos.

—Está bien, está bien. No quise decir que en todos estos días no la haya visto. Quise decir que para el caso da lo mismo que la haya visto o no. No está nunca, y cuando está se encierra, da portazos, esas cosas.

—Es la edad —dijo la voz—, no sabés lo difícil que es esta edad.

—*No, no sé* —murmuró Bea.

—Qué dijiste.

Cerró los ojos para no llorar. Un rencor imprevisto y desproporcionado la erizó como ante un enemigo.

—En serio, no entendí qué dijiste —dijo la voz.

Tuvo un sobresalto. Le pareció que había estado a punto de descubrir algo. Con desgano retomó el hilo.

—Que es realmente maravilloso que te haya llevado nada más que treinta años darte cuenta.

—¿Darme cuenta de qué? Bea, haceme caso, salí. Estás realmente muy nerviosa.

—¡No estoy nerviosa! —gritó Bea. Pensó que no debía haber gritado. Giró el cuerpo y miró con inquietud una puerta cerrada en el pasillo.

—Ves que tengo razón: estás hecha una pila —dijo la voz—. Y claro, si te quedás encerrada con un día así nada más que porque Leonardo... ¿Y la nena? ¿Por qué duerme con un día tan hermoso? ¿Tuvo alguna fiestita?

Hubo un silencio vigilante; como si las dos aguardaran una explosión que no se produjo.

—No sé qué tuvo —dijo al fin Bea—. Algo debió tener porque a las nueve de la noche agarró su famosa guitarra y se fue.

—No le preguntaste —dijo la voz con tristeza.

—No, no le pregunté. ¿Y sabés por qué no le pregunté? Porque anteayer a la madrugada sí tuve la mala idea de preguntarle. Y se puso como una fiera. ¿Te parece muy exagerado que quiera saber a dónde va mi hija de catorce años a las cinco de la madrugada?

—¿Salió a las cinco de la madrugada?

Ahí estaba otra vez ese pequeño miedo.

—Salió a las cinco y media, si te gusta más así. Parece que tenía que ver la salida del sol desde el río. ¡La salida del sol! Como si nunca en su vida hubiese visto una salida de sol. No, esta vez era distinto, dijo. Esta vez había arreglado con no sé qué gente maravillosa para ver *desde el principio* la salida del sol en el río. Le dije que era absurdo, que ella había visto miles de veces la salida del sol. En el río, y en el mar, y en la mismísima loma de la mierda.

—¿Le dijiste en la mismísima loma de la mierda? —dijo la voz.

—¡Qué importancia tiene eso! —gritó Bea ¡Por qué tendrás que hacer siempre preguntas imbéciles! —Esperó, pero ninguna señal vino desde el otro lado de la línea. Consiguió hablar con normalidad—: Le dije que era ridículo, ¿está bien así?, ridículo y encima peligroso y entonces, ¿sabés qué hizo? Se puso a llorar. Lloraba y mientras lloraba decía que yo siempre le arruino todo, que todas las cosas que a ella le gusta hacer, yo, ¿entendiste bien?, *yo* se las arruino. Que iba a ir igual, sí, porque ya había arreglado con esa gente maravillosa, pero que ahora no era lo mismo. Que ahora —dudó; lo dijo—, que ahora ya no podría ser feliz.

Una pequeña herida estuvo a punto de volver a abrirse en algún sitio, pero no lo permitió.

—Así que a la noche, por más que pasó tres veces delante de mis narices con su famosa guitarra... Tres veces, ¿te la podés imaginar? Tres veces delante tuyo como provocándote a que le preguntes a dónde va. Con una cara que vos no sabés si se muere de ganas de contarte algo que le importa mucho o sólo busca que le des otra vez la oportunidad de zamparte, bien en el medio de la cara, que vos no la dejás ser feliz. Así que opté por lo más sencillo: no le pregunté nada. ¿Te parece incorrecto?

—La verdad, yo ya no sé qué es lo correcto y qué es lo incorrecto. ¿Ella sufría?

Bea levantó las cejas, desconcertada.

—Yo —se tocó el pecho con la palma—. Yo sufría.

Desde el otro lado se escuchó un suspiro.

—Mi Dios, qué difícil es ser madre—dijo la voz.

—Y ser hija ni te cuento.

Lo dijo en un murmullo Y apenas lo dijo le pareció escuchar un pequeño ruido. Se puso alerta.

—¿Qué dijiste? —dijo la voz.

Bea no la escuchó. Tenía la vista clavada en la puerta del pasillo.

—Mamá, tengo que cortarte —dijo.

—¿Por qué? ¿Por qué tenés que cortarme tan pronto?— dijo la voz.

Bea tapó con la mano la boquilla del teléfono e hizo algo inesperado: aulló.

—Estoy ocupada —dijo después, un poco más calmada.

—¿En qué estás ocupada? No me dijiste nada —dijo la voz.

—Por Dios —trató de moderar el tono todo lo que le fue posible—, ¿podrías dejarte alguna vez de hacer preguntas estúpidas?

—¿Qué se te dio ahora por hablar con esa voz de carnero degollado? —dijo imperturbable la voz.

Bea gritó.

—¡Dejame en paz de una vez! —gritó.

Estoy vieja, le pareció escuchar mientras alejaba el auricular. No llegó a verificarlo. Antes de que acabara de darle forma a una idea que, con incomodidad, se instaló en su cabeza —¿tal vez la que le hablaba tenía tanto miedo de quedarse sola que no le importaba ser humillada con tal de seguir escuchando la voz de otro?—, antes de que ese pensamiento tomara forma, su mano, automáticamente, colgó el auricular, y ella volvió a preocuparse sólo por lo que podía ocurrir detrás de la puerta cerrada.

Esperó unos segundos; después, en puntas de pie, caminó hacia esa puerta. Se detuvo a unos pasos y prestó atención: ningún sonido había vuelto a escucharse. Se acercó más e inició el ademán de apoyar la oreja en la puerta, pero se arrepintió. Dio un paso atrás, tomó aire y dijo:

—¿Ya te despertaste?

Aguardó, pero nada se produjo.

—¿Ya te despertaste? —volvió a decir.

Esta vez el silencio la hirió como un insulto.

—¡Estoy absolutamente harta de vos! —gritó. Y entró en la pieza.

Ahí estaban: la cama deshecha, la mesita atiborrada de cosas inservibles, ropa tirada por cualquier parte, la guitarra, sin la funda, abandonada en el suelo. Y la ventana exhibiendo inútilmente su sol y sus hojas verdes.

Recorrió el departamento y llamó varias veces pero era evidente que no había nadie.

Volvió a la habitación y miró con desamparo a su alrededor. Buscaba un indicio, aunque no sabía bien de qué. Vio un cuaderno sobre la mesita, lo tomó, observó con extrañeza los dibujos, los nombres escritos en la tapa. Hubo el golpe leve de una puerta al cerrarse pero ella no le prestó atención, pasaba las páginas del cuaderno como quien trata de encontrar algo perdido. "Caras hostiles", leyó al azar; se sintió herida y volvió atrás. "Ella venía de un mundo fantástico y traía una rosa. La llevó a su casa pero allí sólo vio caras hostiles. Rodeando la mesa no había nadie para recibir su regalo."

¡Farsante! pensó con una violencia que la tomó por sorpresa. *¿Cuándo trajiste una rosa a casa, vos?*

—¿Qué hacés con mi cuaderno? —escuchó a su espalda.

No se dio vuelta enseguida. Como si la postergación del movimiento pudiera despojar de realidad lo que estaba sucediendo.

Pero su hija estaba ante ella, bien real, y la observaba con desprecio a través del pelo.

—Así que ahora también me espiás —dijo—. Era lo único que te faltaba.

Bea sintió que se estaba cometiendo una injusticia con ella. Se tuvo piedad.

—¿Y vos? —gritó—. ¿Vos que aprovechás la menor salida mía para huir como una ladrona? ¿Sabés lo que sos vos? ¡Una farsante!

¿Fue la recurrencia de la palabra "farsante" o el excesivo desprecio con que la miraba la adolescente que tenía ante ella? Tal vez fue el eco de su propia reciente teatralidad. Lo cierto es que difusamente supo que el melodrama —igual que otros excesos— puede ser un vestigio descarriado de la sed de vivir. De modo que, por segunda vez esa mañana, estuvo a punto de comprender algo. Quizá que la desmesura del odio de su hija no era muy diferente de su propia necesidad de aullar. O de ser feliz cuando afuera es octubre.

Entonces sonó el teléfono.

Corrió a atender con el corazón arrasado por la esperanza.

—¿Ya se despertó la nena? —dijo la voz.

Algo en su interior se desplomó.

—¡Si acabamos de cortar! —gritó.

—No me grites —dijo la voz—. ¿Te creés que yo no tengo sentimientos?

—¡No me importan tus sentimientos! —gritó Bea—. ¡No me importan tus sentimientos ni los de absolutamente nadie en el mundo!

Escuchó la puerta del departamento abriéndose y después el portazo. *Hablame*, *hablame*, alcanzó a oír antes de cortar el teléfono. Como sonaría la voz del último sobreviviente en la abisal noche del mundo.

El pequeño tesoro de cada cual

La puerta cancel abriéndose apenas. Asomada en la rendija, la cara de una mujer de pelo gris. Sonreía. Inesperadamente, el dibujo de un libro fulguró en la cabeza de Ana, ¿*Alicia en el País de las Maravillas*? Un gato sonriente que se borraba. No de golpe: se desdibujaba paso a paso, primero la cola, después el cuerpo, por fin la cabeza, hasta que sólo permanecía la sonrisa, rígida, descomunal, suspendida de la nada. Esto era lo mismo pero al revés. Como si la sonrisa hubiese estado allí antes de que la puerta se entreabriera. Esperándola.

—Qué se le ofrece, señorita.

La pregunta de la mujer, en cambio, no indicaba que la esperase. Curioso, con tanta propaganda como había habido, pero en fin. Ana adoptó (le parecía) cierta inflexión de funcionaria.

—Es por el censo nacional, señora. Yo soy la censista.

—¡Ay, la censista! —la exclamación de la mujer fue sorprendente: una mezcla de saludo entusiasta y de lamento—. Le dije a mi hija que usted iba a venir a mediodía, pero ella...

Dejó la frase suspendida en el aire. Esta mujer deja todo suspendido en el aire, se le ocurrió a Ana.

—Lo siento —dijo—, una llega a la hora que puede.

—Por supuesto, mi hijita —la mujer abrió la puerta—. Pase, por favor, se la va a llevar el viento con ese cuerpito.

Así enflaquecida por la mujer, Ana notó que tenía hambre. ¿O era por el olor? Olor a comida sustanciosa seduciéndola apenas dejó atrás el zaguán. El vestíbulo se veía impecable. Pulido piso de mosaicos, carpetitas, muebles relucientes, sólo una revista de historietas abierta en el suelo parecía fuera de sitio. La mujer sacudió la cabeza cuando la notó. "Ay, estos chicos", protestó con suavidad mientras la levantaba. Ana saboreó el olor a comida, más nítido ahora.

—Ya sé que la hora es un poco incómoda —dijo—, pero son unos minutos nada más.

—Pero no, mi querida, puede quedarse toda la tarde si gusta. Perdón, no me presenté, soy la señora de Ferrari. Pero todos me dicen Amelia nomás.

—Y yo soy Ana, ¿puedo sentarme por acá, así hacemos esto?

—De ninguna manera, usted se viene conmigo al comedor y se acomoda como Dios manda —abrió una puerta que daba al patio—. Lo que me preocupa es que mi hija la mayor se haya ido, y encima el sinvergüenza de mi marido tiene que avisar justo hoy que no viene a almorzar —sonrió con ternura—. Pobrecito, él que aprovecha el feriado para adelantar trabajo y yo tratándolo de sinvergüenza.

—La verdad que para esto no va a hacer ninguna falta su marido.

La mujer se llevó una mano a la boca con una especie de pudor.

—Ya sé que usted se va a burlar de mí, le digo porque tengo tres hijas, mire si no voy a saber lo que piensan las chicas hoy en día, pase por acá, pero qué quiere, una está chapada a la antigua. Para mí, el que resuelve las cosas en casa es mi marido, él me acostumbró así, qué quiere, me lleva quince años. Cuando nos casamos yo parecía la hija así que imagínese, yo para él soy siempre su ¡Cuidado!

Justo a tiempo. Un segundo más y Ana habría pisado una patineta atravesada en la puerta del comedor.

—Ay, estos chicos, —rezongó la mujer, como antes en el vestíbulo—. Siéntese aquí, querida, así se repone —le indicó una silla ante una mesa con mantel, llena de tazas y restos de desayuno—. Lo que pasa es que es el más chiquito, sabe, y el único varón, un rubio tan comprador —emitió una risita—. El mimado de la familia, se podrá imaginar.

Sí, se podía imaginar. Lo que en cambio no podía imaginarse era por qué la mujer había insistido tanto en traerla al comedor: migas por todas partes, ni un espacio como la gente para poner las planillas. La mujer pareció darse cuenta porque trajo una bandeja y empezó a vaciar la mesa.

—No sé qué va a pensar de mí —dijo; Ana miró con languidez una tostada con dulce, semicomida, que la mujer estaba levantando—. Lo que pasa es que, cuando una tiene una familia tan grande...

Ana llenó los encabezamientos tratando de no escuchar. ¿No había cierta voracidad en estas esposas que exhibían a sus maridos y a sus hijos como una pequeña obra de arte? Terminó de escribir y observó unos segundos el ajetreo de la mujer.

—No se preocupe por la mesa, por favor. ¿Le importaría mucho sentarse un momento, así terminamos de una vez con esto? Son pocas preguntas.

—Ya estoy con usted —ahora la mujer recogía el mantel tratando de que no se cayesen las migas—. Créame, no me gusta ver todo en desorden, lo que pasa es que con la cuestión del feriado los chicos se levantaron como a las doce. Y claro, salieron a los apurones. Llevo esto a la cocina y estoy con usted.

—Señora, por favor, todavía me queda un montón de casas para visitar y ni siquiera almorcé. ¿No podríamos de una buena vez

—Ay, hijita, soy una criminal. La tengo acá muerta de hambre y ni siquiera la convido con un bocado. Mire, vamos a hacer una cosa, hoy me plantaron todos con el almuerzo. Venga, venga conmigo a la cocina, usted me hace las preguntas y yo la invito a almorzar. Me va a hacer un favor, en serio, no estoy acostumbrada a comer sola.

—Lo que pasa, señora, es que estoy cumpliendo una función —dijo Ana, y se sintió vagamente estúpida.

—Vamos, no me va a engañar a mí que podría ser su madre. Venga conmigo a la cocina, si está muerta de hambre, a mi marido y a mis chicos les encanta comer en la cocina.

¿No había deseado hasta hacía unos minutos que alguien la convidara aunque fuera con una mísera galletita? Aspiró con algo de gula el olor a comida y se puso de pie.

La mujer caminó hasta una puerta que debía comunicar con otra habitación; la abrió y, como si hubiese visto algo inadecuado, la cerró con un portazo.

—Dios mío, la iba a hacer pasar por los dormitorios —dijo—. No me acordaba que hoy ni tendí las camas. Venga por acá —y salió por la puerta que daba al patio.

Ana se encogió de hombros y la siguió, qué le importaba al fin y al cabo. Los gritos lejanos de una mujer y la voz de un chico le llegaron desde atrás de la medianera. Los vecinos de al lado, pensó; a esta casa no le falta nada.

—Todo el día gritando, ya me tienen cansada —refunfuñó la mujer; miró fugazmente a Ana y dulcificó el tono—. En fin, son chicos como los míos, ¿no? Lo que pasa es que una siempre ve la paja en el ojo ajeno. Vamos, entre, ésta es la cocina.

Una gran cacerola humeaba sobre la hornalla. La mujer levantó la tapa y revolvió con una cuchara de madera. Un vapor suculento se esparció por el aire.

—Venga, mire, dígame si me iba a plantar con toda esta comida, si alcanza para un regimiento —rió bonachonamente—. Siempre hago de más, qué quiere, si estos en cualquier momento se me aparecen con un invitado.

Es algo así como la madre ideal, pensó Ana. Se sentó y acomodó las planillas mientras la mujer preparaba la mesa para dos y ponía la comida en una especie de sopera. Por fin trajo la sopera a la mesa y se sentó.

—Pregunte, querida, así después comemos tranquilas.

Empezó a llenar los platos. Ana tomó la lapicera.

—¿Cuántas personas viven en la casa? —dijo, aunque, a esta altura, ni falta le hacía preguntarlo.

—Nada más que nosotros —dijo la mujer con cierto orgullo—. Perdón, usted querrá saber quiénes somos, esas cosas. Mi marido, mis tres hijas y el nene: el benjamín —se quedó un segundo en silencio—. Y yo, claro. ¿Le digo las edades?

—No hace falta. ¿Cuántos trabajan?

—Mi marido.

—¿El único?

—Ah, sí, él nos mantiene a todos. Bueno, mi hija la mayor trabaja también, es decoradora. Pero nada más que para los gustos, eh. El padre no quería pero yo estoy con la juventud moderna.

—Sí, señora, sí. ¿Alguno va a la escuela?

La mujer se rió.

—Qué pregunta, claro. El nene, todavía en la primaria; la menor de las chicas, en cuarto año normal, y la que sigue terminando medicina. Ésa es una luz, no es porque yo sea la madre.

Ana miró de reojo el plato recién servido. París bien valía una misa, ¿no?

—¿Cuántas habitaciones tiene la casa?

—¿Qué? —la mujer se puso alerta pero después se aflojó—. Ah, cinco. Cinco habitaciones.

Ana echó un vistazo al patio: no parecía muy

grande. En fin. Anotó en el casillero: cinco. Miró a la mujer.

—Muy bien —tono de maestra que ha acabado de tomar la lección.

—¿Ya está?

Ana dejó la lapicera y corrió las planillas.

—Ya está —dijo.

Consideró un segundo la expresión fascinada de la mujer y decidió acercarse el plato ella misma. Inesperadamente, la mujer canturreó. Ahora parecía más joven: resplandecía.

—Así que esto era todo —murmuró como quien piensa.

Ana comía. Delicioso, realmente. Ahora sí, que la mujer hablara todo lo que quisiese. De su marido ejemplar y de sus tres jóvenes gracias y del retozón rubio alegría de la familia. Por qué no, cada uno tiene su pequeño tesoro. Comiendo se sentía magnánima.

—¿Vio que no era para tanto? —dijo con tono juguetón.

La mujer sacudió la cabeza. Parecía no creer del todo en los hechos prodigiosos que acababan de ocurrir. Con timidez señaló las planillas.

—Y esto, ¿adónde va? —dijo.

—¿Esto? —Ana contempló con desconfianza la pila de papeles—. No sé, harán estadísticas, esas cosas.

—Estadísticas —repitió la mujer con expresión soñadora.

Pensándolo bien, mejor terminar el almuerzo enseguida e irse: antes de que la mujer empezara a hablar otra vez. "¡Te bajás de ahí inmediatamente!", oyó. "¡No me bajo nada!" Los vecinos de al lado, gente barullera realmente, tenía razón la mujer. "Bajate."

—¡Te digo que no me bajo nada! —más fuerte ahora, o más cercano—. ¡Quiero mi patineta!

Ana miró hacia el lugar de donde venía la voz. Vio la cabeza de un chico rubio asomada sobre la medianera. "Bajate, te digo; te vas a caer."

—Coma de una vez, se le va a enfriar la comida.

—Quiero mi patineta —repitió el chico—. ¡Amelia!

—*Señorita* Amelia —corrigió la vecina.

—¡Señorita Amelia! —gritó el chico—. ¿Está ahí?

Ana miró a la mujer; comía con los ojos fijos en el plato.

—¡Señorita Amelia! —el chico distinguió a Ana en la cocina—. ¡Eh, vos! —gritó—, ¿la señorita Amelia está ahí?

Ana observó a la mujer; seguía concentrada en su plato.

—Escúcheme —dijo con rabia—, preguntan por la señorita Amelia, ¿no oyó?

—Y a mí qué me dice —dijo la mujer—, ¿se cree que estoy obligada a conocer a todo el barrio?

—Sé buena —dijo el chico—. Yo se la presté porque me dijo que era para un sobrino, pero ahora mi mamá me dice que ésa no tiene ni sobrinos ni nada. Vos no serás el sobrino, ¿no? —se rió, encantado con su chiste; la vecina murmuró algo incomprensible—. Y ahora me bajo porque me matan; chau, si la ves a la señorita Amelia, ya sabés.

Y como un actor que ha concluido su parte, el chico, su cabeza rubia, desapareció de la medianera.

—¿Ya terminó?

Ana giró la cabeza, sobresaltada. De pie junto a ella estaba la mujer. La cualidad de derramarse que antes parecía rodearla como un aura había desaparecido de su cara y de su cuerpo.

Se llevó los platos y la sopera. Con minuciosidad, con firmeza, fue arrojando la comida que quedaba en el tacho de basura. Tanto trabajo para esto, pensó Ana. Se acordó de las seis tazas sucias, se acordó de la tostada comida a medias, y tuvo ganas de escaparse corriendo de allí.

—¿Postre?

La cara inexpresiva vuelta hacia ella. Como si ferozmente la mujer se estuviera obligando a cumplir su tarea hasta el final.

—No, gracias, tengo que irme.

Se puso de pie y juntó sus cosas. La mujer levantó apenas el brazo.

—¿Esto ya no...?

Se interrumpió. Ana reparó en la mano señalando con miedo las planillas:

—Esto queda como está —dijo en voz muy baja.

Sólo un instante la mujer recuperó la cualidad que antes la había alumbrado.

—Gracias —dijo el movimiento de sus labios.

Después, en silencio, guió a Ana hasta la salida. No contestó a su saludo de despedida ni la miró. Esperó a que saliera, dio un golpe seco y, con dos vueltas de llave, cerró bien cerrada la puerta cancel.

Contestador

Los artefactos no me son propicios. Puedo resolver con cierta elegancia un sistema de ecuaciones con *n* incógnitas y ni siquiera le temo al producto vectorial, pero basta que ensaye multiplicar veintitrés por ocho en una vulgar calculadora de bolsillo para que cifras altamente improbables invadan la pantallita y, pese a mis intentos desesperados, perseveren en quedarse ahí. Para decirlo de una vez por todas, aun la más arcaica de las batidoras eléctricas tiende a insubordinarse apenas la toco.

Pero el contestador era otra cosa para mí. Lo creía un artefacto benévolo, un amortiguador gentil entre el mundo exterior y yo. Confieso que mi primer —remoto— contacto con uno de ellos no fue amable: yo estaba llamando por teléfono a un poeta melancólico; olvidé (o no tuve en cuenta) que además era veterinario. Luego de unos segundos irrumpió su voz, sólo que solemne y odiosa, y dijo: "Soy el contestador telefónico del doctor Julio César Silvain; tiene treinta segundos para contarme su problema".

Ahora las cosas han cambiado. Sin que nada lo haga prever, Bach o Los Redonditos pueden irrumpir en nuestra oreja y atenuarnos toda angustia, y una voz amistosa o seductora, o el escueto anuncio: "Flacos, no estoy o me zarpé; llamen después", anticipan con bastante aproximación qué vamos a encontrar cuando por fin nos atienda un humano.

Conscientes de esta cualidad anticipatoria, Ernesto y yo, apenas tuvimos un contestador pusimos singular esmero en la grabación. *Verano porteño* fue el resultado de un análisis minucioso: yo redacté el mensaje (distante pero cordial) y él lo leyó con voz grata. Todo parecía benigno. No sólo por la libertad que el contestador nos otorgaría en el futuro y por su virtud poética —¿no hay cierta belleza en la sucesión arbitraria de mensajes, en el contraste a veces violento entre los tonos y los propósitos de unos y otros?—; era benigno sobre todo por la esperanza. Sí. Aunque nunca hablábamos de eso, nos pasaba que al regresar de un viaje o de una mera tarde fuera de casa, apenas activábamos el *playback* había un suspenso, un instante brevísimo pero embriagador en el que los dos sabíamos que una noticia afortunada podía saltar sobre nosotros y catapultarnos a la alegría. Cierto que muchas veces un acreedor o una madre nos traían tristemente a la realidad, pero quién nos quitaba ese instante privilegiado en que el mensaje era puro futuro y la felicidad podía estar al acecho.

Hasta que el lunes 28 de abril todo cambió. Llegamos a casa, apretamos el *playback* y, como siempre, esperamos la salvación. Justo después del mensaje de un estudioso de Texas apareció la voz.

Era una voz de mujer, sonriente y aliviada, como de quien se ha liberado de una carga pertinaz. Decía: "Nico, habla Amanda; lo estuve pensando todos estos meses y tenías razón: no podemos vivir separados. Llamame". Me inquieté; era evidente que Amanda no dudaba del amor de Nico, ¿cuánto tardaría en deponer su orgullo y volver a llamar (esta vez al número correcto) así se aclaraba todo? Después me olvidé, hasta que el miércoles, mientras me estaba bañando, volví a escuchar la voz: "Nico, habla Amanda; hace dos días que estoy...". Salí chorreando del baño; cuando llegué al teléfono Amanda había cortado. El mensaje del sábado ya aportaba algunos detalles oscuros sobre el carácter de Nico; según Amanda, él también había hecho lo suyo para que esto terminara, ¿qué se venía a hacer el ofendido ahora? Ernesto y yo nos miramos con desaliento; el amor es un estado excelso e infrecuente, no podíamos dejar que estos dos se desencontraran. Decidimos desconectar el contestador y quedarnos en casa todo el fin de semana. Inútil: Amanda no llamó. Dos veces, eso sí, atendí yo y me cortaron con violencia; el mensaje del martes nos indicó que mi voz no había hecho más que empeorar las cosas. Probó Ernesto; durante dos días se dedicó nada más que a atender el teléfono con voz desdibujada pero, al parecer, Amanda también le cortó a él. Creí entender la razón: a esta altura, ella no tenía el menor interés en facilitarle las cosas a Nico. Si estaba en casa, que se tomase el trabajo de llamar él, qué diablos, si todavía creía que este amor "tan exaltado por él en otros tiempos" (tonito irónico de Amanda) seguía valiendo la pena.

El quinto mensaje nos decidió: era desolador y vengativo. Se están destruyendo, dijimos. Había que idear una solución. Calculamos que, si Amanda recordaba mal el número, era probable que el teléfono de Nico se pareciera al nuestro. Empezamos por variar un número cada vez. Cuarenta y cinco posibilidades, y otras diez incluyendo aquellas características que podrían confundirse con la de casa. Nos llevó dos días. Encontramos a dos personas llamadas Nicolás, pero no conocían a ninguna Amanda. En dieciocho casos nos respondió un contestador. Nos pareció que ahí lo más sencillo sería que yo misma, imitando lo mejor que podía la voz de Amanda, grabase el primer mensaje. Por Amanda, cada vez más despiadada, supimos que mi mensaje no había llegado a destino. Encaramos la variación simultánea de dos cifras. Para ordenar el trabajo hice un cálculo previo: hay 6.075 combinaciones posibles, sin contar las variantes por característica. A razón de sesenta llamados por día, antes de cuatro meses terminábamos. El amor de esos dos y la recuperación de nuestra alegría, ¿no valían el esfuerzo? Ernesto se encargó de los humanos; yo, de grabar el primer mensaje en los contestadores. Todo en vano; Amanda seguía registrando pormenores cada vez más oprobiosos sobre los hábitos de Nico. Un día Ernesto tuvo lo que creyó una revelación. Dijo:

—No sé si yo hubiese contestado al primer llamado de Amanda. Al fin y al cabo, fue ella la que lo dejó.

Me agobió el porvenir pero tuve que darle la razón. Mientras seguíamos avanzando con los primerizos empecé a grabar, en los contestadores ya registrados y con odio creciente, los mensajes sucesivos de Amanda. Mientras, su ferocidad seguía aumentando en nuestro propio contestador. Ayer tuve un desfallecimiento. El mensaje de Amanda aludía a un suceso particularmente repugnante de la relación entre ellos dos.

—No hay nada que hacer —le dije a Ernesto—; Amanda, a esta altura, ya no podría volver con Nico. Ahora lo único que quiere es destruirlo.

Nos miramos con fatiga. Habíamos entendido que era inútil seguir buscando a Nico; aunque lo encontrásemos ya nada detendría los mensajes sangrientos de Amanda. Entonces recibimos un nuevo mensaje en el contestador. Era una voz de mujer, sonriente y aliviada. Decía: "Nico, habla Amanda; lo estuve pensando todos estos meses y tenías razón, no podemos vivir separados. Llamame". No era la voz de Amanda: la conozco demasiado bien. Era la imitación de mi propia voz imitándola. Dios, alguien a quien yo había llamado (y cuántos vendrían detrás) iniciaba el infructuoso trabajo de unir a Amanda y Nico. Algo irreparable está desencadenado. Ahora, el acto de escuchar los mensajes del contestador da miedo: ¿con cuál etapa del odio de Amanda nos vamos a encontrar? Ya no hay paz para nosotros.

Antes de la boda

El mantel era de lino y en lugar de los vasos de diario habían puesto copas de cristal. Eso y cierta propensión a los brindis por parte del padre indicaban que ésa no era una cena como todas las cenas aun cuando la madre, nomás se habían sentado a la mesa, aclaró que no debían esperar una comida especial: con tanto preparativo apenas le había quedado tiempo para entrar en la cocina. Una larga discusión entre la madre y la chica acerca de qué utensilios son imprescindibles en la vajilla de una pareja joven contribuyó a que el ambiente no fuera del todo festivo; y no por la discusión en sí —a la chica parecía complacerla dictaminar el modo en que, *en su casa*, se iba a poner la mesa, y a la madre escucharla también —sino porque el muchacho, sin duda para que quedara claro que conversaciones como ésa lo aburrían mortalmente, se había pasado toda la cena jugando con el gato, y la abuela, contrariada porque (según dijo) acá mucho discutir sobre molinillos de pimienta pero nadie se dignaba a explicarle qué se festejaba esa noche, volcó dos veces la copa de vino. Alegría, alegría, se apuró a gritar la madre en las dos ocasiones pero eso no mejoró las cosas así que, apenas concluida la cena, la chica corrió hacia el teléfono y el muchacho se fue del living con el gato al hombro, aunque no llegó muy lejos porque el padre, que también salía en ese momento, le pidió que volviera, que todavía faltaba el brindis. Si se la pasó brindando toda la noche, le dijo el muchacho al gato, pero volvió y, con un movimiento armónico de sus largas piernas (era muy alto y delgado), se sentó en el suelo con las piernas cruzadas. El gato, que había saltado de su hombro, vaciló unos segundos en medio de la habitación y por fin fue a instalarse sobre la panza plana de la chica que, tirada en el diván, los pies apoyados muy altos en la pared, hablaba en voz muy baja por teléfono. Cuando el padre volvió con una vieja victrola portátil y un disco de pasta, sólo se escuchaban el ruido de vajilla que hacía la madre al levantar la mesa y el cuchicheo mimoso de la chica. El hombre acomodó la victrola sobre una mesa ratona, puso el disco en la victrola y, con sumo cuidado, apoyó el pickup en el borde del disco. Se escuchó el chirriar de la púa y, enseguida, los primeros compases de *El vals del aniversario*. ¿Hay una fiesta acá?, dijo la abuela. La madre, a punto de entrar en la cocina con una pila de platos sucios, se detuvo y los miró a todos con la expresión de quien hace un balance del que está satisfecho. Hoy no, mañana, dijo con aire soñador; un casamiento. ¿Quién era que se casaba?, dijo la abuela. Griselda, te lo digo a cada rato, dijo la madre, y entró en la cocina. ¿Griselda? (la abuela parecía encantada); se llama igual que yo. Miró a su alrededor y localizó las largas piernas desnudas emergiendo del diván. ¿Vos sos Griselda?, dijo. Griselda no pareció haberla escuchado: besaba repetidamente la bocina del teléfono. La abuela inclinó la cabeza con gesto estimativo. Sos linda, dijo, pero muy flaca; a los hombres no les gustamos tan flacas. No vas a creer, dijo el muchacho. ¿Es tu marido?, dijo la abuela. Griselda cortó el teléfono. No, dijo; ese pendejo boludo es mi hermano. Ojalá te haga tan feliz como mi Leonardo me hizo a mí, dijo la abuela; ¿lo conociste a mi Leonardo? Lo conocí, dijo Griselda; era mi abuelo. ¿Tu abuelo? (la abuela entrecerró los ojos como si tratara de comprender algo muy complicado; por fin hizo un gesto de triunfo). Entonces no lo conociste: nunca dormiste con él. El padre llamó a su mujer con impaciencia. Que ya era hora de que acostara a su madre, le dijo apenas entró. No puede faltar en el brindis, dijo la mujer; aunque no entienda las cosas no puede faltar en el brindis; sabés lo que siempre quiso a los chicos. Y apoyó una mano en el brazo del hombre. Vení, le dijo, bailémonos este valsecito así se te pasan los nervios. Él dijo que ella, como siempre, tenía razón, y se acercó a la victrola. Con cuidado, hizo retroceder el pickup. Se escucharon los primeros compases de *El vals del aniversario*. ¿Qué se festeja?, dijo la abuela. Un casamiento, dijo el muchacho, y echó una rápida mirada sobre sus padres: se los veía gordos y tiernos preparándose para el baile en el centro de la habitación. ¿Un casamiento?, dijo la abuela; ¿quién se casa? ¡Basta, por favor! Griselda había bajado las piernas con un movimiento tan brusco que el gato saltó de su panza y el padre y la madre quedaron en suspenso, sin iniciar el baile. El padre pareció a punto de decir algo pero la madre le indicó con la mano que no hablara. Que no se pusiera nerviosa, le dijo a Griselda, si no mañana iba a tener feo el cutis. El muchacho sacó un cigarrillo; ¿viste, Mozart?, le dijo al gato; la preparan como a una vaca campeona. El gato, con un elegante envión, se fue a instalar en lo alto del bargueño. Leo, no molestes a Griselda, dijo la madre. Que si no mañana va a tener feo el cutis, canturreó Leo. Idiota, murmuró Griselda. ¿Griselda?, dijo la abuela; se llama igual que yo. Observó a la chica como si acabara de reconocerla. ¿Todavía no te gusta tu nombre, mi reina?, dijo. Las palabras *mi reina* parecieron tener un efecto beneficioso sobre la chica. Sí, abuela, ahora me gusta, dijo con voz amable. Vaciló un momento y por fin agregó: Desde que me regalaste aquel libro, ¿te acordás? La abuela se rió. Sos una vanidosa igual que tu abuela, dijo; ¿al final se lo leíste a tu hermanito? ¿Qué hermanito?, dijo Leo, ¿de qué carajo habla esta gente? El padre, que entraba con una botella de champán, miró al muchacho con reprobación. La madre debió captar cierta tensión en el aire porque se apuró a tomar al marido del brazo, Al final, ¿bailamos o no bailamos?, dijo. El padre pareció indeciso. El muchacho miró a su alrededor, como buscando algo con qué encender el cigarrillo. Por fin el padre se encogió de hombros, dejó la botella sobre la mesa y fue hasta el tocadiscos. Levantó el pickup y lo apoyó en el comienzo del disco. Se escuchó el chirriar de la púa y, enseguida, los primeros compases de *El vals del aniversario*.

¿Qué se festeja?, dijo la abuela. Nadie pareció haberla escuchado. Leo se había puesto de pie y buscaba algo en un cajón, el padre y la madre giraban enlazados, Griselda se miraba las manos con aire pensativo, Mozart, desde lo alto del bargueño, observaba a los bailarines con curiosidad.

Un casamiento, dijo la abuela.

Esta respuesta fue formulada con tanta cortesía, con tan aplomado don de gentes que Griselda levantó la vista y Leo dejó de registrar el cajón y se dio vuelta. Se miraron. Y fue la recuperación del tiempo en que les bastaba buscar los ojos del otro para verificar que los dos estaban captando lo mismo: algo muy cómico, o muy repugnante, o muy hermoso que nadie más a su alrededor era capaz de ver. Él y ella, solos contra el mundo. Así que Griselda tomó una cajita de fósforos de al lado del teléfono, y la hizo sonar como quien agita una bandera blanca.

Leo se acercó y encendió el cigarrillo. ¿Qué era eso del libro?, dijo y se sentó en el diván, al lado de Griselda. Boludeces, trampas de la abuela; Griselda se rió. Que a ella de chica su nombre le parecía horrible y entonces la abuela vino con ese libro antiguo, ¿se acordaba él?, *Griselda, la reina del bosque*. Y le dijo en secreto que se lo leyera a su hermanito; que cuando él escuchara el cuento iba a estar seguro de que Griselda es el nombre de una reina que duerme en una encina y habla con los pájaros, y le iba a parecer hermoso: todo lo que ella debía hacer era aprender a escucharlo con los oídos de él. Tenía razón, dijo Griselda; yo te miré la cara de embobado que tenías y santo remedio:

desde ese día mi nombre me encanta. Porque sos una vanidosa igual que tu abuela, dijo Leo. Griselda le sacó la lengua. Los bailarines pasaron muy cerca, casi rozándolos, y después se alejaron. Los dos se quedaron observándolos. Por fin Griselda dijo: ¿No son hermosos así, cuando bailan? Sí, dijo Leo, como dos ballenatos contentos. Griselda se rió, pero sin ganas, y tuvo la sensación de que esto ya había ocurrido. Estaban en un casamiento, ella medio incómoda con su vestido inflado y puntilloso y él con zapatillas; nadie había podido convencerlo de que a un casamiento no se va con zapatillas y ahora ella, con ese vestido tan armado, sentía admiración y un poco de envidia por ese hermanito tan personal que ya estaba tan alto como ella. Se habían acomodado en un rincón medio alejado, una cabeza junto a la otra, tan lindos y esbeltos, pensaba ella qué pensarían los otros al verlos así, muertos de risa y cuchicheando como si nadie más que ellos dos contara en la fiesta. La gente bailaba un pasodoble y ellos observaban los pies de los bailarines, *Pisa morena, pisa con garbo*, decía el pasodoble y la palabra "garbo" mientras les miraban los pies era lo que más risa les daba. *Garbo*, repetía ella, y tenían que taparse la boca para que no los escucharan reírse. Pero después del pasodoble vino un vals. Entonces ella experimentó algo que (lo supo enseguida) no le iba a resultar fácil explicarle a Leonardo, un vacío tal vez, o la sospecha de haber nacido en la época equivocada, o con los sentimientos equivocados. Dijo: ¿Sabés una cosa?: yo no me voy a casar nunca.

Observó en Leonardo el destello de triunfo que habían provocado sus palabras y entonces agregó lo que de verdad quería decir. Pero hay una cosa por la que me da una lástima terrible no casarme —miró a su madre y a su padre que bailaban y sintió nostalgia de algo que, esa noche de sus catorce años, presintió imposible—; porque no voy a poder bailar el vals con papá vestida de novia. Qué lindo, dijo Leonardo; le miró el cuello: la danza del chancho con la jirafa, dijo. Griselda se rió pero sin ganas, sólo para que él no la creyera menos perversa de lo que ella se sentía. Ahora también se rió. Leonardo se puso de pie. No sé de qué te reís si toda esta estupidez te vuelve loca, dijo, y salió del living. El gato saltó del bargueño y se fue detrás de él.

Qué valsecito, dijo la madre. Radiante y un poco colorada en medio del living, daba la impresión de que todavía estaba girando. Le señaló al padre la botella de champán y salió para la cocina. Es así, dijo el padre mientras intentaba descorchar la botella, la vida es así; ayer nomás lo bailábamos en nuestro propio casamiento y hoy —miró a su alrededor como quien espera corroborar algo dichoso expandiéndose por la habitación, pero sólo la abuela, que llevaba con la cabeza el compás de una música inexistente, parecía festiva, de modo que dejó la frase en suspenso, como si nunca la hubiese comenzado, y se concentró en la botella—. El corcho saltó en el momento preciso en que entraba la madre con cinco copas de champán en una bandeja. Qué se festeja, dijo la abuela. Un casamiento, dijo la madre. ¡Un casamiento! La abuela, muy emocionada, juntó las palmas a la altura del pecho. ¿Vos sos la novia?, le dijo a Griselda. Sí, abuela, dijo Griselda. Ay, hija, daría cualquier cosa por estar en tu lugar. Griselda se rió. No te rías, hija, vos todavía ni te imaginás lo que es estar entre los brazos de un hombre que te hace volar por. ¡Por favor!, dijo el padre, hacé callar a tu madre y brindemos de una vez. Llenó las copas. ¡Leo!, llamó la madre. Le dio una copa a Griselda y otra a la abuela que ahora explicaba lo que es sentir las manos de tu hombre en las partes más prohibidas de. Por favor, mamá, la interrumpió la madre, tranquilizate un poco que tenemos que brindar. ¡Leonardo!, llamó. Leonardo, Leonardo, a la orilla del río te aguardo, cantó la abuela. Griselda, la copa en la mano, miró a su alrededor con expresión de desamparo. Mozart, dijo, y fijó la vista en la puerta en actitud de espera. Brindemos por la eterna felicidad de los novios, dijo el padre levantando la copa. La madre emitió un sollozo; el padre, como si la emoción de su mujer lo alentara, elevó la voz y habló sobre la significación de esa noche y sobre la alegría y al mismo tiempo la tristeza que todos sentían hoy, tristeza porque el primer pichón volaba del nido y alegría porque. ¿Qué se festeja?, gritó la abuela como si recién se despertara, y se puso de pie con un movimiento tan brusco que se tiró encima la copa de champán. ¡Alegría, alegría!, se apuró a gritar la madre, y corrió con una servilleta a secar el vestido de la abuela. Pero es así, la vida es así, dijo el padre con el tono de quien cierra un tema que ya no admite discusión, y se tomó de un trago la copa de champán. La madre también brindó por la felicidad de su hija y de su futuro yerno, e indicó que mejor se fueran todos a dormir tempranito, que al fin y al cabo la fiesta era mañana. Con firmeza empujó hacia la puerta a la abuela que se resistía, justo ahora, dijo, tener que irse justo ahora. Vamos, mamá, dijo la madre, así mañana estamos descansados. Y sacó de la habitación a la abuela que seguía hablando sobre el amor. El padre sacudió la cabeza y se puso a recoger las copas; después le dio un beso a Griselda y se fue para la cocina. Griselda miró la habitación vacía, el mantel de los cumpleaños un poco manchado y cubierto de migas, la botella de champán sin terminar abandonada en un ángulo. Flotaba en el aire un sentimiento de despedida, algo que tal vez la madre y el padre habían estado buscando inútilmente toda la noche sin saber que estaba ahí, en el recuerdo del vals, en el mantel de los cumpleaños que alguna vez había significado la esperanza. Desde la cocina se escuchaba el trajín del padre que estaría lavando los platos para que la madre, por la mañana, se encontrara con esa discreta ofrenda de amor y de lejos llegaba la letanía de la abuela alabando el matrimonio. Mozart, llamó a media voz y esperó, pero el gato no vino a buscarla como venía todas las noches. Mozart, volvió a llamar en voz más alta, pero el gato no vino.

Fue a su dormitorio con la ilusión de encontrarlo enroscado en la cama pero no estaba. Caminó hasta la habitación de su hermano; entró y dio un portazo. Te lo llevaste, dijo con furia. Leo y el gato, desde la cama, la miraron con cierta sorpresa. ¿Me llevé qué?, dijo Leo; estaba recostado sobre las sábanas, las manos debajo de la cabeza y el torso desnudo; el gato, sentado a un costado. A Mozart; fuiste capaz de llevarte a Mozart justo hoy. Estás loca, dijo Leo; ¿desde cuándo uno puede hacerle hacer a un gato algo que él no quiere? No sé desde cuándo, lo que sé es que querés arruinarme la noche. Leo se sentó en la cama; parecía dolido. ¿Por qué iba a querer arruinarte la noche?, dijo. Porque no me perdonás lo de la fiesta de casamiento y todo eso; como a vos esas cosas siempre te parecieron ridículas, dijo Griselda. Y eso qué tiene que ver, yo sé que a vos te encantan, dijo Leo; ¿acaso no te moriste siempre por bailar el vals con papá? Griselda hizo un gesto de sorpresa. ¿Cómo sabés?, dijo. Porque me lo dijiste en el casamiento ese en que nos matamos de risa todo el tiempo, dijo Leo. ¿Te acordás de eso?, dijo Griselda con expresión de maravilla; se sentó en la cama. ¿Y cómo no me voy a acordar?, dijo Leo; vos estabas toda de blanco y me dijiste que les tenías envidia a las novias de otros tiempos. ¿Eso te dije?; es asombroso. ¿Qué es lo asombroso?, dijo Leo. Que a los catorce años yo dijera eso; si ni siquiera tenía idea de qué es el amor. ¿Y ahora sabés?, murmuró Leo. ¿Qué dijiste?, dijo Griselda. Nada, nada, dijo Leo; que a veces no te entiendo. ¿Qué es lo que no entendés?, dijo Griselda. Lo de la envidia, dijo él ¿Qué envidia?, dijo ella. A las novias de antes, recién lo dijiste, dijo él. Ah, no es fácil de explicar, dijo Griselda, la emoción, qué sé yo, el miedo a lo desconocido y toda esa ceremonia. ¿Qué ceremonia?, dijo Leo. Todo, todo era una ceremonia en los casamientos de antes, el traje blanco, el vals, la noche de bodas, ¿te imaginás cómo debía sentirse la abuela cuando esperaba la noche de bodas? Eso no cambia con los tiempos, dijo Leo. ¡Claro que cambia!, dijo Griselda, enojada. Ahora sabés todo desde siempre y te acostás con quien querés y cuando querés, ya no hay misterio, no sé, ya no hay esa idea del pecado que. Misterio hay, dijo Leo, la cosa es saber dónde está. Y apoyó una mano en la pierna de su hermana.

Fue extraño. Pero no por el gesto en sí, ni siquiera por las palabras. Fue extraño por el modo en que la mano, luego de permanecer inmóvil durante unos segundos, fue avanzando por la pierna desnuda, con extrema lentitud, como si las yemas de los dedos quisieran beberse, gota a gota, el miedo y el deseo que iban despertando a su paso. Y porque Griselda, aunque murmuraba *no, no,* y sacudía la cabeza, no hizo ningún movimiento para librarse de la caricia. Al contrario. Dejó que sus propias manos se desplegaran sobre la espalda de su hermano, echó la cabeza hacia atrás para que nada se opusiera a los labios desconocidos que ahora recorrían su cuello y dejó que lenta y gozosamente, ante la mirada apreciativa del gato, se consumara la ceremonia de bodas sobre la que tanto se había conversado esa noche.

La música de los domingos

A Gonzalo Imas

Había un momento de la tarde —podían ser las cuatro, tal vez las cinco si era verano— en que el viejo se pegaba a la ventana, la cabeza un poco ladeada, la mano haciendo de pantalla contra la oreja, y con voz de velorio decía: Lástima la música. Eso, después que nosotros nos habíamos pasado las horas meta Magaldi, meta Charlo, y todo para tenerlo contento porque (como dijo una vez tía Lucrecia) un domingo de mala muerte que lo traemos bien podemos hacer un pequeño sacrificio con tal de verlo feliz. Para pequeño sacrificio le sobraba una sota: como al viejo le hacía falta no sé qué calor humano para, según decía, vivir el fútbol como Dios manda, nos teníamos que clavar todos hasta la doce de la noche porque con los del Hogar, decía, no quería sentarse ni a ver la tabla de posiciones, todos viejos chotos, y que una vez un vasco se entusiasmó tanto con un gol de chilena que dio un tremendo salto para atrás, se fue de nuca al suelo y ahora está mirando cómo crecen los rabanitos desde abajo. Así que a la noche teníamos que instalarnos todos frente al televisor —mamá, papá, tía Lucrecia, tío Antonito, yo y hasta los mellizos— rodeándolo al viejo que, para la ocasión, se calzaba en la cabeza un pañuelo con las cuatro puntas anudadas y, a falta de chuenga, masticaba un pedazo de neumático. Ni hablar de cuando jugaba Boca: se zampaba la camiseta azul y oro y ni el tío Antonito, que es fanático de River, podía decir (valga la contradicción) esta boca es mía; la única vez que se animó a porfiar que un gol de no sé quién había sido en orsai el viejo se le fue encima tan fiero que si no iban a pararlo los mellizos —que aunque usan arito y el pelo hasta la cintura son la debilidad del viejo— el tío Antonito termina haciéndole compañía al que festejó la chilena.

En fin, que si era por falta de temas melódicos el viejo no se podía quejar. Así que cuando empezó con la letanía de "lástima la música" todo lo que hicimos fue comentar que estaba chiflado y no darle más vueltas al asunto. Hasta que una tarde el tío Antonito, que ya estaba harto de tanto Corsini y sobre todo estaba harto de que el viejo, cada vez que lo veía aparecer, le cantara aquello de Tenemos un arquero que es una maravilla, perdió la paciencia y, apenas escuchó "lástima la música", le dijo: ¿Contra qué música está refunfuñando, viejo?, si acá lo único que se escucha todo el santo día es lo que usted. Pero el viejo no lo dejó terminar; levantó la mano con autoridad para que se callase y, como sobrándolo, le dijo: No hablo de la música que se escucha, Antonito; hablo de la música que falta.

Creo que si era por nosotros la historia se cerraba ahí mismo. Yo, al menos, reconozco que no sentí el más mínimo interés en averiguar cuál era esa bendita música que le faltaba al viejo. Ya me estaba cansando de sus caprichos; no es muy grato para una mujer casadera quedarse junto a su abuelo hasta las doce de la noche vociferando goles como una desgraciada sólo para que él se sienta acompañado. El tío Antonito lo expresó sin eufemismos: Si ahora viene con que le falta no sé qué música, que se vaya a buscarla a la concha de su hermana. Pero los mellizos no son de los que se rinden así como así. Lo volvieron loco al viejo hasta que un buen día les dijo: ¿Y qué música iba a ser la que falta, chicos? La música de los domingos.

Ellos después me contaron que poco a poco le habían ido sonsacando qué quería decir con la música de los domingos, algo que en otros tiempos había estado en todas partes, parece que les dijo, y que se podía escuchar desde que uno se despertaba. Como una comunión o una sinfonía, dijeron que dijo, y que terminaba recién al caer la noche con la vuelta de los últimos camiones. ¿Qué camiones?, les pregunté a los mellizos. Pero la explicación casi ni la pude escuchar, tanto se reían los dos tratando de representar a unos camiones que hacían música.

A la semana siguiente se vinieron con la novedad: para el cumpleaños del viejo le iban a regalar la música de los domingos; ya tenían apalabrada a la gente de su cuadra: todo lo que debíamos hacer era convencerlo de que esta vez el festejo iba a ser en la casa de los mellizos (viven en una especie de conventillo, por Paternal) y llevar la comida; todo lo demás corría por cuenta de ellos.

Protestamos, claro, pero con los mellizos no se puede. Así que el domingo del cumpleaños estábamos ahí con los fuentones: mamá, tía Lucrecia, tío Antonito y yo, esperando que llegara papá con el viejo. Los mellizos le habían encargado a papá que lo fuera a buscar lo más tarde posible, y papá cumplió, pero no fue una buena idea: el viejo llegó con un humor de perros, no saludó a nadie y lo primero que dijo fue que ahora hasta los barrios eran una porquería. Ya no hay comunión, dijo, la gente no armoniza, y que hoy en día cada uno se rascaba para sí. No fue un comienzo alentador y lo que siguió fue peor. Yo, durante todo el almuerzo, me estuve preguntando qué hacía en este conventillo el domingo entero, todo por darle el gusto a un viejo fabulador y desagradecido.

Cuando llegó el café ya me había hecho la firme promesa de que éste sería el último domingo que pasaba con el viejo (y en realidad lo fue). Tal vez todos estaban pensando lo mismo porque de pronto nos quedamos en silencio, como sin voluntad. Y fue en medio de ese silencio que, desde la ventana, llegó el sonido de la radio. Transmitía, con un volumen más alto que el habitual, algo que me pareció el clásico de Avellaneda. Ves, abuelo, ves que teníamos razón, dijo uno de los mellizos; ¿ves que en los barrios todavía se puede escuchar la música? El simulacro había empezado.

Nos miramos con resignación porque ya sabíamos por los mellizos lo que nos esperaba: varias radios a buen volumen transmitiendo distintos partidos detrás de las ventanas; dos o tres muchachos en una puerta entonando el cantito que le gusta al viejo; unos chicos, en algún lugar bien audible jugando un picado. Y nosotros, como idiotas, vareándolo al viejo. Qué música ni música, dijo el viejo; ¿vos acaso te creés que una golondrina hace verano? Ahí tuve ganas de mandar todo al diablo e irme, pero los mellizos como si nada; empezaron a porfiarle que no, que la música de los domingos no había desaparecido, que en los barrios aún podía escuchársela con sólo salir a la calle. Y ahí nomás, como por casualidad, nos proponen que vayamos todos a dar una vuelta, a ver si no era cierto. Empieza el show, me dijo mamá al oído, y el tío Antonito resoplaba de rabia.

Salimos todos, como en procesión. Abriendo la marcha los mellizos; detrás papá, tratando de tranquilizarlo al tío Antonito; después venía tía Lucrecia con el viejo. A mí, en el momento de salir, mamá me había agarrado de un brazo y me había dicho: Vení, nosotras dos separémonos un poco que esto es lo más ridículo que vi en mi vida. Así que veníamos atrás de todo.

Caminábamos muy despacio, siguiendo a los mellizos. Las radios se empezaron a escuchar enseguida. Una o dos desde enfrente; otra, a todo lo que daba, detrás de nosotros; algunas, todavía débiles, adelante. Del otro lado de un paredón se oyeron voces de chicos; decían pasámela a mí, decían dale, morfón. Tres muchachos sentados en el umbral de un portón, justo cuando pasábamos empezaron a cantar: Tenemos un arquero / que es una maravilla / ataja los penales / sentado en una silla / si la silla se rompe / le damos chocolate / arriba Boca Juniors / abajo River Plate. Le miré el perfil al viejo; por primera vez en esa tarde me pareció que sonreía. De alguna casa llegó una ovación; el eco, en la calle, pareció extenderse. El griterío de los chicos del otro lado de la tapia se hizo más intenso, más pasional, como si ahora ya no se tratara de una representación sino de algo en lo que tal vez se jugaban el destino. La tarde se aquietó, los colectivos y los autos dejaron de escucharse, las voces de las radios se hicieron más altas, más numerosas, decían se anticipa el Negro Palma, decían avanza Francescoli, decían cabezazo de Gorosito, la espera Márcico. Escuché, me pareció escuchar, el nombre de Rattin, pero no podía ser, ¿no era el que el viejo contaba que allá por los sesenta le hizo el corte de manga a la reina?; escuché recibe Moreno con el pecho, la duerme con la zurda, gira y... ¡Goool!, gritaron los muchachos del portón, ¡goool!, llegó desde las ventanas de la cuadra, o desde la otra manzana, o desde más lejos aún. Y algo del grito perduró, quedó como suspendido en el aire, lo vi en la cara de papá, y en la de tía Lucrecia; hasta el tío Antonito parecía percibirlo, una cosa que iba tramándose como una red y que daba la impresión de hermanarnos en la amigable tarde de domingo. Mamá me apretó el brazo, los mellizos se miraron con ojos alucinados, el viejo movía la cabeza como quien dice era cierto entonces, la música estaba, la música todavía estaba. Los del paredón aullaron, los de las casas se pusieron a discutir de balcón a balcón, mamita mamita, se acercó un chico gritando, una madre asustada dejó el piletón, gambetas como filigranas fueron festejadas en baldíos y campitos, Oléee-olé-olé-olá, corearon las tribunas, Y ya lo ve, y ya lo ve, gritaron en las calles, esta barra quilombera no te deja de alentar, se cantó en los zaguanes, en las azoteas, en los patios de las casas. Y un ruido bamboleante vino creciendo desde lejos, un murmullo cada vez más poderoso que llegaba desde el confín de la tarde, desde la hora en que ya se estaban escuchando los bailables y empezaban a amasarse, alegre o amargamente, los episodios del domingo que terminaba. Los vimos acercarse cada vez más nítidos en la luz confusa del atardecer haciendo sonar rítmicamente sus bocinas, desbordantes de gente que agitaba banderas blanquicelestes, azul-rojas, rojiblancas, auriazules, todos en el barrio se pusieron de fiesta para recibirlos, era un diapasón la ciudad entera, o era un unánime corazón celebrante.

Después llegaría la melancolía de los lunes, después vendrían historias de miedo y de muerte, después cerraríamos para siempre los ojos del viejo. Pero nosotros sabríamos para siempre que, bajo un cielo remoto de domingo, hubo una vez una música por la que fuimos fugazmente apacibles y dichosos.

La única vez

Desde hace seis años, la vida del hombre que duerme en esta casa de Adrogué tiene tres consuelos. Uno en el Renault 4, cada anochecer —durante el regreso a su departamento—, cuando los bocinazos, el rugido de los motores y la ira de los automovilistas aplacan cualquier otro sonido. El hombre, entonces, cierra la ventanilla de su auto y grita. Su segundo consuelo es menos fáctico: reside en imaginarse el suplicio de la pera. No podría recordar en qué libro lo ha leído, tal vez en *Enrique de Lagardère* o en *El conde de Montecristo*, y consiste en insertar una pera —por la parte más ancha— en la boca de la víctima. Cada vez que Olivia, su mujer, se pone a hablar —quizá sobre la negativa de él a asistir a una reunión de padres del jardín de su hija, tal vez sobre su demora en pintar el techo de la cocina o su costumbre de tirarse a escuchar música en lugar de hacer algo útil— él se figura a sí mismo insertándole la pera en la boca, y se apacigua. En ciertas ocasiones, también, piensa en matarla.

Ahora está soñando con ella. Sueña que, tal como lo anunció, ella ha llegado con la nena a la casa de Adrogué a las nueve de la mañana —es maniáticamente puntual— y él, aunque en la vigilia había resuelto que esta vez sí se animaría a decirle que van a separarse, está mudo, paralizado por el miedo. Miedo —sabe en el sueño— a que Olivia le haga una escena similar a la de una semana atrás, cuando él, después de la cena (había tenido la precaución de esperar a que la nena estuviese dormida), le dijo: "El vasco se va a Europa y me deja su casa por seis meses".

El éxito de una separación (había estado pensando desde que el vasco le dio la buena noticia) depende en buena medida de tener arreglado el problema material: la escasez de dinero para encarar dos hogares, la búsqueda de un lugar soportable donde vivir, padecidas ante la mirada de una mujer a quien se detesta, resultan hasta tal punto penosas que tal vez un hombre termine quedándose junto a esa mujer con tal de no afrontarlas. Y se había sentido tan afortunado por la facilidad con que a él se le solucionaba el asunto —tendría una casa y tendría tiempo (seis meses es mucho tiempo) para resolver definitivamente su separación— que, hasta que se encontró diciéndole a Olivia "El vasco se va y me deja la casa por seis meses", no reparó en que su alegría era algo prematura.

Olivia cruzó los brazos sobre el pecho y se recostó contra el respaldo de la silla, un ojo cerrado, la cabeza echada hacia atrás como quien busca una buena posición para observar mejor un fenómeno. Estuvo unos segundos así, y al fin dijo: "*Nos* deja la casa, querrás decir". Su tono resultó tan amenazador que él, automáticamente, se corrigió: "Nos deja, por supuesto, sólo que". "Sólo que nada", dijo Olivia, "sólo que, como de costumbre, te olvidás de que somos una familia; total, como las responsabilidades no existen para vos... Apuesto a que ni siquiera se te pasó por la cabeza que a tu hija le vendría mucho mejor que a vos tener un jardín por donde correr en lugar de estar encerrada todo el santo día entre estas cuatro paredes. *Me* deja la casa, mirá vos el tupé, me gustaría que te agarrara un psicoanalista a ver qué opina de tus 'me' y tus 'mi' y tus 'mu'. Si ya te debés estar relamiendo de sólo pensar que vas a pasarte las noches enteras tirado como una foca leyendo tus libros y escuchando tu musiquita, total, como no sos el jefe de una familia, como no tenés una mujer y una hija a tu cargo, como sos el egoísta inmaduro que fuiste siempre, seguro que creés que te podés dar el lujo de vivir como ese vago de tu amigo que no piensa más que en". "Basta", gritó el hombre (fugazmente imaginó la pera incrustándose de un solo envión en la boca abierta). "Lo que quería decir, lo que habría dicho si me hubieses dejado terminar, es que, precisamente porque el vasco es un hombre solo, la casa tal vez no esté en condiciones de que una familia se instale allí sin que antes se ponga un poco de orden (sintió asco de sí mismo), así que había pensado..." "¡Habías pensado!", dijo Olivia con aire teatral. "¡Habías pensado en tu familia!" Tenía los brazos elevados y miraba hacia arriba como quien invoca a un testigo colgado del techo. "Había pensado (dijo el hombre, tratando de parecer imperturbable) que tal vez convendría que me instalara allí unos días antes que ustedes, así dejo la casa en condiciones."

La escena que vino después le resultó tan indigna que apenas la registró. De manera difusa recordaba cucarachas y preservativos usados que él, miserablemente, prometió eliminar de la casa —la casa amable y espaciosa que ahora cobija su sueño—, a cambio de lo cual obtuvo dos días de soledad o de dicha. Soledad o dicha que iba terminarse a las nueve de la mañana de este domingo de invierno, cuando el timbre sonara.

En el sueño entiende que se le está escapando la última oportunidad. Olivia atraviesa el living con sus pasos poderosos y la nena da saltos para que él la levante en brazos. No debe hacerlo, tiene que mantenerse bien frío para ser capaz de decirle a Olivia que se vaya tal como lo decidió antes de irse a dormir, aun cuando esto implique desprenderse de la nena. No debe mirar a la nena; debe eludir a toda costa esos ojos expectantes en los que a veces cree reconocer el mismo exceso de cortesía o el mismo temor —¿a ser rechazada?, ¿a que una ira sin códigos caiga sobre ella?— que a él lo está llevando a esto: a esta actitud jovial (aunque secretamente irónica) con que por fin le sonríe a su hija, la alza bien alto sobre su cabeza, y se desentiende —como si no le importara, o como si supiera de antemano que todo es inútil— de los movimientos de Olivia, quien, con energía, vacía ceniceros, esponja almohadones, apila libros y casetes, desarma sin piedad el abrigado desorden dentro del cual, durante dos días, él fue feliz.

Lo despierta la impotencia. Tarda en entender que nada definitivo se ha verificado aún. Mira el reloj: las nueve menos diez. Diez minutos de libertad, piensa, como si todavía lo arrastrase la derrota del sueño. Debe vestirse, estar desnudo ante Olivia lo hará sentirse desarmado. Lo malo es que no tiene ninguna gana de levantarse, ni siquiera tiene ganas de ver a la nena, sólo desea permanecer en este perfecto estado de reposo, ¿desde cuándo no hace algo sólo por complacer sus deseos? *Eso es una coartada*. La frase lo ha golpeado con tanta crudeza que, antes de meditar en lo que está haciendo, salta de la cama y se pone los calzoncillos y unos pantalones. Estar desnudo no es buen handicap para una pelea, se le cruza. Busca una camisa limpia. Siente una extraña calma. Tiene el presentimiento, o más bien la sensación física, de que esta vez va a llegar hasta el fin. Se pone la camisa y unas zapatillas, y entra en el baño.

Está terminando de afeitarse cuando escucha el timbre. Un timbrazo imperioso que él interpreta tan bien como un lenguaje. Va hacia la puerta: piensa en una res caminando hacia el matadero.

Olivia está ahí, con la nena de la mano. Altísima, y con vestigios de la belleza que siete años atrás lo ha deslumbrado, pero él no puede evitar que se le cruce "*Enorme*". Olivia se ve enorme al lado de la nena. El bolso que trae, y que está instalando en el centro del living, también es enorme. Antes le ha dado un beso y, sin intervalo, le ha señalado un taxi detenido en la puerta. Él ha alzado a la nena y la ha hecho saltar por el aire. Ahora la deja con suavidad en el suelo y avanza hacia el taxi. En el momento de pagar le parece que el taxista lo observa con cierta conmiseración, aunque tal vez es sólo una idea suya. Vuelve cargando dos valijas.

Piensa que apenas entre le va a decir a Olivia: Te creés que esto es una mudanza, y que ése será el desencadenante de la pelea, pero en cuanto entra y la ve actuar, se olvida de su propósito. Con desesperación pregunta:

—Qué estás haciendo.

Ella gira apenas la cabeza y lo mira de costado.

—Abro las ventanas —y vuelve a su tarea.

Una corriente destemplada está borrando la atmósfera cálida y algo espesa que, durante estos dos días, lo ha protegido como un aura.

—Hace frío —dice él.

—Me importa muy poco que haga frío. Apesta a cerrado. Y a cigarrillos.

—Es mi olor —dice él.

Ella se ha plantado a mirarlo en mitad del living. Las manos sobre las caderas y las piernas un poco abiertas. Un árbol bien prendido a la tierra, se le ocurre a él y con extrañeza recuerda que alguna vez deseó a esa mujer.

—Bueno, *tu* olor no tiene por qué aguantarlo *tu* familia. Porque no sé si recordarás que tenés una familia...

Cómo olvidarlo, piensa el hombre, y también piensa que sería inútil decirlo: Olivia es incapaz de entender toda ironía que no provenga de ella. Seguiría hablando con el mismo tono con que habla ahora, ampuloso y trágico, como si un público conmovido pudiera admirarla detrás de las ventanas.

—... si te imagino, ah —está diciendo; junta unos papeles y los estruja—, dos días seguidos mirándote el ombligo. Porque por supuesto no hiciste nada de lo que dijiste que ibas a hacer, si te conoceré, ¡dónde hay un tacho de basura en esta maldita casa! —grita, y va a la cocina sin esperar la respuesta.

Él observa a la nena: está siguiendo los movimientos de su madre con expectación pero también con cierta confianza. Confianza —piensa él— en que en algún momento ella dejará de gritar y de sacudir objetos y las cosas volverán a la normalidad.

Así es, piensa, así es la vida. Lo ha pensado con tristeza, como si de pronto hubiese comprendido que algo lo ata sin remedio a este destino, que esta mujer que alguna vez lo atrajo seguirá junto a él por los años de los años sin que pueda hacer nada por evitarlo.

Un portazo en la cocina lo saca del estupor. Recuerda el sueño; su impotencia en el sueño al ver cómo ella se instalaba en la casa. Sabe lo que habría dado en el sueño por cambiar la dirección de los hechos.

—No te soporto, Olivia.

Lo ha dicho en la puerta de la cocina como quien tira una piedra y espera (él, parado en la puerta, los ojos fijos en Olivia, espera) el estampido del choque.

No hay choque, debió haberlo adivinado: Olivia siempre realiza la jugada que le hace falta para ganar.

—Mirá la novedad —está diciendo—. Así que ahora también sos capaz de ataquecitos de franqueza. Se ve que estar solo te favorece.

Se sabe ridículo. *No te soporto, Olivia.* Y sin embargo (piensa) no hay otra manera de decirlo.

—Y sin embargo no hay otra manera de decirlo —entra en la cocina—. O yo no encuentro otra manera, que es lo mismo —y por primera vez en esta mañana no se siente un imbécil.

—Muy bien, ya está dicho, ¿y ahora qué tenemos que hacer? ¿Clavarnos un puñal en el pecho?, ¿echarnos nafta encima y después prendernos fuego? Porque a lo mejor eso te parece más interesante que ayudarme a que esta casa quede un poco habitable.

—Olivia —dice—, no tengo ningún interés en qué esta casa quede habitable. Eso es lo que estoy tratando de decirte.

—¡Y quién está hablando de tus intereses! ¡Tenés una hija, no sé si te acordarás!

Él cierra con suavidad la puerta de la cocina.

—Escuchame —dice a media voz—, me parece que no es necesario...

—¡Sí, es necesario! —Olivia abre la puerta con violencia—. ¡Es necesario que tu hija aprenda desde ahora qué clase de canalla tiene por padre! ¡Es necesario que sepa que, para vos, ella es menos importante que...

—Callate —él la toma del brazo y trata de alejarla de la puerta.

—¡No me pongas la mano encima! —grita ella—. ¡Vení, tesoro!

—Por Dios —él ve como en una pesadilla a su hija que ha entrado llorando y se aferra a las piernas de Olivia. Esto es un sainete, piensa, pero eso no le atenúa la angustia. Se pone en cuclillas y abraza a la nena con torpeza. Experimenta una necesidad insoportable de ponerse a llorar él también, de quedarse abrazado a su hija y llorar hasta vaciarse. Que ya pasó todo, se descubre diciéndole. Le saca el pelo mojado de la cara y trata de secarle las mejillas con la mano. Claro que papito la quiere a mamita, le dice en un tono tranquilizante que le produce náuseas, que se vaya nomás para el living, que mamita y papito tienen que hablar de algunas cosas importantes y después todo se va a arreglar.

Oye la voz de Olivia, llegándole desde arriba.

—Menos mal que todavía te queda algún sentimiento de padre —dice la voz; el tono se va volviendo condescendiente—. Andate, por favor, a jugar con esa criatura, a ver si se tranquiliza de una buena vez —con una servilleta, le seca la cara a la nena—. Vaya, mi amor —le dice (él se ha puesto de pie bruscamente)—, vaya a jugar con su papito que ya se arregló todo. Vas a ver cómo nos divertimos los tres en esta casita tan linda.

Y sin una pausa vuelve a ponerse en actividad.

De espaldas a él, ahora, está ordenando una alacena. Canturrea. Él la observa con cierta curiosidad: el movimiento preciso de los brazos, la leve vibración de las caderas que siguen el compás del canturreo. Se siente segura, piensa él. Segura de que, dentro de unos minutos, voy a estar jugando con mi hija en el living. Y todo continuará como si nada nuevo hubiese sucedido. Dice:

—No pienso ir a jugar con la nena.

Ella no se da vuelta. Ha quedado inmóvil, la mano un poco levantada, detenida en la actitud de guardar un vaso.

—Me gustaría escucharlo otra vez —dice por fin, de espaldas.

—No hace falta. Dije lo que dije.

Ahora sí ella se da vuelta. Planta el vaso y apoya las manos en el borde de la mesa, los codos un poco doblados, el cuerpo volcado hacia adelante. Una fiera preparándose para el salto.

—Me encanta cuando te ponés temperamental —dice.

—No, no te encanta —dice él—. Y a mí tampoco me encanta cuando te ponés sarcástica.

—¿Y entonces?

—Entonces lo más sencillo, Olivia. Separarnos.

—Alalá. Así que era eso lo que veníamos tramando.

Sus dedos tamborilean unos segundos sobre la mesa. Adelanta un poco más el cuerpo, los ojos clavados en él.

—Antes vas a tener que pasar sobre mi cadáver —susurra.

Él carraspea. Comienza a decir algo en tono de burla pero Olivia no da muestras de prestarle atención. De un solo movimiento ha sacado a la nena de la cocina, ha empuñado el vaso y, con la efectividad de un atleta, lo arroja contra los azulejos.

Se escucha el estallido del vidrio y, casi inmediatamente, el llanto desesperado de la nena que entra en la cocina.

—Esto, para que empieces a saber de qué soy capaz —dice. Alza en brazos a la nena y sale de la cocina.

Él mira las paredes con el pánico de un preso. Es un preso: si sale de esta cocina tendrá que ver a Olivia y sabe que no podrá soportarlo. Se sienta en un banco, se acoda sobre la mesa (ni siquiera se ha molestado en sacar los vidrios) y apoya la cabeza entre las manos. Se le ocurre que podría esperar la muerte, así sentado en esta cocina. Por la puerta semicerrada le llega el llanto exasperante de su hija y, a través del llanto, la voz de Olivia, consoladora. No entiende las palabras pero algo meloso de la voz lo crispa. Su deseo de ahorcar a Olivia es tan intenso que debe apretar los puños. *Papito es malo*, dice con tono infantil la voz. Él se golpea la frente con el puño. Después golpea la mesa. Se corta con un vidrio pero ya no le importa. Se ha puesto de pie, ha abierto la puerta de la cocina y sale al living.

—Ya sé que de esta manera todo es más difícil —dice, y no mira a Olivia, que camina de un extremo al otro del living con su hija en brazos, pero sobre todo no mira a su hija—, ya sé que deberíamos estar los dos solos, sentados en algún lugar tranquilo, y no yo acá parado y vos caminando con la nena de esta manera absurda. Sentados en un café, o en este living, pero solos, para que al fin hablemos, o ni siquiera para que hablemos porque a esta altura ya no me hago ilusiones, nunca más va a existir entre vos y yo algo parecido a una conversación, pero al menos para que yo al fin pueda decirte lo que nunca, callate, lo que nunca me dejaste que te diga, como ahora, ¿no es cierto?, a ver si el miedo al escándalo me deja mudo otra vez. Pero no, Olivia, a esta altura del partido ya no. Y a lo mejor hasta tenés razón, soy un irresponsable hijo de puta y le estoy haciendo un daño feroz a mi hija, no grites, pero quién te dice que a lo mejor las cosas no son más sencillas, que simplemente un día ella crece y es capaz de entender todo esto. De entenderme a mí, quiero decir, tal como soy. O no lo entiende y entonces, bueno, entonces no tendrá padre. O tendrá el padre que vos la vas a convencer que tiene: un miserable egoísta, callate, un miserable egoísta y canalla que la abandonó sin piedad porque no era capaz de pensar más que en sí mismo. A menos que yo ahora dé marcha atrás, ¿no es eso?, a menos que yo ahora te pida perdón y lloremos abrazados y acá no ha pasado nada. No, Olivia, acá pasó algo que no tiene vuelta atrás. Así que no vale la pena esto: ya sé todo lo que vas a decirme hasta que salgas por esa puerta, y a la nena te queda el resto de tu vida para decírselo. Es cierto, sí, soy el ser más insensible que haya pisado esta tierra y las estoy matando a las dos. A lo mejor, hasta nos estoy matando a los tres. Quién puede saber esas cosas. Lo que sí sé es que esto no tiene sentido. Seguir viviendo así, digo, no tiene sentido, espero que algún día lo entiendas —él levanta de un solo envión las dos valijas y el bolso—. Y si no lo entendés —camina hacia la puerta—, si no lo entendés tampoco va a ser demasiado importante. Vos harás tu vida, odiándome, y yo haré mi vida como mejor pueda —ha apoyado una valija para abrir la puerta de calle—. Y la nena también hará su vida. A pesar del padre y de la madre que le han tocado en suerte. Como cualquiera de nosotros —ha dicho. Después ha dejado las valijas en el umbral y, en tono impersonal, ha señalado que apenas salgan pedirá un taxi por teléfono.

Está temblando junto a la puerta abierta. Le parece que tiene fiebre y que en cualquier momento se va a caer, pero no se mueve de la puerta. Tiene los ojos fijos en Olivia. Ella, parada en el centro del living con la nena llorando en brazos, parece esperar alguna cosa. Que él diga algo tal vez, que haga un gesto capaz de retrotraer la vida a eso que fue hasta unos minutos atrás. *Un infierno. Hasta unos minutos atrás la vida fue un infierno.* Él se lo repite una y otra vez, como un conjuro para no ceder. Tiene la impresión de que permanecen así —los dos inmóviles, mirándose, y la nena llorando— más tiempo del que es capaz de soportar. En cualquier momento va a caerse o a dar un grito. Por fin la pesadilla se acaba. Olivia, con la nena en brazos, está avanzando hacia la puerta. Sin mirarlo sale a la calle. Antes de cerrar con un portazo le grita algo feroz.

Perdoname, piensa él. Le duele el cuerpo. Sobre todo, le duele atrozmente la cabeza. Pide el taxi con el último resto de voluntad que le queda. Necesita descansar, no pensar en nada; meterse en la cama y no levantarse en todo el día. Acaba de darse cuenta de que puede hacerlo, de que nada, en este domingo frío y gris, va a impedir que lo haga, elegir alguna vieja novela policial, meterse en la cama y leer hasta que nada salvo la trama rigurosa ocupe su pensamiento. A pesar del cansancio experimenta una calma que hacía mucho había olvidado. No es que esté contento (el llanto de su hija aún le retumba en la cabeza), pero empieza a embriagarlo algo que se parece al vértigo de la libertad. Lentamente, como quien oficia una ceremonia, va hacia el equipo de música y pone, a todo volumen, la *Segunda Sinfonía* de Sibelius. Después camina hacia la biblioteca. En el momento en que está sacando una novela de Dickson Carr suena el timbre. Decide no abrir: todo lo que podían decirse ya está dicho. Intenta irse para el dormitorio con el libro pero una pesadez inexplicable se lo impide. Empapado de terror, abre los ojos. Está tratando de entender lo que ocurre cuando un segundo timbrazo lo despierta del todo. Mira el reloj sobre la mesita de luz: son las nueve en punto. El tercer timbrazo, imperioso, tan familiar para él como un lenguaje, suena cuando se está poniendo los calzoncillos. Sin esperanzas, camina hacia la puerta.

La crueldad de la vida

A mi madre, a destiempo

Yo estaba en la comisaría, sentada entre un cejijunto y una morochona que le daba de mamar a un crío, pegajosa y bastante aterrada después de un peregrinaje de cinco horas bajo la tarde de marzo más agobiante de que tengo memoria, y me preguntaba si el soplo de terror provendría de la desaparición de mi madre o de ignorar qué podía encontrar si por fin la encontraba cuando, sin razón aparente, se me cruzó el león. No era la primera vez que me pasaba: que un incidente llegado de la nada se instalara en mi cabeza y me perturbase, esa habitación con piernas danzantes, pongamos por caso, yo observándolas desde abajo de una silla y emergiendo entre ellas, de cuerpo entero, un muchacho de pelo enrulado al que llaman Moishke Copetón. La de abajo de la silla carece del concepto de fiesta (no puede aún hoy explicar el amontonamiento y la algarabía) y desconoce todas las palabras salvo ésas, tan curiosas: Moishke Copetón. Es así, sin variantes, cada vez que el evento pernenil sobreviene y es así como, en la Seccional 17 de la Policía Federal, mientras esperaba mi turno entre el cejijunto y la morochona, irrumpió el león. El león es el que con más frecuencia aparece, sólo que esa tarde, en lugar de limitarme como otras veces a verlo desde la cama, en reposo detrás de la mesa del comedor, se me ocurrió desviar el foco hacia mi persona de seis años, en la cama, palpitándolo. Fue ahí que —sobre llovido, mojado— caí en la cuenta de que ya no podía pensar en él.

No se trataba de que lo hubiese olvidado: aún era capaz (pude verificarlo antes de que me llamara el oficial de guardia) de imaginarlo en reposo detrás de la mesa del comedor aguardando el momento oportuno para saltar sobre mí, y de verme a mí misma, los ojos muy abiertos para no dormirme —ya que el miedo provenía de que el león me atacase sin que yo lo supiera y no del ataque mismo—, acechando en la oscuridad hasta que el marasmo me sofocaba y debía levantarme (para provocar al león, para obligarlo a que de una vez saltase). También podía restaurar la voz de mi padre preguntándome desde el otro dormitorio adónde voy, la primera vez con inquietud, ¿la segunda un poco harto?, la tercera al borde justo de la explosión (precavidamente yo nunca me levantaba más de tres veces; prefería —aún prefiero— un león saltándome encima a ciertas tribulaciones de la vida familiar), y el murmullo ininteligible de mi madre, ¿tranquilizándolo?, ¿burlándose de mí?, nunca ha sido muy de fiar mi madre (en rigor, tampoco ahora lo es). Podía incluso reconstruir la desesperanza con que noche tras noche yo registraba, a dos metros de mi cama, la inmovilidad de Lucía durmiendo como si el mundo no estuviese amenazado, y hasta reproducir la secuencia de pensamientos por la que noche tras noche yo concebía que un león podía esperarme detrás de la mesa del comedor. Lo que ya no podía era *saber* el león; otra conciencia, distinta de la mía, era la que una vez le había tenido miedo. Yo la veía a ella temiendo al león del mismo modo que veía al león, eso era todo, pero ya no era esa que, los ojos muy abiertos, acechaba el silencio tratando inútilmente de descubrir una señal. Como si el hilo que debía unirme a la que fui se hubiese ¿debilitado?, ¿cortado?, *¿qué es crecer?* Así, con ese término impropio, nombré en la Seccional 17 el paso de mis años. Crecer. Eso me inquietó. ¿No me diferenciaba tanto de mi madre entonces? Ya me estoy poniendo grande, Mariúshkale, diciéndome el día en que cumplió ochenta y cinco años, y hasta dejando entrever cierta ambigüedad, cierto barrunto de "las dos sabemos que eso no es cierto: la vejez no se ha hecho para mí, soy invulnerable, mis hijas son invulnerables, todo lo que he engendrado es perfecto y por lo tanto exento de la fiebre, los granitos, la melancolía, el fracaso y la muerte". ¿Tanto desmadre hacia arriba y hacia abajo para venir a descubrir que me le parezco? Eso jamás, pensé con tanto fervor que di un salto. El cejijunto echó sobre mí una mirada que me sofrenó y un amable codazo de la amamantadora me indicó que había llegado mi turno.

¿Señas del extraviado?, preguntó el oficial haciendo caso omiso de que el extraviado —yo acababa de informarle— se llamaba Perla y era mi madre. Femenino, contesté. Una risita a mi espalda (calculé que del cejijunto) me hizo dar cuenta del error. Estaba muy cansada, eso era. Había respondido en comisarías y en guardias de hospitales tantos interrogatorios impersonales, había caído tantas veces yo misma en la cenagosa labia policial, recelando de que una respuesta mía menos opaca que "femenino" o "tez blanca" pudiera instalar una luz de entendimiento en la mirada del interrogador —claro, claro, ya sé a qué se refiere; y sin más trámite, yacente entre sábanas ¿qué iba a señalar?: ¿una degollada?, ¿un ojo?, ¿un ser baboso y balbuceante?—, y por fin, pocos minutos atrás, había descubierto algo tan desalentador para mi porvenir que nadie debía esperar de mí una respuesta razonable. Señas, no sexo, dijo el oficial. Sentí en la nuca el carraspeo impaciente del cejijunto: no le gustaban mis vacilaciones. Me quedé muda. Señas, señas particulares, me ayudó el oficial. Quise decirle que mi madre, toda ella, era una seña particular, yo sufría, oficial, yo de niña sufría porque añoraba una madre como todas las madres, ella misma me lo había inculcado con sus canciones, las madres, cuando no abandonaban a sus hijos ciegamente en cuyo caso se llamaban madres sin corazón o sea no-madres ya que el corazón es el órgano maternal por excelencia, como se desprende de aquel poema (recitado por mi madre) en que el hijo, a pedido de la amante cruel, robó el corazón de su madre que dormía soñando acaso con él, y ya en el umbral sombrío de su amada cruel cayó, y aquel corazón gritó: ¿Te has hecho daño, hijo mío? Cuando tenían corazón, digo, eran santas que rezaban en soledad con cinco medallas que por cinco héroes las premió la Patria o viejecitas abnegadas que lavaban ropa junto al piletón, y recibían con un beso al desorientado que soñó no sé qué mundo y se hundió en un mar profundo con delirante afán que el vicio le enseñó. ¡Madre!, clamaba el desorientado a la vuelta, las tristezas me abatían y he llorado sin tu amor. Y ella que le dice: Ven para acá, pilluelo, que con un par de besos en la frente disiparé las nubes de tu cielo. Así eran las madres, según las canciones de mi madre. Pero ella no. Ni me abandonaba ciegamente ni rezaba en soledad, y lavaba la ropa, sí, pero refunfuñando ya que no consideraba el lavado una tarea para la que estuviera destinada. Corazón debía tener pero era arbitraria y mentirosa. El día mismo en que lo conoció al Rubio no le quedó más remedio que mentirle. Cómo que no le quedó más remedio, pensaba yo en la cama matrimonial. Era domingo por la mañana porque las mañanas de los domingos en la cama matrimonial constituían el ámbito protegido en el que se narraban las historias. Las historias eran de índole diversa. A veces sólo consistían en el relato minucioso de la película del sábado a la noche. (Los sábados a la noche Perla y el Rubio iban al cine; él, chambergo y echarpe blanco de seda; ella, gran rosa de gros prendida en la solapa y un sombrero que la transfiguraba —Perla resplandecía debajo de los sombreros como si esas delicadas urdimbres de plumas, velos o pajas tuvieran la virtud de despojarla de las pequeñas decepciones de la vida cotidiana—.) En esos casos las historias eran narradas una única vez y no presentaban más complicación que la de la trama en sí, lo que no era poco ya que Perla no omitía detalle y hasta (comprobé con los años) retocaba algunos, así que yo, apretada contra el cuerpo mullido que me cobijaba mientras la voz me llenaba de pavor, iba registrando, domingo tras domingo, la minuciosa crónica del hombre que elaboró una estrategia demoníaca para convencer a su esposa de que se está volviendo loca, o la de la mujer muerta que, junto con el ama de llaves, atormenta a la joven que acaba de casarse con el viudo, o la de la muchacha sordomuda ferozmente violada por un hombre brutal. ¿Qué es "violada"?, pregunto, presintiendo algo siniestro detrás de la palabra "violada". Es lo peor que le puede pasar a una mujer. Terminante Perla, estableciendo uno de esos agujeros negros que yo iría rellenando a los ponchazos hasta constituir eso que, enmudecido ante el oficial de guardia de la Seccional 17, trataba de no preguntarse dónde, en qué punto el hilo se debilitó, se cortó, si es que alguna vez hubo algo parecido a un hilo. Igual, las películas no eran del todo inquietantes porque siempre tenían un principio y un fin y no se enlazaban con nada. Las historias de la vida, en cambio, presentaban enlaces con historias de otros domingos pero eran enlaces defectuosos. Además podían perderse en detalles. O no ser más que un detalle como ocurría con los vestidos. Los vestidos llegaban envueltos en una historia pero una vez instalados su descripción era tan dramática que acababan convirtiéndose en la historia misma, como ese traje de fiesta de crêpe amarillo limón, cubierto de arriba abajo con unas plumas enrolladas que Perla llamaba *aigrettes*, en cada uno de cuyos centros anidaba una piedrita de strass. Yo debía hacer un esfuerzo para no ver a Perla como la damapájaro, gigantesca y maligna con su cara de gavilán y su cuerpo emplumado, que me asediaba por las noches como todo lo que me asediaba y que había visto una vez en un libro; me dejaba arrastrar por las palabras —*aigrette*, amarillo limón, piedrita de strass— cuyo significado a veces desconocía pero que me sumergían en una bruma de belleza que no necesitaba imágenes ya que aquello que dibujaban las palabras siempre era, para mí, superior a cualquier imagen. En el caso de los vestidos, sin embargo, la operación era complicada. No sólo porque suponía creerle a Perla (¿cómo puede un vestido estar cubierto de plumas y no ser monstruoso?, ¿es posible distinguir en el centro de una pluma enrollada una piedrita de strass?, tempranamente sospeché que Perla exageraba o cambiaba las cosas a su antojo) sino porque además me obligaba a paladear una belleza que me era ajena. Encina, cántaro, carricoche, me remitían a mi propia idea de lo bello pero crêpe amarillo limón me transportaba a un mundo que sólo podía ser deseado por mí desde el deseo de Perla.

Para peor estaban los accesorios. Los accesorios le conferían al vestido su cabal esplendor. Perla, que había dibujado con esmero el figurín y juntado centavo sobre centavo para pagar el corte de tela y la hechura y controlado con ojo crítico la labor de la modista del barrio hasta que el vestido resultaba a la altura de sus sueños, también había previsto los accesorios. Si uno solo le faltaba prefería encerrarse en su casa y no estrenar nunca el vestido. Y como en general le faltaban casi todos y nunca tenía plata para comprarlos debía pasarse largo tiempo trabajando la moral de sus cinco hermanas (casi tan egoístas y camorreras como ella) para que cada una le prestase lo que a ella le venía bien. Entonces sí, cuando todo estaba en su sitio, la boina gris combinando con el cuello del trajecito, el sobre de cocodrilo del color exacto de los zapatos, los guantes ni más cortos ni más largos de lo que correspondía, se esponjaba como un pavo real e iba a donde la habían invitado. *Estaba tan hermosa* (coronaba en la cama su relato) *que cuando entré todos dijeron que parecía una chica de la aristocracia.*

Yo no tenía una idea muy precisa de qué era la aristocracia pero estaba segura de que se trataba de un estado altamente apetecido por Perla. Lo que me confundía era que, en sus canciones, los aristócratas eran gente abominable que siempre se oponía a los anhelos de los héroes y heroínas de Perla: obreritas tísicas, huérfanos agonizantes y poetas famélicos. Al escuchar esas vidas trágicas, que ella cantaba con voz de cupletista y con cierta alegría mientras limpiaba la casa, yo me ponía a llorar por los miserables de la Tierra. Pero cuando salíamos, todos, hasta el Rubio, debíamos parecer personas de la aristocracia.

Y hablando del Rubio, ¿cómo que no te quedó más remedio que mentirle?, acababa preguntando yo, escandalizada de que a una chica se le ocurriera engañar al hombre de su vida el mismo día en que lo conoce. Y claro, me decía Perla como quien está a punto de explicar la cosa más natural del mundo; si era evidente que él me había preguntado lo del día de mi cumpleaños porque quería hacerme un regalo.

Hacía justo un mes que Perla había cumplido veintidós años así que consideró un desperdicio decirle la verdad. Se restó dos meses de vida y él no la defraudó: la tarde de su falso cumpleaños —ya iban por la cuarta o quinta cita— la esperaba en la esquina de Rawson y Guardia Vieja con un estuche de terciopelo azul envuelto en papel de seda: adentro, un relojito Girard-Perregaux.

Por cosas como ésa Perla se enamoró locamente del Rubio. No sólo era capaz de regalarle a una chica un lindísimo reloj pulsera, también bailaba el vals mejor que ninguno y en las confiterías solía invitar a todo el mundo como si anduviera lleno de plata. Los amigos (decía Perla) lo llamaban Paganini. Una tarde de diciembre (casi un mes después del falso cumpleaños) hasta se le apareció con un DeSoto recién comprado. Pero ella no quiso subir, ni esa vez ni en los encuentros que siguieron: está mal visto (le dijo) que una chica soltera suba al auto de un hombre solo. Fue una lástima porque después del DeSoto él no volvió a tener un auto en su vida y ella amaba los autos. Se soñaba atravesando Buenos Aires junto al Rubio en una regia voiturette. En ese tiempo él no llegó a saberlo. Con la paciencia que casi siempre le tuvo dejaba el DeSoto frente a la casa de la calle Rawson y se iban los dos en tranvía hasta Parque Lezama: Perla adoraba Parque Lezama, cantar valses sobre gente moribunda y charlar largamente sobre el destino. Si él se aburrió de tanto jacarandá y tanta tuberculosa nunca lo dijo: jamás habría herido voluntariamente a alguien. Por distracción, sí. A Perla, un día de carnaval, le dio una cita en la esquina de Corrientes y Maipú y la dejó plantada. Así nomás, entre serpentinas y agua florida, con su vestido de hilo crudo que ella misma había bordado en punto cruz.

No volvió a tener noticias de él, salvo una foto, enviada meses después desde Ernesto Castro, *Para Perla, en la playa*. Ni una disculpa, ni una promesa, nada a lo que ella pudiera aferrarse para no naufragar. Hay que decir, además, que la foto era un desastre; sentado en la tierra cerca de una casilla miserable, con una especie de pijama rotoso, sombrero deshilachado y alpargatas, más parecía un croto de los caños que el añorado bailarín de vals. (Mirando treinta años después otras fotos del Rubio —en Azul, en Olavarría, en General Acha—, me di cuenta de que el personaje se me escapaba por los cuatro costados: tanto podía vérselo de bañista como de gaucho; o con impecable traje blanco y panamá, o en camiseta, tomando vino entre malandrines. De lo que se puede dar fe —le dije a Lucía, y no podíamos parar de reírnos pese al pertinaz aleteo de la muerte— es de que estaba encantado consigo mismo. Porque fotos se sacó siempre: en las buenas y en las malas. Y hasta tuvo el tupé de mandarle a ella, pura araucaria y punto cruz, ésa en la que se lo ve tan feo y con el sombrero roto.)

Cómo se las ingenió ella para conciliar al croto de los caños con Paganini es de las cosas que nunca vamos a saber. Despechada debía estar porque durante cinco años cantó sin tregua aquel vals que dice *Andate, no vengas con tus súplicas, a recordar las horas de aquel idilio trágico*. Pero el caso es que cumplió los veintitrés, los veinticuatro, los veintiséis años rechazando, uno tras otro, a todos los pretendientes que le presentaban.

A los veintisiete fue a ver a una gitana. (Era una judía rara, le gustaba la palabra de los curas y la buenaventura de las gitanas, sin contar con que cada Jueves Santo iba al cine a llorar con la Pasión y Muerte de Nuestro Señor Jesucristo.) La gitana le dijo que pronto encontraría al hombre de su vida y que le iba a dar la mano izquierda. Le auguró un hogar en el que habría hijas pero plata, no. La plata no va a quedarse, le dijo; va a entrar y va a salir, pero a quedarse, nunca. Ella se desvivía por ser rica así que desconfió del agüero de la gitana. Y seis días más tarde esperaba a un nuevo pretendiente en la casa de la única de sus hermanas que se había casado con un millonario.

De esa casa le gustaba sobre todo la araña de cristal de Baccarat del comedor y le disgustaban sobre todo el rayón de amargura en la frente de su cuñado y la verruga junto a su nariz. Contra su voluntad, asignó el mismo rayón a la frente del que iba a venir. Se equivocaba. El que iba a venir era un hombre bonachón y amistoso. En el camino se encontró con un amigo que acababa de llegar de Bahía Blanca aprovechando un pasaje gratis que se había conseguido en razón del congreso eucarístico que se celebraba en Buenos Aires. Ahí nomás, el bonachón le propuso al recién llegado compartir su buena fortuna.

—Me invitaron a una casa —le dijo—, parece que me quieren presentar a una linda chica. ¿Querés venirte conmigo?

El otro quiso. Era el Rubio.

De lo que pasó en esa casa lo que mejor se sabe es que Perla le dio al Rubio la mano izquierda porque la derecha la tenía vendada. Conociéndola, no es arriesgado suponer que lo del vendaje puede haberlo forzado de algún modo, ya que tramposa fue siempre, aunque tampoco es improbable que las cosas hayan ocurrido sencillamente como las contó —dos días antes se había hecho una quemadura muy fea en la mano derecha así que no le quedó más remedio que vendarla— porque también es cierto que siempre fue un poco mágica.

La cosa es que, cuando los dos amigos estuvieron en la calle, apenas el otro amagó un comentario sobre lo linda que era Perla (decía sin modestia Perla), el Rubio lo paró en seco.

—Cuidado con lo que vas a decir —le dijo— porque esa mujer es mi novia.

Y se ve que sabía lo que estaba diciendo porque ocho meses después se casaron.

¿Y cuándo le contaste la verdad?, pregunto en la cama matrimonial, más interesada en el problema moral que en el relato en sí. Y es lógico, ¿alguien familiarizado con peripecias como la de la niña que juega junto a un estanque con una bola de oro que caerá al estanque y le será devuelta por un sapo que al final es un príncipe podría admirarse con el caso de un hombre que regresó después de cinco años a la casa del cuñado de la mujer que lo espera? ¿Qué menos puede pedírsele a una historia que esta módica maquinación del azar? El problema de la verdad, en cambio, me preocupa. Aunque no del modo en que le preocupa a Lucía, quien cree que la verdad hay que decirla siempre, pase lo que pase, porque eso es lo correcto. A mí el problema de la verdad me preocupa porque no puedo concebir que una ande por la vida llevando sobre sus espaldas la carga de ciertas mentiras. Un falso cumpleaños, por ejemplo. Hay millones de millones de cosas que tienen que ver con el cumpleaños de una, es así que mentirle a una sola persona sobre la fecha de cumpleaños nos obligará, a fin de que la mentira no se descubra jamás, a modificar cada uno de esos millones de millones de cosas durante el resto de nuestras vidas, con la persona a quien se ha mentido y con todas las otras a quienes alguna vez la persona mentida pueda hablarles. Es una tarea de patas infinitas que comenzará en el instante en que se mienta y no terminará hasta la muerte. Donde se descubre que no es cierto que la mentira constituyera para mí un problema de orden moral. Se trataba de una cuestión puramente práctica aun cuando, frente a Lucía, yo estuviera dispuesta a jurar que mentir es abominable por el hecho en sí. Mentira ésta que no me causaba pavor porque la consideraba un acto en defensa propia y porque reemplazaba a una concepción todavía vaga sobre el bien y el mal que yo presentía próxima aunque no estuviera en condiciones de explicarla. Además, era una mentira que empezaba y terminaba en Lucía (estaba hecha a la medida de Lucía), lo que me eximía de aplicarla a millones de casos.

Pero Perla no tiene ningún problema con la mentira. Ni en el orden moral ni en el orden práctico.

—La verdad, ni me acuerdo cuándo le conté la verdad —dice, y da por terminada la cuestión.

Ésa es mi madre que, fiel a su estilo, consiguió colarse con cierta luz propia en el relato y así disimular el rol modesto que le está destinado: el de extraviada. Pero le guste o no, su presencia es contingente y su búsqueda por hospitales y comisarías —y la posterior travesía a El Refugio de la Dicha que será contada a su debido tiempo— apenas el telón de fondo para el conflicto real: la pérdida del león. Pude haber descubierto esa pérdida cualquier otro día pero me ocurrió justo la tarde del otro extravío, mientras Lucía buscaba a mi madre por una ruta y yo por otra, comunicadas las dos mediante un complicado sistema de mensajes ya que, para colmo de males, la mujer o ángel tutelar que asistía a mi madre acababa de irse a La Plata por un trámite impostergable, lo que impedía que nos hiciera de puente. Fue en medio de ese caos que supe la pérdida del león pero ¿y si lo hubiese descubierto en un día más apacible? ¿Acaso eso habría evitado que me convirtiera en el ente que fui durante los dos años que siguieron (exactamente hasta la mañana de marzo en que visité El Refugio de la Dicha)? Aplanada, algodonosa, inepta para cualquier reflexión que no acabara enroscándose sobre sí misma y su flagrante estupidez. Estiraba el brazo para alcanzar una lata de galletitas y la conciencia de la banalidad de ese acto hacía que me detuviera a mitad de camino, derrumbada por un hálito de fracaso. Eso no impedía que luego me comiese la galletita pero hasta ese pequeño suceso carecía para mí de todo atractivo. La sensación no es agradable, sobre todo si una ha construido su vida sobre el supuesto de cierta excentricidad o estado de gracia. Ahora sabía que ese estado, si alguna vez había existido, yacía bien granítico en el pasado, incapaz de alumbrar mi actualidad, y que aquella cuyo brazo se había estirado para alcanzar la lata de galletitas no merecía de mi parte un mínimo aliento de simpatía.

Tal vez a alguien le resulte excesivo que la pérdida de un león me haya abatido hasta ese punto, pero ocurre que de los tres o cuatro episodios de los que suele emanar mi destino (hechos poco notorios que me he tomado el trabajo de cargar de sentido y que iluminaban —o eso había creído— cualquier acto mío por imperceptible que fuera, oh, ahí está ella, la impar, elevando el brazo para pescar una galletita, con qué crudeza su cerebro destripa la nimiedad de este acto, con cuánta lucidez ella se ve a sí misma, trivial, angurrienta, buscando la que tiene más relleno; y ya podía, lo más pancha, redimida por la impiedad de mi mirada, saborear la galletita como quien manduca el pan consagrado), de esos tres o cuatro episodios, decía, dos contienen leones. El primero ocurre entre los cuatro y los cinco años. Yo estoy dando vueltas en el patio de la casa de mi abuela mientras, para mitigar el desagrado que me provoca el mundo real, fraguo una historia de la que soy la heroína y en la que gente que no me gusta acaba mostrando la hilacha y gente extraordinaria reconoce mi encanto y mi valentía. Cuando algún incidente o personaje no encaja en el conjunto debo alterarlo, lo que me impone otros cambios que a su vez contienen nuevas imperfecciones que debo enmendar. A medida que me acerco (o creo acercarme) a la historia perfecta mi excitación crece y giro más y más rápido. Ya estoy en un punto vertiginoso, al borde justo del tiempo en que las dificultades se habrán acabado y seré feliz. Entonces, detrás de mí, viniendo de la puerta que da a la cocina, del mismo modo que una cornisa se nos cae sobre la cabeza, escucho: "Parece un león enjaulado".

El segundo, más que un episodio puede considerarse un razonamiento. Lo despliego noche tras noche y me conduce sin clemencia al león. Yo estoy en la cama, deduciéndolo, y él, detrás de la mesa del comedor, aguarda el momento oportuno para saltar sobre mí. Todas mis noches, entre los cinco y los ocho años, se ven atravesadas por el conocimiento del león. Y lo que yo había descubierto en la Seccional 17 de la Policía Federal era que el recuerdo completo estaba ahí y que yo podría volver a contarlo todas las veces que quisiera y pretender que era mi vida lo que contaba pero que ¿desde cuándo? venía repitiendo una historia vivida por otra.

Mis actos habían quedado vacíos, algo como eso. Y mi castigo era saberlo. ¿Tal vez un día mi estolidez atravesaría cierto límite y entonces dejaría aun de conocer esa situación e iría por la vida como una imbécil perfecta? Por ahora era una mutante acechando el momento de la transformación

¿en la otra?, ¿en mí misma? Todavía no sabía desde dónde observaba el fenómeno. Como buena mutante no tenía asignada ninguna casilla.

En los colectivos o haciendo cola para pagar los impuestos yo vigilaba subrepticiamente a mis congéneres. Sinceramente les tenía envidia: no se apreciaba en ellos ni una sombra de inquietud. Hice algunos experimentos para acelerar el pasaje. Una mañana, en el Palacio de Aguas Corrientes, casi lo consigo. Esperaba en un recinto atestado para acogerme a una moratoria que —yo anhelaba— me tornaría en más de un sentido una ciudadana proba. Gente conversaba a mi alrededor. Escucharse a sí mismos no parecía perturbarlos. Tal vez ni siquiera se escuchaban. Hablaban porque la espera era larga y se hacía más llevadero hablar que soportar el silencio. Me propuse intervenir. Concordé con una señora rubia en que uno viene a pagar y lo tratan peor que a un delincuente e hice algunos aportes al plan que tenía un señor pelado para que el país, en menos de un año, se volviera pujante y vivaracho. Ninguna risita interior me distanciaba de mis compañeros. Yo era lo que decía y nada más y ellos —se notaba a la legua— me aceptaban con agrado. Estaba a punto de sentirme cómoda en mi papel cuando una voz de origen incierto murmuró: ¿Es que acaso sois ésa? Ahora veo que en esas palabras había una anticipación de lo que tiempo después iba a descubrir en El Refugio de la Dicha. Y no por el significado de la pregunta; correspondía al tipo de recriminación que interrumpía cada uno de mis actos y que esa misma tarde, en el Palacio de Aguas Corrientes, me dejó muda ante mis semejantes, incapaz de conversar con ellos e incapaz de la vanidad que en otro tiempo me había distanciado de ellos. No por lo que significaba la frase, decía, sino por su estilo, que evocaba al de la pregunta que formula la Bella Durmiente en el instante en que, al cabo de un sueño de cien años, abre los ojos y ve al Príncipe que acaba de despertarla con un beso en los labios, *¿Quién sois, señor, y qué hacéis aquí?*, y a cuya lectura yo volvía una y otra vez tratando vanamente de penetrar su perfección e indagando si, despertada yo misma de sopetón al cabo de cien años, conseguiría urdir una pregunta tan rigurosa como ésa, condensadora —¡y con tanta cortesía!— de todo lo que urge saber en circunstancia tan desusada. La reminiscencia debió alertarme pero estaba tan absorta en mi perdición que ni siquiera reparé en lo castizo —o jodón— que, si lo dejan solito, puede ser mi fuero interno. Y ni hablar de la Bella Durmiente. No me permitía pensar en ella ni en la que gira en el patio ni en el león. Consideraba estos pensamientos como un saqueo ya que pertenecían a otra. A aquella que, de los pies a la cabeza, *sabe* el león y, desentendida de la mujer que llora su pérdida, lo palpita desde la cama.

La cama es el lugar de los grandes problemas. Cuando Lucía duerme, cuando Perla y el Rubio duermen, Mariana puede pensar los grandes problemas sin que nadie venga a preguntarle por qué está todo el tiempo sin hacer nada. ¿Pensar es no hacer nada? Ése es uno de los grandes problemas que puede dedicarse a pensar cuando nadie la molesta. Si no está en la cama, solamente puede dedicarse a pensar cuando hace de perro. Hace de perro nada más que en los días fríos; en los días calurosos a Lucía no se le hielan los pies así que no le pide que se le siente encima como si fuera su perro. Lucía es friolenta, Mariana no. Le gusta el viento helado en la cara y le gusta la escarcha. Lo que más le gusta de la escarcha es la palabra escarcha. Si piensa: Esta mañana, cuando fui al colegio, la calle estaba cubierta de escarcha, puede creer que está en uno de esos países de los libros en los que se anda en trineo. La palabra escarcha le gusta como la dice ella y no como la dice su madre. Su madre, cuando hace mucho frío, dice: Hoy hace un frío que escarcha, con lo que escarcha es un verbo y se parece a escorcha, que no tiene nada de lindo. Dice verbos raros, a veces, su madre. Si comió mucho dice: Estoy que veneno. Ella nunca ha escuchado a otras personas decir el verbo venenar ni el verbo escarchar, y mucho menos el verbo engurumir. El verbo engurumir está en una canción muy triste que canta su madre y que dice: Canillita lo llamaban y él así lo engurumía. Entonces a Mariana le parece que engurumir es mostrar que se es lo que los otros creen que se es. Lo llamaban canillita y él, sin ningún ocultamiento, engurumía serlo. Y hasta le da la impresión de que lo engurumía con cierto orgullo. Pero a veces se le ocurre que la canción dice: Canillita lo llamaban, y el asilo engurumía, en cuyo caso engurumir vendría a ser cargar uno con una marca del pasado. Aunque el día que discuten sobre el tema Lucía dice que no, que el canillita ni así lo engurumía ni el asilo engurumía; lo que dice la canción —dice Lucía— es: Canillita lo llamaban, y era sido en Gurumía. Así, Gurumía tendría que ser el pueblo natal del canillita, que las dos suponen en España. El problema es cómo sigue, dice Mariana, que siempre está muy atenta a las canciones de su madre. ¿Cómo sigue?, dice Lucía, que suele prestarles menos atención. Mariana canta: Canillita lo llamaban, y él así lo engurumía, cuando un día en una esquina una madre sin entrañas al azar lo abandonó. De arriba abajo sin fundamento, dice Lucía, que ha leído a Saroyan. Las dos se revuelcan de la risa porque se van acordando de esa y de otras letras imposibles que canta su madre, aquella de los amantes suicidas, dice Lucía ahogada de la risa y Mariana canta Adiós madre, adiós padre, adiós hermanos, ya nos vamos y no nos veremos más; si en la tierra nos amábamos constantes, en la tumba nos amaremos mucho más. Cada vez que se les va a terminar la risa se acuerdan de alguna letra nueva —Ésa que empieza Yo la amé con el alma gentil de mi evidencia, dice Lucía; de arriba abajo sin fundamento, dice Mariana— y no pueden parar. La dificultad reside en que hay canciones que nunca le han escuchado cantar a ninguna otra persona y la única vez que se animan a preguntarle a su madre si en la canción del canillita él así lo engurumía o el asilo engurumía o era sido en Gurumía, se las queda mirando como si estuviera frente a dos locas perdidas, y les dice: ¿No tienen nada mejor de qué hablar ustedes dos? Es así su madre, imposible pescarla en un error. Enseguida da vuelta las cosas y se va lo más campante.

Dice estoy que veneno y dice él así lo engurumía y nadie va a saber jamás de dónde saca esas palabras. Como sarcornia. Su madre usa todo el tiempo la palabra sarcornia. Dice: No me mires con sarcornia, y dice: Me lo dijo con sarcornia. Mariana entiende perfectamente lo que quiere decir sarcornia. Ella misma, muchas veces, habla con sarcornia. Y Lucía también. Y el Rubio. Son una familia muy sarcórnica. Pero una vez ella escribe sarcornia en una composición y la maestra se la tacha con lápiz rojo y le dice que esa palabra no existe. Ella le discute y hasta le explica el significado. Pero la maestra se la hace buscar en el diccionario y ahí Mariana descubre que ni siquiera cuando dice una palabra tan hermosa como sarcornia una puede creerle del todo a su madre.

Lucía sí sabe todas las palabras como deben ser porque lee el diccionario. Se mete en el baño con el diccionario y se queda horas encerrada ahí para que nadie la moleste. El diccionario está un poco deshojado y tiene una historia anterior a su nacimiento. Las historias anteriores a su nacimiento le dan un vacío en el corazón. Las del tiempo en que su madre y su padre se conocieron no porque son tan antiguas que son como cuentos, y las de su madre y las hermanas cuando eran chicas menos que menos. Las hermanas Malamud eran seis (sin contar varones) y todas camorreras, pero la más camorrera debía ser su madre porque ahora que todas son señoras lo sigue siendo. Las historias de las hermanas Malamud le encantan porque eran muy pobres y muy bromistas y se reían de todo y porque tenían de vecinos a una familia de italianos de lo más alegres y amistosos que al fin resultaron los principales de la mafia. En cambio las historias donde está Lucía pero ella todavía no nació le dan un vacío en el corazón porque la hacen darse cuenta de que su madre, su padre y Lucía vivían lo más contentos sin ella y no tenían ninguna necesidad de que existiera. Eso le da rabia pero nada en el mundo le da tanta rabia como la niña muerta. La niña muerta aparece en algunas de las historias del pasado. Lucía y su madre hablan de ella y de cómo la esperaban y de las cosas que ocurrieron mientras la esperaban, pero nunca dicen una palabra acerca de lo que a ella le da miedo. Y no cualquier miedo, un miedo raro, miedo hacia atrás. Nunca dicen que si la muerta no hubiese nacido muerta ella no estaría en el mundo y nadie lo sabría. La odia y le da una alegría tremenda que esté bien muerta. Pero eso también le provoca miedo porque alegrarse de la muerte de alguien es lo peor que se puede hacer en la vida, y peor si se trata de una hermana así que no se lo puede decir a nadie y es el secreto más terrible que guarda. El diccionario es del tiempo de la niña muerta. Se lo regalaron a Lucía antes de que la niña naciera porque nadie sabía que llegaría muerta así que estaban contentos y se hacían regalos. Vino, le han contado, en una pequeña biblioteca, junto con seis libros de cuentos, tres a cada lado del diccionario. Nunca ha visto una biblioteca como ésa: entiende que el tiempo que le ha tocado vivir no da objetos tan hermosos. Indaga sobre los libros de cuentos que rodeaban el diccionario. Nadie sabe nada, nadie recuerda nada, han desaparecido sin dejar vestigios, trata inútilmente de concebir la naturaleza espléndida de esos libros que ya nunca serán posibles sobre la Tierra. Es injusto, lo único que queda de tanto esplendor es el diccionario. Odia los diccionarios, eso de que las palabras vengan por orden alfabético, odia el orden alfabético, el abecedario le parece la cosa más aburrida que hay en el mundo, no existe manera de aprenderlo porque no se lo puede razonar. Lo que no se puede razonar no se puede aprender. Alguna vez ella pensó que las letras venían ordenadas desde las más conocidas hasta las más desconocidas, así bastaría hacer un esfuerzo para ver cuál era más conocida entre dos, si la ene o la erre por ejemplo, y al final se podría decir el orden de cualquier letra, ¿pero qué quería decir esa ka antes de la eme?, ¿y la ese después de la cu? Al abecedario no se lo puede más que repetir como un loro, es una vergüenza que las palabras vengan puestas así y con una definición aburridísima abajo, se vuelven feas, a ella las palabras le gustan en el medio de otras palabras, así, aunque nunca las haya escuchado en su vida, adivina lo que quieren decir y es como un juego. Pero Lucía adora el diccionario y se pasa horas encerrada en el baño para leerlo sin que nadie la moleste. O a ella le parece que son horas porque está afuera esperando que salga para que jueguen juntas. Cuando su hermana está en el baño ella cree que si sale y juegan juntas va a ser feliz, pero cuando Lucía sale ella cree que la felicidad no se alcanza nunca: Lucía está furiosa ya que ella, pese a que se dijo y redijo que se quede ahí adentro y se pudra si quiere, que no le va a pedir que salga, al final no ha podido soportar tanta espera y ha acabado llamándola lo cual (lo sabía por anticipado), apenas sale Lucía, desencadena su desdicha. Hay una vez que no. Esa vez se cumple su sueño porque Lucía, después de su encierro con el diccionario, sale del baño y la busca: quiere que escuche un canto que ha compuesto en el baño acerca de sus ganas de una enciclopedia. Mariana sabe qué es una enciclopedia porque unos días atrás, cuando su hermana dijo por primera vez que quería una, ella le preguntó: Luci, ¿qué era una enciclopedia? Lucía miró hacia un punto muy lejano y dijo: Es un libro que contiene todo el saber. Ella tuvo que hacer un esfuerzo muy grande para imaginar ese saber total y otro aún mayor para concebir el libro capaz de contenerlo. ¿Sería así? ¿Lucía se encerraba para leer el diccionario pero quería una enciclopedia?, ¿ella se desvivía porque su hermana saliera del baño pero después se arrepentía de haberla llamado porque era más desdichada que antes? ¿La perfección no era posible en este mundo? De todos modos, la tarde en que Lucía sale del baño y la busca para que conozca el canto que ha compuesto se parece bastante a la perfección.

El canto habla de las ganas de Lucía de tener una enciclopedia, del dinero que hace falta para comprarla y abruptamente termina: *Y como no tengo me voy a aguantar*. Directo al grano como le gustan a ella los poemas. *¿Qué es poesía? ¿Y tú me lo preguntas? Poesía eres tú*. Dicen lo que dicen y listo. Pero las cosas casi nunca son tan sencillas. La tarde de Amado Nervo, ay, Mariana ni quiere pensar en esa tarde desventurada, Lucía tirada en la cama leyendo *La amada inmóvil* y ella haciendo de perro y pensando lo más contenta. Ni el título del libro le gusta, se imagina a una mujer paralítica en una silla de ruedas y no consigue amarla y menos escribirle poemas, pero por las dudas nunca se lo ha dicho a Lucía. Y en eso Lucía le dice: Escuchá este poema. Lucía siempre le lee las cosas que le gustan mucho y eso a Mariana le encanta, sobre todo cuando le lee las partes divertidas de una novela porque eso lo entiende lo más bien y las dos se matan de la risa. Pero esta vez tiene el tono que pone cuando va a leerle algo sublime así que ella, llena de temor, se prepara para escuchar el poema más hermoso del mundo. Se llama *Cobardía*, ha dicho su hermana, y eso la tranquiliza porque sabe perfectamente qué es la cobardía: es lo peor que hay después de la traición y ningún héroe la perdona. Pero en el poema que Lucía le está leyendo nadie huye en la batalla ni tiembla en presencia del enemigo. La mujer amada pasa con su madre, que no se entiende bien qué hace en un poema de amor, y tiene el pelo de trigo garzul. Ella no sabe qué es el trigo garzul pero no puede dejar de ver a la amada con una especie de escoba azul coronándole la cabeza. Para colmo al poeta se le abren al mismo tiempo todas las heridas que tiene en el cuerpo, que no se sabe cómo se las hizo y que parecen muchísimas, y le empiezan a sangrar delante de la amada y de la madre de la amada. El poeta dice muy triste que las dejó pasar sin llamarlas pero a ella le parece que sangrando como estaba era lo mejor que podía hacer. El poema termina sin que las cosas se aclaren. ¿Te gustó?, pregunta Lucía. Sí, Luci, dice ella. Entonces Lucía, con esa perfidia que tiene a veces, le dice: Explicame. Es el momento más espantoso que haya pasado en su vida. Sólo recuerda las heridas sangrando todas al mismo tiempo y la escena le parece asquerosa pero es demasiado tarde para decirlo. ¿Es cobarde? Es cobarde. ¿Para qué decís que te gusta si no entendiste nada de nada?, dice Lucía. Es inflexible e inclemente y Mariana no sabe qué es peor cuando está con ella, si equivocarse en el arte o decir una mentira. No es como con Dios que puede ver adentro de su cabeza y entonces sabe por qué miente cuando miente y sabe que no lo hace para mal de nadie sino para bien de sí misma, y eso a Dios le parece perfecto. Es muy tranquilizante que alguien sepa de verdad cómo es una y no haya que darle todo el tiempo explicaciones. Además, él también está contentísimo con ella porque ella le habla como a una persona normal, no como los otros que le hablan haciéndose los buenitos. A Dios le divierte mucho cómo es ella. Todas las noches en la cama, cuando la luz está apagada, ella junta las manos como vio que hacen en los dibujos de los libros, y le pide las cosas que quiere. De rodillas al lado de la cama no se puede poner porque Lucía se daría cuenta, pero esas cosas a Dios no le importan. Él sabe perfectamente que ella no se puede poner de rodillas porque es judía. Ella no entiende del todo qué es ser judía, lo que le molesta es que no puede tomar la comunión y que, en el colegio, en lugar de estudiar religión que es tan lindo con todas esas vidas de santos, tiene que estudiar moral. La moral parece ser lo contrario de la religión pero no comprende del todo en qué consiste y le parece que la maestra de moral tampoco. Una vez les hace hacer una composición aburridísima sobre el ahorro, otra vez les lee *El sastrecillo valiente* y otra les recita un verso sobre un durazno que no debe manchar la blancura inmaculada del vestido de la niña que come el durazno porque la mancha no le va a salir más. Al final dice algo sobre las malas acciones pero es lo menos interesante del poema y a ella le parece que si querían hablar de malas acciones hubiesen empezado por ahí y listo. Lo único que aprende del poema es que, de todas las cosas del mundo que pueden manchar un vestido, lo que más mancha es el durazno, así que, aunque es bastante sucia y suele tener marcas de tinta, de chocolate y de otros materiales, cada vez que come un durazno toma toda clase de precauciones porque, gracias al poema, está segura de que, si le cae jugo de durazno en un vestido, mejor tirar el vestido porque la mancha no va a salir jamás. Pero eso no le hace entender del todo qué es ser judío. Su madre, si una persona ayuna el Día del Perdón, dice de esa persona que es muy judía y lo dice como si eso fuera algo meritorio pero ella misma no se esfuerza demasiado por ser muy judía: el Día del Perdón simplemente come poco. No comer me da languidez, dice su madre, y parece estar segura de que ésa es una razón indiscutible para no ayunar. Lo que sí, no como mucho, dice. Mariana piensa que su madre es poco judía, y su padre menos judío que su madre porque el Día del Perdón come igual que cualquier otro día, y Lucía menos todavía porque el Día del Perdón, si le dicen que tiene que ir a la sinagoga a saludar a los abuelos, vomita y se enferma. Decididamente, ellos son una familia muy poco judía pero igual ella no se puede arrodillar al lado de la cama y ni decir Jesucito de mi vida porque eso lo hacen los goim. Es bastante complicado: ella puede no hacer las cosas que hacen los judíos pero no puede hacer las cosas que hacen los goim así que en lugar de Jesusito de mi vida dice Diosecito de mi vida. Y le reza con las manos juntas todas las noches, cuando nadie la puede ver. Pedirle, le pide las cosas una por una porque Dios sabe cómo es ella pero no tiene por qué saber las cosas que quiere. Hay cosas que quiere una sola vez y cosas que quiere siempre; ésas se las pide a Dios todas las noches.

Una de las cosas que le pide todas las noches es que, dentro de seis años y medio, cuando tenga los años que Lucía tiene ahora, ella sepa tantas cosas como Lucía. Y un poco más. Lo malo es que Lucía quiere que ella sepa todas las cosas ahora porque si no es una bruta. ¿Quién escribió *La Ilíada*?, pregunta Lucía una de las veces que juegan a las preguntas y respuestas. Homero, contesta ella. ¿Quién escribió *Don Quijote de la Mancha*?, pregunta Lucía. Miguel de Cervantes, dice ella. ¿Quién escribió *La Divina Comedia*?, pregunta Lucía. (A veces, cuando no juegan, a ella le gusta imaginarse que están jugando a las preguntas y respuestas y que Lucía le hace una pregunta tan difícil que nunca se habría imaginado que una chica tan chica como ella la supiera. ¡Y tan brillantemente! Pero con Lucía toda imaginación es inútil. ¿Quién escribió *La Divina Comedia*?, ha preguntado.) Ella no tiene la más remota idea de quién escribió *La Divina Comedia* así que ni siquiera puede inventar una respuesta que más o menos disimule su ignorancia. Entonces elige exaltar su parte moral. Recta, valiente, veraz hasta el suplicio, eleva la vista y dice: No sé, Lucía. Pero su hermana pasa por alto este momento de altura moral y le dice que es una bruta. Sos una bruta, le dice, cómo alguien a los seis años no va a saber quién escribió *La Divina Comedia*. Y ahí se termina el juego.

—Estás tergiversándolo todo.

Esto es nuevo. Que Lucía se entrometa en el relato es un hecho totalmente nuevo. Además, ella no está tergiversando nada; simplemente, está contando su versión de los hechos.

—No es cierto. Contás sólo una parte de los hechos, que no es lo mismo. Y la parte que me hace quedar como el monstruo de la historia, nada menos. Pero ¿quién jugaba con vos al almacenero?, ¿y quién te hacía los bocaditos princesa? Y te advierto que esto no es una intromisión, es un mero acto en defensa propia.

Lo del almacenero es incuestionable. A la tarde, cuando tomaban la leche sentadas las dos a la mesa de la pequeña cocina, Lucía era el almacenero. ¿Cuánto de queso quiere, señora? ¿Prefiere flauta o pan francés? Y ahí nomás blandía el cuchillo y cortaba con el gesto firme y con la generosidad con que cortaba el almacenero. A ella le encantaba cuando Lucía hacía de almacenero. Todas las tardes, mientras observaba cómo Lucía preparaba la leche, aguardaba estos minutos de dicha.

—Ves, te traicionó el inconsciente. Yo preparaba la leche, yo cortaba el queso, yo hacía los panqueques. Vos te sentabas y mirabas.

Ella se sentaba y miraba. Y daba indicaciones. Lo sabía todo, *la teoría* de todo, cuánta harina llevan los panqueques, qué es el baño María, de qué modo hay que revolver la leche para que no se haga nata.

—¿Y las torrejas? Ahí te agarré.

Ahí la agarró. Ella no tenía la más remota idea de cómo eran las torrejas. Ignoraba el tópico tanto como lo ignoraba Lucía. Eso era lo tremendo. Que a veces las dos tenían unas ganas intolerables de comer torrejas porque la palabra "torrejas" les parecía una promesa de felicidad. Pero no sabían cómo eran. Así que se pasaban largo rato discutiendo las propiedades que debería tener algo con un nombre tan hermoso y le ponían todo lo crujiente, todo lo dorado y deleitoso que es posible sobre la tierra. Tal vez ahí (y en la risa que a veces les daban ciertas cosas absurdas de la vida al punto que se agarraban la barriga y no podían parar de reírse aunque los ojos se les llenaran de lágrimas), tal vez ahí está la clave de que, a lo largo de los años y de las diferencias —yo te hacía de perro para calentarte los pies, y yo tenía que hacerte la leche, te tenía que estar cuidando todo el tiempo porque vos eras bastante estúpida—, a pesar de los roles nunca abandonados de la hermana pequeña y la hermana mayor, se sigan buscando una a la otra como quien acude al último refugio.

Pero a no ponerse sentimentales, estas dos hermanas tienen una relación perversa, si no, no hay *pathos*.

—Ves, eso es lo que yo digo. No seguís con las torrejas porque necesitás historias perversas. ¿O qué punto omitiste, vamos a ver?

Los bocaditos princesa, es cierto. Jura que va a volver sobre los bocaditos princesa pero no ahora. Está perdiendo el rumbo, los personajes se le rebelan y ella, que suele ser tan prolija —este suceso acá, ese otro más adelante, evitar ciertas efusiones que no vienen al caso, si cada cosa no está en su sitio no hay historia y se acabó, ¿te encerrás en tu casa y no salís hasta que te prestan el sombrerito gris? Chist, ¿quién interrumpe ahora?— acaba de darse cuenta de que este relato, que empezó con un *yo* bastante ortodoxo —¿aunque a punto de desintegrarse?— descubriendo que ha perdido al león, astutamente se ha deslizado hacia una *ella* que, lejos de haberlo perdido, no hace otra cosa que machacar en sus arrabales como si quisiera anticipar que acá nada grave ha pasado, ¿ni los granitos ni el fracaso ni la muerte? Evitar este atajo, tramposamente conduce otra vez a mi presunta semejanza con Perla. Y ésa no es la historia. La historia es el león, su pérdida, yo petrificada ante el oficial que por cuarta vez pregunta: ¿No recuerda ninguna seña particular del extraviado?

Ninguna, contesté; ninguna seña. Y con la docilidad de una vaca apuré el resto de las respuestas, cosa de que el cejijunto no tuviera ningún motivo de queja y la amamantadora pensara qué lindo, qué mamá tan normal tiene la señora, qué normales y tiernas y perfectas somos todas las mamás del mundo y ella misma, aunque no sea mamá pobrecita, qué normal parece que es.

Conclusión: que salí de la Seccional 17 tan ignorante como había llegado sobre el paradero de mi madre y con la novedad de que ya no podía pensar en el león. El calor era una oleada del infierno. Busqué un teléfono. Desde mi casa, en el contestador, la voz de Lucía, abrumada por el desaliento, me señalaba los pasos dados, los pasos a dar y sus ganas de morirse; en su casa, en el contestador, dejé registradas mis últimas aventuras y mi propio deseo de no morirme sin antes haber asesinado a todos los viejos del mundo. Por disciplina llamé también a la casa de mi madre aunque sabía que el Ángel Tutelar aún no podía haber vuelto de hacer su trámite en La Plata. Váyase a La Plata nomás, le había dicho yo hacía menos de seis horas; Lucía y yo nos arreglamos. Mentira, Lucía y yo no nos arreglamos con nada que no sea *La Divina Comedia* y las torrejas. O su sabor ilusorio porque ni torrejas aprendimos a hacer. Ustedes estudien, nos decía Perla, que cuando tengan que cocinar seguro que van a saber cómo se aprende. Una más de sus mentiras, podemos arreglárnosla con la fórmula del ácido desoxirribonucleico o con un endecasílabo, pero la simple hechura de un huevo frito nos paraliza. El Ángel Tutelar seguro que habría podido encontrarla, sabe qué se hace en casos así, es eficaz y acogedora; al menos habría podido recibirme en su regazo, he perdido a mi gallito, lirí lirá, le habría cantado yo, ella habría posado sobre mí sus anchas alas de ángel y mi madre y el león y todo lo perdido que en ese momento ululaba en mi cabeza se habría esfumado de la faz de la Tierra. Pero no había vuelto, lirí lirá. Corté el teléfono y caminé sin rumbo por Las Heras: todo lo que deseaba era sentarme en algún umbral y llorar como Dios manda. Ahí mismo, a mi derecha, estaba la escalinata de la Facultad de Ingeniería, por qué no al fin y al cabo si no la tenía a Perla pendiente de mis pasos para que no tropezara, para que no cayera, para que no llorara, qué motivo tenés para llorar, Mariúshkale, si te lo di todo, aceite de hígado de bacalao para que seas la más fuerte, manzanas verdes para que seas la más inteligente, historias para que seas la más soñadora, vestiditos de piqué francés para que parezcas de la aristocracia, ¿qué te puede faltar, hijita? El león, mamá, me falta el león, y lo triste es que debí descubrirlo antes, esta misma mañana contemplando como una imbécil la pantalla de la computadora pude haberlo descubierto, toda mi energía puesta en la Carta Blanca como si la existencia consistiera en eso, en colocar la cu roja debajo de la ka negra, la jota negra debajo de la cu roja, marche a la casilla de la derecha el as de pique, el dos de pique, el tres de pique, como si el leve movimiento del mouse generando en la pantalla un desplazamiento de las cartas pudiera encubrir el hecho consumado: no era por mera distracción u ocio poético que momentáneamente me había desviado de un destino de ¿grandeza?, cuánto hacía, Dios mío, que no pronunciaba esa palabra, y no con pudorosos signos de interrogación, a boca llena, convencida de pies a cabeza de que aquella que en la cama había inventado un león no podía menos que. Y sí. Tal vez ella sí. Sólo que (podría haber descubierto ante la Carta Blanca si entonces no sonaba el teléfono) el desvío no era momentáneo ni parecía tener cura porque yo ya no era ella.

El llamado ocurrió cuando ponía 9 rojo debajo de 10 negro. Atendí con celeridad. ¿Esperaba el timbrazo de la musa o el de la juventud eterna? Igual no eran. En cambio era el Ángel Tutelar: Llamó la señora Ema, su mamá tenía que estar ahí a las 12, pero no llegó... Sí, sí, de acá salió a las 11 menos veinte y estaba lo más bien, ¿no se le ocurre qué pudo haberle pasado?

No se me ocurre. Estoy sentada en la escalinata de la Facultad de Ingeniería y no se me ocurre ni creo que se me vaya a ocurrir durante el resto de mi vida dónde puede estar Perla. La imagino vestida de blanco inmaculado partiendo de su casa para recorrer a pie las veinticinco cuadras que la separan de la casa de Ema, especialista en máscaras de belleza, flor de nombrecito, te enmascara, te viste de hermosura, oculta el cansancio, el miedo, la corrupción, y te devuelve digna de la luz del día. Para entender por qué la Madreperla —casi ochenta y seis años, marido tempranamente muerto, piel de pergamino, cráneo desfigurado por osteoporosis deformante, huesos al borde de hacerse añicos por ídem— caminaba todos los meses veinticinco cuadras para hacerse una máscara de belleza, hay que tratar de verla sacándole brillo al diminuto departamento que el Rubio (después de años de peregrinar por pueblos de provincia buscando un trabajo que no lo hiciese desdichado) pudo por fin alquilar para que recalásemos los cuatro; es necesario imaginarla lustrando los pisos hasta sacarles resplandores de espejo y mientras tanto soñándose entre toallones esponjosos, acariciada por manos expertas que la devolverían al mundo con su hermosa cara aún más hermosa, igual a una chica de la aristocracia. Quiero decir que Perla iba todos los meses a hacerse una máscara de belleza simplemente porque ahora podía hacerlo y le importaba muy poco que la cara se le estuviese cayendo a pedazos. Entre toallones esponjosos seguro que se sentía espléndida y que tardíamente era dichosa. Y hacía caminando las veinticinco cuadras que la separaban de la casa de Ema y otros trayectos hacia metas diversas porque tres años atrás, sentada con Lucía ante el escritorio del médico que con mesura había hablado de la gradual inutilidad de sus huesos, ella, con la autoridad de quien está convencida de que siempre tiene razón, dijo: Doctor, si algún día no puedo caminar prefiero morirme. Y lo dijo sin una sombra de pena porque los años la habían vuelto sabia (O a lo mejor siempre lo había sido sólo que yo, abrumada por su empeño de ahuyentar de mí toda desdicha, no me había dado cuenta a tiempo y recién en los últimos años, tomando mate las dos en su casa y comiéndonos con cierta alegría las medialunas que yo llevaba, me di cuenta de que, de tan arbitraria, era capaz de comprender cualquier cosa que una le contara). Así que se largó a caminar por la simple razón de que el movimiento es mejor que la inmovilidad y si una tiene piernas ha de darles el mejor uso posible, y porque secretamente sabría que si un día llegaba a detenerse nunca más iba a arrancar. Solía vestirse de blanco, impecable de pies a cabeza, zapatos combinados, cartera haciendo juego, y emprendía cualquier camino como quien dispone de todo el tiempo del mundo porque los años le habían otorgado la placidez que hace falta para sentarse de trecho en trecho junto a la ventana de cualquier cafecito a recuperar el aliento y contemplar cómo pasa la vida. Y alcanzaba cualquier objetivo que se hubiera propuesto. De puro empecinada y de puro maga. Con la única salvedad de aquella pesarosa tarde de marzo en que no llegó a destino.

Y ahí estaba yo, llorando en la escalinata de la Facultad de Ingeniería, sin la más pálida idea de dónde buscarla. He perdido a mi gallito, lirí lirá. La canción volvió a atravesarme y ahora tenía tiempo de indagar de dónde venía. De Perla naturalmente, su canción de las cosas perdidas. Era enloquecedor. Lucía o el Rubio o yo revolviendo la casa para encontrar un objeto extraviado y ella, su voz de cupletista, irrumpiendo en medio de nuestra desesperación, Van tres noches que no duermo, lirí lirá, sólo pienso en mi gallito, lirí lirá, lo he perdido lirí lirá, pobrecito, lirí lirá, el domingo que pasó. De dónde las sacaba, Dios mío, taitas, gallitos, ciegas de nacimiento, el apuesto porquerizo Jerinaldo, una zagala llamada Flor de Té, el pobre viejo que desde el tranvía, talán talán, ve pasar a su hija, la desgraciada, medio dopada por el champán, son demasiadas emociones, a veces lo prefiero al Rubio que tiene una sola canción. Es una canción muy triste y el Rubio dice que cuando se va al sur con su hermano León, los dos se la pasan cantándola. Es raro imaginarse al Rubio y a su hermano León, que es más bien feo, avanzando de noche por la ruta y cantando algo que dice Virgencita por Dios te lo pido, no seas malita con mi papá, él se emborracha, me pega mucho, desde que falta de aquí mamá. Y lo más raro es que el Rubio la canta de tal manera que nunca se sabe si la canción lo hace reír o lo hace llorar. Parece las dos cosas, que un poco se burla y un poco le da una pena enorme por la nena esa tan desdichada. Nunca se sabe con el Rubio. Perla medio se enoja con él porque canta mal y a ella no le gusta que sus seres queridos hagan las cosas mal, pero el Rubio canta como se le canta. Tranquilo, sin enojarse casi nunca, pero siempre hace lo que quiere. A lo mejor ni se da cuenta de que la hace sufrir. Es tan distraído: todos los mediodías, cuando se va, dice chau muchachos. Como si nunca se hubiese fijado en que alrededor de la mesa sólo quedamos Perla, Lucía y yo. Chau, muchachos, dice él como si nada y con las arañas es todavía peor.

Las arañas llegan tres años después de la mudanza y son todo un acontecimiento. Es la primera vez que Perla, el Rubio, Lucía y yo vivimos en una casa que es nuestra casa. En realidad no es una casa, es un departamento minúsculo, y no es nuestro porque es alquilado pero, en doce años de casados, es la primera vez que Perla puede desembalar los manteles que bordó para su ajuar y un juego de té de porcelana azul que les regalaron para el casamiento. Fuera de las camas donde dormimos, y de una mesa plegadiza y unos bancos, los muebles tardan en llegar. Durante dos años, cada mediodía, Perla extiende en el piso del comedor el poncho que el Rubio ha ganado en un concurso de rancheras, y luego saca de la cocina la mesa plegadiza y la pone, abierta, sobre el poncho. Cuando terminamos de almorzar, Perla vuelve a poner la mesa, plegada, en la cocina, y la cubre con uno de los manteles bordados del ajuar. Ornada así, Perla se olvida de que es una vulgar mesa plegadiza y la contempla con embeleso. Cuando van llegando los muebles también los contempla con embeleso. Son grandes y lustrosos y ocupan todos los espacios vacíos. Sólo faltan las arañas. Como un baldón, del techo de cada cuarto sigue colgando un cable con una lamparita en el extremo. Hasta que un día la plata alcanza y Perla va a comprar las arañas. Nos cuenta que son espléndidas y esta vez no miente. Un mediodía vuelvo del colegio y ahí están. La del comedor, sobre todo, es suntuosa. Diez luces y un chaparrón de caireles como lágrimas. Cuelga sobre la mesa y parece ocupar, entero, el pequeño techo del comedor. Bajo su cristalería, sentadas para el almuerzo, Perla, Lucía y yo, muertas de emoción, esperamos al Rubio.

Su llegada siempre es un acontecimiento dichoso. Apenas se lo escucha silbando por el pasillo, se sabe que unos segundos más tarde la llave va a girar en la cerradura y que él, antes de entrar del todo, nos va a mirar, medio asomado a la puerta, como verificando que somos las que somos. El Rubio tiene unos ojos lindos, entre grises, verdes y azules, con puntitos; bajo su mirada burlona y un poco triste el mundo precariamente se ordena. La vez de las arañas la cerradura gira y él se asoma y nos mira como siempre. Estamos las tres expectantes y él sin duda lo ha notado porque no termina de entrar y nos estudia con desconcierto. Nosotras aguardamos en silencio. Por fin Perla no soporta la tensión y le pregunta: ¿No notás nada?

El Rubio es una de las personas más amables que he conocido. Voluntariamente sería incapaz de defraudar a alguien. Es así que, desde la puerta, con esa expresión de náufrago que a veces pone, trata de descubrir la novedad que nos tiene transidas. Por fin se ilumina. Echa sobre nosotras una mirada cómplice y, contento de contentarnos, lo dice. ¿Qué?, dice, ¿compraron bananas? Así es el Rubio. Tan distraído y tan discreto que se muere un verano sin habernos contado cómo era.

Perla, en cambio, no tiene un pelo de discreta. Nada de morirse sin previo aviso. Más bien borrarse de la faz de la tierra en pleno viaje a una sesión de belleza. Ése es su estilo. Yo, sentada en la escalinata de la Facultad, ya no sé por dónde buscarla. He perdido a mi gallito, lirí lirá, insistentemente canto y lo peor es que tal vez no lo canto por Perla sino por el león. Y por todas las cosas que alguna vez han sido y ya nunca serán sobre la tierra. Pero sobre todo por la mujer deshecha que no sabe dónde buscar a su anciana madre.

Con desgano me puse de pie y fui hasta un teléfono. En mi casa no había ningún mensaje nuevo. Llamé a la casa de Lucía y escuché su voz en el contestador pero decidí que no tenía sentido dejarle otro mensaje sin novedades. Llamé a lo de mi madre con la esperanza de que el Ángel Tutelar hubiese vuelto. La señal de llamada sonó cinco voces. Ya iba a cortar cuando atendieron. Se escucharon ruidos como de alguien que tiene problemas con el auricular. Después la inconfundible voz de cupletista. No dijo hola. Imperativa, un poco enojada, como quien ha decidido que, sea quien fuere la persona que llama, ha de ser la causante de sus recientes males, preguntó:

—Quién habla.

—Mariana —dije.

—Quién —gritó. Olvidé decir que estaba sorda así que, por precaución, separé el auricular de mi oreja.

—Mariana —grité. Algunos transeúntes me miraron.

—Quién —volvió a gritar.

Suspiré.

—Mariana, tu hija —dije a los gritos.

—Cuál hija —dijo ella, como si hubiese engendrado una docena. Y tuve la certeza de que, como lo había estado temiendo toda la tarde, había recuperado a mi madre.

Ese anochecer Perla cuenta que en algún punto del camino hacia la casa de Ema se sintió cansada y tomó un taxi. Que le dio al taxista la dirección de su casa pero cuando llegaron su casa no estaba y el lugar era desconocido. Que ni ella ni el taxista, que era muy amable, pudieron resolver una situación tan rara así que el taxista, pobre, por fin se fue y ella se quedó sola buscando su casa pero no la encontró. Que una chica muy amable vio que andaba desconcertada. Le preguntó dónde vivía, llamó a un taxi y le dio la dirección al taxista. El taxista, que era muy amable, la trajo a su casa y ahí estaba ella.

Al día siguiente vuelve a contar el episodio. La inclusión de un nuevo detalle, contado en estilo directo, me permite descubrir que Perla no le dio al primer taxista el cruce de calles de la esquina de su casa sino otro formado por la calle donde vive y la del departamento pequeño en el que cantaba valses y cerró los ojos del Rubio. Se lo hago notar pero no lo entiende. Recién la cuarta vez que se lo explico hay un destello de pánico en su cara y pregunta: ¿Cómo pudo pasarme esto? Lo inquietante no es su dificultad para entender algo tan simple; tampoco el hecho de que los dos viajes en taxi tienen que haber durado no más de media hora y ella estuvo ausente casi siete. Lo inquietante es que a Perla no le preocupe en lo más mínimo ese hueco en su vida. En apariencia, ni siquiera ha conseguido registrarlo. ¿Cómo pudo pasarme esto? es lo único que repite cada vez que concluye el relato, y se refiere al error cometido con el primer taxista, no a las siete horas borradas. Hay una primera tarde en la que no ocurre su relato; sólo la pregunta como un problema no resuelto o una reminiscencia. ¿Cómo pudo pasarme esto? Estamos en el living de su casa; entre las dos, las medialunas que he traído y el mate que acabo de preparar como si la persistencia del rito pudiera disimular algunas alteraciones del mundo real. ¿Cómo podo pasarme esto?, ha preguntado en medio de la nada. Esa vez el relato lo hago yo: el inicio de la caminata, el cansancio, el primer taxi, el error, la búsqueda, el segundo taxi, la llegada. Cada tanto deslizo una pregunta de soslayo. Tal vez tomada por sorpresa acabe recordando en qué etapa se perdió, si tuvo miedo, si, como yo, se sentó a llorar en una escalinata. Inútil. Una vez que he comenzado el relato, ella parece oírlo apenas como una música familiar que acompaña el mate y las medialunas. Sólo interviene, de tanto en tanto, para preguntar: ¿Cómo pudo pasarme esto? Ya te lo dije cien veces, mamá, digo yo por fin, absolutamente harta. No acusa recibo de mi hartazgo. Hay un silencio prolongado y ella vuelve a preguntar: ¿Cómo pudo pasarme esto? Un día ya no lo pregunta; da la impresión de que ha olvidado por completo el equívoco con las calles. Después el extravío mismo parece haber caído en el olvido. Las medialunas también. Una tarde me he dado cuenta de que no soporto verla comer y he dejado de llevarlas: he decidido que la comida es una actividad íntima que sólo el Ángel Tutelar debe presenciar. Perla nunca me pregunta por las medialunas. Por el mate tampoco. Un día he dejado de prepararlo pero no parece haberse dado cuenta. Ahora, cuando voy a visitarla, todo lo que hago es sentarme frente a ella y pensar en el león. Su pérdida ya es un hecho contundente. Soy una mujer agobiada con una madre decrépita. Y mis conversaciones con Lucía no abordan *La Divina Comedia* sino la última catástrofe causada por Perla.

Debo decir que tanto Lucía como yo tardamos en aceptar que la mujer reiterativa a la que cada una visitaba dos veces por semana y a la que las dos telefoneábamos cada día no era la misma que solía cantar, con ritmo de vals, las diez estrofas de *El nocturno a Rosario*. Perla siempre había tenido el don de la insistencia: si estábamos tristes o resfriadas ella, que consideraba estas desviaciones como un fracaso personal, era capaz de reprocharnos tantas veces los desarreglos que nos habían llevado a esos estados y de recordarnos con tal asiduidad los métodos, propios e infalibles, para que recuperásemos la lozanía, que acabábamos curándonos sólo para no escucharla. Aunque vivíamos gritándole que estábamos hartas de su celo porque fuéramos felices, su deseo era tan egoísta o prodigioso que, pese a nuestros gritos, ella se hacía la osa y persistía en mantenernos alejadas de todo mal. Era insoportable y mágica. Y como nosotras estábamos convencidas de que siempre iba a ser así, cuando sus conversaciones se fueron reduciendo a la repetición de unas pocas frases, Lucía y yo le gritamos con desesperación que parara, que no repitiera tantas veces lo mismo, que ya la habíamos entendido, y ni siquiera nos dábamos por enteradas de que un día Perla había dejado de tolerar que el Ángel Tutelar la vistiera y la peinara y que el ser frente al cual nos sentábamos cada vez que íbamos de visita era una vieja desgreñada de pelo blanco, siempre en camisón, que no preguntaba por sus nietos ni recordaba al Rubio ni tenía el más mínimo interés en que Lucía y yo fuéramos dichosas.

Fue el Ángel Tutelar quien nos abrió los ojos. Un día plegó sus anchas alas y nos dijo que ya no podía con Perla. Lucía y yo nos miramos con terror. El Refugio de la Dicha fue la consecuencia de ese terror.

Según una prima segunda a quien Lucía providencialmente encontró en esos días de zozobra, El Refugio de la Dicha era el lugar exacto que andábamos necesitando. Lo único que debíamos hacer era llamar a la señora Daisy y concertar una entrevista. Ella se encargaría de lo demás. Justo lo que nos hacía falta: que alguien nos cobijara en su regazo y se encargara de todo. La llamé. Su voz optimista me garantizó el ámbito ideal para convertir la última etapa de la vida en un verdadero paraíso. Traigan a la abuela y sus cositas imprescindibles, me dijo, que mientras nosotras arreglamos los detalles ella será asistida por personal tan idóneo y simpático que solita pedirá quedarse.

Así que una mañana de marzo, menos calurosa que aquella tarde de dos años atrás en la que Perla y el león casi se pierden para siempre, Lucía esperaba sentada al volante de su auto y yo salía de la casa de mi madre con un ser tembloroso y enajenado que alguna vez había sido la Madreperla.

Trabajosamente la ubicamos en el asiento de atrás. Me senté al lado de Lucía.

—Adónde vas —dijo Perla, apenas el auto arrancó.

—Vamos, mamá —dijo Lucía—. Vamos las tres.

—Qué dijiste —dijo Perla.

—Que vamos las tres —dijo Lucía gritando.

—Qué tres —dijo Perla.

—Vos, Mariana y yo —dijo Lucía gritando.

—¿Yo?—dijo Perla—. ¿Yo qué? Lucía resopló.

—Vos vas con nosotras —dijo gritando.

—¿Vos vas con nosotras? —dijo Perla.

—Yo no —absurdamente gritó Lucía—. Vos vas con nosotras —y en voz baja me dijo—: Podrías hablar vos también un poco, ¿no?

—¿Viste qué día precioso? —dije a los gritos. A Perla no pareció interesarle mi observación.

—Me parece que no ve nada —me dijo Lucía.

—Un poco ve —dije—, pero me parece que no le importa.

—Adónde vas —dijo Perla.

—A un lugar que me dijeron que es lindísimo —dijo Lucía a los gritos.

—De lindísimo no debe tener nada —dije yo.

—No dije que era, dije que me dijeron.

Es así Lucía. No tiene problemas en ser feroz, pero mentir no miente nunca.

—¿Adónde vas? — dijo Perla.

Lucía murmuró algo que no se escuchó muy bien.

—Es curioso —dije yo—. Con un padre y una madre tan mentirosos, ¿dónde habremos aprendido a no mentir nosotras dos?

—A vos te enseñé yo —dijo Lucía.

—Ah, sí —dije yo—. Vos me enseñaste todo. Sin vos yo sería una bestia ignorante.

—Sí —dijo Lucía—, serías una bestia ignorante.

Tal vez sea cierto, muchas veces lo había pensado. Con una madre tan arbitraria, con un padre tan distraído y con mi natural inclinación a mirarme el ombligo, ¿qué hubiese sido de mí sin una hermana mayor que me azuzase? Naturalmente no se lo dije. La observé de reojo: manejaba con demasiada cautela. Mi mal es la pereza y el de Lucía la cautela, pensé. ¿Y el miedo? ¿De dónde venía el miedo?

—No corras —dijo Perla.

Eché una mirada al exterior. Correr habría sido una actividad milagrosa. Avanzábamos por avenida

Córdoba (y avanzar ya es un verbo exageradamente optimista) con más lentitud que si reptáramos.

—No corro, mamá —dijo Lucía. Con docilidad pero a gritos.

Esperé una réplica, Perla nunca había admitido que sus impresiones no fueran las únicas verdaderas. Pero no escuché nada. Me di vuelta y la observé. Tenía la vista perdida en un objeto inexistente y parecía haber olvidado por completo su advertencia anterior. También parecía haber olvidado que iba en un auto con sus dos hijas. Y aun que tenía hijas.

—Creo que de cualquier manera va a ser lo mejor —dije.

Lucía pareció aliviada.

—Sí —dijo—. Además, si tiene todo lo que dicen, seguro que le va a encantar.

Yo no creía que le fuera a encantar. Más bien creía que iba a ser lo mejor para nosotras. Ella, tanto piqué francés y tanto amor, había formado un par de perfectas inútiles que detestaban la vejez, temían la enfermedad y estaban muertas de terror ante esta circunstancia nueva que les ofrecía el destino (¿acaso Perla las había educado para este destino?), por eso avanzaban a paso humano por la avenida Córdoba tratando de convencerse una a la otra de que estaban haciendo lo mejor para su madre y para el mundo y que el lugar hacia el cual se dirigían era realmente un refugio de la dicha en el que Perla, por fin, recuperaría el don de cantar valsecitos y el Rubio se asomaría a la puerta para contemplarla con su enigmática mirada azul.

No mirábamos para atrás. Ni Lucía ni yo mirábamos para atrás. Dábamos por sabido (yo daba por sabido y puedo jurar que Lucía también) que ella iba lo más oronda rumbo a lo desconocido. Yo ni siquiera pensaba (debía hacer un esfuerzo para no pensarlo, pero por fidelidad a lo que es íntegro y bello lo estaba consiguiendo) que a Perla, que había añorado los viajes, le debía dar lo mismo esta travesía en auto hacia El Refugio de la Dicha que mirar el mar junto al Rubio desde la cubierta del "Giulio Cesare" (con el que tanto había soñado sin conseguir más que un único cruce del río en el Vapor de la Carrera) o ser conducida en un féretro hasta la tumba de La Tablada donde él, con su cara bonachona e irónica pero siempre joven, la esperaba desde hacía cuarenta años, pero no a esta vieja, por favor, tráiganme a la cantora de valses, dice el Rubio desde su foto amarronada, a la del vestidito de hilo crudo bordado con sus manos en punto cruz, a la que soñaba con ser rica pero se reía hasta las lágrimas como si reírse, al fin y al cabo, fuera la fortuna más grande que una podía tener y era capaz de saborear un sándwich de anchoas como quien toca el cielo.

Fue en la temporada aquella, que duró un verano entero y casi el otoño, en la que vivimos los cuatro apiñados en una trastienda, y el Rubio, por primera y única vez, pareció que sentaba cabeza. Justo entre el tiempo en que vivimos con los abuelos y la mudanza al departamento de las arañas. El Rubio había alquilado un pequeño negocio y dormíamos en la parte de atrás, yo compartiendo la cama pequeña con Lucía y a un metro la cama grande donde dormían Perla y el Rubio. Fue maravilloso, yo sentía contra mi cuerpo el cuerpo de mi hermana y escuchaba la respiración del Rubio y la de Perla, sus conversaciones en voz muy baja. Entonces no tenía pesadillas. Era un tiempo de pasaje, un tiempo sin ataduras en el que cada uno podía esperar lo que quería: el Rubio, que por fin iba a comprar el auto con el que Perla y él soñaban; Perla, que no tendría que contar más los centavos; Lucía, que iba a vivir en una casa de verdad donde podría armar una biblioteca. Yo todavía no esperaba gran cosa; ni siquiera tenía conciencia de que era feliz (La conciencia de la felicidad, me acuerdo, la aprendí una noche de verano, cuatro años después, en el departamento de las arañas. Debía ser el fin de enero porque pocos días después cumplí ocho años. Íbamos a veranear por primera vez y, por primera vez, yo iba a ver el mar. Esa noche no necesité desear con desesperación que Lucía se despertase para que se me borrara el miedo; Lucía estaba tan despierta como yo, las dos sentadas en su cama y hablando del mar, de lo que cada una soñaba que era el mar. A la madrugada salimos a esperar el auto de un amigo del Rubio. Yo nunca había visto la calle de madrugada, el silencio cargado de esperanza que guarda esa hora única. Lucía y yo no discutíamos por nada. Abrazadas, hermanadas por el deseo y la alegría, caminábamos por la calle desierta cantando un bolero). En el tiempo de la trastienda sólo esperaba las noches calurosas pero no hubiese sabido encontrar las palabras para explicar por qué. El Rubio bajaba las persianas del pequeño negocio, dejaba la puerta abierta para que entrase el aire vibrante del verano y, a oscuras para que no nos vieran desde la calle, comíamos sándwiches de anchoa con pan negro y con mucha manteca y bebíamos —cerveza los padres, Bilz las hijas—, y charlábamos, y reíamos, y nadie pensaba en la muerte. Y aunque yo aún no podía ponerlo en palabras, muchos años después sabría que había sido feliz.

Ráfagas en las que todo parece estar en armonía, pensé. Igual que los bocaditos princesa.

—Menos mal. Creí que te habías olvidado.

Y yo pensé que Lucía ya no iba a interrumpirme ahora que aparece en directo.

—Aparezco en directo pero no en mi mejor expresión. Convengamos en que ese viaje no fue lo más hermoso que vos y yo hayamos hecho en nuestras vidas.

No fue lo más hermoso ni fue lo más noble, pero esas dos mujeres asustadas que se iban aproximando a El Refugio de la Dicha también éramos nosotras. Por eso tengo que hablar de ese viaje.

—Hablá todo lo que quieras. Pero antes contás lo de los bocaditos princesa. Ya te dije que no pienso seguir siendo el ogro de la historia.

En eso estaba, en los bocaditos princesa. *El* bocadito princesa, ya que la singularidad era parte de su esencia: no más de uno por vez. El bocadito princesa era un invento de Lucía, ocurría cuando tomábamos la leche, y su aparición era independiente del almacenero. Es decir: aunque estuviéramos jugando al almacenero, en el momento en que preparaba el bocadito princesa, Lucía era Lucía. El bocadito princesa tenía todo lo apetecible que se puede comer en el mundo, la parte más dorada del pan, mucha manteca, el corazón del queso, el fiambre más rico que había en la heladera, tomate, si había aceitunas, aceituna, si había pepinos agridulces, pepino agridulce. Contenía todo lo que hacía falta para ser el manjar perfecto, pero en cantidades tan minúsculas que una se lo comía de un solo bocado. Era como la felicidad, cuando una se quería acordar ya había pasado.

Ahora avanzábamos un poco más rápido, en silencio. El rodar del auto tenía algo de terminal, algo que se parecía a la muerte, pero que era menos prestigioso, más miserable que la muerte. Así que le dije a Lucía:

—Una vez que la dejemos ahí, no nos quedamos mucho, ¿no?

Y Lucía me dijo:

—Bueno, primero tenemos que asegurarnos de que se sienta cómoda y todas esas cosas.

Miré para atrás. Perla seguía con los ojos clavados en el vacío. Hice un pequeño experimento.

—¿Te sentís bien, mamá? —dije a los gritos.

Ni siquiera giró la cabeza hacia mí. Estaba inmóvil e inexpresiva, como si nunca le hubiese hablado.

—Mamá, ¿estás bien? —dijo Lucía a los gritos.

—No corras —dijo Perla.

Y fue todo lo que dijo hasta que llegamos a El Refugio de la Dicha.

El frente era promisorio. Blanco, de dos plantas, con la puerta y el marco de las ventanas pintados de verde.

—Lindo, ¿no? —dijo Lucía. Estaba empecinada en convencerse de que las cosas marchaban bien.

—Parece decente —dije yo, incapaz de darle una satisfacción plena a Lucía aun cuando el beneficio me incluyera.

Sacar a Perla del auto no resultó una tarea grata. Pero no fue su casi imposibilidad de moverse lo que me impresionó; fue su absoluta falta de resistencia a lo que Lucía y yo hacíamos con su cuerpo. Se entregó, pensé. Por fin se entregó. Me acordé del león y tuve ganas de llorar.

Y ahí estábamos las tres ante la puerta verde. En la chapa, a mi izquierda, leí: *El Refugio de la Dicha. Residencia recreativa para mayores.* Ya me estoy poniendo grande, Mariúshkale, me había dicho Perla menos de tres años atrás, y ni siquiera creía en sus palabras. Ahora había ocurrido: definitivamente era mayor. Las tres mujeres que esperábamos ante la puerta de El Refugio de la Dicha éramos mayores. ¿Cuál cuadro indeseable conformaríamos para la persona que, en pocos segundos, abriría la puerta? Se escuchaban sus pasos presurosos.

Ya estaba ante nosotras. Robusta, con guardapolvo rosa y desbordante de amabilidad. Nos esperaban, sí, sí, la señora Daisy nos estaba esperando con legítimo entusiasmo, ¿y esta hermosura que traíamos era la abuela? Cobardemente no miré a Perla; creo que Lucía tampoco la miró. Desentendidas, dejamos que la de rosa la elogiase, la sobase y la depositase en otro Guardapolvo, pero verde nilo. No sé en qué momento perdimos a Perla: mi atención estaba puesta en seguir a Guardapolvo Rosa.

Se notaba que el lugar estaba bien organizado. Silloncitos, plantitas, ancianitos con aire de autistas desparramados aquí y allá. Yo procuraba no mirar a los costados. Caminaba junto a Lucía con los ojos fijos en la espalda de Guardapolvo Rosa que no paraba de saludar, de pellizcar, de limpiar la baba de uno, de mecer el rodado de otra, derramando optimismo por donde pasaba. Nos depositó en una oficina muy coqueta. Detrás del escritorio, la señora Daisy. Era rubia y tetona. Hablaba. Creo que ya estaba hablando cuando llegamos y que siguió hablando cuando nos fuimos. No es improbable que fuera su estado natural, algo tan incorporado a ella como las tetas. Todo lo que nos dijo era maravilloso. Nosotras mismas, emanadas de sus labios, éramos maravillosas. Ella era muy psicóloga y se había dado cuenta enseguida de que estaba tratando con personas cultas e inteligentes y eso la gratificaba más que ninguna otra cosa porque parece que los de nuestro rango intelectual estábamos en mejores condiciones que el vulgo de captar la atmósfera estimulante del hogar. Según pude entrever en su discurso, a los abuelitos los hacían coser, los hacían bordar, los hacían triscar por praderas en flor y batir palmas y soplar y hacer botellas. Yo estaba tratando de imaginar a Perla —la lejanía en que se había sumido en los últimos tiempos— interrumpida a sacudones para que se pusiera a aplaudir y pedorrear, cuando, en el hueco que dejaron dos palabras de la señora Daisy escuché la voz un poco temblorosa de Lucía. "Es que nuestra madre es una persona muy especial", increíblemente dijo la voz de mi hermana, y yo hice pata ancha porque ya estaba dicho, qué joder, o se pensaba la señora Daisy, como habían creído el oficial de policía y el cejijunto y aun la morochona tan tierna, que nuestra madre era un extraviado cualquiera. Ella cantaba Mis harapos y decía Estoy que veneno y envuelta en su vestido de plumas amarillo limón parecía una chica de la aristocracia. Y era tan mágica, o su amor era tan desmesurado y mágico que ahuyentaba de nuestra aura la desgracia. *Hasta la tarde en que perdí el león.* Lo pensé de improviso y toda la desdicha del mundo se desplomó sobre mi cabeza.

Fuimos izadas sin resistencia (al menos de mi parte, ya que a esta altura yo había decidido que resistir era inútil) y conducidas de aquí para allá por la señora Daisy, quien personalmente nos ofrendaba esta visita por el hogar para que corroboráramos con nuestros propios ojos sus delicias, hechas a la medida de una persona tan especial como nuestra madre. Mentira, quise decirle a Lucía, mamá ya no tiene nada de especial, ninguna de nosotras tiene nada de especial, sólo nos queda el recuerdo minucioso de eso bello que alguna vez fuimos, o de eso que ahora creemos que alguna vez fue bello. Macana tenía un boliche, escuché. Me detuve. Parecía un sueño pero no debía ser un sueño porque Lucía también aparentaba haberlo escuchado. Por algo también se detuvo y me miró. Las dos sabíamos quién era la única persona en el mundo a quien habíamos oído decir algo tan curioso como eso. Porque Perla podía mentir todo lo que se le antojara pero bastaba que sospechase el atisbo de un engaño en su interlocutor para que soltase aquella frase extraordinaria cuyo origen, aún hoy, sigue siendo para mí un verdadero misterio. Macana tenía un boliche. Qué pasa, queridas, nos dijo la señora

Daisy. No hizo falta que le contestásemos. Un pequeño revuelo llegando de un lugar próximo nos congeló a las tres. Cálmese, abuela, se oyó, nítida, una voz persuasiva. Más te quisieras vos ser mi nieta, dijo la voz de cupletista.

Contrariando a la señora Daisy, Lucía y yo nos abalanzamos al lugar de donde había venido la voz. Vimos a Perla de pie, agarrándose a una silla para no caerse, aferrando con la mano libre un objeto que no identifiqué pero que ella parecía dispuesta a estrellar contra el primer Guardapolvo que osase tocarla. Cálmese, abuela, volvió a decir el Guardapolvo. Perla se llevó la mano al pecho. ¿Yo, tu abuela?, dijo. Y ocurrió un pequeño prodigio. Se rió. Y juro que se rió con sarcornia.

Algo debió pasarnos a Lucía y a mí porque le dimos un empujón a la señora Daisy que intentaba detenernos y nos pusimos una a cada lado de Perla. Tranquilizate, mamá, ya nos vamos, dijo Lucía. Y Perla: Está visto que a ustedes dos no se les puede dar rienda suelta. Admitimos que tenía razón y bajo el clamor de la señora Daisy, quien nos explicaba lo natural y hasta saludable que había sido esta reacción de la abuela y de qué modo el pequeño incidente no hacía más que confirmar lo motivada que nuestra querida madre tan especial se iba a sentir en este lugar de privilegio, tomamos a Perla una de cada brazo y emprendimos las tres el camino de la salida.

Lucía y yo apenas podíamos aguantar la tentación, teníamos que taparnos la boca y disimular los pequeños resoplidos para que la señora Daisy y sus Guardapolvos no se dieran cuenta de nuestro estado. Apenas estuvimos en la calle y la puerta se cerró, explotamos. Tuvimos que soltar a Perla para poder doblarnos en dos y reírnos como Dios manda. Cualquier día iban a convencer a mamá de que jugara al don pirulero, decía Lucía llorando de risa. Y yo: La Daisy esa no tenía ni idea de con quién se estaba metiendo. Nos agarrábamos la panza y nos apoyábamos una en la otra para no caernos y nos desternillábamos de risa ante la mirada recriminatoria de Perla que poco a poco se fue perdiendo en un mundo que desconocíamos pero que yo, en la calle, ya empezaba a sospechar. Me acordé de las torrejas. De la tarde aquella en que tuvimos unas ganas tan desmesuradas de comer torrejas que no podíamos resistir un segundo más sin morder su carne crujiente. Entonces yo, del mismo modo que deducía cada noche la presencia del león, tramé su fórmula y luego que la discutimos y la perfeccionamos hasta el delirio, Lucía puso manos a la obra. Salió algo que más bien se parecía a unas bolas de fraile desanimadas. Fue grandioso. Señalábamos las bolas de fraile, torrejas, torrejas, murmurábamos, y nos reíamos tanto que Perla, que estaba llegando, nos escuchó desde el pasillo y cuando vino y vio las bolas quería enojarse pero casi se muere de risa.

Ahora también: nos vi desde la mirada vacía de Perla, riéndonos las dos a más no poder junto a la puerta verde de El Refugio de la Dicha. Y ahí mismo tuve la certeza de que nunca había dejado de saber el león. De que, en medio de la noche, yo seguía urdiendo su presencia amenazante y, muerta de miedo y de curiosidad, aún aguardaba su ataque.

Y entendí que es ésa, justamente, la crueldad de la vida: uno nunca se pierde a sí mismo. Aunque los dientes se ablanden en la boca y una bruma de olvido o de cansancio aplaque el entendimiento, una seguirá atada a la misma vanidad, y el mismo miedo, y el mismo incontenible deseo de reír que han alumbrado otras edades. Por más que haya olvidado de qué tenía miedo, y no le quede nada para envanecerse, e ignore de qué diablos se estaba riendo.

Entonces entramos las tres en el auto y emprendimos el regreso. Sin saber Lucía y yo qué íbamos a hacer con Perla, desconociendo Perla hacia dónde la conducíamos, aterradas las tres y plenas de una sensación de triunfo que carecía del más mínimo fundamento. Absurdas, desoladas e imbatibles. Hasta el final.